새로 읽는

사

중고편

지은이 최강현

2

明文堂

정부 지정 표준본 단제

홍석창 화백, 가로 115cm×세로 170cm, (사) 현정회, 서울 단제성전 소장, 1978년도 지정
(박현, 『한국고대 지성사 산책』 쪽 51에서 인용)

단제상(명문당 소장)

민가서 햇빛 본 성조상
(박성수 저, 『檀君紀行』에서 인용함, 九月山 三聖祠 소장)

서울 사직단에 있는 단제상
신상균 조각, (사) 현정회, 1977년 국민경모 단제상, 문공부심의번호 77-16
(이덕일 외, 『고조선은 대륙의 지배자였다』 쪽 44에서 인용)

책머리에

이 책은 이미 4344(2011)년에 "지성과 교양"이라는 출판사에서 『젊은이가 읽을 한국 중고문학사』로 출판하였던 것을 계약 만료 및 여러 가지 사정으로 인하여 도서출판 "명문당"과 새로 계약을 맺어 책 제목을 바꾸고, 고려편과 조선편을 덧붙여서 4권의 다발 묶음으로 하여 『새로 읽는 한국고전문학사 2 (중고편)』로 출판하게 된 것이다.

필자의 뜻과 달리 도서출판「지성과 교양사」에서 처음에 4권의 다발 책으로 출판을 하지 못하게 되므로, 부득이 새문사와 『고려문학사』만을 출판하기로 한 것이 4년을 허송하고, 이제야 도서출판 "명문당"에서 기쁜 마음으로 『조선문학사』 편까지 4권의 다발책[叢書]으로 출판하여 주기로 승락하여 마침내 밝은 세상에 빛을 보게 되었다.

이 책에서는 자구의 수정과 새 자료를 덧붙이기도 하고, 상고시대 우리 천손족(天孫族)이 살던 옛 고향을 일연(一然 : 3539-3621, 1206-1289) 스님의 『삼국유사(三國遺事)』에 있는 "환웅(桓雄)" 천신께서 지금의 중화인민공화국 섬서성(陝西省)에 있는 서안(西安) 근처의 "삼위 태백산(三危太伯山)"에 천부인(天符印) 세 개와 무리 3천 명을 거느리고 내려오셔서 신시(神市)를 열고 홍익인간(弘益人間) 정치를 펴시었다는 기록을 따르기로 하였다. 삼위산은 지금의 돈황시(敦煌市)에 있는 차이나 미술의 보고가 있는 곳이고, 태백산은 높이가 3,767m이고, 지금은 태백시와 함께 관광 명소가 된 곳이므로, 우리 선조님들이 살았던 원 고향은 지금은 남의 땅 중화인민공화국의 땅이 되었지만, 진(秦)나라 이전 시대 그 지역의 토박이들은 바로 우리 선조님들이었기 때문에 지은이는 이를 바탕으로 하여 한국 고대 문학사를 서술하였다.(惠煥章 외,『陝西歷史白迷』, 陝西旅游出版社, 2001.)

끝으로 이 책이 4권의 다발책으로 새로 나오기까지에는 나의 애제자 임치균, 고헌식, 황송문(黃松文)의 노력이 컸음을 밝혀 둔다. 또한 요즈음 같은 어려운 출판 사정을 무시하고 국학 진흥에 사명감을 가지고, 상업성이 적은 이 책을 즐거운 마음으로 출판을 허락하여 준 도서출판 명문당의 金東求 사장과 편집부 이명숙을 비롯한 사원 여러분들께는 특별한 인사를 올리면서 이 책을 읽어 주시는 여러분들께도 진심으로 고마운 뜻을 바친다.

단제기원 4352(2019)년 5월
최강현 씀.

머리말

　현재 우리의 당면한 현실은 북한의 경우, 그들의 수도를 평양에 두고, 지금의 중화인민공화국의 동남녘에 있는 우리의 반쪽은 "조선민주주의인민공화국"이라는 간판과는 전혀 달리 3대 세습의 왕조(王朝)를 이루어 독재 세습을 이으며 끊임없이 무자유 공빈국(無自由共貧國)에로 남북 통합을 획책하며 민족 주체의식은 주변 강대국에 모두 팔아먹고, 오로지 김일성 개인 숭배의 주체사상으로 축소하여 천손족의 길고 오래된 역사를 압록강과 두만강 물줄기의 남쪽으로 위축시켜 반민족적 행위를 방자히 하고 있다.

　한편 자유 민주주의 대한민국은 단제기원(檀帝紀元) 4283(1950)년 북한 김일성의 반란 이후 20여 년 만에 세계 2차대전에 맞먹는 국제전의 잿더미에서 세계 굴지의 경제 대국으로 흥륭(興隆)하여 세계인들에게서 살기 좋은 이상국(理想國)으로 존경받는 나라가 되었다.

　그러나 문화면에서는 반만년의 오랜 역사에 찬란한 문화 유물이 겨레의 주체 의식을 자랑스럽게 세계에 널리 알리어 인정받을 만함에도 불구하고, 오늘날 우리 학계에는 큰나라 섬기기주의 사관[事大主義史觀]과 식민주의 사관(植民主義史觀)에 병든 사람들이 많이 구태를 고집하여 잃어버린 우리의 바른 역사와 문학 작품들을 되찾는 일에 소홀하고 있다.

　필자는 이에 그동안 오래 전에 잃어버린 우리의 귀중한 역사적

정체성을 도로 찾기 위한 한 방법으로 한국 고전 국문학사의 집필을
시도하여 상고문학사(上古文學史)는 이미 발행하여 독자 여러분들
의 질정을 받고 있는 중이다.

　필자는 이 책에서 우리 천손족(天孫族)의 시조 할아버지를 하느님
으로 보고, 우리나라 역사의 시원을 환인(桓因) 할아버지의 신시시
대(神市時代)에 두며, 그 문헌적 근거는『桓檀古記(환단고기)』·『檀
奇古史(단기고사)』·『揆園史話(규원사화)』·『三一神誥(삼일신고)』등
에 바탕을 둔 많은 선학(先學)들의 연구 업적에서 찾았다. 그 밖의
옛날 우리 겨레에 관한 일부 기록은 차이나인에 의하여 기록된 역사
서 사마천(司馬遷)의『사기(史記)』, 진수(陳壽)의『삼국지(三國志)』·
범엽(范曄)의『후한서(後漢書)』·방현령(房玄齡)의『진서(晉書)』등에
근거하여 서역(西域)으로부터 동으로 진출하여 온 차이나인이 지금
의 차이나 대륙에 들어오기 이전에 살고 있었던 원토박이들인 이족
(夷族) 전체를 싸잡아 우리의 조상으로 다루었다.

　옛날 차이나인 사가(史家)들은 우리 천손족(天孫族)을 이족(夷族)
또는 동이(東夷)라고 하면서 그들의 입맛에 따라 숙신(肅愼)·읍루
(挹婁)·선비(鮮卑)·글안(契丹)·생여진(生女眞)·여진(女眞)·말갈
(靺鞨)·흑수말갈(黑水靺鞨)·흉노(匈奴) 등으로 일컬어서 갈기갈기
찢어서 서로 다른 민족으로 나누어 놓은 여러 종족들을 필자는 이제
야말로 하나로 묶어서 우리 천손족의 선조(先祖)로 다루어야 한다고

주장한다.

　그래서 이제까지 차이나인들의 시조(始祖)로 생각하는 반고(盤古)·복희(伏羲)·염제(炎帝)·헌원(軒轅)·소호(少昊)·전욱(顓頊)을 비롯하여 요(堯)·순(舜)·우(禹)·탕(湯)·관자(管子)·공자(孔子)·맹자(孟子)·묵자(墨子)·순자(荀子)·장자(莊子)·한비자(韓非子)·손자(孫子)·열자(列子)까지를 우리의 선조로 보고, 선진문학(先秦文學)도 우리 문학사로 다루어서 잃어버린 우리 역사와 고전문학을 도로 찾아 잃어버리었던 우리의 옛 문학사를 바로잡고자 『김삿갓을 닮지 말자-바로잡는 한국 상고문학사』로 간행하여 독자 여러분들께 가르침을 구한 바 있다.

　이 책은 상고문학사에 이어서 이제까지 우리의 문학사에서 소홀하게 다루었던 이른바 신라·고구려·백제의 삼국시대 세 나라의 문학 이외에 가야(伽倻)·탐라(耽羅)문학을 포함하여 5국 문학사를 다루었고, 신라가 이른바 삼국통일을 이룬 뒤에는 고구려 영토에 들어선 새 나라 발해국(渤海國)의 문학을 포함시켜 남북조시대 문학으로 살펴보면서 그동안 흔히 써온 비주체적(非主體的) 자폄(自貶)의 낱말로 된 학술 용어들도 고치어 쓰고자 노력하였다. 비주체적 자폄어의 보기를 몇 가지만 들어 보이면, "향찰문자(鄕札文字)"라든가 "향가(鄕歌)"·"언해(諺解)"·"패관문학(稗官文學)"·"개화기문학(開化期文學) 등의 낱말들을 모두 고치어 일컬어야 한다는 주장을 펴본 것이다. 필자의 소견으로는 우리나라에서 우리 선인들이 사용한 "향찰문자(鄕札文字)"라는 글자는 원래 그 글자의 모양이 없기 때문에 그 말 자체가 있을 수 없으므로 그 말을 처음부터 써서는 안 된다는 주장이다. 문자(文字)는 세계 어느 나라의 어떤 글자도 다 그 형태가 있는데, "향찰문자(鄕札文字)"는 그 글자의 형태가 없기 때문에 존재하지 아니하는 것이며, 존재하지 아니하므로 그 이름도 붙일 수가 없는 것이다. 고려시대 최행귀(崔行歸)라는 분이 처음 쓴 "향찰문자(鄕札文字)"는 이미 사용되고 있는 뜻글자[韓·漢文]의 뜻[訓]과 그 소리[音]를 빌어서 신라인들이나 고구려·백제인들이 독특하게 그들의 일상적인 입말[口頭語]을 적는데 활용한 쓰기[表記]의 방법이지 향찰이라는 글자가 따로 있었던 것이 아니다. 그러므로 이제라도 그 잘못이 분명한 이상 그 잘못을 되풀이하지 말고, 그 잘못된 학술용어를 고쳐 써야 한다는 것이 필자의 주장이다. 그 밖의 학술 용어들도 나름대로 그 구체적인 이유가 있어서 바로잡아야 한다고 주장하는 것이니, 자세한 내용은 이 책을 꼼꼼히 읽어보면 확인할 수가 있을 것이다.

이 책은 이미 출간된 『새로 읽는 한국고전문학사(고대편)』에 이어지는 둘째 권으로, 『새로 읽는 한국고전문학사(중고편)』이다. 그 내용은 대략 다음과 같이 구성하였다.

"6. 다섯째 시대 오국문학(五國文學, 신라·고구려·백제·가야·탐라)"과 "7. 여섯째 시대 남북조(南北朝)의 문학(통일신라와 발해)"으로 묶어서 다루었다.

이 책을 이은 셋째 권은 『새로 읽는 한국고전문학사(고려편)』이고, 넷째 권은 『새로 읽는 한국고전문학사(조선편)』이다.

끝으로 이 원고의 초고를 함께 읽으며 필자에게 많은 도움을 준 한국학 중앙연구원의 한국학대학원 학생들과 연세대학교 대학원 학생들에게 고마운 뜻을 전한다. 필자가 이 책에서 새로 읽도록 힘을 준 부분은 아래와 같다.

① 우리 조상님(東夷, 天孫族)
② 삼위 태백산(三危太伯山)및 신시(神市)에서 터를 잡고 살았던 지금 중공의 원토박이들은 원래 우리의 조상들이다.
③ 선진시대 문학과 문학사는 천손족[東夷族]의 유산이다.
④ 향찰(鄕札)은 빈글[借字]
⑤ 향가(鄕歌)는 온빈글 노래[完全借字歌]
⑥ 이두가(吏讀歌)=반빈글 노래[不完全借字歌]
⑦ 기존의 중국(中國)은 오늘날 (中華民國) → (中華人民共和國) → (台灣)이 뒤섞였기 때문에 모호할 때에는 차이나로 하였다.
⑧ 자세한 것은 별도로 「먼저 알기[범례]」에서 지적한다.

먼저 알기[범례]

1. 국조 단군 → 국조 단제(檀帝)로 고쳐 부름.
2. 우리 겨레의 통칭은 될수록 천손족 또는 부여족이라고 그 영역을 넓혔다.
3. 선진시대 문학 → 지금의 중화인민공화국이 저희 글자라고 하는 세종대왕 창제의 우리 국자인 훈민정음처럼 우리의 것을 바로 찾기 위하여 이제까지 중공 전설이라고 자랑하는 복희 신농과 공자와 장자들도 우리의 조상으로 모시었다.
4. 주나라, 제나라, 초나라, 한(韓)나라, 몽골, 거란, 원나라, 청나라들도 우리 조상 나라로 다루었다.
5. 향가 → 온빈글노래[完全借字歌]로 고쳐 부름.
6. 향찰 → 빈글쓰기글자[借字表記文字]이나 실재하지 아니함.
7. 이두 → 부분 빈글쓰기[部分借字表記文]로 고쳐 부름.
8. 한문 → 한나라 글자가 아니기 때문에 뜻글이라고 함.
9. 『삼국유사』를 우리나라 최초 문학사로 다룸.
10. 『동문선』은 조선시대에 된 한국고전문학사로 다룸.
11. 처음 나오는 사항은, 뜻글쓰기와 생몰연대를 단제기원으로 겸하여 씀을 원칙으로 함.
12. 개화기 → 일본인들이 우리나라 개항기 때에 저희는 문명인이고, 조선인들은 미개인들이라고 부른 데서 연유됐기에 쓰지 아니하고 개항기로 고쳐 씀.
13. 인용문의 앞에는 반딧불이를 달고 한 단 아래로 낮춰 표기하였음.
14. 각주의 뜻글 → 띄어쓰기에 따라 뜻이 달라지기에 원문대로 붙여쓰기를 취하였음.
15. 익어진 뜻글말 → 될수록 새로운 우리말로 고쳐 썼음.
16. 제주도문학 → 탐라문학
17. 발해문학 → 발해국문학(바다와 구별함)
18. 인명 뒤의 "선생·박사·교수" 등 호칭은 붙이지 아니함.

VI. 한국 여섯째 시대
오국문학(五國文學)

여기서 말하는 오국(五國)은 신라(新羅), 고구려(高句麗), 백제(百濟), 가야(伽倻), 탐라국(耽羅國) 등 다섯 나라를 이른다. 따라서 이 시기는 신라 건국시인 2277(서력기원 전 57)년부터 신라가 가야와 고구려와 백제를 멸망시키어 이른바 한반도 통일을 이룬 고구려 멸망시인 3001(서력기원 후 668)년까지의 724년간을 이른다. 필자는 이 시대에 있었던 각국들의 문학을 살펴보려 한다.

백제 금동대향로(百濟 金銅大香爐)

국보 제287호, 충남 부여군 부여읍 금성로에 위치. 국립부여박물관 소장, 출처 : 문화재청

VI. 한국 여섯째 시대 오국문학(五國文學)

1. 신라(新羅)의 문학(文學)

신라(新羅)는 진한(辰韓) 12국의 하나로 경주(慶州) 평야에 자리를 잡고 있던 사로(斯盧)에서 6촌장(村長)들이 모여 화백회의(和白會議)라는 만장일치의 의회 제도를 통하여 박혁거세(朴赫居世)를 왕으로 선출하여 건국된 나라로, 김부식(金富軾)의 『삼국사기(三國史記)』에 따르면, 가야·고구려·백제·신라·탐라의 5국 중에서 제일 먼저 세워진 나라이다. 그리고 건국 당시의 지리적 영역은 5국 중 제일 작았던 나라이면서도 최후에는 가야→백제(+탐라국)→고구려의 순으로 정복하여 마침내 이른바 삼국통일의 큰일을 이루어 가장 오랜 역사를 간직하게 된 나라이다.

여기서는 탐라국(耽羅國)을 포함한 오국 통일(五國統一)의 시기까지의 신라의 문학을 다루고, 그 이후의 문학은 남북조 문학(南北朝文學)으로 묶어서 다음 시대의 문학으로 살피기로 한다.

1.1. 이름만 전하는 노래들

1.1.1. 두레 노래[兜率歌]

이 노래에 관하여는 『삼국사기』 권 1, 신라 본기 제1의 3. 유리잇금[儒理尼王師今][1] 5(2361, 28)년 조에서,

이 해에 백성들의 삶이 즐겁고 편안하여 처음으로 두레 노래를 지어 불렀으니, 이것이 신라 가악의 시초이었다.[2]

라고 한 기록이 보인다. 한편 『삼국유사』 권1, 제3 노례왕(弩禮王)조에는 "처음으로 두레노래를 지었으니, 감탄의 글귀에 시골풍이 있다.[始作兜率歌有嗟辭詞腦格]"라고 하여 같은 두레노래에 관한 언급이 있다. 두레는 얼마 전까지만 하여도 우리

---

1 유리잇금[儒理尼師今]=우리의 옛말을 뜻글자를 빌어서 쓴 것이므로, 뜻글자를 "유리이사금"으로 읽으면 옳지 아니하다.
2 "是年民俗歡康始制兜率歌此歌樂之始也."

나라 농촌에서 농사일을 하는 사람들이 김매기나 모내기 또는 탈곡(脫穀) 등의 일을 할 때에 공동으로 협력하여 집집이 돌아가며 집단으로 모이어서 하는 일을 이르는 말이다. 이처럼 두레로 일을 할 때에 부르던 노동요를 두레 노래라고 한다.[3] 그러니까 그 노래의 내용은 알 수 없지만, 집단적 노동요이면서 특정인에 의하여 창작(創作)된 새로 지어진 신라 최초의 노래라는 것으로 풀이된다. 지금은 거의 사라져가는 모내기노래 같은 집단 노동요의 기원이라고 보는 것이 옳을 것이다. 예를 들면,

어여로 상사뒤요   천리 건곤 태평시에

도덕 높은 우리 성군   강구 연월 동요 듣던

요임금 성덕이라.   어여로 상사뒤요.

순임금 높은 성덕으로   내신 성기

역산의 밭을 갈고   어여로 상사뒤요.

신농씨 내신 따부   천추만대 유전하니,

어이 아니 높으신가?   어여로 상사뒤요.

하우씨 어진 임금   구년 홍수 다스리고,

어여라 상사뒤요.   은왕 성탕 어진 임금

대한 칠년 당하였네.   어여로 상사뒤요.

이 농사를 지어내어   우리 성군 공세 후에

---

3 朱剛玄, 『두레 연구』, 경희대학교 박사학위 논문, 1999.

남은 곡식 장만하여	앙사부모 아니 하며
하육처자 아니 할까?	어여라 상사뒤요.
백초를 심어	사시를 짐작하니,
유신한 게 백초로다.	어여로 상사뒤요.
청운 공명 좋은 호강	이 업을 당할소냐?
어여로 상사뒤요.	남전북답 기경하여
함포고복 하여보세.	어여로 상사뒤요.

[『춘향전』(완판본)]

와 같은 노래일 듯 싶기도 하고, 또 대한민국 제3공화국 시절
에 경제부흥을 위하여 국민 모두가 불렀던 "새마을 노래"와 같
은 특수 목적가(目的歌)로 창작되어 불리어진 집단가(集團歌)
의 성격을 지닌 노래라는 뜻일 것으로 필자는 풀이한다.

1. 1. 2. 뫼소 노래[會蘇曲]

『삼국사기』 유리잇금[儒理尼師今] 9(2365, 32)년 조에는 아
래와 같은 기록이 보인다.

왕은 이미 6부(部)를 정한 뒤에 이를 두 패로 나누어
왕의 딸 두 사람으로 하여금 각각 부내의 여자들을 거느리게 하
여 이해를 같이 하는 패거리를 만들어 7월 16일부터 날마다 큰
부(部)의 뜰에 모이어 베 짜기를 하는데, 밤 11시에 일을 끝내

되, 8월 15일에 이르러 그 공적이 많고 적음을 살펴서 진 쪽에서는 음식을 만들어 이긴 편에게 대접하고, 모두 노래와 춤과 온갖 놀이를 하였는데, 이를 가위[嘉俳]라고 하였다. 이때에 진 쪽의 한 여자가 일어나서 춤을 추며 탄식하기를 "뫼소! 뫼소![會蘇會蘇]" 하였는데, 그 소리가 슬프면서도 우아하여 뒤에 사람들이 그 소리를 인연으로 노래를 지으니, 이름이 "뫼소 노래[會蘇曲]"이었다.[4]

라고 하였다. 이것은 오늘날 우리나라 양대(兩大) 명절의 하나인 추석(秋夕)의 기원을 밝힌 것이다. 일부 학자들은 이 "會蘇會蘇(회소회소)"를 "아소! 아소" 또는 "마소! 마소!"로 풀이하는데, 이는 잘못이라고 필자는 생각한다.[5]

그 이유는 만약에 당시에 진 쪽의 한 여자가 원망스럽고 서러워서 "마소! 마소!" 하고 노래하여 이와 같은 베 짜기의 경연대회(競演大會)를 다시는 열지 말자고 외치었다면, 그 행사는 오늘날의 큰 명절로 이어져오지 못하였을 것이기 때문이다. 이 추석 명절이 오늘날까지 이어져 온 것을 미루어 생각한다

----

4 "王旣定六部中分爲二使王女二人各率部內女子分朋造黨自秋七月旣望每日早集大部之庭績麻乙夜而罷至八月十五日考其功之多少負者置酒食以謝勝者於是歌舞百戲皆作謂之嘉俳是時負家一女子起舞嘆曰會蘇會蘇其音哀雅後人因其聲而作歌名會蘇曲."

5 朴晟義, 『韓國歌謠文學論과 史』, (集文堂, 1989.) 쪽 79.

면, 그 진 쪽의 여자는 자기편의 여자들이 이긴 편의 사람들보다 열심히 일하지 아니하였기 때문에 졌다고 생각하여 그 게으름이 억울하게 패배하는 원인이 되었고, 또 술과 음식을 만들어서 이긴 편의 사람들에게 가져다 바친 것이 한스러웠으므로 "우리 편 여자들이여! 제발 일찍 모이소! 일찍 모이소!"의 뜻으로 외쳤을 것이다. "모이소"를 줄이어 소리 내면, "뫼소!"가 된다. "올해에는 우리가 졌지만, 내년에는 우리가 꼭 이깁시다."라는 뜻으로 불렀기 때문에 그 풍속이 끊이지 아니하고, 오늘날까지 한가위라는 민족 최대의 명절로 이어져 올 수 있었다고 풀이한다. 그러므로 이제까지의 「회소곡(會蘇曲)」을 금지(禁止)의 뜻을 가진 "마소 노래"로 풀이한 것은 큰 잘못이기에 앞으로는 바로잡아 "뫼소 노래"로 풀이하여 그렇게 고쳐 일컬어야 한다고 주장한다. 또 이 작품은 일명 "회악(會樂)"이라고도 하니, 더욱 "아소!"나, "마이소" 노래라고는 풀이하기보다 "모이소"나 "뫼소" 노래라고 하는 것이 더 타당하다고 할 수가 있다.

1. 1. 3. 물계자 노래[勿稽子歌]

이 노래는 신라 내해왕(奈解王) 때의 군인 물계자가 지은 작품인데, 그 배경담만 전하고 노랫말은 전하지 아니한다. 『삼국유사』권 5, 피은(避隱) 제8에는 아래와 같은 이야기가 실려 있다.

제10대 내해왕 즉위 17(2345, 212)년 임진에 보라국(保羅國), 고자국(古自國),[6] 사물국(史勿國)[7] 등 여덟 나라가 힘을 모아 신라의 변경을 쳐들어왔다. 왕이 태자 날음(榛音)과 장군 일벌(一伐) 등에게 명하여 군을 거느리고 이를 막게 하니, 8국이 모두 항복하였다. 이때에 물계자(勿稽子)의 공이 으뜸이었다. 그러나 태자에게 미움을 사 그 공은 상 받지 못하였다. 어떤 사람이 물계자에게 물었다. "이번 싸움의 공은 오직 그대뿐인데, 그대에게 상이 내려지지 아니하였으니, 태자가 그대를 미워함을 원망하시오!" 하였다. 물계자가 대답하기를, "나라의 임금님이 위에 계시는데, 어찌 인신(人臣)이 태자를 원망하겠소?" 하였다. 그 사람이 "그러면 왕께 아룀이 좋겠소." 하니, 물계자가 "공을 취하려고 목숨을 다투고, 나를 날리려고 남을 막는 것은 지사가 할 일이 아니므로 오직 힘써 때를 기다릴 뿐이오." 하였다. 내해왕 20(2548, 215)년 을미에 골포국(骨浦國)[8] 등 3국의 왕들이 각기 군사를 이끌고 갈화(竭火)[9]로 쳐들어왔다. 왕이 친히 군사를 거느리고 막아 삼국이 모두 패하였다. 물계자가 거

---

6 "지금의 고성(固城)"이라는 원주가 있음.
7 "지금의 사주(泗州)라는 원주가 있음.
8 "지금의 합포(合浦)"라는 원주가 있음. 고려 때 합포는 지금의 마산시(馬山市)임.
9 "굴불(屈弗)인 듯하니, 지금의 울주(蔚州)이다."라는 원주가 있음.

둔 적의 머리가 수십 급이었으나 사람들이 물계자의 공을 말하지 아니하였다. 물계자가 그의 아내에게 말하기를, "내가 들으니, 임금을 섬기는 도리는 위태함을 보면 목숨을 바치고, 어려움을 당하면 몸을 잊고 절의를 지키어 죽고 사는 것을 돌보지 아니하는 것을 충이라고 하였으니, 보라(保羅)[10]와 갈화(竭火)의 싸움은 진실로 나라가 어려웠고 임금의 위태함이 있었으나, 내가 아직 몸을 잊고 목숨을 다하는 용맹이 없었으니, 이것은 불충이 심한 것이오. 이미 불충으로 임금님을 섬기고, 누를 선조(先祖)님들께 끼치었으니, 어찌 효라고 하겠소? 이미 충효의 도를 잃었으니, 무슨 낯으로 조정과 저잣거리에 나다니며 놀 수가 있겠소?" 하고는 머리를 풀어헤치고 거문고를 메고 사체산(師彘山)[11]에 들어가서 대쪽 같이 곧은 자기의 성격을 슬퍼하며 그것을 비유하여 노래를 짓고, 졸졸 흐르는 시냇물 소리에 따라 거문고를 타고 곡조를 지으며 숨어 살아서 다시는 세상에 나오지 아니하였다.[12]

....

10 "발라(發羅)인 듯하니, 지금의 나주(羅州)"라는 원주가 있음.
11 "알 수 없음"이라는 원주가 있음.
12 "第十奈解王卽位十七年壬辰保羅國古自國(今固城)史勿國(今泗州)等八國併力來侵邊境王命太子㮈音將軍一伐等率兵拒之八國皆降時勿稽子軍功第一然爲太子所嫌不賞其功或謂勿稽曰此戰之功唯子而已而賞不及子太子之嫌君其怨乎稽曰國君在上何怨人臣或曰然則奏聞于王幸矣稽曰伐功爭命揚己掩人志士之所不爲也勵之待時而已(二)十年乙未骨浦國(今合浦也)等三國王各率兵來攻竭火(疑屈弗也今蔚州)王親率禦之三國皆敗稽所獲數十級而人不言稽之功稽謂其妻曰吾聞仕君之道見危致命臨難忘身仗於節義不顧死生之謂忠也夫保羅(疑發羅今羅州)竭火之役誠是國之難君之危而未曾有忘身致命之勇此乃不忠甚也旣以不忠而仕君累及於先人可謂孝乎旣失忠孝何顔復遊朝市之中乎乃被髮荷琴入師彘山(未詳)悲竹樹之性病寄託歌擬溪澗之咽響扣琴制曲隱居不復現世."

는 것이다. 여기서 이 작품의 지은이는 물계자임을 알겠고, 주
제는 대쪽 같이 곧은 자기 자신의 깨끗한 지조와 절의가 당시
사회에서 인정되지 아니하는 것을 탄식한 자기반성의 노래라
고 하겠다. 지어진 연대는 내해왕 20(2548, 215)년 이후임을
짐작할 수가 있다.

도광순(都珖淳)은 『靑鶴集(청학집)』, 『海東異蹟(해동이적)』,
『氷然齋集(빙연재집)』들을 근거로 하여 이 물계자(勿稽子)를 도
교도(道敎徒)로 다루고 있다.[13]

1. 1. 4. 우식곡(憂息曲)

이 작품은 『삼국사기』 권 45, 「열전」 제5, "박제상(朴堤上)"
조에 실려 있다. 실성왕(實聖王) 원년(2735, 402)에 왜국(倭國)
과 화친을 맺으며 내물왕(奈勿王)의 왕자 미사흔(未斯欣)을 볼
모로 데려갔다. 실성왕을 시해하고, 왕위에 오른 눌지마립간
(訥祗麻立干)이 박제상을 보내어 미사흔을 데려오게 하여 박제
상의 노력으로 미사흔은 눌지마립간 2(2751, 418)년 가을에
무사히 귀국하였으나 박제상은 왜왕에게 잡히어 처형되었다.

눌지왕은 미사흔이 귀국할 때에 6부의 사람들에게 명
하여 멀리 나가 미사흔을 맞이하게 하고, 궁성(宮城)에 들어와

13 都珖淳, 「韓國의 道敎」, 『道敎』 3, 上海古籍出版社, 1993.

왕을 뵈올 때에는 왕이 친히 손을 잡고 형제의 정의를 나눔이
극진하였다. 이때에 왕은 스스로 노래를 지어 부르고 춤을 추며
그 뜻을 널리 선양하였는데, 지금의 신라악의 "우식곡(憂息曲)"
이 곧 이것이다.[14]

라고 기록되어 있다. 이것은 신라인들이 얼마나 왕의 명령에
충실하였는가를 보여주는 좋은 본보기라고 하겠다. 한편 눌지
왕의 형제애(兄弟愛)가 남달리 두터웠음과 당시 신라의 국력이
고구려에도 압박을 받고, 바다 밖의 왜(倭)에게도 핍박 받을 만
큼 미약하였음을 짐작하게 하는 노래라고 하겠다.

1.1.5. 실혜가(實兮歌)

『삼국사기』권48,「열전」제8 "실혜(實兮)"조에는 아래와 같
은 기록이 있다.

실혜는 대사(大舍) 순덕(純德)의 아들이다. 그 성격이
강직하여 옳지 아니한 일에는 굽히지 아니하였다. 진평왕(眞平
王) 때에 상사인(上舍人)이 되었는데, 그때에 하사인(下舍人) 진
제(珍堤)는 그 사람됨이 말만 앞세우고 실속이 없으면서도 왕의
총애를 받았다. 진제는 실혜와 비록 동료이었으나 일을 당하면,

----

14 "未斯欣之來也命六部遠迎之及見握手相泣會兄弟置酒極娛王自作歌舞以宣其意今
鄕樂憂息曲是也."

서로 옳고 그름을 따졌다. 실혜는 바른 것을 지켜 구차하지 아
니하므로 진제는 이를 질투하며 원한을 품고, 여러 번 왕에게
참언하기를, "실혜는 지혜는 없으면서 담기만 많아서 희노(喜
怒)에 급하며, 비록 대왕의 말씀이라도 그의 뜻에 맞지 아니하
면 분개하니, 만약 이를 징계하지 아니하면 그는 장차 나라를
문란하게 할 것이니, 이를 곧 내쫓았다가 그의 굴복을 기다렸다
가 뒤에 쓰는 것이 좋겠습니다." 하니, 왕이 옳다고 생각하여
실혜의 벼슬을 뺐고 깊은 산골로 내보내었다. 이때에 어떤 사람
이 실혜에게 말하기를, "그대는 할아버지부터 충성으로 나라를
위하였고, 어르신도 재량(材量)이 세상에 잘 알려진 때에 영신
(佞臣)의 참소를 입어 멀리 죽령(竹嶺) 밖의 깊은 산골로 가게 되
었으니, 또한 원통하지 아니한가? 어찌 이 사실을 바른대로 변
명하지 아니하는가?" 하니, 실혜가 답하기를, "옛날 굴원(屈原)
은 홀로 곧아서 초빈(楚擯)으로 쫓겨났고, 이사(李斯)는 충성을
다하였으나 진(秦)의 극형을 받았으니, 영신 혹주(佞臣惑主)와
충사 피척(忠士被斥)을 알게 되었다. 옛날도 역시 그렇거늘 이
를 어찌 슬퍼하리오?" 하고는 마침내 왕에게 아무 말도 하지 아
니하고 가서 장가(長歌)를 지어 그 뜻을 표하였다.[15]

------

15 "實兮大舍純德之子也性剛直不可屈以非義眞平王時爲上舍人
時下舍人珍堤其爲人便佞爲王所嬖雖與實兮同僚臨事互是非實兮守正
不苟且珍堤嫉恨屢讒於王曰實兮無智慧多膽氣急於喜怒雖大王之言非
其意則憤不能已若不懲艾其將爲亂盍黜退之待其屈服而後用之非晚也
王然之謫官泠林或謂實兮曰君自祖考以忠誠公材聞於時今爲佞臣之讒
毁遠官於竹嶺之外荒僻之地不亦痛乎何不直言自辯實兮答曰昔屈原
孤直爲楚擯黜李斯盡忠爲秦極刑故知佞臣惑主忠士被斥古亦然也何是悲乎遂不言
而往作長歌見意."

여기서 실혜가를 지은이는 실혜 자신임을 알 수 있고, 주제는 실혜의 곧은 성격과 영신(佞臣)이 왕을 미혹시켜 나라를 위태하게 하고, 정직한 충신이 배척되는 야속한 세상사를 탄식한 것이므로, 마치 초(楚)나라의 굴원(屈原)이 지은 『楚辭(초사)』의 한 편과 흡사한 것을 알 수가 있다. 여기서 특히 "장가(長歌)"를 지었다고 한 것은 곧 조선시대 꽃을 피운 가사문학(歌辭文學)의 원형이 이때부터 있었던 것으로 추정할 수 있다. 또 이 작품의 구체적인 내용은 알 수 없지만, 그 지어진 연대는 진평왕(眞平王) 재위 기간인 2912 - 2964, 579 - 631년 사이임을 이해할 수가 있다.

1. 1. 6. 해론가(奚論歌)

이 작품에 관한 기록은 『삼국사기』 권 47, 「열전」 제7의 "해론(奚論)" 조에 있다.

해론은 모량(牟梁) 사람이다. (중략) 해론은 나이 20여 세에 아버지 찬덕(讚德)의 공으로 대내마(大奈麻)가 되었고, 진평왕(眞平王) 건복(建福) 35(2951, 618)년에 왕은 해론에게 명하여 금산당주(金山幢主)를 삼았는데, 그는 한산주군도독(漢山州郡都督) 변품(邊品)과 함께 군사를 일으켜 돌아간 아버지가 백제에 빼앗긴 가잠성(椵岑城)을 습격하여 되찾았다. 이때에 백제는 그 소식을 듣고 군사를 일으켜 달려오니, 해론 등이 저항하여 이미 싸움이 시작되매 해론이 장병들에게 말하기를, "나의 아버님께서 운명하신 곳이 바로 이곳이다. 나도 또한 여기에서 백제 사람과 싸우게 되었으니, 오늘은 내가 죽는 날이다." 하고, 마침내 홀로 적진에 뛰어들어 닥치는 대로 적병 몇 명을 죽이고 전사하였다. 진평왕은 그 소식을 듣고 슬피 눈물을 흘리고, 그 유족들에게 상을 매우 후하게 내려 구휼하였다. 이때에 모든 사람들이 그를 애도한 나머지 장가(長歌)를 지어 그를 조위(弔慰)하였다.[16]

여기서 이 작품의 이름은 뒷사람이 붙인 것임을 알 수 있고, 지은이도 현재로서는 누구인지를 알 수가 없다. 다만, 이 작품의 주제는 애도가(哀悼歌)임을 알 만하고, 긴 노래이었기 때문에 결국은 그 노랫말 전체를 잃어버리게 되었다고 풀이된다.

1.1.7. 양산가(陽山歌)

이 작품에 관한 기록은 『삼국사기』 권 47, 「열전」 제7 "김흠운(金歆運)" 조에 있다.

---

16 "奚論車梁人也(중략)奚論年二十餘歲以父功爲大奈麻至建福三十五年戊寅王命奚論爲金山幢主與漢山州郡都督邊品興師襲椵岑城取之百濟聞之擧兵來奚論等逆之兵旣相交奚論謂諸將曰昔吾父殞身於此我今亦與百濟人戰於此是我死日也遂短兵赴敵殺數人而死王聞之爲流涕贈恤其家甚厚時人無不哀悼爲作長歌弔之."

김흠운(金歆運)은 내밀왕(奈密王=내물왕)의 8세손이다. (중략) 태종대왕(太宗大王=무열왕) 2(2988, 655)년에 백제가 고구려와 함께 변경을 침략하므로 이를 토벌할 계획으로 군사를 내는데, 김흠운(金歆運)으로 낭당대감(郎幢大監)을 삼으니, 그는 집에서 자지도 아니하고, 비바람을 맞으며 군사들과 고락(苦樂)을 같이 하였다. 백제의 지경에 이르러서 양산(陽山) 밑에 둔영하고, 조천성(助川城=지금의 충청북도 옥천군)으로 진공하려 하였는데, 백제군은 밤을 타고 달려와서 동이 틀 무렵까지 숨어 있다가 갑자기 쳐들어오므로 아군은 놀라 갈팡질팡하며 어쩔 줄 몰라 허둥대는 동안에 백제군이 급히 공격하여 화살이 비가 쏟아지듯 날아들었다. 김흠운(金歆運)은 말 위에 앉아 창을 거머쥐고 적을 기다리는데, 이때에 대사(大舍) 전지(詮知)가 말하기를, "지금 적들은 어둠 속에서 일어나 지척을 가릴 수 없으므로 비록 공이 싸워서 죽는다 하더라도 사람들은 이를 알지 못하고, 하물며 공은 신라의 귀골이니, 대왕의 반자(半子)이므로 만약 적병의 손에 죽는다면 백제는 이를 자랑할 것이니, 우리는 이를 깊이 부끄러워할 일입니다." 하니, 김흠운(金歆運)이 말하기를, "대장부가 이미 몸을 나라에 맡겼거늘 사람들이 이를 알던 모르던 한 가지인데, 어찌 감히 명예만 구하리오?" 하며 꿋꿋이 그 자리에 서서 움직이지 아니하므로, 따르는 사람들은 흠운의 말고삐를 잡고 돌아가기를 권하였으나, 듣지 아니하고 마침내 김흠운(金歆運)은 칼을 빼어 휘두르며 적과 어울려 싸워 몇 명을 쳐 죽이고 전사하였다. (중략) 태종왕이 그 소식을 듣고

슬피 통곡하며 김흠운(金歆運)과 예파(穢破)에게는 일길찬(一吉
飡) 벼슬을 추증(追贈)하였다.(중략) 이때에 사람들은 이 말을 듣
고 양산가(陽山歌)를 지어 부르며 그를 슬퍼하였다.[17]

 여기서 이 작품도 또한 애도가(哀悼歌)임을 알 수가 있다. 지
어진 연대는 신라 29대 태종무열왕(太宗武烈王) 재위 중이므로
2987 - 2993(654 - 660)년 사이임도 헤아릴 수가 있다.

1. 1. 8. 무애가(無㝵歌)

이 작품에 관한 기록은 『삼국유사』 권 4, 「의해(義解)」 제5,
"원효불기(元曉不羈)" 조에 다음과 같이 실리어 있다.

 (전략) 원효(元曉)가 이미 계(戒)를 지키지 못하고, 설
총(薛聰)을 낳은 이후로는 속인의 옷으로 바꾸어 입고, 스스로
를 "소성거사(小姓居士)"라고 불렀다. 우연히 광대들이 가지고
춤추며 희롱하는 큰 박을 얻었는데, 그 모양이 기이하고도 이상

---

17 "金歆運奈密王八世孫也(중략)太宗大王憤百濟與高句麗梗邊謀伐之及出師以歆運爲
郎幢大監於是不宿於家風梳雨沐與士卒同甘苦抵百濟之地營陽山下欲進攻川城
百濟人乘夜疾驅黎明緣壘而入我軍驚駭顚沛不能定賊因亂急擊飛矢雨集歆運橫馬
握槊待敵大舍詮知說曰今賊起暗中咫尺不相辨公雖死人無識者況公新羅之貴骨大
王之半子若死賊人手則百濟所誇託而吾人之所深羞者矣歆運曰大丈夫旣以身許國
人知之與不知一也豈敢求名乎强立不動從者握轡勸還歆運拔劍揮之與賊鬪殺數人
而死(중략)大王聞之傷慟贈歆運穢破位一吉飡(중략)時人聞之作陽山歌以傷之."

하였다. 원효가 그 모양대로 도구를 만들어 이름을 『화엄경(華嚴經)』의 "모든 자유인들은 한 길로 생사에서 벗어난다.[一切無㝵人一道出生死]"라는 문구를 따서 "무애(無㝵)"라고 이름을 붙이고, 노래를 지어 세상에 퍼지게 하였다. 일찍이 이 도구를 가지고 수많은 촌락을 돌아다니며 노래하고 춤을 추어 교화하고 읊으며 돌아다니었다.(하략)[18]

여기서 우리는 이 작품의 지은이는 원효(元曉)스님이고, 그 주제는 불법 전파의 포교가(布敎歌)임을 알 수 있고, 지어진 연대는 신라 문무왕(文武王) 때인 2994 – 3013(661 – 680)년경임을 짐작할 수가 있다.

1.2. 온빈글노래[完全借字歌]

이제까지 많은 학자들이 이른바 "향가(鄕歌)"라고 일컫는 노래들을 필자는 온빈글노래[완전차자가(完全借字歌)]라고 부른다. 그 이유는 다음과 같다.

첫째, "향가(鄕歌)"라는 말은 우리 문학작품을 우리 스스로가 차이나인들의 시가(詩歌) 작품과 견주어 "시골 노래[鄕歌 ·

---

18 "(전략) 曉旣失戒生聰已後易俗服自號小姓居士偶得優人舞弄大瓠其狀瑰奇因其形製爲道具以華嚴經一切無㝵人一道出生死命名曰無㝵仍作歌流于世嘗持此千村萬落且歌且舞化咏而歸.(하략)"

詞腦歌]"라는 뜻으로 깎아내리어 쓴 말이기 때문에 앞으로는 민족적 주체의식의 드높임을 위하여서라도 쓰지 말아야 하기 때문이다.[19]

현재 우리가 읽을 수 있는 가장 오래된 "향가"라는 말은 고려 문종 29(3408, 1075)년에 간행된 『大華嚴首座圓通兩重大師均如傳(대화엄 수좌 원통 양중대사 균여전)』에 나오는 최행귀(崔行歸)가 "당시(唐詩)"의 대칭어로 사용한 것이다. 그러므로 자폄어(自貶語)가 분명하다.

둘째, "향(鄕)"자에는 중요한 것만 다루어도 15종의 뜻이 있다.[20] 그 15개의 뜻 중에서 가장 널리 알려진 뜻은 "시골 향(鄕)"이다. 따라서 "향가(鄕歌)"라고 한다면, 일반적으로 "시골 노래"라고 풀이되며, "시골 노래[鄕歌]"는 곧 "신라 노래" 또는 "우리말 노래"로 이해되고 있다.

셋째, 일연스님이 『삼국유사』에서 사용하고 있는 "향(鄕)"자를 살펴보면, 모두 35회의 잦기를 보이는데, 그중에 "경주(慶州)"를 일컬은 것이 18회로 가장 많았고, 그 다음이 "시골"로 7회의 잦기를 보였고, 그 다음은 "고향"과 "마을"이 각각 5

----

19 "鄭寅普, 『薝園鄭寅普全集』1, (延世大出版部, 1983) 쪽 284－288에 근거하여 필자는 "시골 노래[鄕歌=詞腦歌]"로 본다.

20 1. 행정구획 이름, 2. 읍리(邑里), 3. 나라[國], 4. 처소(處所), 5. 고향, 6. 변두리, 7. 본경(本經)의 기위(氣位), 8. 방향, 9. 또래, 10. 향대부의 준말, 11. 향음주례의 준말, 12. 성(姓), 13. 구함[救也], 14. 울림[響], 15. 식사 대접[饗] 등임.

회씩의 잦기를 나타내었다. 이것으로 보더라도 "향가(鄕歌)" 를 "신라 노래"의 대명사로 쓰는 것은 마땅하지 아니하다.

넷째, 조지훈(趙芝薰 : 4253 - 4301, 1920 - 1968)은 "향가(鄕歌)"라는 말을 피하여 "신라가요(新羅歌謠)"라고 부르기 시작하여 이후에 많은 사람들이 동조하고 있다.[21]

다섯째, 그러나 이른바 "향가"를 "신라가요"라고 하면, 고려시대 균여대사(均如大師)의 「보현십종원가(普賢十種願歌)」나 고려 예종(睿宗 : 재위 3439 - 3455, 1106 - 1122)의 「도이장가(悼二將歌)」까지도 "신라가요" 속에 포함시켜야 하는 잘못을 범하게 된다.

여섯째, 이제까지 많은 학자들은 "향가(鄕歌)"를 "'신라시대 이래 창작되어 향찰로 표기된 정형가요의 총칭'으로 이해하여 왔다."고 하는데,[22] 이는 말이 안 된다.

그 이유는 "향찰(鄕札)"이라는 글자는 없기 때문이다. "향찰"이라는 말도 현재로서는 가장 일찍 이 말을 사용한 사람이 역시 고려 문종 때의 최행귀(崔行歸)이다. 그는 "당문(唐文 : 韓 · 漢文)은 그물처럼 얽어져서 우리나라에서도 쉽게 읽을 수 있는데 비하여 향찰은 인디아의 글자와 비슷하게 이어서 늘어놓은 것 같아서 당나라 사람들이 이해하기 어렵다.[唐文如帝

---

21 趙芝薰,「新羅歌謠考」,『國文學』6, 高麗大學校, 4295(1962).
22 김학성,『한국 고시가의 거시적 탐구』,(집문당, 1997.) 쪽 45.

網交羅我邦易讀鄕札似梵書連布彼土難諳」라고 한 데에서 볼 수 있듯이 뜻글의 우월성을 강조하기 위하여 우리말을 적는 표기 방법을 마치 향찰이라는 별개의 글자가 있는 것처럼 잘못 말한 것을 우리들이 계속 무분별하게 이어서 일컬어 심지어는 "향찰문자"라는 말도 쓰게 되었다. 여기서 말하는 "향찰"이라는 말은 우리말을 뜻글자의 뜻[訓]과 소리[音]를 빌어서 표기하는 방법을 일컬은 것이다. 글자는 외형(外形)이 있어야 한다. 그러나 최행귀가 말하는 "향찰"은 외형이 없다. 굳이 외형을 말한다면, 그것은 뜻글자[韓·漢文字]이다. 최행귀의 주장을 오늘의 실정에 대입하여 설명한다면, 우리말로 "나는 한 사람의 학생이다."라는 말을 잉글리시로는 "I am a student."라고 쓰는데, 이것을 우리 글자가 없다고 가정하여 잉글랜드 문자를 빌어서 쓴다면, "Nanun han saram ui hagsaengida."라고 써야 할 것이다. 이렇게 우리말을 쓴 잉글랜드 문자를 "향찰"이라고 하는 것과 똑같은 것이니, 이 잉글랜드 문자가 어떻게 향찰문자로 둔갑할 수가 있는가? 이때에 잉글리시를 이해하지 못하는 사람은 양쪽 어느 편도 이해하지 못함은 동일하다. 최행귀의 말도 깊은 속뜻은 이와 같건만, 그가 한 표현은 뜻글이나 뜻글시는 당(唐)나라(차이나)의 선비들이 잘 이해하는데, 한자를 빌어서 표기한 우리말은 그들이 전혀 이해하지 못한다면서 당시의 당나라 사람들이 쓰는 뜻글과 뜻글시는 뛰어나

고, 우리말과 우리식 쓰기는 천박하다는 뜻을 함축시켜 깎아
내려서 쓴 말이 "향가(鄕歌)" "향찰(鄕札)"인데, 이를 우리가 어
찌하여 오늘날에 이르러서까지 그대로 계속해서 써야 하는가?
오랜 관습도 잘못임을 안 순간부터는 고치어 바로잡음이 옳은
처사라고 필자는 생각한다.

　일곱째, 이처럼 스스로가 스스로를 깎아내려서 낮추려는 자
폄 의식(自貶意識)을 이제는 씻어버릴 뿐만 아니라 글자 아닌
것을 글자라고 하여 "향찰(鄕札)"이라고 하는 모순까지 해결하
면서 합리적으로 표현할 수 있는 새 이름의 창조가 필요하다.
그래서 필자는 표기 방식을 근거로 하여 "향찰(鄕札)"→"우리
말 쓰기", "향가(鄕歌)"→"온빈글노래[完全借字歌]", "이두가
(吏讀歌)"→"반빈글노래[部分借字歌]"라고 일컬을 것을 제안하
면서 이 책에서는 그렇게 표기한다. 아울러 "이두문자(吏讀文
字)"라는 말도 "반빈글[部分借字]"이라고 바꾸어 써야 한다.

　"이두문자(吏讀文字)"라는 것도 "과두문자(蝌蚪文字)"라는
글자와는 달리 그 글자의 모양이 없고, 우리말 쓰기의 한 방식
일 뿐이기 때문이다.

　여기서 필자는 통일 신라 이전 시대의 온빈글노래부터 소개
하여 살펴보면 다음와 같다.

1. 2. 1. 임 보내는 노래[送郞歌]

이 작품은 4322(1989)년 2월에 부산에서 발굴되어 2월 19
일 – 3월 8일에 『서울신문』에 8회에 걸쳐 공개된 두 종류의
『화랑세기(花郞世紀)』 중 모본(母本)에 속하는 책에 실리어 있
는 것이다.

필사본 《화랑세기》에 의하면, 미실(美室)은 2세 풍월
주인 부진부공과 묘도부인 사이에서 태어난 딸로서 미모가 뛰
어나고 교태를 잘 부려 진흥왕 이래 진평왕대까지 왕의 총애를
받았으며 진흥왕이 어릴 때 섭정한 지소태후의 아들 세종과 결
혼하게 된다. 그런데 그에 앞서 미실은 5세 풍월주가 된 사다함
과 서로 사랑하는 애인관계였는데, 사다함이 가야국 정벌을 위
해 출정할 때 이 노래를 지어 전송했다[其出征時以歌送之]고 하
며, 다음과 같은 온빈글노래를 6세 세종조에 수록해 놓았다.[23]

風只吹留如久爲都	바람이 불어 오래 머문다 해도
郞前希吹莫遣	임 앞에 불지 말고,
浪只打如久爲都	물결이 친다구 하되,
郞前打莫遣	임 앞에 치지 말고,
무무歸良來良	빨리빨리 돌아오라!
更逢叱那抱遣見遣	다시 만나 안고 보고

23 김학성, 『한국 고시가의 거시적 탐구』, (집문당, 1997) 쪽 106 – 108.

此好!   여호![24]

郎耶執音乎手乙   임이여! 잡은 손을

忍麻等尸理良奴   차마 물리려노. (정연찬 해독)

(의역) 바람이 불더라도

　　　　임 앞에는 불지 말고,

　　　　물결이 치더라도

　　　　임 앞에서는 치지 말고,

　　　　빨리빨리 돌아오라!

　　　　다시 안고 보고,

　　　　여호!

　　　　임이여! 잡은 손을

　　　　차마 물리려노?[25]

라고 하였다. 지금 학계에서는 이 『화랑세기』를 후인이 꾸민 거짓된 책이라는 설과 아니라는 설이 팽팽하다.

　설혹 위서(僞書)라 하더라도 이 작품을 하나 건져서 신라시대 온빈글노래 한 편을 얻게 되는 우리 국문학계에는 큰 복이라고 하겠다. 이 작품의 지은이는 미실(美室)이라는 신라 왕실의 귀족 여인이고, 지어진 연대는 정확하지는 아니하나 진흥

....

24 정연찬은 "아호"로 풀이하였으나, 필자는 "여호!"로 읽었다. "此"는 "야"보다는 "여기"의 "여"나 "이것"의 "이"가 뜻[訓]으로 근사하기 때문이다.

25 이종욱, 『화랑세기』, 소나무, 2005.

왕 때에 지어진 것으로 본다면, 현재로서는 『삼국유사』에 실려 전하는 온빈글노래 작품들 중에서 어느 작품보다도 가장 오래된 노래라고 하겠다.

또 이 작품의 주제는 남녀 간의 사랑을 주제로 한 이별가라고 하겠다. 그리고 형식에 관하여는 소창진평(小倉進平)이 말한 4구체, 8구체, 10구체가의 형식에 구애받지 아니하고, 원전에 나타나 있는 띄어쓰기를 따르거나, 의미망에 따라 나누는 것을 원칙으로 하는 것이 옳다고 보아 새로운 시도를 하였다.

이 작품의 이름에 관하여 일부 학자들은 "송사다함가(送斯多含歌)"라고 하여 사다함을 보내는 노래로 보고 있다.[26]

1. 2. 2. 파랑새 노래[靑鳥歌]

이 작품은 4322(1989)년 2월에 부산에서 새로 발굴된 김인문(金仁問)의 저술로 알려진 『화랑세기(花郞世紀)』 모본(母本)의 6세 풍월주(風月主) 세종(世宗)조에 실려 전하는 것이다.[27] 그 전문은 다음과 같다.

---

26 신재홍, 「화랑세기의 신빙성에 대한 어문학적 접근」, 『고전문학연구』 29, 한국고전문학회, 2006.
27 김학성, 『한국 고시가의 거시적 탐구』, 집문당, 1997과 이종욱, 『화랑세기』, 소나무, 2005에서 원문을 재인하며 필자가 재구함. 원문 중 ( )의 글자는 판독이 어렵다는 것을 추정한 것임.

靑鳥靑鳥	파랑새야! 파랑새야!
彼雲上之靑鳥	저 구름 위의 파랑새야!
胡(爲乎)	어찌하여
止我豆之田	머무느냐? 내 콩밭에.
靑鳥靑鳥	파랑새야! 파랑새야!
乃(我豆田)靑鳥	내 콩밭의 파랑새야!
胡爲乎	어찌하여
更飛入雲上去	또 날아 구름 위로 갔니?
旣來不須去	이미 온 것 꼭 가야 했나?
又去(爲)何來	또 갔으면 왜 왔느냐?
空令人淚雨	공연히 남 눈물 쏟게 하고,
腸爛瘦死	애태워 말라 죽이려나?
盡(我)死爲何鬼	끝내 나 죽어 무슨 귀신 될까?
吾死爲神兵	내 죽어 귀신의 군사 되어
飛入殿(君之芳袖)[28]	대궐의 그대 소매 속에 날아들어
朝朝暮暮	아침마다 저녁마다
保護殿君夫妻	대궐 안 그대 부부 지키면서
(萬年)千年不長滅	천년만년 오래오래 살리라.

....

28 君之芳袖＝이 부분에 관하여 이종욱은 "主護護神"으로 추정하였고, 문단도 5구 2수로 끊었다.

　이 작품은 사다함(斯多含)이 그의 애인 미실(美室)을 두고 출
정하여 전쟁터에서 승리한 뒤에 돌아와 보니, 미실은 이미 궁
중에 들어가 지소태후(智炤太后)의 아들 세종(6세 풍월주) 전
군(殿君)의 부인이 되었으므로 이 작품을 지었다고 한다. 노래
가 매우 슬퍼서 당시의 사람들이 다투어 즐겨 외웠다고 한다.
이 작품은 원래 온빈글노래[完全借字歌]이던 것을 『화랑세기』
의 지은이인 김대문(金大問)이 뜻글로 뒤치어서 옮긴 것이라고
하나, 필자는 지금의 쓰기 자체로도 온빈글노래로 볼 수가 있
기 때문에 필자는 여기서 온빈글노래로 다룬다.

　김학성은 이 작품의 문학적 가치에 관하여,

　첫째로, 신라시대의 장가(長歌)의 실체를 확인할 수 있다는
점.

　둘째로, 신라가 가야를 정벌하던 6세기경에는 감탄사[차사
(嗟詞)]가 들어 있는 짧은 노래와 감탄사가 들어있지 아니한 긴
노래가 함께 있었다는 점.

　셋째로, 미실의 「임 보내는 노래[송랑가(送郞歌)]」는 우리말
노래인데, 사다함의 「청조가(靑鳥歌)」는 뜻글 뒤치기 노래[한
역가]이므로 당시로서는 「임 보내는 노래」가 고급 음악이었다
는 점.

　넷째로, 「청조가」는 뒤에 42대 흥덕왕(興德王 : 재위 3159 -
3169, 826 - 836)이 왕비를 잃고 자신의 슬픔을 짝 잃은 앵무새

에 비유하여 지은 가사부전의 「앵무가(鸚鵡歌)」로 이어졌다는
점 등을 지적하고 있다.

1.2.3. 살별 노래[彗星歌]

이 작품은 『삼국유사』 권 5, 「감통(感通)」 제7, "융천사 혜성
가 진평왕대(融天師彗星歌眞平王代)" 조에 다음과 같은 이야기
와 함께 실려 전한다.

제5 거열랑(居烈郎), 제6 실처랑(實處郎),[29] 제7 보동랑
(寶同郎) 등 세 화랑의 무리가 풍악(楓嶽=금강산)에 놀러 가려고
하였을 때에 살별[彗星]이 심대성(心大星)을 범하였다. 낭도들이
의심스러워서 여행을 중지하려고 하였다. 이때에 융천스님이
시골 노래를 지어 부르매 이상한 별이 없어지고, 일본 군사들까
지도 물러가서 도리어 복과 경사스러운 일이 되었다. 대왕이 기
뻐하시며 낭도들을 풍악에 놀러 가라고 보내시었다.[30] 그 노래
는 이러하다.

　　　舊理東尸汀叱乾達婆矣游烏隱城叱肹良望良古
　　　네 새볗 달바의 놀은 잣을랑 바라고,

----
29 "혹은 돌처랑(突處郎)이라고 씀"이라는 원주가 있음.
30 "第五居烈郎第六實處郎(一作突處郎)第七寶同郎等三花之徒欲遊楓嶽有慧星犯心
大星郎徒疑之欲罷其行時天師作歌歌之星怪卽滅日本兵還國反成福慶大王歡喜遣
郎遊嶽焉歌曰.(하략)"

倭理叱軍置來叱多 烽燒邪隱邊也藪耶

예릿 군두 옳다 설 亽론 갓[31] 여수라.

三花矣岳音見賜烏尸聞古月置八切爾數於將來尸波矣

세굴의 올음 보샬 듣고 돌두 바질니 혀릴 바에

道尸掃尸星利望良古 彗星也白反也人是有叱多

길뽈 별 브라고 살별이여 살반여 솔온 남이 잇다.

後句

아으!

達阿羅浮去伊叱等邪此也友物北[32]所音叱慧叱只有叱故

달아래 떠가 있드라 이여 밧갇 므슴 삵기 잇고.

(의역) 옛적에 동쪽 물가의 건달바가 놀던 성을 바라보고,
       '왜군도 왔다!' 하고 봉화를 사른 가숲이다.

       세 화랑이 그 산오름 보고 듣고 달도 부지런히 불을
       켜려 할 때에

       길 쓸 별을 바라보고, 살별이여! 아뢴 어느 사람이 있다.
       아으!

       달 아래로 떠가고 있더라. 이봐! 무슨 살기가 있겠는
       고?[33]

이 작품의 내용은 다음과 같은 세 단락으로 엮어져 있다.

첫째, 세 화랑의 무리들이 금강산에 놀러 가려 할 때에 살별

---

31 원문에는 "ㄹ"로 된 것임.
32 "北"자는 양주동의 주장을 따라 "叱"의 잘못으로 봄.
33 姜吉云, 『鄕歌新解讀硏究』, (學文社, 1995) 쪽 51 - 92.

이 나타났다.

둘째, 변방에서 횃불을 사르며 왜병이 왔음을 알려왔다.

셋째, "아으!" 이하에서 왜병은 물러가고, 살별도 없어져서 평화가 다시 왔다.

는 의미로 되어 있다.

이 노래로 인하여 성괴(星怪)와 침입하였던 왜병(倭兵)들까지 물러가서 대왕이 기뻐하였다는 기록에서 이 노래는 그 주술적 위력(呪術的威力)이 대단히 강하였음을 알 수가 있다.

이 작품의 지은이는 천문학에 조예가 깊었던 화랑도이면서 스님이었던 융천(融天)임을 알 수 있고, 또 당시의 화랑들은 금강산처럼 이름 있는 명산을 찾아다니며 무술과 심신 수련을 하였음도 짐작할 수가 있다.

그리고 이 작품이 지어진 연대는 정확히 지적할 수는 없지만, 대체로 진평왕(眞平王) 재위 중인 2912 - 2964(579 - 631)년 중에서 토성이 달을 범하였다는 『삼국사기』의 기록에 따른 진평왕 16(2917, 594)년 설과 왜군이 신라에 쳐들어왔다는 『日本書記(일본서기)』의 기록에 따른 진평왕 45(2956, 623)년 설이 있다.[34] 필자는 이 중에서 현재로서는 일본의 기록보다는 『삼국사기』의 기록에 따라 진평왕 16년 설을 인정하기로 한다.

....

34 조동일, 「彗星歌의 創作年代」, 『백영 정병욱 선생 환갑 기념 논총』, 新丘文化社, 1982.
金思燁, 『鄕歌의 文學的硏究』, 啓明大 出版部, 1979.

또 이 작품의 이름에 관하여도 김선기는 "길쓸별 노래"라
하였고, 그 나머지 많은 학자들은 대체로 "혜성가"라고 하였으
나, "혜성"은 뜻글 말이기 때문에 진평왕 당시를 생각한다면,
"혜성(comet)"이라는 말보다는 순수한 우리말인 "살별(comet)"
로 늘 불렀을 것으로 판단하여 필자는 "살별 노래"라고 부른
다.

1. 2. 4. 바람 노래[風謠]

이 작품은 『삼국유사』 권 4, 「의해(義解)」 제5, "양지사석(良
志使錫)"조에 아래와 같은 기록과 함께 실리어 있다.

　　양지(良志)스님은 그 조상과 고향을 자세히 알 수가
없다. 다만 선덕왕 때에 자취를 나타내었을 뿐이다.
　석장(錫杖)의 머리에 베자루 하나를 걸어두면, 그 지팡이는
저절로 시주(施主)의 집에 날아가서 흔들어 소리를 내었다. 그
집에서는 이를 알고서 재(齋)에 쓸 비용을 넣었고, 자루가 가득
차면, 그 석장은 다시 날아서 돌아왔다. 그런 때문에 양지스님
이 머무는 곳을 "석장사(錫杖寺)"라고 하였다.
　양지스님의 신기하고 특이함은 모두가 이와 같았다. 여러 가
지 기예(技藝)에도 두루 통달하여 그 신묘함은 비길 데가 없었
다. 또 글씨 쓰기와 그림 그리기나 조각도 잘하여 영묘사(靈廟

寺) 장육삼존상(丈六三尊像)³⁵과 천왕상(天王像)과 그 절의 대웅
전(大雄殿)과 탑(塔)의 기와와 천왕사(天王寺)의 탑 아래 부분의
팔부신장(八部神將)과 법림사(法林寺)의 주불(主佛) 삼존(三尊)과
좌우 금강신(金剛神) 등은 모두 그가 흙을 빚어서 만든 것이다.
영묘사와 법림사의 현판도 그가 썼고, 또 일찍이 조각하여 만든
벽돌로 하나의 작은 탑을 만들었으며, 아울러 삼천불(三千佛)도
만들어서 그 탑과 함께 절 안에 모시고 정성을 다하여 예를 드
렸다. 그가 영묘사의 장육상을 만들 때에는 선정(禪定)에 들어
삼매지경에 빠진 자세로 흙을 빚어서 만드니, 온 성 안의 남녀
들이 다투어 진흙을 날라 공급하였다. 그때에 부른 바람 노래
[風謠]는 이러하다.

來如來如來如來如　　오다 오다 오다 오다.
哀反多羅哀反多　　　설븐다라. 설븐다.
矣徒良　　　　　　　애내여!
功德修叱如良來如　　공덕 닦가러 오다.
(의역) 오다. 오다. 오다. 오다.
　　　서럽더라. 서럽다.
　　　우리들이여!
　　　공덕 닦으러 오다.

지금까지도 시골에서는 방아를 찧거나, 다른 일을 할 때에도

---

35 장육삼존상(丈六三尊像) = 16자, 곧 5.28m 높이의 세 부처님의 상(像).

모두 이 노래를 부르고 있는데, 대개 이때에 시작된 것이다.(하
략)[36]

라고 하였는데, 여기서 우리가 주의하여야 할 몇 가지가 있다.
그것은 곧 이 작품의 이름과 지은이와 지어진 때와 주제에 관
한 정확한 지식이다.

첫째, "풍요(風謠)"라는 이름을 통하여 풍속적 "방아찧기 노
래"라는 노동요(勞動謠) 또는 민간요(民間謠)로 풀이하는 학자
들이 많으나[37], 이는 뜻글말 "소망(所望)・염원(念願)・원망(願
望)・희망(希望)・희원(希願)"을 뜻하는 우리말 "바람"을 "바
람 풍(風)"자의 뜻을 빌어서 쓴 동음이의(同音異意)의 우리말을
뜻글자로 빌어쓰기를 한 것으로 보아야 한다는 것이 필자의
주장이다. 그래야만 "공덕(功德) 닦으러 오다."의 속뜻과도 일
치하게 된다. 약 5m 30cm 높이의 거대한 세 분 불상[三尊佛
像]을 흙으로 빚어서 만들 경우, 거기에 드는 진흙의 양은 대단

---

36 "釋良志未詳祖考鄉邑唯現迹於善德王朝錫杖頭掛一布袋錫自飛至檀越家振拂而鳴
戶知之納齋費俻滿則飛還故名其所住曰錫杖寺其神異莫測皆類此旁通雜譽神妙絶
比又善筆札靈廟丈六三尊天王像幷殿塔之瓦天王寺塔下八部神將法林寺主佛三尊
左右金剛神等皆所塑也書靈廟法林二寺額又嘗彫塼造一小塔竝造三千佛安其塔置
於寺中致敬焉其塑靈廟之丈六也自入定以正受所對爲揉式故傾城士女爭運泥土風
謠云(중략)至今土人舂相役作皆用之蓋始于此.(하략)"

37 姜吉云,『鄉歌新解讀研究』, 學文社, 1995.
金尙憶,『鄉歌』, 한국자유교육협회, 1974.
최철,『향가의 문학적 연구』, 새문社, 1983.

히 많다. 겉으로 보이지 아니하는 속에 거푸집을 어떻게 넣어
서 만드느냐에 따라서 소요되는 흙의 양은 달라진다고 하더라
도 조소(彫塑)에 알맞은 흙을 공급하는 데에는 흙이 있는 곳과
양지스님의 작업장과의 거리에 따라서 그 많이 드는 진흙을
원산지(原産地)에서 파서 옮기는 데에는 엄청난 노동력이 소요
되었을 것이다. 게다가 신라시대 당시로서는 특수 운반도구를
사용하지 아니하고, 당시 경주(慶州) 시내의 남녀들이 공덕(功
德)을 닦는다는 바람[所願·希願]과 정성으로 흙을 날랐을 것
이니, 그 수고로움이 얼마나 심하였을 것인가에 관하여는 헤
아리기 어렵지 아니하다. 그 힘든 노동을 "공덕 닦는다"는 "바
람[祈望·祈願·所望·所願·願望·念願·希望]"을 가지고
기도하듯 노래하며 무거운 찰흙을 기쁜 마음으로 운반하였을
것이라고 필자는 생각한다. 이 작품은 양지(良志)스님이 영묘
사(靈廟寺) 16척(尺 = 약 5m 30cm 높이)의 삼존불상(三尊佛像)을
완성한 뒤에도 계속 불리어졌다고 본다. 일연스님 당시에는
여러 사람들이 같이 일할 때에나 방아를 찧을 때에 "방아 노
래"라는 노동요로 변하여 600여 년을 이어오면서 노래된 것으
로 풀이된다.

둘째, 이 작품의 지은이에 관하여 이제까지는 성명을 모르
는 사람의 작품으로 이해되어 왔으나, 필자는 양지(良志)스님
이라고 본다. 이 "바람 노래"를 처음으로 세상에 소개한 일연

(一然)스님이 양지스님을 글짓기·그림 그리기·글씨 쓰기·조
각·조소(彫塑) 등 갖가지 기예(技藝)에 뛰어난 사람임을 소개
하고, 양지스님의 업적을 자세히 소개한 뒤 영묘사(靈廟寺) 장
육(丈六) 삼존상(三尊像)을 흙으로 빚어서 만들 때에 성내의 사
녀들이 흙을 다투어 운반하면서 이 노래를 불렀다고 한 것으
로 볼 때에 이 노래는 양지스님이 지어서 자기의 일을 도와주
며 힘들어 괴로워하는 사녀들에게 "바람(소망·염원·원망·
희망)"을 이루기 위한 공덕(功德)을 닦는 성스러운 일이므로
이 공덕가(功德歌)를 노래하며 운반할 것을 교시(敎示)하여 준
것으로 풀이하면, 그 지은이는 곧 양지스님인 것이 분명하여
진다.

　셋째, 이 작품의 이름에 관하여 일본인 소창진평(小倉進平)
은 "양지사석(良志使錫)"이라고 『삼국유사』의 표제를 그대로
썼으며, 김선기는 "바람결 노래"라 하고, 최철(崔喆)은 "공덕가
(功德歌)"라고 하였으며, 홍기문(洪起文)은 "오라가" 이가원(李
家源)은 "운니요(運泥謠)"[38]라고 하였으나, 필자는 "바람 노래
[소망가·염원가·희망가·희원가]"라고 불러야 한다고 본다.
그리고 일연스님이 쓴 "풍요(風謠)"는 "풍속요(風俗謠)"의 준
말이 아니라, 우리말 "바람 노래"를 훈역(訓譯)한 것으로 보아

---

38 李家源, 『韓國漢文學史』, (普成文化社, 1989) 쪽 33.

야 한다.

넷째, 이 작품이 지어진 연대는 영묘사(靈廟寺) 창건이 선덕여왕 4(2968, 635)년이므로 이 작품도 거의 같은 시기라고 보아야 할 것이다. 그것은 일연스님이 밝힌 영묘사의 대웅전의 기와와 탑과 영묘사라는 현판까지를 모두 양지스님이 만든 것이라고 하였기 때문이다.

다섯째, 이 작품의 주제는 단순 노동요가 아니고, 공덕을 닦기 위한 노동중의 노래이므로 찬불(讚佛)의 성격이 짙은 소망가(所望歌) 또는 소원가(所願歌)인 "바람 노래"로 보아야 한다.

1.3. 신라의 이야기 문학

여기서 말하는 "이야기 문학"은 율문문학(律文文學)의 대립어인 산문문학(散文文學)을 가리킨다. 현재 우리가 읽을 수 있는 신라시대 이야기 문학 작품은 고려시대에 이루어진 『삼국사기』와 같은 역사서나, 『삼국유사』와 같은 문학사(文學史) 책이외에도 각종 금석문(金石文)들에서 간간이 볼 수 있는 정도이다. 지어진 연대가 오래된 것들은 각종 금석문에 의존할 수밖에 없다.

여기에는 입에서 입으로 전하여 오다가 글자로 정착된 이야기와 처음부터 글로 지어진 창작된 이야기의 두 갈래가 있다.

그리고 창작된 이야기에는 다시 처음부터 꾸며진 거짓 이야기[소설(小說)]와 있었던 일이나, 있는 사실에 관한 참 이야기[수필(隨筆)]의 두 계열이 있다. 이를 다시 설명하면,

```
이야기   ┌─ 입으로 전하여진 이야기[구전설화(口傳說話)]
문 학    └─ 지어진 이야기[창작담화(創作談話)] ─┬─ 거짓된 이야기[소설]
                                          └─ 참된 이야기[수필]
```

로 된다.

여기서는 입으로 전하여오다가 문헌에 정착된 오랜 이야기부터 소개하기로 한다.

1. 3. 1. 신라 건국의 이야기

일연스님의 『삼국유사』 권 1, 「기이(紀異)」 제1에는 "신라시조 혁거세왕(新羅始祖赫居世王)"이라는 글이 아래와 같이 실리어 전한다.

(전략) 육부의 할아버지들이 각각 젊은이들을 거느리고 알천 언덕 위에 모여서 의논하기를, "우리들에게는 위로 뭇 백성들을 다스리는 임금이 없으므로 백성이 모두 방종하여 제멋대로 행동하니, 덕이 있는 분을 찾아내어 임금으로 삼아서 나라도 세우고 도읍을 차려야 할 것이 아니겠소?" 하였다. 이에

높은 곳에 올라가서 남쪽을 바라보니, 양산(陽山) 아래 나정(蘿井) 옆에 번갯빛 같은 이상한 기운이 땅으로 드리웠는데, 흰 말한 마리가 꿇어 엎드리어 절을 하는 시늉을 하고 있었다. 곧 뒤져 보니 자줏빛 나는 알이 한 개가 있고, 말은 사람을 보자 길게소리를 뽑아 울면서 하늘로 올라갔다. 그 알을 쪼개니 사내아이가 있는데, 모습이 단정하고 아름다웠다. 놀랍고 이상하여서 동천(東泉)에서 목욕을 시키었더니, 몸에서 광채가 나고 새와 짐승들이 모두 춤을 추며 천지가 진동하고 해와 달이 청명하였다. 인하여 혁거세왕(赫居世王)이라 이름하고, 위호는 거슬한(居瑟邯)이라고 하였다. 그 당시의 사람들이 다투어가면서 치하하기를 "이제 천자가 내려 오셨으니, 마땅히 덕이 있는 황후를 맞이하여 배필을 정하여야 하겠습니다." 하였다. 이날 사량리(沙梁里) 알영(閼英) 우물에서 계룡(鷄龍)이 나타나더니, 왼쪽 옆구리로 계집아이를 낳았다. 얼굴이 아주 고우나 입술이 닭의 주둥이와 같았는데, 월성(月城) 뒷내에 데리고 가서 목욕을 시키니, 그주둥이가 뽑혀서 떨어졌다. 인하여 그 내를 발천(撥川)이라고불렀다. 남산 서쪽 기슭에 궁실을 짓고 거룩한 두 아이를 받들어 길렀다. 사내는 알에서 나왔으니 알은 박과 같고, 우리나라사람들이 호(瓠)를 박이라고 하기 때문에 인하여 성을 박(朴)씨라고 하였으며, 여자아이는 자기가 난 우물 이름으로 이름을 지었다. 두 성인의 나이가 13세에 이르러 오봉(五鳳) 원(2277, 기원전 57)년 갑자(甲子)에 사내가 임금이 되면서 여자를 왕후로삼았다. 나라의 칭호를 서라벌(徐羅伐) 또는 서벌(徐伐)이라고 하고, 혹은 사라(斯羅) 또는 사로(斯盧)라고도 이른다. 맨 처음 왕이 계정에서 난 까닭에 혹은 계림국(鷄林國)이라고도 하니 계룡이 상서를 나타내기 때문이다. 달리 말하기를, 탈해왕 때 김알지를 얻었는데, 그때에 닭이 숲속에서 울어 이에 나라 칭호를 계림(鷄林)이라고 고치었다가 후세에 와서 마침내 신라(新羅)라는 이름으로 정하였다고 한다. (하략)[39]

이 글에 의하면, 신라는 고구려의 동명성왕과 마찬가지로 알[卵]에서 시조가 출현하였다는 알 숭배사상의 알 신앙을 가진 겨레의 나라임을 짐작하게 한다. 이와 같은 알 신앙의 겨레는 지금의 차이나 땅에 있었던 은(殷)나라→고구려→신라→가야(伽倻)나라의 겨레들로 이어진다.

----

39 "(전략) 六部祖各率子弟俱會於閼川岸上議曰我輩上無君主臨理蒸民民皆放逸自從所欲盍覓有德人爲之君主立邦設都乎於是乘高南望楊山下蘿井傍異氣如電光垂地有一白馬跪拜之狀尋之有一紫卵(원주 약)馬見人長嘶上天剖其卵得童男形儀端美驚異之浴於東泉(원주 약)身生光彩鳥獸率舞天地振動日月淸明因名赫居世王(원주 약)位號曰居瑟邯(원주 약)時人爭賀曰今天子已降宜覓有德女君之是日沙梁里閼英井(원주 약)邊有鷄龍現而左脇誕生童女(원주 약)姿容殊麗然而脣似鷄觜將浴於月城北川其觜撥落因名其川曰撥川營宮室於南山西麓(원주 약)奉養之二聖兒男以卵生卵如瓠鄕人以瓠爲朴故因姓朴女以所出井名之二聖年至十三歲以五鳳元年甲子男立爲王仍以女爲后國號徐羅伐又徐伐(원주 약)或云斯羅又斯盧初王生於鷄井故或云鷄林國以其鷄龍現瑞也一說脫解王時得金閼智而鷄鳴於林中乃改國號爲鷄林後世遂定新羅之號. (하략)"

1. 3. 2. 신라 이성(二聖) 이야기

이 이야기는 『삼국사기』 권 1, 「신라본기」 제1 "시조(始祖)" 조에 다음과 같이 실려 있는데, 앞에서 말한 신라 건국의 이야기와 중복되는 면이 있으나, 이는 『삼국사기』의 기록이므로 『삼국유사』의 기록과는 다소 다른 점이 있다.

(전략) 이보다 앞서 조선의 유민들이 산골에 나뉘어 살면서 여섯 마을을 이루었다.(중략) 이들이 진한(辰韓) 육부(六部)가 되었다. 고허촌장(高墟村長) 소벌공(蘇伐公)이 양산(楊山) 기슭을 바라보니, 나정(羅井) 우물 옆 숲 사이에 말이 꿇어앉아 울므로 즉시 가서 보니, 갑자기 말은 보이지 아니하고, 다만 큰 알이 있었다. 그 알을 쪼개니, 그 속에서 어린아이가 나왔다. 그 아이를 거두어 길러 그의 나이가 10여 세가 되매 뛰어나게 숙성하여 6부의 사람들이 그의 출생이 기이하고 이상하므로 떠받들어 높이더니, 이때(2277, 서력 전 57년)에 이르러 그를 세워 임금을 삼았다. 진한 사람들이 호(瓠)를 "박" 이라고 하는데, 처음의 큰 알이 박과 같았으므로 그의 성을 "박(朴)" 이라고 하였다.(중략) 5년 봄 정월에 알영정(閼英井)에 용이 나타나 오른 편 옆구리로 여아를 낳았다. 한 노파가 보고 이상히 여기어서 이를 거두어 기르고 우물 이름으로서 아이 이름을 지었다. 그가 자라매 얼굴이 덕성스러우므로 시조(始祖)가 듣고 데려다가 왕비로 삼았더니, 행실이 어질고 내조가 능하여 당시 사람들이 두 성인

[二聖人]이라고 일컬었다.[40]

여기서 우리는 진한(辰韓) 사람들은 천손(天孫)인 조선(朝鮮)
의 유민(遺民)이지만, 신라의 시조가 된 사람은 천손(天孫)이
아니고, 큰 알에서 출생한 기인(奇人)이라는 점이 천손(天孫)과
구별된다. 이는 현실 인물의 등장으로 이어지게 된다. 또 단제
기원 2200년대에 이미 성씨(姓氏)를 가지게 되었다는 점에서
우리 겨레의 성씨 창제의 기원을 찾을 수가 있다. 여기서의 알
은 곧 어머니의 포태(胞胎)를 상징한 것으로 풀이된다. 이 이야
기 이후의 건국 시조들은 하나같이 알에서 출생하는 것으로
되어 있다.[41]

1.3.3. 석탈해(昔脫解) 이야기

이 이야기도 『삼국사기』 권 1, 「신라본기」 제1(상) "脫解尼
師今[탈해잇금]' 조에 아래와 같이 기록되어 있다.

---

40 "(전략) 先是朝鮮遺民分居山谷之間爲六村 (중략) 是爲辰韓六部高墟村長蘇伐公望楊
山麓蘿井傍林間有馬跪而嘶則往觀之忽不見馬只有大卵剖之有嬰兒出焉則收而養
之及年十餘歲岐嶷然夙成六部人以其生神異推尊之至是立爲君焉辰人謂瓠爲朴以
初大卵如瓠故以朴爲姓 (중략). 五年春正月龍見於閼英井右脅誕生女兒老嫗見而異
之收養之以井名之及長有德容始祖聞之納以爲妃有賢行能內輔時人謂之二聖."
41 김성호, 『씨성으로 본 한일민족의 기원』, 푸른숲, 2000.

(전략) 탈해는 본래 다파나국(多婆那國)[42]에서 태어났
다. 이 나라는 왜국(倭國)의 동북쪽 천리 떨어져 있다. 처음에
그 나라 왕이 여국왕(女國王)[43]의 딸에게 장가들어 아내를 삼았
더니, 임신한 지 7년 만에 큰 알을 낳았다. 왕이 말하기를, "사
람으로서 알을 낳았으니, 상서롭지 아니하다. 마땅히 버리어
라."고 하였다. 그 여인이 차마 버리지 못하고, 비단으로 알과
보물을 함께 싸서 궤 속에 넣어 바다에 띄워 가고 싶은 대로 가
게 하였다. 그것이 처음에는 금관국(金官國)[44] 해변에 닿았으나
금관국 사람이 괴이하게 여겨 주워들이지 아니하고, 또 진한(辰
韓) 아진포(阿珍浦)[45] 입구에 닿으니, 이때는 바로 시조 혁거세
(赫居世)가 왕위에 있은 지 39(2314, 서력기원전 19)년이었다.
때마침 바닷가에 사는 늙은 할머니가 줄로 끌어 바닷가 언덕에
잡아매고 궤를 열어보니, 웬 어린아이가 하나 들어 있었다. 그
어미가 이를 데려다 길렀다. 이 아이가 어른이 되매 키가 약
2m 97cm나 되고, 풍신이 빼어나고 지식이 남보다 뛰어났다.
누가 말하기를, "이 아이는 성씨를 알 수 없으나 처음에 궤가 올
때에 까치 한 마리가 울면서 날아 따라왔으니, 까치 작(鵲)자를
줄여서 옛 석(昔)자로 성씨를 삼는 것이 마땅할 것이며, 또 궤짝

----

42 다파나국(多婆那國) = 『삼국유사』의 「탈해왕(脫解王)」조에서는 "용성국(龍城國)"으
로 되어 있으며, 또 용성국은 "정명국(正明國)" 또는 "완하국(琓夏國)", "화하국(花夏
國)"이라고도 한다는 원주도 있음.

43 여국왕(女國王) = 『삼국유사』에는 "적녀국(積女國)"으로 되어 있음.

44 금관국(金官國) = 『삼국유사』에서 "가락국(駕洛國)"으로 되어 있음.

45 진한(辰韓) 아진포(阿珍浦) = 『삼국유사』에는 "계림(鷄林) 동쪽 하서지촌(下西知村)
아진포(阿珍浦)"로 되어 있음.

을 풀고 나왔으니, 벗을 탈(脫)자와 풀 해(解)자로 이름을 짓는
것이 마땅하다."고 하였다. 탈해가 처음에 고기잡이로 생업을
삼아 그 어머니를 봉양하였는데, 한 번도 귀찮아하는 기색이 없
었다. 그 어머니가 말씀하시기를, "네가 예사 사람이 아니며 골
격이 특이하니, 마땅히 학문에 종사하여 공명을 세우라."하였
다. 이에 학문에 전념하고 겸하여 지리를 알게 되었다. 그가 양
산(楊山) 밑 호공(瓠公)의 집을 바라보고 좋은 집터라 하여 꾀를
써서 빼앗아 그곳에서 살았다. 이 땅이 뒤에 월성(月城)이 되었
다.(하략)[46]

이 이야기는『삼국유사』권1, 「기이(紀異)」제2(상) "제4 탈해
왕(脫解王)"조에도 실려 있는데, 『삼국사기』보다 조금 더 늘어
나 있다. 이 이야기의 요점은 석탈해(昔脫解)의 탄생에 얽힌 난
생담(卵生談)과 바다 밖에서 출생하여 신라에 들어온 이방인(異
邦人)의 정착 과정을 밝히고 있다. 우리는 이 이야기를 통하여,
첫째, 단제기원 2300년대에 이미 해외 이민(移民)이 도래(渡

---

46 "(전략) 脫解本多婆那國所生也其國在倭國東北一千里初其國王娶女國王女爲妻有
娠七年乃生大卵王曰人而生卵不祥也宜棄之其女不忍以帛裏卵幷寶物置於櫝中浮
於海任其所往初至金官國海邊金官人怪之不取又至辰韓阿珍浦口是始祖赫居世在位
三十九年也時海邊老母引繩引繫海岸開櫝見之有一小兒在焉其母取養之及壯身長
九尺風神秀朗知識過人或曰此兒不知姓氏初櫝來時有一鵲飛鳴而隨之宜省鵲字以
昔爲氏又解韞櫝而出宜名脫解脫解始以漁釣爲業供養其母未嘗有懈色母謂曰汝非
常人骨相殊異從學以立功名於是專精學問兼知地理望楊山下瓠公宅以爲吉地設
詭計以取而居之其地後爲月城.(하략)"

來)하였다는 사실.

둘째, 태평양 내외해(太平洋內外海)에 있는 여러 섬들과의 교류가 있었다는 사실.

셋째, 탈해가 거인(巨人)이었다는 사실.

넷째, 단제기원 2300년대에 이미 학문을 열심히 공부할 수 있는 시설이 있었다는 점.

다섯째, 이 시대의 가정교육 특히 어머니가 아이에게 희망과 야망을 가지고 공명(功名)을 위하여 학업에 힘쓸 것을 가르치었다는 점.

여섯째, 이 시대에 이미 오늘날의 남의 자식을 입양, 양육하는 제도의 기원을 엿볼 수 있다는 점.

일곱째, 또한 풍수지리(風水地理)설이 보편화되어 있었다는 사실.

여덟째, 이 시대에 이미 성씨(姓氏)를 가지고 살았다는 사실 등에 관심할 필요가 있다.

이러한 사실들은 풀이에 따라서는 이 이야기가 실려 있는 『삼국사기』나 『삼국유사』가 이루어질 당시 곧 고려 중기 이후의 사회상의 반영이라고 볼 수도 있으나, 필자는 단제기원 2300년대의 우리 문화 수준이 매우 높았음을 증명하여 보인 것이라고 풀이한다.

1. 3. 4. 김알지(金閼智) 이야기

이 이야기는 『삼국유사』 권1, 「紀異(기이)」 제2(상) "金閼智
(김알지)" 조에 아래와 같이 실려 있다.

영평(永平) 3(2393, 60)년 경신(庚申)[47] 8월 4일에 호공
(瓠公)이 밤에 월성(月城) 서편 마을을 거닐다가 큰 광명이 시림
(始林)[48] 속에서 나타나 붉은 구름이 하늘에서 땅에 드리웠고, 구
름 가운데 황금 궤(黃金櫃)가 나무 끝에 걸려 있고, 그 빛이 궤 속
에서 나왔으며, 또한 흰 닭이 나무 밑에서 우는 것을 보았다. 그
러한 실상을 왕에게 아뢰었더니, 왕이 숲속으로 가서 궤를 열고
보니, 그 속에 어린 사내아이 하나가 누워 있다가 곧 일어났다.
마치 혁거세의 옛일과 같았으므로, 그 말로 인하여 "알지"로써
이름하였다. 알지는 곧 시골말에 "작은 아기"를 이름이다. 그 아
기를 안고 대궐로 돌아올 때에 새와 짐승들이 서로 따르며, 기뻐
팔짝팔짝 뛰곤 하였다. 왕이 길한 날을 골라 태자에 책봉하였으
나 뒤에 파사(婆娑)에 사양하여 왕위에 오르지 아니하였다. "금
궤에서 나왔다." 하여 성(姓)을 "김씨(金氏)"라고 하였다. (하략)[49]

47 경신(庚申) = "중원(中元) 6년이라고 함은 잘못이다. 중원은 2년뿐이다."라는 원주
가 있음.

48 시림(始林) = "또 구림(鳩林)이라고도 한다."는 원주가 있음.

49 "永平三年庚申(一云中元六年誤矣中元盡二年而已)八月四日瓠公夜行月城西里見
大光明於始林中(一作鳩林)有紫雲從天垂地雲中有黃金櫃掛於樹枝光自櫃出亦有白
鷄鳴於樹下以狀聞於王駕幸其林開櫃有童男臥而卽起如赫居世之故事故因其言以
閼智名之閼智卽鄕言小兒之稱也抱載還闕鳥獸相隨喜躍蹌蹌土擇吉日册位太子後
謙故婆娑不卽王位因金櫃而出乃姓金氏. (하략)"

이 이야기는 혁거세의 출생담과 흡사한 점이 많다. 다만 출생지가 혁거세 이야기에서는 나정(蘿井)이라는 우물인데 비하여 이 이야기는 시림(始林), 또는 구림(鳩林)이라는 나무숲으로 되어 있음이 다를 뿐이다.

근래에는 이른바 김알지(金閼智)가 흉노(匈奴)에서 내려왔다는 주장이 힘을 받고 있다.

1. 3. 5. 연오랑(延烏郞) 세오녀(細烏女)

이 이야기는 『삼국유사』 권 1, 「기이(紀異)」 제2(상) "연오랑(延烏郞) 세오녀(細烏女)" 조에 아래와 같이 실려 있다.

제팔 아달라왕(阿達羅王)이 즉위한 4(2490, 157)년 정유(丁酉)에 동해(東海)가에 연오랑과 세오녀라는 부부가 살고 있었다. 어느 날 연오랑이 바다에 가서 마름을 캐는데, 갑자기 한 바위[50]가 그를 업고 일본(日本)으로 돌아갔다. 그 나라 사람들이 보고 이르기를, "이는 비상한 사람이다." 하고, 곧 그를 세워 왕을 삼았다.[51] 세오녀는 그 남편이 돌아오지 아니하는 것을 이상히 여기고 가서 찾았다. 남편이 벗어놓은 신을 발견하고 그

----

50 "다른 데는 고기라고 하였다."는 원주가 있음.
51 "일본제기(日本帝紀)를 상고하면 앞뒤로 신라 사람이 왕이 된 이가 없으니, 이는 어떤 변방 작은 고을의 왕이요, 진왕(眞王)은 아닐 것이다."라는 원주가 있음.

바위 위에 올랐을 때에 바위가 또한 그를 업고 가기를 전과 같
이 하였다. 그 나라 사람들이 놀라고 의아히 생각하여 왕에게
여쭈어 부부가 서로 만나 귀비(貴妃)를 삼았다. 이때에 신라에
서는 해와 달이 빛을 잃었다. 일관(日官)이 아뢰기를, "해와 달
의 정기가 우리나라에 강림하였던 것이 이제 일본으로 가버렸
으니, 이러한 괴변이 일어난 것입니다."라고 하였다. 왕은 사자
(使者)를 보내어 두 사람을 찾았더니, 연오랑이 말하기를, "내가
이 나라에 온 것은 하늘이 시켜 그러한 것이다. 이제 어찌 돌아
가겠는가? 비록 그러하나 짐(朕)의 비(妃)가 손수 짠 고운 비단
이 있으니, 이것을 가져다 하늘에 제사하면 될 것이다." 하고는
그 비단을 주었더니, 사자가 돌아와 아뢰었다. 그 말대로 하늘
에 제사를 올렸다. 그 뒤에 해와 달이 다시 밝아졌다. 그 비단을
어고(御庫)에 간직하여 국보(國寶)로 삼고, 그 창고 이름을 "귀
비고(貴妃庫)"라 하고, 하늘에 제사한 곳을 "영일현(迎日縣)" 또
는 "도기야(都祈野)"라고 하였다.[52]

이 이야기는 우리의 선조들이 일본으로 건너가 지금의 도근
현(島根縣 : 일본음 시마네겐)의 새로운 지도자가 되었음을 암시

----

52 "第八阿達羅王卽位四年丁酉東海濱延烏郞細烏女夫婦而居一日延烏歸海採藻忽有
一巖(一云魚)負歸日本國人見之曰此非常人也乃立爲王(按日本帝紀前後無新羅人
爲王者此乃邊邑小王而非眞王也)細烏怪夫不來歸尋之見夫脫鞋亦上其巖巖亦負歸
如前其國人驚訝奏獻於王夫婦相會立爲貴妃是時新羅日月無光日者奏云日月之精
降在我國今去日本故致斯怪王遣使來二人延烏曰我到此國天使然也今何歸乎雖然
朕之妃有所織細綃以此祭天可矣仍賜其綃使人來奏依其言而祭之然後日月如舊藏
其綃於御庫爲國寶名其庫爲貴妃庫祭天所名迎日縣又都祈所."

하여 주는 예라고 하겠다.[53] 그리고 이 이야기는 "귀비고"와 "영일현" 또는 "도기야"라는 지명에 관한 지명 연기담(緣起談)이라고도 하겠다.

이 이야기에 관한 여러 학자들의 연구는 다양하여 일식 설화(日蝕說話)라는 설,[54] 신라인이 일본에 이주한 전설이라는 설,[55] 연오와 세오 부부를 제천 의식의 집행자인 사제(司祭)로 보는 견해[56] 등이 있으나 아직도 연구의 여지가 남아 있다.

1. 3. 6. 석우로(昔于老)

이 이야기는 『삼국사기』「열전」 제5에 실리어 있다. 그 전문을 소개한다.

석우로(昔于老)는 신라 내해 임금의 아들(혹은 각간 수로의 아들이라고도 함, 원주)이다. 조분왕(助賁王) 2(2564, 231)년 7월에 우로는 이찬(伊湌)으로서 대장군이 되었다. 감문국(甘文國)을 쳐 멸하여 그 땅을 군현(郡縣)으로 만들었다. 4(2566, 233)년 7월에는 왜놈들이 쳐들어왔다. 우로가 사도(沙道)에서 왜군을 맞아 싸웠다. 바람을 타서 불을 놓아 왜적의 싸

....

53 李弘稙,「여명기 한일관계와 전설의 검토」,『國史上의 諸問題』2.
54 孫晉泰,『朝鮮의 日月傳說』.
55 金澤庄三郎,『日鮮同祖論』.
56 李寬逸,「延烏郎細烏女說話의 한 研究」,『국어국문학』55-57, 국어국문학회, 1972.

움배들을 태워버리니, 왜적들이 물에 빠져 죽거나 또는 불에 타서 다 죽었다. 15(2577, 244)년 정월 서불한 겸 병마사(舒弗邯兼知兵馬事)가 되어 나아갔다. 16(2578, 245)년에는 고구려가 북쪽 국경을 쳐들어와서 나아가 싸워 물리치려 하였으나 이기지 못하고 후퇴하여 마두채(馬頭柵)를 지키고 있었다. 밤이 되자 군사들이 추워서 고생하므로 우로가 몸소 돌아다니며 위로하고 불을 피워 따뜻하게 하여 주었다. 여러 군사들의 마음이 감동하여 기뻐하기를 마치 솜을 옆구리에 낀 듯이 하였다. 첨해왕(沾解王)이 위에 있을 때에 사량벌국(沙梁伐國)이 옛날 우리 속국이었는데, 갑자기 배반하고 백제에 귀의하니, 우로는 군사를 거느리고 가서 쳐 없이하였다. 첨해왕 7(2586, 253)년에는 왜(倭)나라의 사신 갈나고(葛那古)가 와서 객관에서 머물고 있는데, 우로가 접대하는 일을 맡았다. 우로는 그와 농담을 하면서, "조만간에 너의 왕이 소금장수의 종[鹽奴]이 될 것이고, 너의 왕비는 밥 짓는 여자[爨婦]가 될 것이다."라고 하였다. 왜나라 왕이 그 이야기를 듣고, 성이 나서 장군 우도주군(于道朱君)을 보내어 우리를 치니, 왕이 유촌(柚村)으로 나가서 머물러 있었다. 우로가 말하기를, "이번의 이 환란은 저의 신중하지 못한 말로 하여금 일어난 일이니까 제가 나가서 감당하겠습니다." 하고는 마침내 왜군에 달려가서 말하기를, "전일에 한 말은 농담일 뿐이었는데, 어찌하여 군사까지 일으키어 이렇게 왔는가?" 하였다. 왜군은 대답도 하지 아니하고, 그를 잡아 나무를 쌓아 그 위에 올려놓고 불을 질러 태워죽이고 달아났다. 우로는 당시에 아들이 어려서 걸음마도 못하니, 사람들이 안아서 말을 타고 돌아 갔는데, 그가 흘해잇금[訖解尼師今]이 되었다. 미추왕(味鄒王) 때에 왜나라 대신이 와서 인사를 올리니, 우로의 아내는 미추왕 께 청하여 사사로이 왜나라 사신을 밥해 먹이겠다고 하여 그가 고주망태가 된 뒤에 장사들을 시켜 집 안마당에 끌어다 불을 질 러 태워서 전날의 원한을 갚았다. 왜나라 사람들이 분하여 와서 금성(金城)을 쳤으나 이기지 못하고 돌아갔다.(하략)[57]

이 이야기는 신라와 왜국과의 국제 관계가 좋지 아니하였던 이유를 이해하는데 도움이 될 뿐 아니라 신라 왕족인 우로(于 老)의 인물됨을 통하여 나라를 다스릴 사람의 덕목을 터득하 는 데에도 훌륭한 자료적 가치가 있다.

1.3.7. 거문고집을 쏘아라[射琴匣]

이 작품은 『삼국유사』 권1, 「기이(奇異)」 제1에 실려 있다.

---

57 "昔于老新羅奈解尼師今之子(或云角干水老之子)助賁王二年七月以伊飡爲大將軍 出討甘文國破之以其地爲郡縣四年七月倭人來侵于老逆戰於沙道乘風縱火焚敵戰 艦賊溺死且盡十五年正月進爲舒弗邯兼知兵馬事十六年高句麗侵北邊出擊之不克 退保馬頭柵至夜士卒寒苦于老躬行勞問手燒薪蘇暖熱之群心感喜如挾纊沾解王在 位沙梁伐國舊屬我忽背而歸百濟于老將兵往討滅之七年倭國使臣葛那古在館于老 主之與使臣戲言早晩以汝王爲鹽奴王妃爲爨婦倭王聞之怒遣將軍于道朱君伐我王 出居于柚村于老曰今玆之患由吾言之不愼我其當之遂抵倭軍謂曰前日之言戲之耳 豈意興師至於此耶倭人不答執之積柴置其上燒殺之乃去于老子幼弱不能步人抱以 騎而歸後爲訖解尼師今味鄒王時倭國大臣來聘于老妻請於國王私饗倭使臣及其泥 醉使壯士曳下庭焚之以報前怨倭人忿來攻金城不克引歸.(하략)"

그 전문을 소개한다.

제21대 비처왕(毗處王)[58]이 즉위한 10(2821, 488)년 무진(戊辰)에 왕이 천천정(天泉亭)에 납시었다. 마침 까마귀와 쥐가 와서 울었다. 쥐가 사람의 말을 하면서 "이 까마귀가 가는 곳을 찾아가시오." 하였다.[59] 왕이 말 타는 사람을 시켜 따라가게 하였더니, 남쪽으로 피촌(避村)[60]에 이르러서 돼지 두 마리가 싸우는 것을 보다가 까마귀가 있는 곳을 잃었다. 길가에서 머뭇거리다가 마침 한 노인이 못에서 나와 글을 바치었다. 겉에 쓰기를, "열어보면 두 사람이 죽고, 열어 보지 아니하면 한 사람이 죽는다." 하였다. 사신이 와서 그 글을 왕께 바치니, 왕이 "두 사람이 죽는 것보다는 한 사람만 죽게 열어보지 아니하는 것이 좋겠다." 하니, 일관(日官)이 여쭈어 말하기를, "두 사람이라는 것은 서민입니다. 한 사람은 왕이십니다." 하매, 왕도 그렇게 생각하고 열어보았더니, 글 속에 "거문고집을 쏘라!" 하였다. 왕이 궁에 들어가 거문고집을 보고 쏘았더니, 내전의 분수승(焚修僧)이 왕비와 은밀히 간통하고 있었다. 두 사람은 사형되었다. 이로부터 세상에서 매년 정월 첫 돼지날과 첫 쥐날과 첫 소날 등에는 온갖 일을 꺼리어 조심하며 감히 움직이지 아니하였

---

58 "일명 소지왕(炤智王)이라고 한다."는 원주가 있음.

59 "혹은 신덕왕이 흥륜사에 불공드리러 가다가 노상에서 뭇쥐가 꼬리를 물고 가는 것을 보고 이상히 여기고 돌아와 점을 보니, '내일 맨 먼저 우는 까마귀를 따라가라 하였다.' 하나 그것은 잘못이다."라는 원주가 있음.

60 "지금 양피사촌(壤避寺村)이니 남산 동쪽 기슭에 있다."는 원주가 있음.

다. 정월 보름날에는 까마귀의 제삿날이라 하여 찰밥으로 제사
를 지내어 이제까지 행하여 풍속이 되었으니, 속된 말로 "달도
(怛忉)"라고 말하니, 슬프고 근심되어 온갖 일을 다 꺼린다는 말
이다. 노인이 나와 글을 바친 그 못을 "서출지(書出池)"라고 불
렀다.[61]

이 작품에서 우리는 다음과 같은 몇 가지 사실들을 알아야
할 것이다.

첫째는, 이제까지 시골 농촌에서 음력 정월이면, 첫 돼지날
[上亥日]과 첫 쥐날[上鼠日] 및 첫 소날[上牛日]에는 온갖 일에
조심하며 함부로 일을 하지 아니하는 습관이 이때부터 비롯되
었다는 사실이다. 앞으로는 산업사회와 만유신(萬有神) 사상이
퇴조되면서 없어질 민속이기는 하지만, 옛날 우리 조상들이
어떻게 살아 왔는가를 이해하기에는 매우 좋은 문학 자료이
다.

둘째는, 이 작품이 "서출지(書出池)"라는 지명에 관한 연기
설화(緣起說話)라는 점이다.

----

61 "第二十一毗處王(一昨炤智王)即位十年戊辰幸於天泉亭時有烏與鼠來鳴鼠作人語
云此烏去處尋之(或云神德王欲行香興輪寺路見衆鼠含尾怪之而還占之明日先鳴烏
甚之云云此說非也)王命騎士追之南至避村(今壤避寺村在南山東麓)兩猪相鬪留連
見之忽失烏所在徘徊路傍時有老翁自池中出奉書外面題云開見二人死不開一人死
使來獻之王曰與其二人死莫若不開但一人死耳日官奏云二人者庶民也一人者王也
王然之開見書中云射琴匣王入宮見琴匣射之乃內殿焚修僧與宮主潛通而所奸也二
人伏誅自爾世俗每正月上亥上子上午等日忌愼百事不敢動作以十五日爲烏忌之日
以糯飯祭之至今行之俚言怛忉言悲愁而禁忌百事也命其池曰書出池."

셋째는, 이 작품을 통하여 분수승(焚修僧)이 왕비[內殿宮主]
와 은밀히 가깝게 지냈다는 사실로 당시의 신라 불교가 이미
그 타락의 정도가 매우 심하였음을 고발한 지은이의 심상을
짐작할 수가 있다는 점이다.

1. 3. 8. 지증왕의 천생배필

이 이야기는 『삼국유사』권1, 「기이(紀異)」제1, "지철로왕
(智哲老王)"조에 실려 전하는 것이다.

제22대 지철로왕(智哲老王)의 성은 김씨(金氏)요, 이름
은 지대로(智大路) 또는 지도로(智度路)요, 시호(諡號)는 지중(智
證)이니, 시호가 이로부터 시작되었다. 또 신라의 말에 왕을 마
립간(麻立干)이라 한 것도 이 임금부터 시작되었다. 왕이 영원
(永元) 2(2833, 500)년 경진(庚辰)에 즉위하시었다.(원주 약) 임
금님의 음경(陰莖)이 길이가 한 자 다섯 치(약 50cm)나 되어 아
름다운 배필을 얻기가 어려워서 사신을 3도(道)로 보내어 구하
게 하였다. 사신이 모량군(牟梁郡) 동로수(冬老樹) 밑에 이르니,
개 두 마리가 북[鼓] 크기만 한 똥자루의 양 끝을 물어뜯으며 싸
우고 있는 것을 보았다. 마을 사람들을 찾아가서 물어보니, 한
어린 여자아이가 아뢰기를, "이 마을의 상공(相公)님의 딸이 이
곳에 와서 빨래를 하다가 숲에 들어가 몰래 눈 것입니다."라고
하였다. 그 집을 찾아가서 살펴보니, 그 여자의 키가 7자 5치

(약 248cm)나 되었다. 사신이 사실대로 임금님께 아뢰었더니, 왕이 곧 수레를 보내어 궁중으로 모셔다가 황후로 봉하니 여러 신하들이 모두 하례하였다.

또 아슬라주(阿瑟羅州 : 지금의 溟洲)의 동해중에 바람을 잘 타면, 이틀 길 정도 되는 곳에 우릉도(于陵島 : 지금은 羽陵島)가 있는데, 둘레가 2만 6천 730보(약 53, 460㎡)나 된다. 섬 오랑캐들이 물이 깊은 것만을 믿고 교만하여 백성 노릇을 잘 하지 아니하는지라 왕이 이찬(伊湌) 박이종(朴伊宗)을 시켜 군사를 거느리고 치게 하였더니, 박이종이 나무로 사자를 만들어 큰 배에 싣고 가서 위협하며 항복하지 아니하면 이 짐승을 풀어놓겠다고 하니, 섬 오랑캐들이 두려워 항복하므로 박이종에게 상을 주고 그 고을의 장관을 삼았다.[62]

이 이야기는 지증왕 때에 신라에서는 마립간(麻立干)이라고 하던 임금을 나타내는 말을 왕(王)으로 바꾸어 부르게 된 내력과 지증왕의 특이한 배우자를 만나 결혼한 사실과 지금의 울릉도(鬱陵島)를 정벌한 치적을 소개하고 있다.

....

62 "第二十二智哲老王姓金氏名智大路又智度路謚曰智證謚號始于此又鄕稱王麻立干者自此王始王以永元二年庚辰卽位(원주 약)王陰長一尺五寸難於嘉耦發使三道求之使至车梁郡冬老樹下見二狗嚙一屎塊如鼓大爭嚙其兩端訪於里人有一小女告云此部相公之女子洗瀚于此隱林而所遺也尋其家檢之身長七尺五寸具事奏聞王遺車邀入宮中封爲皇后群臣皆賀又阿瑟羅州(今溟洲)東海中使風二日程有于陵島(今作羽陵)周廻二萬六千七百三十步島夷恃其水深驕傲不臣王命伊湌朴伊宗將兵討之宗作木偶獅子載於大艦之上威之云不降則放此獸島夷畏而降賞伊宗爲州伯."

1. 3. 9. 도화녀(桃花女)

『삼국유사』권 1,「紀異(기이)」제1. "桃花女鼻荊郎(도화녀 비형랑)" 조에 있는 이야기이다.

제25대 사륜왕(舍輪王)의 시호는 진지대왕(眞智大王)이니, 성은 김씨(金氏)이고, 왕비는 기오공(起烏公)의 딸 지도부인(知刀夫人)이다.

태건(太建) 8(2909, 576)년 병신(원주 약)에 즉위하여 치국한 지 4년 만에 정치는 어지럽고 개인 생활이 음란하므로 나라 사람들이 폐위시키었다.

폐위되기 이전에 사량부(沙梁部) 서인의 딸이 얼굴이 예뻐서 도화랑(桃花娘)이라는 별명이 있다는 말을 듣고서 궁중으로 불러들여 사랑하려 하니 여자가 말하기를, "여자가 지키는 것은 두 남자를 섬기지 아니하는 것이니, 남편이 있으면서 다른 데로 가게 한다면, 이는 비록 천자의 위엄으로도 빼앗을 수 없는 것이옵니다." 하매, 왕이 "너를 죽인다면 어찌 하겠느냐?" 하시었다. 그 여자가 다시 말하기를, "차라리 거리에서 죽임을 당할지언정 소원을 달리할 수는 없습니다." 하였다. 왕이 희롱하여 "남편이 없으면 되겠느냐?" 하매, 그 여자가 "됩니다."라고 답하였다. 왕이 풀어주어 돌려보냈다. 이 해에 왕이 폐위를 당하여 승하하였다. 3년 뒤에 그 여자의 남편도 또한 돌아갔다. 10여 일 뒤 밤중에 갑자기 왕이 옛날처럼 그녀의 방에 들어와서 말하기를, "너는 옛날에 허락한 일이 있는데, 이제 너의 남편이 없으니 되겠느냐?" 하였다. 그녀는 가볍게 허락하지 아니하고 부모께 고하였더니, 부모께서 "임금의 명령을 어찌 피할 수가 있겠느냐?" 하고 방으로 들여보내었다. 왕이 한 이레를 머무시는데, 항상 오색구름이 그 집 위를 덮고 향내가 방 안에 가득하였다. 이레 뒤에 홀연히 왕의 자취가 사라지고, 그녀는 인하여 태기가 있었다. 달이 찬 뒤에 해산하려 하니, 천지가 진동하며 사내아이를 낳았다. 이름을 비형(鼻荊)이라고 하였다.

진평왕(眞平王)께서 이 이상한 소문을 들으시고 그 아이를 궁중에 거두어 길렀다. 나이가 15세에 이르자 그를 뽑아서 집사(執事)를 시키었다. 늘 밤만 되면, 몰래 멀리 달아나서 놀았다. 왕이 날랜 군사 50명을 시켜 지켜보게 하시었더니, 늘 월성을 날아 넘어 서쪽으로 가 황천(荒川) 언덕 위에 올라 여러 귀신들을 거느리고 놀았다. 날랜 군사들이 숲속에 숨어서 몰래 지켜보았더니, 여러 귀신들이 절간의 새벽 종소리를 듣고는 각각 흩어졌고 비형도 역시 돌아왔다. 군사들이 사실대로 왕께 아뢰었다. 왕께서 비형을 불으시어 "네가 귀신들을 거느리고 논다는데 참말이냐?" 하시었다. 비형이 말하기를, "그러하옵니다." 하였다. 왕이 "그렇다면, 너는 귀신들을 부리어 신원사(神元寺)의 북쪽 개천(원주 약)에 다리를 놓거라." 하시었다. 비형이 어명을 받들어 귀신의 무리를 이끌고 돌을 다듬어서 하룻밤에 다리를 놓았다. 그래서 그 다리 이름을 귀교(鬼橋)라고 하였다. 왕이 또 물으시기를, "귀신 중에 인간 세상에 나와서 조정의 정사를 도울 만한 놈

이 있느냐?" 하시니, "길달(吉達)이란 자가 나라의 정치를 도울
만합니다." 하였다. 왕이 말씀하시기를, "데려와라." 하시니, 이
튿날 비형과 길달이 같이 와서 왕을 뵈오니, 왕이 집사라는 벼슬
을 내려 주시었다. 길달은 과연 충직하기가 짝이 없었다.

그때에 각간(角干) 임종(林宗)이 아들이 없으므로 왕께서 명
하여 길달을 아들로 삼았다. 임종(林宗)이 길달에게 명하여 흥
륜사(興輪寺) 남쪽에 누문(樓門)을 새로 짓게 하였다. 길달은 누
문을 다 지은 뒤에 밤마다 그 누문 위에서 잤기 때문에 그 문루
를 길달문(吉達門)이라고 하였다. 하루는 길달이 여우로 둔갑하
여 달아나 버렸다. 비형이 귀신들을 시켜서 길달을 잡아다가 죽
여 버렸다. 그러므로 귀신들이 비형의 이름만 들어도 무서워 떨
면서 달아났다.

그때 사람들이 노래를 지었는데, 그 노랫말은 이러하다.(노
랫말은 줄임)[63]

---

63 "第二十五舍輪王諡眞智大王姓金氏妃起烏公之女知刀夫人太建八年丙申卽位(원주
약)御國四年政亂荒淫國人廢之前此沙梁部之庶女姿容艶美時號桃花娘王聞而召致
宮中欲幸之女曰女之所守不事二夫有夫而適他雖萬乘之威終不奪也王曰殺之何女
曰寧斬于市有願靡他王戲曰無夫則可乎曰可王放而遣之是年王見廢而崩後三年其
夫亦死浹旬忽夜中王如平昔來於女房曰汝昔有諾今無汝夫可乎女不輕諾告於父母
父母曰君王之教何以避之以其女入於房留御七日常有五色雲覆屋香氣滿室七日後
忽然無蹤女因而有娠月滿將産天地振動産得一男名曰鼻荊眞大王聞其殊異收養
宮中年至十五授差執事每夜逃去遠遊王使勇士五十人守之每飛過月城西去荒川岸
上(원주 약)率鬼衆遊勇士伏林中窺伺鬼衆聞諸寺曉鐘各散郞亦歸矣軍士以事來奏王
召鼻荊曰汝領鬼遊信乎郞曰然王曰然則汝使鬼衆城橋於神元寺北渠(원주 약)荊奉勅
使其徒練石成大橋於一夜故名鬼橋王又問鬼衆之衆有出現人間輔朝政者乎曰有吉
達者可輔國政王曰與來翌日荊與俱見賜爵執事果忠直無雙時角干林宗無子王勅爲
嗣子林宗命吉達創樓門於興輪寺南每夜去宿其門上故名吉達門一日吉達變狐而遁
去荊使鬼捉而殺之故其衆聞鼻荊之名怖畏而走時人作詞曰.(하략)"

이 이야기에 나오는 길달(吉達)의 양아버지인 각간(角干) 임
종(林宗)은 진덕왕(眞德王) 때의 6공(公) 중의 한 사람인 임종
(林宗)인데, 『삼국유사』의 "진덕왕"조에는 이런 이야기가 있
다.

　　　(전략) 이 왕 때에 알천공(閼川公)·임종공(林宗公)·술
종공(述宗公)·호림공(虎林公) (원주 약)·염장공(廉長公)·유신공
(庾信公)이 남산(南山)의 우지암(亏知巖)에 모여서 나라의 일을
의논하는데, 큰 호랑이가 그 자리 사이로 달려들었다. 여러 어
른들이 놀라서 일어나는데, 알천공만은 조금도 움직이지 아니
하고, 태연스레 이야기를 하며 범의 꼬리를 잡아 땅바닥에 메어
쳐 죽이었다. 알천공의 힘의 세기가 이와 같았으므로 항상 으뜸
자리에 모셨지만, 여러 어른들은 모두 유신공의 위엄에 복종하
였다.(하략)[64]

1. 3. 10. 문희의 꿈 사기[文姬買夢]

이 이야기도 『삼국유사』 권 1, 「기이」 제1. "태종 춘추공(太
宗春秋公)"조에 실려 전한다. 그 일부만 소개한다.

---

64 "(전략) 王之代有閼川公林宗公述宗公虎林公(원주 약)廉長公庾信公會于南山亏知巖
議國事時有大虎走入座間諸公驚起而閼川公略不移動談笑自若捉虎尾撲於地而殺
之閼川公膂力如此處於席首然諸公皆服庾信之威.(하략)"

제29대 태종대왕(太宗大王)의 이름은 춘추(春秋)요, 성은 김씨(金氏)니, 문흥대왕(文興大王)으로 추존된 용수(龍樹, 龍春이라고도 함, 원주) 각간(角干)의 아들이다. 어머니는 진평대왕(眞平大王)의 딸 천명부인(天明夫人)이요, 왕비는 문명왕후(文明王后) 문희이니, 곧 김유신(金庾臣)의 막내 누이이다.

처음에 문희(文姬)의 언니 보희(寶姬)가 꿈에 경주의 서산(西山)에 올라가 소변을 보니, 서울에 가득 찼다. 다음날 언니 보희가 아우와 꿈 이야기를 하니, 문희가 듣고, "내가 그 꿈을 사겠다."고 하니, 보희가 "무엇을 주겠느냐?" 하매, "비단 치마면 어떨까?" 하였다. "좋다."고 하니, 아우가 곧 옷섶을 벌려 꿈을 받으매 언니는 "간밤 꿈을 너에게 준다."고 하였다. 그리고 아우는 비단 치마로 꿈 값을 치루었다. 그 10여 일 뒤에 정월 첫 소날을 맞아 조심할 때에(앞에서 말한 금갑을 쏜 일을 보라. 이는 최치원의 말이다. 원주) 유신공(庾信公)이 춘추(春秋)공과 공을 차다가(신라인들은 공 차는 것을 弄珠하는 놀이라고 한다. (원주) 짐짓 춘추공의 옷을 밟아 옷고름을 떼어 놓고, "우리 집에 들어가 꿰매자!" 하니, 춘추공이 따라 들어갔다. 유신공이 큰 누이 아해(阿海)를 시켜 꿰매게 하니, 아해가 "어찌 하찮은 일로 경솔히 귀공자를 가까이 하겠습니까?" 하고 사양하였다.(옛 책에는 병으로 나가지 아니 하였다고 한다. 원주) 이에 아지(阿之)에게 시키니, 춘추공이 유신공의 뜻을 알고 곧 가까이하여 그 뒤로는 자주 왕래하였다. 유신이 아지가 임신한 것을 알고 꾸짖되, "네가

무열왕릉
사적 제20호, 경북 경주시 서악동에 위치함. 출처 : 문화재청

부모께 고하지도 아니하고, 아이를 가진 것은 웬일이냐?" 하며, 온 나라 안에 소문을 퍼뜨리며 태워 죽이려 하였다.

하루는 선덕왕(善德王)이 남산(南山)에 납시는 것을 기다리어 뜰 안에 나무를 쌓고 불을 질러 연기가 솟게 하였다. 왕이 보고서 무슨 연기이냐?" 하니, 좌우에서 "아마도 유신이 그 누이를 태워 죽이려는 듯합니다." 하고 아뢰었다. 왕이 "무슨 이유이냐?"고 물으시매, "남편 없이 아기를 밴 까닭입니다." 하였다. 왕이 "그러면 그것이 누구의 소행이냐?" 하시니, 그때에 춘추공이 왕의 앞에서 가까이 모시고 있다가 안색이 변하므로, 왕이 "이것은 네 소행이로구나? 빨리 가서 구하여 주거라!" 하시었다. 춘추공이 명을 받들고 말을 달리어 전령을 보내어 중지시킨 뒤에 떳떳이 혼례를 올리었다. 진덕왕(眞德王)이 단제기원

2987(654)년 갑인(甲寅) 10월에 승하하매 신라 제29대 왕위에
올라서 8년 동안 나라를 다스리다가 2994(661) 신유(辛酉)년에
붕어하시니, 향년 59세이었다. 애공사(哀公寺) 동쪽에 장례하고
비를 세웠다. 왕이 유신공과 함께 신묘한 꾀에 육신이 찢겨지는
노력을 다하여 삼한(三韓)을 통일하여 나라에 큰 공이 있으므로
묘호(廟號)를 "태종(太宗)"이라 하였다. 태자 법민(法敏)각간, 인
문(仁問)각간, 문왕(文王)각간, 노차(老且)각간, 지경(智鏡)각간,
개원(愷元)각간 등이 모두 문희의 소생이니, 당시 꿈을 산 징험
이 이렇게 드러났다.(하략)[65]

이것은 아마도 우리나라에서 꿈을 팔고 사는 "매몽담(買夢
談)"의 이야기로는 가장 오래된 것인 듯하다.

---

65 "第二十九太宗大王名春秋姓金氏龍樹(一作龍春)角干追封文興大王之子也妣眞平
大王之女天明夫人妃文明皇后文姬卽庾信公之季妹也初文姬之姊寶姬夢登西岳捨
溺瀰滿京城且與妹說夢文姬聞之謂曰我買此夢姊曰與何物乎曰鬻錦裙可乎姊曰諾
妹開襟受之姊曰疇昔之夢傳付於汝妹以錦裙酬之後旬日庾信與春秋公正月午忌日
(見上射琴匣事乃崔致遠說)蹴鞠于庾信宅前(羅人謂蹴鞠爲弄珠之戲)故踏春秋之裙
裂其襟紐請曰入吾家縫之公從之庾信命阿海奉針海曰豈以紐事輕近貴公子乎因辭
(古本云因病不進)乃命阿之公知庾信之意遂幸之自後數數來往庾信知其有娠乃噴之
曰爾不告父母而有娠何也乃宣言於國中欲焚其妹一日俟善德王遊幸南山積薪於庭
中焚火煙起王望之問何煙左右奏曰殆庾信之焚妹也王問其故曰爲其妹無夫有娠王
曰是誰所爲時公昵侍在前顔色大變王曰是汝所爲也速往救之公受命馳馬傳宣沮之
自後現行婚禮眞德王薨以永徽五年甲寅卽位御國八年龍朔元年辛酉崩壽五十九歲
葬於哀公寺東有碑王與庾信神謀戮力一統三韓有大功於社稷故廟號太宗太子法敏
角干仁問角干文王角干老且角干智鏡角干愷元等皆文姬之所出也當時買夢之徵現
於此矣.(하략)"

1.4. 신라의 뜻글문학[韓·漢文學]

현재 전하는 옛날 역사서들에서는 건국은 신라·고구려·백제·가야·탐라의 순이지만, 문자생활의 순서는 그렇지 아니한 것 같다.

『舊唐書(구당서)』「高麗傳(고려전)」에는,

> (전략) 그들에게는 책으로 「오경」과 「사기」와 「한서」와 범엽의 「후한서」와 「삼국지」와 손성진의 「춘추」와 「옥편」과 「자통」과 「자림」들이 있고, 또 「문선」이 있어서 더욱 그 책을 사랑하고 중시하였다.[66]

는 기록에서 짐작이 가능하다.

또 진단학회(震檀學會) 편 『한국사(韓國史)』에서는,

> 百濟란 나라는, 漢文化의 影響을 깊이 받은 北朝鮮 方面의 流移民으로 形成된 辰韓이란 社會에 扶餘의 一族이 와서 세운 나라이므로, 역시 立國 以前부터 知識階級에 漢字가 使用되었을 것이다.(중략) 新羅의 漢學傳來에 關하여는 그나마 記事가 없으므로 자세히 알기 어려우나, 第十七代 奈勿王時에 先進國인 高句麗와 交涉이 잦았고, 同王 二十六年(西紀 381)에는

---

66 "(전략) 其書有五經及史記漢書范曄後漢書三國志孫盛晉春秋玉篇字統字林又有文選尤愛重之.(하략)"

高句麗를 通하여 前秦(符堅)에 사신과 禮物을 보낸 일까지 있음을 보면, 漢文의 傳來는 奈勿 以前에 이미 高句麗나 百濟를 通하여 된 것이 아닌가 생각된다.[67]

라고 하여 고구려→백제→신라의 순으로 뜻글이 발달된 것으로 정리하고 있다.

　다만 필자는 한(漢)나라에서 위의 순으로 전하여 들어온 것이 아니고, 중원 대륙에서 오랫동안 살아오던 우리의 조상님들이 쓰던 뜻글[韓·漢文]이 한족(漢族)들의 침입으로 쫓기어 동쪽으로 이주하면서 자연스럽게 위의 차례로 발달 보급되었다고 본다.

　여기서는 고려시대에 이루어진 역사서와 조선시대에 와서 발굴된 자료들을 바탕으로 신라시대 뜻글 문학의 면모를 더듬어보기로 한다.

1. 4. 1. 뜻글시[韓·漢詩]와 뜻글 노래[韓·漢譯歌]

1. 4. 1. 1. 박제상(朴堤上)의 澄心軒(징심헌)

煙景沼沼望欲流　아지랑이 멀리 보니 물 흐르듯 하는데,
客心搖落却如秋　나그네의 마음마저 가을처럼 쓸쓸하네.

----

67 진단학회, 『韓國史』 古代篇, (을유문화사, 4292.) 쪽 568-573.

世間堅白悠悠事 　세간의 궤변과 느물대는 여러 일들
坐對澄江莫設愁 　맑은 강물 마주하니 근심할 것이 없네.

이 작품은 호를 도원(桃園)·석당(石堂)·관설당(觀雪堂)이
라고 하며, 자를 중운(仲雲)이라고 하는 박제상(朴堤上 : 2698 -
2752, 363 - 419)이 눌지왕 2(2751, 418)년에 왜국(倭國)에 들어
갈 때에 지은 것이라고 한다.[68]

1. 4. 1. 2. 비형랑가(鼻荊郎歌)

이 작품은 『삼국유사』 권 1, 「기이」 제1 "桃花女(도화녀)· 鼻
荊郎(비형랑)"조에 실리어 있는 삽입시(挿入詩)로 신라시대 입
말로 된 노래를 한역한 한시이다. 그 배경담 일부와 시 전문을
소개한다.

(전략) 진평대왕(眞平大王 : 재위 2912 - 2964, 576 - 631)
께서 이 이상한 일(비형랑의 출생, 필자 주)을 듣고, 궁중에서 거
두어 길렀다. 15세 때에 집사(執事) 벼슬을 시켰더니, 밤만 되면
멀리 달아나 노는지라 왕이 용사 50명을 시켜 지켜보게 하였더
니, 항상 월성(月城)을 날아 넘어 서쪽 황천(荒川) 언덕(경성 서쪽
에 있다. 원주)에 가서 귀신들을 이끌고 놀았다. 사실대로 아뢰
니 왕이 비형을 불러 물었다. "네가 '귀신들을 데리고 논다' 하

니 참말이냐?" 하고 물으시니, "그렇습니다." "그렇다면 네가
귀신을 시키어 신원사(神元寺) 북쪽 개천에(혹은 神衆寺라 하나
잘못이다. 또는 황천 깊은 개천이라 한다. 원주) 다리를 놓아라!"
하니, 비형이 임금님의 명령을 받들어 귀신의 무리를 이끌고 돌
을 갈아서 하룻밤에 다리를 놓았다. 이름을 "귀교(鬼橋)"라고
하였다. 왕이 또 묻되, "귀신 중에 인간 세상에 와서 정사를 도
울 만한 자가 있느냐?" 하니, "길달(吉達)이란 자가 국정을 도울
만합니다." 하였다. 왕이 "데려오라!" 하니, 다음날 비형과 같
이 와서 뵙기에 집사 벼슬을 시켰더니, 과연 둘도 없이 충직하
였다. 그때에 각간(角干) 임종(林宗)이 아들이 없자 왕이 명하여
아들을 삼게 하였다. 임종이 길달에게 홍륜사(興輪寺) 옆에 문
루(門樓)를 짓게 하였더니, 길달이 밤마다 그 문 위에서 잤다.
그래서 사람들은 그 문을 "길달문(吉達門)"이라 하였다. 하루는
길달이 여우로 변하여 도망가므로 비형이 귀신을 시켜 잡아 죽
였다. 그러므로 귀신들이 비형의 이름만 들어도 두려워 달아났
다. 그래서 당시 사람들이 노래를 지어 불렀으니, 노랫말은 이
러하다.

聖帝魂生子	임금님 혼이 와서 아들을 낳으시니,
鼻荊郞室亭	이 집에 비형랑이 머물고 있다네.
飛馳諸鬼衆	여러 귀신들을 급히 쫓아내니,
此處莫留停	여기선 아예 머물지를 말지어다.

라고 하였다. 시골에서는 풍속으로 이 노랫말을 집에 붙여 못된
귀신을 물리쳤다.[69]

는 것이다.

여기서 오늘의 우리들은 이 노래를 통하여 당시 신라인들이
지니고 있었던 영혼관(靈魂觀)과 귀신관(鬼神觀)을 엿볼 수 있
는가 하면, 악귀(惡鬼)를 물리치는데 문자로 기록된 노래라는
말의 언령관(言靈觀)까지도 짐작할 수가 있다. 다시 말하면, 신
라인들은 유신관(有神觀)으로 살았음을 확인할 수 있다는 것이
다. 일부 학자들은 이를 "벽귀사(辟鬼詞)"라고도 이른다.

그 지은이는 누구인지 알 길이 없으나, 그 지어진 연대는 막
연하지만 진평왕 때에 지어진 것으로 짐작이 된다. 이 작품이
벽사용(辟邪用)으로 집집이 문에 써 붙이어 두었다는 점 때문
에 "벽귀사"라고도 이르게 된 것 같다. 벽사용으로 집집마다
문에 붙인 것은 뒤에서 언급할 「처용가」와 흡사하다. 여기서
우리들은 신라인들이 우리말 노래는 물론 뜻글시까지도 주술

---

69 "(전략) 眞平大王聞其殊異收養宮中年至十五授差執事每夜逃去遠遊王使勇士五十
人守之每飛過月城西去荒川岸上(在京城西)率鬼衆遊勇士伏林中窺伺鬼衆聞諸寺曉
鐘各散郎亦歸矣軍士以事來奏王召鼻荊曰汝領鬼遊信乎郎曰然王曰然則汝使鬼衆
成橋於神元寺北渠(一作神衆寺誤一云荒川東深渠)荊奉勅使其徒鍊石成大橋於一夜
故名鬼橋王又問鬼衆之中有出現人間輔朝政者乎曰有吉達者可輔國政王曰與來翌
日荊與俱見賜爵執事果忠直無雙時角干林宗無子王勅爲嗣子林宗命吉達創樓門於
興輪寺南每夜去宿其門上故名吉達門一日吉達變狐而遁去荊使鬼捉而殺之故其衆
聞鼻荊之名怖畏而走時人作詞曰(중략)鄕俗帖此詞以辟鬼."

성(呪術性)이 있다고 믿었음을 확인할 수가 있다.

1.4.1.3. 해가(海歌)

이 작품은 『삼국유사』권 2 「기이」제2 "水路夫人(수로부인)"조에 「獻花歌[꽃 바친 노래]」와 함께 실리어 전한다. 그 중요한 내용은 아래와 같다.

(전략) 곧 이틀 동안 길을 가다가 또 임해정(臨海亭)에서 점심을 먹으려 하였더니, 별안간 바다 용(龍)이 부인을 납치하여 바다로 들어가는 것이다. 순정공(純貞公)이 창황히 발을 굴렀으나 아무런 계책이 없었다. 또 한 늙은이가 나와 고하였다. "옛사람의 말에 '여러 사람의 입이 쇠를 녹인다.' 하였으니, 이제 바닷속에 사는 물건이 어찌 뭇입을 두려워하지 아니하리오? 마땅히 이 경내 백성들을 모아 노래를 지어 부르면서 막대로 언덕을 치면 부인을 볼 수 있을 것입니다." 하였다. 순정공이 그 말대로 따라서 하였더니, 용이 부인을 모시고 바다에서 나와 바치었다. 순정공은 바닷속에서의 일을 물었더니, 부인이 대답하기를, "칠보 궁전에 음식이 달고 부드러우며, 향기롭고 깨끗하여 인간이 불을 때어 만든 음식과는 달랐습니다." 하였다. 부인의 의복에서는 이상한 향기가 풍기어 세상에서는 맡아보지 못한 것이었다. 수로부인은 절세의 자태와 용모를 지니었으므로 매양 깊은 산, 큰 소(沼)를 지날 때에는 여러 차례 신

물(神物)에게 납치당하였다. 뭇 사람들이 「海歌(해가)」를 불렀는데, 그 노랫말은 이러하였다.[70]

龜乎龜乎出水路	거북아! 거북아! 수로를 내놓아라!
掠人婦女罪何極	남의 부녀 약탈죄가 얼마나 무서운가?
汝若愣逆不出獻	네가 만약 수로를 안 바치고 거역하면,
入網捕掠燔之喫	그물로 잡아내어 너를 구워 먹을 게다.

라고 하였다.

이 작품은 원래 신라시대 입말로 많은 사람들에 의하여 불리어진 노래가 뜻글시 형태로 옮겨져서 기록된 것으로 풀이되지만, 이 작품은 수로부인의 남편인 순정공이 노인의 말에 따라 처음부터 뜻글시 형태로 지어서 강릉부 내의 주민들에게 노래하도록 한 것이 아니라 노인이 전수한 노랫말은 순수한 우리 신라인들의 입말로 보아야 할 것이다. 따라서 이 작품은 순정공이 뜻글시 형태로 뒤치어 창작한 뜻글시로 보아야 할 것이다. 그리고 이 작품의 지은이는 당연히 순정공(純貞公)으로 보아야 할 것이다.

---

70 "(전략) 便行二日程又臨海亭晝鐥次海龍忽攬夫人入海公顚倒躄地計無所出又有一老人告曰故人有言衆口鑠金今海中傍生何不畏衆口乎宜進界內民作歌唱之以杖打岸可見夫人矣公從之龍奉夫人出海獻之公問夫人海中事曰七寶宮殿所鐥甘滑香潔非人間煙火此夫人衣襲異香非世間水路姿容絶代每經過深山水澤累被神物掠攬衆人唱海歌詞曰龜乎龜乎出水路掠人婦女罪何極汝若愣逆不出獻入網捕掠燔之喫."

이 작품 역시 용을 굴복시킨 주술성과 여러 사람들의 입은 쇠도 녹일 수 있다는 신라인들과 일연스님의 언령관(言靈觀)까지를 아울러 알 수 있는 귀한 작품이다. 그리고 이 작품에서 수로부인이 용에 납치되었다는 언급은 현실을 바탕으로 하여 감상한다면, 당시의 도로와 교통수단을 생각할 때에 가마 멀미로 인한 혼절상태에 빠진 장면의 상황으로 풀이하여야 한다. 임해정(臨海亭)에 이르러 점심을 먹으려고 할 때에 수로부인은 이미 가마 안에서 졸도한 상태에 있었다. 그 사실을 안 순정공은 발을 구르며 물도 뿜으며 당시로서의 소생술(蘇生術)을 다하여도 깨어나지 아니하는 그 순간 인생 경험이 풍부한 노인이 민간요법으로 주술적 방법(呪術的方法)을 제시한 것이고, 그 비방(秘方)을 받아 시행하는 과정에서 시간의 흐름과 동시에 주술이 먹히어 소생한 것으로 풀이하여야 이제까지의 어떤 이론보다도 과학적이고도 실증적인 감상이 될 것이다. 그 증거가 바로 뒤에 이어지는 굵은 글씨 부분이다. "수로부인은 절세의 미인이기 때문에 평소에도 매양 깊은 산, 큰 소(沼)를 지날 때에는 여러 차례 신물(神物)에게 납치당하였다."는 대목이다. 깊은 산과 소를 지난다는 것 자체가 지체 높은 귀부인이 오늘날 부녀자들이 등산 장비를 갖추고 산행(山行)을 하듯 간 것이 아니고, 최소한 2인 교(轎)나 4인 교의 가마를 타고 험한 길을 가다 보면 가마 멀미라는 생리현상(生理現狀)을 자주 체험한 것이 분명하다. 용궁(龍宮)의 모습과 음식에 관한 이야기는 혼절(昏絶)한 사람에게 부은 물세례와 혼절한 사람의 구토(嘔吐)에 의한 배설물(排泄物) 같은 것을 아름답게 꾸며서 한 표현이라고 풀이한다.

또 이 작품은 가야문학에서 논의할 가야문학 작품인 신군맞이 노래[迎神君歌]의 변용이라고 하겠다.

이 작품을 통하여 우리 선인들은 일찍이 거북을 신성시한 거북 신앙[龜卜信仰]과도 깊은 관계가 있음을 짐작하게 한다.

지금 차이나인들이 주장하는 차이나의 거북점 신앙[龜卜占神] 문화는 사실상 선진시대(先秦時代)의 우리 조상들에 의하여 비롯된 아득한 오랜 역사를 가진 독특한 문화인 것이다. 이른바 갑골문자(甲骨文字)라는 고한글(古韓契)의 창안과 활용은 바로 거북점 문화[龜卜占文化]에서 기원된 것이라고 할 수 있기 때문이다.

1.4.1.4. 불 끄기 노래

이 작품은 『大東韻府群玉(대동운부군옥)』 권 20, 「心火繞塔(심화요탑)」조에 실리어 전한다. 그 전문은 아래와 같다.

　지귀(志鬼)는 신라 활리역(活里驛) 사람이다. 선덕여왕(善德女王)의 아름답고 고운 자태를 사모하여 우울과 근심에 싸

여 흐느끼며 울어서 형용이 초췌하였다. 하루는 여왕께서 향을
피워 공양하러 절에 거둥하시며 그 소문을 들으시고, 지귀를 불
러서 "절의 탑 아래에서 기다리라!"고 하신 뒤에 어가(御駕)를
타고 가시었다. 지귀는 갑자기 단잠이 쏟아져 자고 있었다. 여
왕은 끼고 있던 팔찌를 뽑아 지귀의 가슴 위에 두고 궁궐로 돌
아가시었다. 뒤에 곧 잠에서 깨어난 지귀는 민망스러워 정신을
잃고 기절하였다. 시간이 꽤 지나서 지귀의 마음에서 심화가 나
와 그 불이 즉시 불귀신으로 변하였다. 왕은 술사에게 명하여
주사(呪詞)를 짓게 하시니, 그 주사(呪詞)는 이러하다.

> 志鬼心中火　　지귀의 마음속 불덩이는
> 燒身變火神　　제 몸을 태워서 불귀신 되었으니,
> 流移滄海外　　물에 흘려 푸른 바다 밖으로 옮겨
> 不見不相親　　보지도 말고 가까이는 더 말라!

　　그때의 풍속이 이 노랫말을 문이나 벽에 붙이어 화재(火災)를
물리쳤다.[71]

고 하였으니, 이 작품은 불로 인한 재앙을 예방하려는 주술성
(呪術性)이 강한 노래임을 알겠다. 이 작품의 지은이는 이름이
알려지지 아니한 술사(術士)로 추측될 뿐이다.

71　"志鬼新羅活里驛人慕善德王之美麗憂愁涕泣形容憔悴王幸寺行香聞而召之志鬼歸
　　寺塔下待駕幸忽然睡醋王脫臂環置胸還宮後乃睡覺志鬼悶絶良久心火出心其火卽
　　變爲火鬼王命術士作呪詞曰(중략)時俗帖此詞於門壁以鎭火災."

1.4.1.5. 沒柯斧歌[자루 빠진 도끼 노래]

이 작품은 『삼국유사』 권 4, 「의해」 제5 "元曉不羈(원효불기)" 조에 실리어 있는 짧은 시이다.

(전략) 대사가 어느 날 바람이 나서 거리를 다니면서 노래를 불렀다.

誰許沒斧柯　　뉘라서 자루 빠진 도끼를 내게 줄까?
我斫支天柱　　나는 하늘 버틸 기둥을 다듬겠네.

여느 사람들은 그 뜻을 알지 못하였으나 오직 태종(太宗)께서는 듣고 말씀하시기를, "이 대사가 아마도 귀여운 아내를 얻어 어진 아들을 낳고자 하는 것이다. 나라에 대현(大賢)이 난다면 이롭기가 그보다 더 큰 것이 또 있겠는가?" 하시었다.

이때에 요석궁(瑤石宮)[72]에 남편을 잃고 혼자 된 공주[寡公主]가 있었다. 태종께서는 곧 궁에서 일을 보는 관리[宮吏]에게 칙명을 내려 원효스님을 찾아 요석궁으로 인도하게 하였다. 궁리가 칙명을 받들어 원효스님을 찾는데, 스님은 이미 남산에서 문천교(蚊川橋)[73]를 지나오다가 서로 만나게 되었다. 스님은 거짓으로 물에 빠져 옷을 적시었다. 궁리가 스님을 요석궁으로 모셔 드리

----

72 "지금의 학원(學院)이 곧 그곳이다."라는 원주가 있음.
73 "곧 사천(沙川)이니, 세상에서는 '모천(牟川)'이라 하고, 또는 '문천'이라 하였으며, 또 다리 이름은 '유교(楡橋)'라 한다."는 원주가 있음.

고 옷을 갈아입히기 위하여 젖은 옷을 말리느라 머물러 자게 하
였다. 공주는 과연 태기가 있어서 설총(薛聰)을 낳았다.(하략)[74]

이 노래는 사실상 원효(元曉 : 2950 - 3019, 617 - 686)스님과
요석공주(瑤石公主)와의 사이에서 출생한 우리들의 위대한 학
자 설총(薛聰 : ?2991 - 3035, 658 - 702)의 출생담에 삽입된 노래
로 보는 것이 옳다.

그리고 이 노래에서 우리는 『시경』의 「豳風(빈풍)」 "伐柯(벌
가)"를 연상하게 된다.

伐柯如何	도끼 자루 어찌 하죠?
匪斧不克	도끼 아님 안 되지요.
取妻如何	아낸 어찌 얻지요?
匪媒不得	중매 아님 안 되지요.
伐柯伐柯	도끼 자루 찍고 찍자,
其則不遠	그리 멀리 가지 마라.
我覯之子	내가 그 처녀를 만난다면,
籩豆有踐	온갖 음식 갖춰서 대접하리.(전문)

......

74 "(전략) 師嘗一日風顚唱街云(중략)人皆未喩時太宗聞之曰此師殆欲得貴婦産賢子之
謂爾國有大賢利莫大焉時瑤石宮(今學院是也)有寡公主勅宮吏覓曉引入宮吏奉勅將
求之已自南山來過蚊川橋(沙川俗云牟川又蚊川又橋名楡橋也)遇之佯墮水中濕衣袴
吏引師於宮褫衣曬服因留宿焉公主果有娠生薛聰.(하략)"

이는 혼인(婚姻) 맺는 노래이다. 신라의 태종무열왕(재위: 2987 – 2993, 654 – 660)은 이미 이 시를 알고 있었기 때문에 원효스님의 이타자리(利他自利)의 대승불교 사상(大乘佛敎思想)과 『시경』의 뜻을 알고, 원효스님과 요석공주와의 인연을 맺어준 것으로 풀이된다. 이때가 무열왕 재위 몇 년인가가 곧 설총의 출생연대를 짐작할 수가 있고, 그 연대를 알면, "풍왕

원효 표준 영정
이종상이 1978년 제작한 원효의 표준 영정, 84.0×117.0cm,
소장품 번호 : 삼성현역사문화관 65, 출처 : e뮤지엄

서(諷王書)"가 지어진 연대도 추정이 가능하여지므로 이에 관한 연구는 앞으로도 계속되어야 할 것이다.

또 어쩌면 지은이인 원효스님 자신이 『시경』의 노래를 이미 알고, 그 노래를 모방하여 요석공주의 문학적 소양을 시험한 것인지도 알 수 없는 일이다.

이 작품의 지은이인 원효(元曉 : 2950-3019, 617-686)스님은 신라 중기의 고승으로, 성은 설(薛)씨이고, 어릴 때 이름은 서당(誓幢)이며, 원효는 호(號)이다. 29세에 중이 되어 34세에 의상(義湘 : 2958-3035, 625-702)스님과 같이 당(唐)나라로 들어가 불법을 배우려고 길을 떠나서 요동(遼東) 땅 어느 옛 무덤들 사이에서 하룻밤 잠을 자다가 도를 깨치고 그대로 귀국하여 통불교(通佛敎)를 독자적으로 주창하여 원효종(元曉宗: 海東宗, 芬皇宗)을 개창하였다. 저술로는 『法華經宗要(법화경종요)』를 비롯한 『金剛三昧經論(금강삼매경론)』·『彌勒上生經宗要(미륵상생경종요)』 등 10여 종의 불교 책들이 전하고 있다.

1. 4. 1. 6. 의상조사 법성게(義湘祖師法性偈)

이 작품은 제목에서 알 수 있듯이 의상(義湘 : 2958-3035, 625-702)스님이 지은 게송(偈頌)이다. 의상스님은 신라 중기의 고승으로 한국 화엄종(華嚴宗)을 처음 연 시조이다. 속성은 김(金) 또는 박(朴)씨라고 하는데, 20세에 출가하여 진덕왕 4(2983,

의상 영정

원효 영정과 함께 봉안된 의상 영정으로 부산광역시
유형문화재 제55호로 지정된 자료, 84.0×113.0cm,
소장품 번호 : 삼성현역사문화관 72, 출처 : e뮤지엄

650)년에 원효(元曉)스님과 같이 당(唐)나라에 들어가려다 실
패하고, 문무왕 1(2994, 661)년에 당나라에 들어가 지엄(智儼)
의 문하에서 『화엄경』을 배우고, 문무왕 10(3003, 670)년에 귀
국하여 『화엄경』을 제자들에게 가르치어 우리나라 화엄종(華

嚴宗)의 시조가 되었다. 여러 절들을 개창하고, 제자를 많이 길러 설화도 많이 전하여진다. 저술로는 「華嚴一乘法界圖(화엄일승법계도)」를 비롯한 「百花道場發願文(백화도량발원문)」·「十門看法觀(십문간법관)」·「入法界品鈔記(입법계품초기)」·「小阿彌陀經義記(소아미타경의기)」 등이 있다.

法性圓融無二相　둥글고 오묘한 법 만상이 하나이니,
諸法不動本來寂　삼라의 바탕이여! 동작 없이 고요뿐
無名無相絶一切　이름도 꼴도 없고 일체가 다 없으니,
證智所知非餘境　아는 이 성인이고 범부는 모른다네.
眞性甚深極微妙　진성은 깊고 깊어 묘하고도 현묘하니,
不守自性隨緣成　제 자리 벗어난 듯 세연대로 이룬다네.
一中一切多中一　하나에 모두 있고 많은데 하나 있어
一卽一切多卽一　하나 곧 전체이고, 많아도 하나이네.
一微塵中含十方　작은 한 티끌 속에 세계를 머금었고,
一切塵中亦如是　낱낱의 티끌에도 세계가 들어 있네.
無量遠劫卽一念　한없이 오랜 세월 한 생각에 그치지만,
一念卽是無量劫　짧은 한 생각이 한없이 긴 세월이네.
九世十世互相卽　구세와 십 세의 먼 세월도 서로 같고,
仍不雜亂隔別成　순수한 듯 따로따로 만상이 되었다네.
初發心時便正覺　첫 발심 하였을 때 바로 바른 깨임이니,
生死涅槃相共和　죽살이와 열반이 본래 한 몸이네.
理事冥然無分別　이치와 일들은 캄캄히 분별없고,

十佛普賢大人境	비로나자 보현불은 대인의 경지라네.
能仁海印三昧中	능인 보전이야 해인 삼매 안에 있고,
繁出如意不思議	쏟아지는 여의 진리 아무래도 모르겠네.
雨寶益生滿虛空	법우가 쏟아지니 만물이 살아나고,
衆生隨器得利益	중생은 나름대로 제 원을 다 이루네.
是故行者還本際	진리의 고향으로 행자여 돌아가라!
叵息妄想必不得	망상을 버리어라! 그래야 원 이루리.
無緣善巧捉如意	교묘한 방편 대신 여의 진리 잡으렸다.
歸家隨分得資量	분에 맞는 노자 얻어 네집으로 돌아가라!
以陀羅尼無盡寶	다라니는 다함없는 무진 보배이니,
莊嚴法界實寶殿	장엄한 법계가 곧 알찬 보궁이네.
窮坐實際中道床	좌선이 진정한 중도의 해탈이니,
舊來不動名爲佛	예부터 한결같이 그것을 부처라네.

7언 30구로 된 이 게송은 불교의 깊은 철리(哲理)를 쉽게 이해시키면서 그 수행(修行)의 방편(方便)까지를 제시하여 주고 있어 불제자(佛弟子)들 사이에서 널리 독송(讀誦)되고 있다.[75]

1. 4. 2. 비지문(碑誌文)

여기서 "비지(碑誌)"라고 하는 것은 비문(碑文)과 묘지(墓誌)

----

75 박현성, 『도선보감』, 寶蓮閣, 1983.

를 함께 이른 말이다.

현재 전하는 신라시대 비지 문학 작품은 다른 문학 작품에 비겨 꽤 많다. 진흥왕(眞興王 : 재위 2878 - 2908, 540 - 575) 때의 拓境碑(척경비, 2894, 561)와 북한산 · 황초령 · 마운령에 세워진 진흥왕의 巡狩碑(순수비, 2901, 568)와 경주의 南山新城碑(남산 신성비, 2924, 591) 등이 유명하다.

1.4.2.1. 박제상(朴堤上)의 부도지(符都誌)

이 작품 「符都誌(부도지)」와 「小符都誌(소부도지)」는 신라 눌지왕(訥祗王) 시대의 충신으로 유명한 박제상(朴堤上)이 저술하여 남기었다는 역사서이다. 「부도지(符都誌)」는 모두 26장으로 구성되어 있고, 「소부도지(小符都誌)」는 27~33장의 7장으로 짜여 있다. 그 제1장과 제33장을 소개한다.

마고성(麻姑城)은 지상에서 가장 높은 성이다. 천부경(天符經)을 받들어 선천(先天)을 계승하였다. 성 안의 사방에 네 분의 하느님이 제방에 악기를 설치하고 음악을 지으시니, 맏이는 황궁씨(黃穹氏)이요, 다음은 백소씨(白巢氏)이요, 셋째는 청궁씨(靑穹氏)이요, 넷째가 흑소씨(黑巢氏)이다. 두 궁씨의 어머니는 궁희(穹姬)이요, 두 소씨의 어머니는 소희(巢姬)이니, 두 희(姬)는 모두 마고 할미의 딸들이다. 마고 할머니는 짐세(朕世)에서 태어나 기쁨과 노여움의 감정이 없으므로 선천(先天)에는 남자가 되고, 후천(後天)에는 여자가 되어 남편과 아내가 없이 두 희(姬)를 낳았고, 두 희도 또한 그 정령을 받아 결혼하지 아니하고도 두 천인(天人)과 두 천녀(天女)를 낳으니, 모두 네 사람의 천인과 네 사람의 천녀가 되었다.(이상 제1장)[76]

오직 우리 근본을 지키는 겨레들은 동해로 피하여 와서 살면서 방어책을 세우고 지키어 살아온 지 삼백여 년 사이에 여러 사람들의 주장들이 엎치락뒤치락 함이 이와 같으니, 가히 나라 밖의 풍운이 어떠한가를 살필 수가 있었다. 또 가히 하늘의 뜻에 꼭 맞는 진리가 사악한 시초가 되는 세상에서도 의연하게 살아있다는 것도 알 수가 있다. 그러므로 오랫동안 이어져오는 중론들이 반드시 우리들이 지키는 도리가 무너지지 아니하는 것에 근거하여 역대의 영수(領首)들이 오히려 중론의 향방에 부응하지 못하는 것을 두려워하여 과격하지도 아니하고, 느슨하지도 아니하게 조절할 수 있어서 보호하여 지켜내기를 크게 전하였으니, 마침내 오늘의 사람들로 하여금 하늘의 뜻에 부응하고 있음을 알게 하였다. 또 앞으로 후인들로 하여금 때를 만나 그것을 행하게 하여 하느님 나라의 서울을 다시 건설하고, 온 세계와 어울리어 사람들이 사는 세상을 다시 회복하여 진리를 확실하게 증명할 수 있게 하면, 당시 옛 어른들의 주장이 과연 불

---

76 "麻姑城地上最高大城奉守天符繼承先天城中四方有四位天人堤管調音長曰黃穹氏次曰白巢氏三曰靑穹氏四曰黑巢氏也兩穹氏之母曰穹姬兩巢氏之母曰巢姬二姬皆麻姑之女也麻姑生於朕世無喜怒之情先天爲男後天爲女無配而生二姬二姬亦受其精無配而生二天人二天女合四天人四天女也.(1章)"

행 중에서 행복을 이루어내는 것이 아니겠는가?[77] (33장)

이것은 박제상의 후손들인 영해박씨(寧海朴氏) 문중에서 보관하여 오던 귀중한 문헌이라고 하니, 비지문(碑誌文)은 아니나 편의상 이 항에서 다룬다.

"부도(符都)"는 "하늘의 뜻에 들어맞는 나라"라는 의미이다. 그래서 「부도지(符都誌)」의 내용도 인류의 근원(根源)을 비롯하여 잃어버린 우리나라 고대 역사와 문화의 뿌리에 관하여 언급하고 있다.[78]

1. 4. 2. 2. 단양신라적성비(丹陽新羅赤城碑)

이 비는 현재 충청북도 단양군 단양읍 하방리(丹陽郡丹陽邑下方里)에 있다. 이 비는 4311(1978)년에 단국대학교 학술발굴조사단에 의하여 발굴된 것으로, 그 기록된 연대는 진흥왕 6 - 11(2878 - 2883, 545 - 550)년경으로 추정된다. 비석의 높이는 93cm, 위의 너비 107cm, 아래 너비 53cm로 기형인데, 국보

---

77 "唯我守本之族避居於東海設防保守三百餘年之間衆論之飜覆如是則可以察域外風雲之如何又可以知天符知眞理之毅然不滅於邪端之世也故世世衆論必根據於斯道之不墜歷代領首猶恐不副於衆論之所在不激不緩能得調節而保守大傳竟使今人可得聞而知天符之在又將使後人及其時而行之能得符都復建通和四海人世復本明證眞理則當時昔氏之論果成就於不幸之行歟."

78 金殷洙, 『符都誌』, 가나출판사, 1986.
지승, 『부도와 혼단의 이야기』, 대원출판사, 1996.

198호로 지정되어 있다. 비석은 파손이 있으나 비문은 19줄×
20자 = 380자와 20·21줄×19자 = 38자와 끝줄인 22째 줄의
12자로 모두 430자로 추정된다. 현재까지 전하는 삼국시대 신
라 비문으로는 가장 분량이 많다. 표기 문자들이 순수 뜻글도
아니고, 그렇다고 온빈글쓰기[完全借字表記]도 아닌 반빈글쓰
기[部分借字表記]체라고 하겠다. 많은 사람들의 이름과 직명
(職名)과 벼슬 이름들의 나열은 거의가 반빈글쓰기이다. 게다
가 빗돌이 깨져 없어진 부분이 절반 가까워서 완전 해독이 어
렵다. 이 비에 "적성(赤城)"이라는 말이 3회 나오는데, 적성은
바로 고구려 영토인 지금의 단양(丹陽)을 일컬은 것이다. 그러
니까 이 비는 신라가 죽령(竹嶺) 이북의 고구려 성을 쟁취한 뒤
에 세운 일종의 기념비라고 하겠다.[79] 여기서는 이제까지 여러
학자들, 특히 김석하(金錫夏)·남풍현(南豊鉉)·이기백(李基白)
들에 의하여 판독된 원문만을 소개하여 당시의 비지 문학 작
품을 감상할 수 있게 한다.[80]

○○○年○月中王教事大衆等喙部伊史夫智伊/干/支○
○部豆彌智彼珎干支喙部西夫叱智大阿干/支○○夫智大阿干支

....

79 南豊鉉,「丹陽赤城碑의 解讀試考」,『史學志』12, 단국대사학회, 1978.
80 아래 원문에서 "○"부분은 비석의 머리 부분으로 깨어져 나가서 읽을 수 없는 글자
를 뜻한다. "/"은 줄의 끝을 가리킨다.

內福夫智大阿干支高頭林/城在○主等喙部比次夫智阿干支沙喙
部武力智/阿干支鄒文村幢主沙喙部導說支及干支勿思伐/城幢
主喙部助黑夫智及干支節敎事赤城也余次/○○○○中作善㽃懃
力使作人是以後其妻三/○○○○○○○姜○○許利之四年小
女師文/○○○○○○○○公兄鄒文村巴珎婁下干支/○○○
○○○○○者更赤城烟去使之後者公 /○○○○○○○○○異
葉耶國法中分與邃然伊/○○○○○○○○○子刀只小女烏札兮
撰干支/○○○○○○○使法赤城佃舍法爲之別官賜/○○○
○○○兮女道豆只又悅利巴小子刀羅兮/○○○○○合五人之別
敎自此後國中如也尒次/○○○○○○懷懃力使人事若其生子女
子年少/○○○○○○○兄弟耶如此白者大人耶小人耶/○○○
○○○○○喙部棄弗耽烖失利大舍鄒文/○○○○○○勿思伐城
幢主使人那利村/○○○○○○○人勿支次阿尺書人喙部/
○○○○○○○○○人石書立人非今皆里村/○○○○○○
○智大烏之.

이 작품을 통하여 새로이 알게 된 것은 훼부(喙部), 사훼부
(沙喙部)라는 부의 이름과 이간지(伊干支), 아간지(阿干支), 대
아간지(大阿干支), 급간지(及干支), 피진간지(彼珎干支) 등의 관
위(官位)와 이사부지(伊史夫智), 두미지(頭彌智), 서부질지(西夫
叱智), 내찰부지(內札夫智), 고두림(高頭林), 비차부지(比次夫
智), 무력지(武力智), 도설지(導設智), 조흑부지(助黑夫智) 등의

단양 신라 적성비(丹陽 新羅 赤城碑)
국보 제198호, 충북 단양군 단성면 하방리에 위치. 출처 : 문화재청

인명들을 알 수가 있게 된 것이 이 작품의 큰 가치라고 역사학
계에서는 생각하고 있다. 또 다른 가치로는 반빈글쓰기[部分
借字表記] 방식의 변천상을 이해하는데 더없이 귀중한 자료라
고 하겠다. 그리고 이 비가 세워진 연대에 관하여는 신라 진흥
왕 12 - 16(2884 - 2888, 551 - 555)년에 이루어진 것으로 추정
하고 있다.

1. 4. 2. 3. 임신서기(壬申誓記)

이 작품은 4267(1934)년경에 경상북도 월성군 하곡면 금장
리 석장사(石丈寺) 터 부근에서 발굴되어 지금은 국립 경주박
물관에 보관되어 있는 이른바 "임신서기석(壬申誓記石)"이라

는 길이가 약 30cm에 너비가 가장 넓은 윗부분이 12.5cm이고 아랫부분은 점점 좁아지는 조그만 돌에 새겨진 74자의 글이다. 그 내용은 아래와 같다.

임신서기석(壬申誓記石)
보물 제1411호, 경북 경주시 일정로에 위치, 국립경주박물관 소장. 출처 : 문화재청

임신년 6월 16일에 두 사람이 함께 맹서하여 기록하여 하느님 앞에 맹서한다. 이제부터 3년 이후 충의의 도리를 지키어 실천한다. 허물로 인하여 서약을 지킬 수 없게 되어 만약 이 일이 지켜지지 아니한다면, 하느님께 죄를 지는 것으로 맹서한다. 만일 나라가 불안하여 세상이 크게 어지러워지면, 충의의 도리를 실천하여 맹서한다. 또 따로 지난 신미년 7월 22일에 시경과 상서와 예기와 춘추 좌전을 3년 안에 차례로 익힐 것을 크게 맹서하였다.[81]

---

81 "壬申年六月十六日二人並誓記天前誓今自三年以後忠道執持過失无誓若此事失天大罪得誓若國不安大亂世可容行誓之又別先辛未年七月卄二日大誓詩尙書禮傳倫得誓三年."

여기서의 "임신년(壬申年)"은 부정확하지만, 대체로 현재의 역사학계에서는 진흥왕(眞興王) 13(2885, 552)년으로 보고 있다. 그리고 그 지은이는 두 사람의 화랑도(花郞徒)일 것으로 추측한다.

이 기록은 이제까지 역사학계의 역사 자료(歷史資料)로만 그 가치를 인정하여 왔으나, 앞으로는 우리의 문학에서도 귀중한 자료로 인정하여야 할 것이다.

1.4.3. 서발문(序跋文)

신라 때 서발류(序跋類)의 작품으로 현전하는 가장 오래된 작품은 원효(元曉 : 2950 – 3019, 617 – 686)스님의 저술로 알려진 「法華經宗要序(법화경종요서)」 등 각종 불경 강론의 서문들이다.

1.4.3.1. 法華經宗要序(법화경종요서)

이 작품은 원효(元曉)스님이 쓴 『妙法蓮華經(묘법연화경)』의 서문이다.

『묘법연화경(妙法蓮華經)』이라는 것은 바로 시방(十方) 삼세(三世)의 여러 부처들이 출세(出世)한 대의(大義)이다. 구도사생(九道四生)이 함께 한 도(道)로 들어가는 큰 문이다. 글이 교묘하고 뜻이 깊어 오묘함이 더할 수 없고, 사리(辭理)는 넓고 크게 펴서 법이 널리 알려지지 아니한 것이 없다. 문사(文辭)가 교묘하고 넓고 크므로 화려한 가운데 실(實)이 들어 있고, 의리가 깊고 확 열리었으므로 실한 가운데 권(權)을 띠었으며, 의리가 깊고 큰 것은 둘도 없고 다른 것도 없다. 문사가 교묘하고 자세한 것은 권(權)을 열고 실을 보여준 것이며, 권을 연 것은 문밖의 삼거(三車)가 권이나 중도의 보성(寶城)이 바로 화(化)임을 보인 것이다. 나무 밑에서 성도한 것이 처음이 아니고, 숲속에서 멸도한 것이 끝이 아니다. 실을 보인 것은 사생(四生)이 모두 내 자식이요, 대소 이승(二乘)도 모두 마땅히 부처를 만들 수 있고, 티끌처럼 많은 수로도 그 명(命)을 헤아리지 못하고, 겁화(劫火)도 그 땅을 불태울 수 없음을 보여준 것이니, 이것이 문사가 교묘하다고 말한 것이다. 둘이 없음을 말한 것은 오직 한결같이 부처님을 크게 섬겨 지견(知見)·개시(開示)·오입(悟入)으로 위도 없고 다름도 없으며, 알게 하고 증거하게 하는 까닭이다. 무별(無別)을 말한 것은 삼종(三種)이 평등하고, 제승(諸乘)과 제신(諸身)이 모두 동일한 법규로 세간(世間)과 열반(涅槃)이 영원히 이제(二際)를 떠나는 까닭이니, 이것이 우리가 심묘(深妙)라고 이르는 것이다. 이는 문리가 모두 오묘하여 현미(玄微)한 법칙과 거친 것을 이탈하는 궤도가 아님이 없어서 묘법이라 일컫는다. 권화(權花)가 활짝 피고 실과가 크게 빛나 물들지 않은 미(美)가 있으므로 연꽃을 가칭하여 비유한 것이다. 그러나 묘법이 오묘하기 그지없는데, 어찌 셋이 되고 어찌 하나가 되

며, 지인(至人)은 지명(至冥)한데 누가 짧고, 누가 긴가? 이곳이
황홀하여 들기가 쉽지 아니하며, 제자(諸子)도 난만하여 벗어나
기가 진실로 어렵다. (하략)[82]

　지금 세계적으로 교세(敎勢)를 널리 확장하면서 일본의 극
우파 창가학회(創價學會)와 공명당(公明黨)이라는 정당을 이끌
고 있는 일련종(日蓮宗)의 염호(念號)인 "남묘호렌게쿄[南無妙
法蓮華經]"는 바로 이 『묘법연화경(妙法蓮華經)』이라는 경전
(經典)에 귀의할 것을 서원하는 일본 말이다. 우리나라의 대중
들에게 "남묘호렌게쿄[南無妙法蓮華經]"를 동방을 향하여 무
릎 끓고 합장하고, 천 번 만 번 부르면, 만병이 낫는다고 권하
여 포교하고 있다. 일본의 이러한 일련종이 있기 몇백 년 전에
원효스님은 이미 이 경전의 심오한 묘리를 극찬하여 이 서문
을 쓰셨다. 쉬운 말로 논리 정연히 표현한 것은 원효스님의 뜻
글 문장력의 수준을 이해하기에 충분하다.

82　"妙法蓮華經者斯乃十方三世諸佛出世之大意九道四生咸入一道之弘門也文巧義深
　　無妙不極辭敷理泰無法不宜文辭巧敷華而含實義理深實而帶權理深泰者無二無
　　別也辭巧敷者開權示實也開權者開門外三車是權中途寶城是化樹下成道非始林間
　　滅度非終示實者示四生起是吾子二乘皆常作佛塵敷不足良其命劫火不能燒其土是
　　謂文辭之巧妙也言無二者唯一大事於佛知見開示悟入無上無異令知令證故言無別
　　者三種平等諸乘諸身皆同一揆世間涅槃永離二際故是謂義理之深妙也斯則文理咸
　　妙無非玄則離麤之軌乃稱妙法權花開敷實菓泰彰無染之美假喩蓮花然妙法妙絶何
　　三何一至人至冥誰短誰長起處恍惚人之不易諸子爛漫出之良難. (하략)"[『동문선(東
　　文選)』 권83, 「서(序)」]

1.4.3.2. 화랑세기서(花郎世紀序)

이 작품은 최근에 새로 발굴된 『화랑세기(花郎世紀)』의 서문에 해당하는 부분이다. 김부식(金富軾)이 그의 『삼국사기』 진흥왕 37(2909, 576)년 조에서 김대문(金大問)의 글이라면서 "어진 재상과 충신이 이들에서 빼어났고, 훌륭한 장수와 용감한 군졸들이 여기에서 나왔다.[賢佐忠臣從此而秀良將勇卒由是而生]"를 인용 소개하고 있는데, 그 글이 여기에 있으므로, 이 글을 『화랑세기(花郎世紀)』의 서문으로 보게 되었다. 그 전문은 아래와 같다.[83]

화랑은 선교(仙敎)를 닦는 사람들이다. 우리나라에서 신궁(神宮)을 받들고 하늘에 크게 제사를 올리는 것은 연(燕)나라가 동산(桐山)에 제를 지낸 것과 노(魯)나라가 태산(泰山)에 제를 올린 것과 같다. 연부인(燕夫人)이 신선의 무리들을 좋아하여 아름다운 여인들을 많이 모아서 이름을 "국화(國花)"라 하였는데, 그 풍습이 동쪽으로 흘러 들어와서 우리나라에서도 여자로써 원화(源花)를 양성하다가 지소태후(只召太后)가 이를 폐지하고, 화랑(花郎)을 두어 나라 사람들로 하여금 받들게 하였다. 이보다 앞서 법흥대왕(法興大王)이 위화랑(魏花郎)을 사랑하여 "화랑(花郎)"이라 불렀는데, 화랑이라는 이름은 이로부터 시작

<hr>

[83] 이종욱, 『화랑세기』, 소나무, 2005.

되었다. 옛날에 신선의 무리들은 다만 신을 받드는 일을 주장하여 국공(國公)들도 화랑도가 되어 그들과 같이 행동하였다. 후일에 신선의 무리들은 도의(道義)로써 서로 권하여 인격 수양에 힘썼으므로, 이에 어진 재상과 충신들이 이들 중에서 빼어났으며, 훌륭한 장수와 용감한 군졸들이 이들 중에서 나왔으니 화랑의 역사는 꼭 알아야 한다.[84]

이 작품의 지은이인 김대문(金大問)은 정확한 생몰 연대를 알 수 없으나 신라 왕족의 후예로 일찍이 당(唐)나라에 유학하고 돌아와 성덕왕 3(3037, 704)년에 한산주 도독(漢山州都督)을 지냈다. 이종욱에 의하면, 이 『화랑세기(花郎世紀)』는 신문왕 1(3014, 681)년에서 동 7(3017, 687)년 사이에 지어진 것으로 추정하고 있다.[85] 또 지은이는 이 밖에도 『高僧傳(고승전)』·『樂本漢山記(악본한산기)』·『鷄林雜傳(계림잡전)』 등의 많은 저술이 김부식이 『삼국사기』를 지을 당시까지는 전하였던 것으로 알려져 온다.

....

84 "花郎者仙徒也我國奉神宮行大祭于天如燕之桐山魯之泰山也燕夫人好仙徒多畜美人名曰國花其風東漸我國以女子爲畜源花只召大后廢之置花郎使國人奉之先是法興大王愛魏花郎名曰花郎花郎之名始此古者仙徒以奉神爲主國公列行之後仙徒以道義相勉於是賢佐忠臣從此而秀良將勇卒由是而生花郎之史不可不知也." (이종학 외, 『花郎世紀를 다시 본다』, 주류성, 2003.)

85 앞주 83의 책.

1. 4. 3. 3. 울주 천전리 서석문(蔚州川前里書石文)

이 글은 4303(1970)년에 학계에 보고된 가로 약 10m, 세로 약 3m의 큰 석벽에 상고시대에 새긴 그림들과 함께 기록된 원명(原銘)과 추기(追記)의 약 300자 가까이 되는 글이다. 현재 읽을 수 있는 글자는 원명이 97자인데, 신라 법흥왕 12(2858, 525)년에 기록된 것으로 추정되고 추기가 182자인데, 법흥왕 26(2872, 539)년에 추가로 기록된 것으로 추정된다. 여기서는 추기만을 소개한다.[86]

울주 천전리 서석 탑본(蔚州川前里書石拓本)
가로 97.0cm, 세로 67.0cm, 소장품 번호 신수(新收)-008004-00000, 출처 : 국립중앙박물관

----

86 여기 소개하는 원문은 "金昌浩, 「蔚州川前里書石의 解釋問題」, 『韓國上古史學報』 19, 韓國上古學會, 1995." 에서 재인함.

지난 을사(乙巳 : 2858, 525)년 6월 18일 새벽에 사훼부 사부지 갈문왕(沙喙部徙夫知葛文王)과 누이인 어사추녀랑(於史鄒女郎)과 세 사람이 함께 놀러온 이후 6월 18일에는 해마다 지나갔습니다. 누이 왕은 누이 왕이 비범하다고 생각하셨습니다. 을사년에는 왕께서 지나가셨습니다. 그 왕비 지몰시혜비(只沒尸兮妃)는 스스로를 사랑한다고 생각하였습니다. 기미(己未 : 2872, 539)년 7월 3일에 그 왕과 누이가 함께 글이 쓰인 돌을 보러 골에 오셨습니다. 이때에 세 사람이 함께 왔습니다. 영지태왕비(另知太王妃)인 부걸지비(夫乞支妃)와 사부지왕자(徙夫知王子)인 낭△△부지(郎△△夫知)가 같이 왔습니다. 이때에 △작공신(△作功臣)은 훼부지례부지사간지(喙部知禮夫知沙干支)와 △박육지거벌간지(△泊六知居伐干支)입니다.

신(臣)은 정을지내마(丁乙知奈麻)입니다. 사람들에게 밥을 지어 먹이는 일은 정육피진간지(貞肉彼珍干支)의 아내인 사효공부인(沙爻功夫人)과 부지거벌간지(夫知居伐干支)의 아내인 일리등차부인(一利等次夫人)과 거례지△간지(居禮知△干支)의 아내인 사효공부인(沙爻功夫人)이 함께 하였습니다.[87]

----

87 "過去乙巳年六月十八日昧沙喙部徙夫知葛文王妹於史鄒女郎三共遊來以後六月十八日年過去妹王考妹王過人乙巳年王過其王妃只沒尸兮妃愛自思己未年七月三日其王與妹共見書石叱見來谷此時共三來另郎知太王妃夫乞支妃徙夫知王子郎△△夫知共來此時△作功臣喙部知禮夫知沙干支△泊六知居伐干支禮臣丁乙知奈麻作食人貞肉知彼珍干支婦阿兮牟呼夫人ㄴㅣ夫知居伐干支婦一利等次夫人居禮知△干支婦沙爻功夫人分功作之."

라고 한 이 글은 판독할 수 없는 글자가 많아서 뜻이 온전하지
는 아니하나, 이 글을 통하여 신라시대 사람들의 이름과 벼슬
들의 이름을 새로 알게 되었으며, 신라의 지배 계급의 인물들
이 이 서석골[書石谷]을 매년 다녀간 것은 다분히 종교적 신앙
활동이었던 것을 짐작할 수 있다. 이 글이 새겨진 바위 그 자체
를 성스러운 곳으로 믿었기 때문에 왕을 모시고 왔다가 간 사
실들을 기록한 것이라고 믿어진다. 여기서 이 글을 통하여 우
리는 이 글의 지은이가 "신"이라고 자기 신분을 밝힌 "정을지
내마(丁乙知奈麻)"임을 알 수 있고, 그 지어진 연대는 법흥왕
26(2872, 539)년임도 알 수 있다.

1. 4. 4. 주의문(奏議文)

신라시대 주의(奏議)로는 지증왕(智證王) 4(2836, 503)년에
지어졌으나, 그 지은이를 알 수 없는 「청개국왕호(請改國王號)」
를 비롯하여 김후직(金后稷)이 쓴 「상진평왕서(上眞平王書)」 설
총(薛聰)의 「풍왕서(諷王書)」와 최고운(崔孤雲)의 저술이 여러
편 있다. 여기서는 「청개국왕호(請改國王號)」와 「상진평왕서
(上眞平王書)」와 「풍왕서(諷王書)」를 감상하기로 한다.

1. 4. 4. 1. 청개국왕호(請改國王號)

『삼국사기』 권 4, 「신라본기」 4, "지증왕(智證王)"조에 실리

어 전하는 이 작품의 내용은 아래와 같다.

🪲 시조(始祖)께서 창업하신 이후 나라 이름을 아직 정하
지 못하고, 어떤 때는 "사라(斯羅)"라고 일컫고, 어떤 때는 "사로
(斯盧)"라고도 일컫고, 어떤 때는 "신라(新羅)"라고도 일컫고 있
습니다. 저희들의 생각에는 "새 신(新)"자는 "좋은 왕업이 날로
새로워진다."는 뜻이요, "벌이어놓을 라(羅)"자는 "사방을 망라
한다."는 뜻이니, 이것으로써 나라 이름을 삼는 것이 마땅하겠
습니다. 또 예로부터 나라를 가진 사람을 보면, 모두 "제(帝)"나
"왕(王)"으로 불렀는데, 우리는 시조께서 나라를 창건하신 때부
터 이제 22대에 이르기까지 오직 우리말로 일컬으며 존호를 아
직 바로 정하지 못하고 있습니다. 이제 여러 신하들이 한 뜻으
로 "신라국왕(新羅國王)"이라는 존호를 삼가 올리옵니다.[88]

이 작품은 사라(斯羅) 또는 사로(斯盧)라고 하던 국호를 "신
라(新羅)"로 정하고, 임금을 "국왕(國王)"으로 부를 것을 왕께
아뢰어 윤허를 받아 일상화하게 된 것을 알려주고 있다. 순수
한 우리말의 나라 이름과 임금의 칭호가 뜻글말로 바뀌면서
사대 모한의식(事大慕漢意識)을 싹틔우기 시작하였다. 자랑스

----

88 "始祖創業已來國名未定或稱斯羅或稱斯盧或言新羅臣等以爲新者德業日新羅者網
羅四方之義則其國號宜矣又觀自古有國家者皆稱帝稱王自我始祖立國至今二十二
世但稱方言未正尊號今群臣一意謹上號新羅國王."(『삼국사기』 권 4, 「신라본기」 4.)

러운 사로국인(斯盧國人)들의 민족적 주체의식과 자존심이 무너져 내리고, 한족(漢族)들의 아류(亞流)로 전락하는 단초(端初)가 되었다.

1.4.4.2. 상진평왕서(上眞平王書)

김후직(金后稷)의 「上眞平王書(상진평왕서)」는 현재로는 신라시대의 신하가 왕의 잘못을 고치도록 직간(直諫)한 주의(奏議)로는 가장 오래 된 작품이다. 진평왕이 평소에 너무 사냥놀이에 빠져 정사를 소홀히 함을 간한 글로 충신의 진심을 엿볼 수 있는 간결하면서도 할 말을 다한 훌륭한 작품이다.

옛날 임금님들은 반드시 하루 사이에 여러 일을 살피고, 깊이 생각하고 멀리 걱정하셨습니다. 그 좌우에는 정의로운 선비를 두고 곧은 말을 받아들여 끊임없이 부지런히 하여 감히 편안히 쉬지를 못하였사옵니다. 그렇게 한 뒤에야 덕화는 순박하고, 정치는 아름다워서 나라를 보전할 수 있었사옵니다. 지금 전하께오서는 날마다 미친 녀석들이나 사냥꾼들과 함께 매나 개를 놓아 꿩이나 토끼를 잡으려고 산과 들을 급히 달려 스스로 그칠 줄을 모르시옵니다. 노자(老子)는 말하기를, "말을 달리고 사냥하는 것은 사람의 마음을 미치게 한다."고 하였으며,『서경(書經)』에는 "집안에서 여색에 음란하거나, 밖에 나가서 사냥에 미치거나, 이 중에서 한 가지만 즐기더라도 망하지 아니하는 이

가 없다."고 하였사옵니다. 이로 미루어 본다면, 안으로는 마음
에 방탕이 올 것이고, 밖으로는 나라를 망하게 될 것이오니, 반
성하지 아니할 수 없사옵니다. 전하께오서는 이를 명심하시옵
소서.[89]

이 작품의 지은이는 김후직(金后稷)이다. 그가 언제 나서, 언
제 돌아갔는지에 관한 연대는 알 수 없지만, 지증왕(智證王 : 재
위 2833 - 2847, 500 - 514)의 증손으로 진평왕 2(2913, 580)년
에 병부령(兵部令)을 지냈다고 한다.

이 글은 김후직(金后稷)이 진평왕(眞平王)이 사냥에 몰두하
며 정치를 돌보지 아니하므로 살아서 여러 차례 간하였던 글
중의 하나이다. 지은이는 살아서의 충간(忠諫)이 받아들여지
지 아니하자, 죽으면서도 자녀들에게 자기의 무덤을 "진평왕
의 사냥길 가에 묻어 달라!"고 유언하여 끝내는 왕을 감동시키
었다는 일화가 전한다.

1.5. 신라의 종교문학(宗敎文學)

필자는 이 국문학사에서 "종교문학(宗敎文學)"이라는 항을

---

89 "古之王者必一日萬機深思遠慮左右正士容受直諫孜孜矻矻不敢逸豫然後德政醇美
國家可保今殿下日與狂夫獵士放鷹犬逐雉兎奔馳山野不能自止老子曰馳騁田獵令
人心狂書曰內作色荒外作禽荒有一于此未成不亡由是觀之內則蕩心外則亡國不可
不省也殿下其念之."(『동문선(東文選)』 권 52).

두어 이른바 전통 무속 신앙과 도선교와 불교의 문학작품들을 다루어 보고자 한다.

일반적으로 이제까지 우리 선학들은 우리의 문학사에서 이 "종교(宗教)"라는 말을 쓰는 대신 "유불도 사상(儒佛道思想)"이라는 말을 흔히 써왔다.

그러나 엄밀한 뜻에서 보면, 유학(儒學)은 신앙(信仰)의 대상(對象)이 있건 없건 일반인들이 가정을 이루고 살아가는 사람이라면 모름지기 반드시 지켜야 할 실천 윤리 도덕의 가르침이기 때문에 필자는 유학을 종교문학에서 제외한다.

1.5.1. 신라의 무속문학(巫俗文學)

여기서 말하는 "무속(巫俗)"은 "무(巫)", 또는 "무교(巫教)"를 이른다. 원래 "무(巫)"는 하늘 "-"과 땅 "_"을 연결하는 "ㅣ" 기능을 가진 사람 "人"이 그 사람을 필요로 하는 사람 "人"을 마주하고 대화를 나누어 소통(疏通)하고 있는 "巫"라는 뜻을 모은[회의(會意)]의 글자이다.

신라시대에는 제2대 남해거서간(南解居西干)에서 이 무(巫)의 기능을 가진 사람이었음을 짐작할 수가 있다. 『삼국유사』에서는 "남해왕(南解王)"을 일명 "남해차차웅(南解次次雄)"이라고도 하는데, 그 뜻은 웃어른이라는 뜻의 "존장(尊長)"이라

는 말로 "임금[王]"만을 나타낸다고 하였다.[90]

삼국사(三國史)를 살펴보면, 신라에서는 왕을 거서간 (居西干)이라 일컬었는데, 이는 곧 진한의 말로 왕이란 뜻이다. 혹자는 말하기를, 이것은 귀인을 부르는 칭호라고 한다. 혹 차 차웅 또는 자충(慈充)이라고 부르기도 하였는데, 김대문(金大 問)[91]이 말하기를, 차차웅이란 원래 무당을 일컫는 방언으로 세 상 사람들이 무당이 귀신을 섬기고 제사를 숭상하기 때문에 그 들을 두려워하고 공경하게 되므로 마침내 존장 되는 이를 불러 자충이라고 하였다고 했다.[92]

는 기록이 신라시대 "무(巫)"는 곧 통치자이었음을 짐작하게 한다. 그러나 후대로 내려오면, "신교(神敎)" 또는 "풍류도(風 流道)" 또는 "현묘지도(玄妙之道)"라는 이름으로 일컬어질 만 큼 보편화되어 절대 권력자의 권위가 희석되면서 나라의 장래 지도자들의 집단인 화랑도(花郎道)와 같은 젊은이들의 생활과 수련 방식의 한 가지로 변질된 것으로 보기도 한다.[93]

그러나 현재로서는 구체적인 신라시대 무가(巫歌) 또는 신

....

90 『삼국유사』 권 1, 「기이」 제1, "남해왕" 조.

91 "김대문(金大問) - 신라의 학자로 문장에 능함. 고승전(高僧傳)·화랑세기(花郎世 紀)·악본(樂本)·한산기(漢山記) 등의 저서가 있음." 이라는 주가 있음.

92 朴性鳳 외, 『三國遺事』, (瑞文文化社, 1985.) 쪽 68.

93 최준식, 『한국종교이야기』, 한울, 1995.

가(神歌)가 전하는 것이 없으므로 여기서는 이만 논의를 줄인
다.

1.5.2. 도선교 문학(道仙敎文學)

우리나라 도교(道敎)는 도선교(道仙敎), 또는 선교(仙敎), 또
는 풍류도(風流道)라고도 하는데, 조선 선조 때 사람 조여적(趙
汝籍)이 지은 것으로 알려진 『靑鶴集(청학집)』에 따르면, 하느
님인 환인(桓因)님을 조종(祖宗)으로 내세우고 있다. 한편 도광
순(都珖淳)은 우리나라 도교의 시원을 신선사상(神仙思想)에서
찾고 있다. 그리고 그 신선사상은 사마천(司馬遷)의 『史記(사
기)』의 「五帝本紀(오제본기)」를 인용하여 황제(黃帝)가 "바다
를 건너 동에 이르러 환산(丸山)에 올랐다.[東至于海登丸山]"고
도 하고, 『역대신선통감(歷代神仙通鑑)』에서 "황제가 혼자 스
스로 장백산(長白山)에서 도를 닦아 오랜 만에 성공하였다.[黃
帝獨自修道長白山日久功成]"는 구절을 인용하였는데, 환산(丸
山)과 장백산(長白山)은 모두 우리나라의 백두산(白頭山)을 이
르는 다른 이름이라고 설명하면서 일연(一然)스님의 『三國遺
事(삼국유사)』의 檀帝史話(단제사화)를 소개하고, 이어서 최치
원(崔致遠)의 「鸞郞碑序(난랑비서)」에 보이는 "우리나라에는
현묘한 도가 있으니, 풍류(風流)라고 하였다. 이 교를 창설한

근원은 『仙史(선사)』에 자세히 밝혀져 있으니, 실은 세 가지 교를 포함하여 많은 사람들을 교화하는 것이다.[國有玄妙之道曰風流設敎之源備詳仙史實乃包含三敎接化群生]"라고 한 글을 인용 소개한 뒤 한국 신선들의 정통 계승자는 "환인(桓因) – 환웅(桓雄) – 단군(檀君) – 문박씨(文朴氏) – 영랑(永郎)"이라고 밝히고 있다.[94]

1.5.2.1. 사천녀(四天女)

이 글은 신라 실성왕(實聖王 : 재위 2735 – 2749, 402 – 416)과 눌지왕(訥祗王 : 재위 2750 – 2790, 417 – 457) 때에 살았던 충신(忠臣) 박제상(朴堤上)의 저술로 알려진 『부도지(符都誌)』의 제1장인데, 필자는 이를 신라시대 도교문학의 작품으로 보고 소개한다.

마고성(麻姑城)은 땅 위에서 가장 높은 재[城]이다. 천부인(天符印)을 받들어 모시어 선천(先天)을 이었다. 재 안의 사방에는 네 분의 천인(天人)이 계시어 피리[管]로 둑을 쌓고 소리를 고르니, 큰 이는 황궁씨(黃穹氏)요, 버금은 백소씨(白巢氏)며, 셋째는 청궁씨(靑穹氏)요, 넷째가 흑소씨(黑巢氏)이다. 두 궁씨(穹氏)의 어머니는 궁희(穹姬)이고, 두 소씨(巢氏)의 어머니는 소

---

94 都珖淳,「韓國의 道敎」,『道敎』3, (上海古籍出版社, 1993.) 쪽 56.

희(巢姬)이니, 궁희와 소희는 두 사람 모두 마고(麻姑)의 따님들
이다. 마고는 짐[光明] 때에 태어나 기쁨과 노여움의 감정이 없
으므로 선천을 남자로 삼고, 후천을 여자로 삼아서 짝이 없이
두 희씨를 낳으니, 두 희씨가 또 선천과 후천의 정기를 받아 짝
이 없이 두 천인과 두 천녀를 낳으니 합하여 네 천인과 네 천녀
이었다.[95]

이 이야기는 정지승(鄭智勝)의 말을 빌면, "동양에서 밝혀내
는「인류 탄생신화」"라고도 하였으나,[96] 필자는 이를 신라시대
도가(道家)들의 문학 작품이라고 생각한다.

1. 5. 3. 신라의 불교문학(佛敎文學)

이제까지 학계에서는 신라 불교가 고구려나 백제보다 훨씬
뒤에 전래된 것으로 인식되어 왔다. 현재 전하는『海東高僧傳
(해동고승전)』과『三國遺事(삼국유사)』의 기록에 따르면, 신라
에 불교가 전래된 것은 신라 제13대 미추왕(味鄒王) 2(2596,
263)년에 고구려의 아도(我·阿道)스님이 오면서 불교가 전파

----

95 "麻姑城地上最高大城奉守天符繼承先天城中四方有四位天人堤管調音長曰黃穹氏
次曰白巢氏三曰靑穹氏四曰黑巢氏也兩穹氏之母曰穹姬兩巢氏之母曰巢姬二姬皆
麻姑之女也麻姑生於朕世無喜怒之情先天爲男後天爲女無配而生二姬二姬亦受其
情無配而生二天人二天女合四天人四天女也."(金殷洙,『朴堤上 原著 符都誌』, 가나
출판사, 1986.)
96 지승,『부도와 흔단의 이야기』, 대원출판, 1996.

되어 왔다고 알리어졌다. 또 김대문(金大問)의 『鷄林雜傳(계림
잡전)』에 근거한 여러 문헌들에서는 제19대 눌지왕(訥祗王 : 재
위 2750 - 2791, 417 - 458) 때에 고구려에서 묵호자(墨胡子)스님
이 일선군(一善郡)의 모례(毛禮)의 집에 와서 굴속에서 숨어 살
다가 왕녀(王女)의 병을 고쳐주고는 어디론가 달아났으며, 제
21대 비처왕(毗處王 : 炤知王 : 재위 2812 - 2833, 479 - 500) 때에
아도(我 · 阿道)스님이 시자 3명과 함께 와서 일선군(一善郡)의
모례(毛禮)의 집에 머물며 몇 년을 살다가 병도 없이 입적하였
는데, 그의 행색이 묵호자와 비슷하였다고도 한다. 또 제23대
법흥왕(法興王) 14(2860, 527)년 3월 11일에 아도스님이 일선
군 모례의 집에 왔을 때에 모례는 아도를 보고 깜짝 놀라며
"전에 아도와 같이 왔던 정방(正方)과 멸구자(滅坵玼)가 왔다가
죽임을 당하였다."고 하면서 아도스님을 은밀한 곳에 숨겨 두
고 모시었다고도 한다. 이에 따르면 신라에서는 불교 신앙이
공개되기 이전에 순교자가 이미 여러 사람이 있었으며, 또 그
뒤에는 유명한 이차돈(異次頓)의 순교가 있어서 비로소 신라
불교의 신앙이 자유롭게 된 것으로 알려져 왔다.

그러나 지금의 하동군 화개면 칠불암(河東郡花開面七佛庵)에
전하여 오는 사원연기설화(寺院緣起說話)나, 고려 말엽의 유학
자 민지(閔漬 : 3581 - 3659, 1248 - 1326)가 쓴 「금강산 유점사 사
적기(金剛山楡岾寺事蹟記)」에 따르면, 바닷길을 통하여 고구

려·백제보다 남쪽의 가야와 신라에 불교가 먼저 들어온 것으로 기록되어 있다.

하지만 현재 우리가 논의하기에는 문헌적 기록이 너무도 부족하여 여기서는 이미 앞에서 언급한 원효(元曉)와 의상(義湘) 스님들을 제외한 신라 스님들의 문학 작품들을 중심으로 신라 불교 문학의 면모를 엿보기로 한다.

1.5.3.1. 원측(圓測)의 선시(禪詩)

一切實一切非實	일체가 실상이요, 일체가 비실이니,
及一切實亦非實	일체의 실상은 실상일 수 결코 없다.
一切非實非非實	일체가 실상 아닌 일체가 실상이니,
是名諸法之實相	이것이 바로 모든 법의 실상이다.

이 작품은 실(實)과 비실(非實)이 같음을 설한 선시이다. 비유(非有)가 곧 비무(非無)이며, 비무(非無)가 곧 비유(非有)라는 것과 같은 실상(實相)을 지적한 것이다.

이 작품의 지은이 원측(圓測)스님은 신라 왕실의 후예로 속명이 김문아(金文雅 : 2946 - 329, 613 - 696)이고, 자를 원측(圓測)이라고 하였다. 원측스님은 3세에 불가에 귀의하여 15세에 당(唐)나라로 들어가서 삼장법사(三藏法師) 현장(玄奘)이 자기의 사법승(嗣法僧)인 자은(慈恩) 규기(窺基)를 위하여 유식론(唯識論)을 강의할 때에 원측은 몰래 그 강의를 듣고, 규기보다 먼저 서명사(西明寺)에서 유식론(唯識論)과 유가론(瑜伽論)을 제자들에게 가리키어 서명사의 대덕(大德)이 되었다. 불수기사(佛授記寺)에서 입적하매 그 제자들이 사리(舍利)를 모아 종남산(終南山)의 풍덕사(豊德寺)에 탑을 세웠다. 또 섬서성 서안부 함녕현(陝西省西安府咸寧縣) 번천(樊川)의 홍교사(興敎寺)에도 현장·규기·원측의 탑이 있다. 원측스님의 저술은『解深密經疏(해심밀경소)』·『仁王經疏(인왕경소)』·『般若心經疏(반야심경소)』·『無量義經疏(무량의경소)』·『唯識論疏(유식론소)』·『金剛般若經疏(금강반야경소)』·『瑜伽論疏(유가론소)』 등이 있다.

1.5.3.2. 원광(圓光)의 오계(五戒)

일연(一然)스님의 『삼국유사』 권 4, 「의해」 제5 "圓光西學(원광서학)"조에는 다음과 같은 기록이 있다.

당(唐)나라 『속고승전(續高僧傳)』 13권에 실려 있다. 신라 황륭사(皇隆寺)의 중 원광(圓光)은 속성이 박씨(朴氏)이다. 본래 삼한의 변한과 진한과 마한에서 살았는데, 원광은 곧 진한 사람이었다. 집이 대대로 해동(海東)에 있었고, 조상의 세대가 오래 되었다. 원광은 기량이 넓고 문장을 사랑하여 도교(道敎)나 유가(儒家)와 제자백가서(諸子百家書)들을 두루 섭렵하고 사기(史記)까지도 토론하여 문장이 삼한에서 뛰어났다.(중략) 나이 25세에 뱃길로 금릉(金陵)에 이르러 진(陳)나라가 문교의 나라이므로 먼저 의심나는 것부터 물어서 그 깊은 뜻을 깨치게 되었다.(중략) 이에 진왕에게 아뢰어 불법에 귀의할 것을 청하니, 진왕이 허락하였다. 머리를 깎고 곧 구족계를 받들고 도량을 찾아 돌아다니며 좋은 도를 연구하기에 진력하여 묘법을 알기에 세월을 아끼지 아니하였다.(중략) 그때에 본국에서 원광의 명성을 듣고 글을 수나라 임금에게 보내어 원광을 돌려보내 줄 것을 청하니, 수(隋)나라에서 칙령으로 후사하고 귀국을 허락하였다. 원광이 몇십 년 만에 돌아오니, 고향의 노소들이 서로 기뻐하며 신라왕 김씨도 친히 공경하여 성인으로 우러렀다.(중략) 또 『삼국사기』 열전에는 이렇게 기록되어 있다. 현사(賢士)인 귀산(貴山)은 사량부(沙梁部) 사람이다. 한 마을의 추항(箒項)과 친구 사이이었는데, 두 사람이 서로 말하기를, "우리들이 사군자(士君子)와 사귀기 위하여는 먼저 바른 마음으로 몸을 닦지 아니하면 욕을 면하지 못할 것이니, 어찌 도를 배우지 아니하고 되겠는가?" 하고, 법사께서 수(隋)나라에서 돌아와 가슬갑(嘉瑟岬 : 원주 줄임, 필자)에 사신다는 말을 듣고 두 사람이 문하에 와서 말하기를, "속세의 선비들은 어리석어서 아는 것이 없사오니, 바라옵건대 한 말씀을 내려 주시면 종신토록 그 가르침으로 삼겠습니다." 하였다. 법사께서는 말씀하시기를, "불교에는 보살계(菩薩戒)라는 것이 있는데, 그것은 구분이 열 가지나 되기 때문에 자네들은 남의 신하가 되었으니, 아마 감당할 수가 없을 것이다. 지금 세속에는 5가지 계율(戒律)이 있으니, 첫째는 임금을 충성으로 섬기고, 둘째는 어버이에게 효도하고, 셋째는 벗을

신의로 사귀며, 넷째는 전쟁터에 나아가서 물러나지 아니하는
것이며, 다섯째는 산 것을 죽이되 가려서 하고 소홀히 하지 말
것이다." 하시었다. 귀산 등은 "다른 것은 명하신 대로 하겠습
니다만, 살생을 가려서 하라고 하신 것은 유독 깨닫지 못하겠습
니다." 하였다. 원광께서 다시 말씀하시되, "여섯 재일[六齋日:
매월 8, 14, 15, 23, 29, 30일]에 올리는 여섯 가지 재일(齋日)과
봄·여름에는 죽이지 말 것이니, 이것은 때를 가리는 것이고 기
르던 짐승들을 죽이지 말 것이니, 소·말·닭·개 등을 말하는
것이다. 작은 물건을 죽이지 말 것이니, 살코기는 한 점으로 족
할 수가 없는 것이다. 이것은 물건을 가리는 것이다. 이것도 오
직 쓸 만큼만 하고 많이 죽이지 말 것이다. 이것이 세속의 선행
이다." 하시었다. 그 뒤에 두 사람은 전쟁터에 따라 나가 모두
나라에 특별한 공을 세웠다. (하략)[97]

----

97 "唐續高僧傳第十三卷載新羅皇隆寺釋圓光俗姓朴氏本住三韓弁韓辰韓馬韓光卽辰
韓人也家世海東祖習綿遠而神器恢廓愛梁篇章校獵玄儒討讎子史文章騰翥於韓服
(中略)年二十五乘舶造于金陵有陳之世呼稱文國故得諮考先疑詢猷了義(中略)乃上啓
陳主請歸道法有勅許焉旣愛初落采卽稟具戒遊歷講肆具盡嘉謀領牒微言不辭光景
(中略)本國遠聞上啓頻請有勅厚加勞問放歸桑梓光往還累紀老弱相欣新羅王金氏面
申虔敬仰若聖人(中略)又三國史記列傳云賢士貴山者沙梁部人也與同里箒項爲友二
人相謂曰我等期與士君子遊而不先正心持身卽恐不免於招辱盍問道於賢者之側乎
聞圓光法師入隋回寓止嘉瑟岬(原註略,筆者)二人詣門進告曰俗士顚蒙無所知識願
賜一言以爲終身之誡光曰佛敎有菩薩戒其別有十等爲人臣子恐不能堪今有世俗
五戒一曰事君以忠二曰事親以孝三曰交友有信四曰臨戰無退五曰殺生有擇若行之
無忽貴山等曰他則旣聞命矣所謂殺生有擇特未曉也光曰六齋日春夏月不殺是擇時
也不殺使畜謂牛馬鷄犬不殺細物謂肉不足一臠是擇物也此亦唯其所用不求多殺此
是世俗之善戒也貴山等曰自今以後奉以周旋不敢失墜後二人從軍事皆有奇功於國
家.(下略)"

이 글은 일연스님이 그의 『삼국유사』에서 원광(圓光)스님의 전기를 쓰면서 『당속고승전』·『古本殊異傳(고본수이전)』·『삼국사기』 등의 책에서 인용한 글들에서 필자가 요약하여 소개한 것이니, 이른바 "世俗五戒(세속오계)"라는 글이 원광법사의 문학작품이라고 말할 수가 있다. 이 세속오계는 문학성보다도 그 교훈성

봉덕사종(奉德寺鍾, 성덕대왕신종, 에밀레종)
국립경주박물관 소장, 국보 제29호, 지름 223.6cm, 전체 높이 369.5cm, 뉴 높이 66.5cm, 두께 25cm, 출처 : 문화재청

이 너무나 커서 당시 고구려·백제·신라의 삼국 가운데서 가장 작은 나라인 신라가 압록·두만 두 강 남쪽[한반도]의 일부에 지나지 못하지만, 고구려와 백제를 멸망시키고 이른바 통일신라를 건설하는 위업을 쌓은 원동력이 되는 깊은 철학적 좌우명(座右銘)으로서의 귀중한 가치가 있는 작품이다.

1.5.3.3. 지귀(志鬼)와 心火繞塔(심화요탑)

지귀(志鬼)는 사람의 이름이다. 이 이야기는 조선 성종 때의 문신이며 학자이었던 성임(成任 : 3754 - 3817, 1421 - 1484)이 지은 『太平通載(태평통재)』 권 73에 실리어 전한다. 그 전문은 아래와 같다.

태평통재 권 칠십삼 지귀조는 역시 신라 수이전에서 인용한다. 그 내용은 이러하다. 지귀(志鬼)는 신라 활리역(活里驛) 사람이다. 선덕왕(善德王)의 단아하고도 엄격하며 미려함을 사모하여 걱정과 근심으로 눈물을 흘리면서 흐느껴 울기까지 하여 형용이 바짝 말라 야위었다. 왕이 듣고 불러서 말씀하시었다. "짐(朕)이 내일 영묘사(靈廟寺)에 가서 향을 피울 것이다. 그 절에서 짐을 기다리도록 하라!" 지귀는 다음날 영묘사 탑 아래에 가서 왕의 행차를 기다리다가 홀연히 깊은 잠에 빠졌다. 왕은 절에 이르러 향을 피우시고 지귀가 잠이 든 것을 보시었다. 왕은 팔찌를 빼어 가슴에다 놓고 궁으로 돌아가시었다. 뒤에 임금님의 팔찌가 가슴에 놓여 있는 것을 알고 임금님을 기다리지 못한 것을 한스러워 하면서 오래도록 몹시 근심하였다. 울화가 치솟아 그의 몸을 태워버리니, 지귀는 곧 불귀신으로 변하였다. 이에 왕은 방술을 하는 사람에게 주문을 짓게 하시었다. 그 주문의 내용은 이러하다.

지귀의 마음속에 이글이글 타는 불꽃

몸마저 변하여 불귀신이 되었네.
창해 밖으로 멀리멀리 띄워버려
보지도 아니하고, 친하지도 아니하리.

　당시의 풍속에 이 주문을 문 위와 벽에 붙이어 화재를 예방
하였다.[98]

　이「지귀(志鬼)」와 같은 내용으로「심화요탑」이 있는데, 이
「심화요탑」에 관한 이야기는 초간(草磵) 권문해(權文海 : 3867
- 3924, 1534 - 1591)의『대동운부군옥(大東韻府群玉)』권 20
「심화요탑(心火繞塔)」조에 실려서 전하는데, 그 내용은 아래와
같다.

　　지귀(志鬼)는 신라 활리역(活里驛)에 사는 사람인데,
선덕왕(善德王 : 재위 2965 - 2980, 632 - 647)의 아름다운 자태를
사모하여 근심하며 울어서 모습조차 수척하여졌다. 왕이 부처
님께 분향하고자 절로 거동하시다가 그 이야기를 들으시고 지
귀를 부르시었다. 지귀는 절에 가 탑 아래에서 임금님께서 가시

---

98 "卷七十三志鬼條亦引新羅殊異傳曰志鬼新羅活里驛人也慕善德王之端嚴美麗憂愁
涕泣形容憔悴王聞之召見曰朕明日幸靈廟寺行香汝於其寺待朕聞志鬼翌日歸靈廟
寺寺塔下待駕幸忽然睡酣王到寺行香見志鬼方睡者王脫臂環置諸胸卽還宮然後乃
御環在胸恨不得待御悶絶良久心火出燒其志鬼卽變火鬼於是王命術士作詞曰志
鬼心中火燒身變火神流移滄海外不見不相親時俗帖此詞於門壁以鎭火災."

기를 기다리다가 홀연히 단잠에 들고 말았다. 왕은 분향을 마치고 나오시다가 지귀가 자고 있는 것을 보시고 팔찌를 빼어 지귀의 가슴 위에 놓아주고 대궐로 돌아오셨다. 뒤에 곧 잠을 깬 지귀는 간절하게 생각하기를 한참 하더니, 심화(心火)가 일어나 그 탑을 돌다가 곧 불귀신으로 변하였다. 왕은 술사(術士)에게 명하시어 주문(呪文)을 짓게 하시니 그 글은,

지귀의 마음속에 이글이글 타는 불꽃
몸마저 변하여 불귀신이 되었네.
창해 밖으로 멀리멀리 띄워버려
보지도 아니하고, 친하지도 아니하리.

라고 하였다. 그때의 민가에서는 문이나 벽 위에 이 글을 붙여서 불의 재앙(災殃)을 면하려고 하였다.[수이전]⁹⁹

라고 한 것인데. 서로 자구의 같음은 많고, 다름은 적다. 필자는 내용이 너무 흡사하고 두 작품이 모두 『신라수이전』과 『수이전』에서 인용한 것이어서 필자는 한 작품으로 인정하여 묶어서 다루었다.

---

99 "志鬼新羅活里驛人慕善德王之美麗憂愁涕泣形容憔悴王幸寺行香聞而召之志鬼歸寺塔下待駕幸忽然睡酣王脫臂環置胸還宮後乃睡覺志鬼悶絶良久心火出繞其塔卽變爲火鬼王命術士作呪詞曰志鬼心中火燒身變火神流移滄海外不見不相親時俗帖此詞於門壁以鎭火災.[殊異傳]"

이 작품에 관하여 인권환(印權煥)의 주장에 의하면, 이「심화
요탑」이야기의 근원은 불교 경전인 『大智度論(대지도론)』에
서 온 것이니, 『대지도론(大智度論)』의 설화에 주인공으로 등
장하는 왕녀(王女)와 술파가(術波加)라는 고기잡이 어부가 신
라의 토착 설화로 변하면서 그 주인공이「심화요탑」에서는 선
덕여왕(善德女王)과 지귀(志鬼)라는 젊은 남자로 바뀐 것이라
고 밝히며「심화요탑」의 근원 설화를 불교 경전에서 찾고 있
다.[100]

1.5.3.4. 죽통미녀(竹筒美女)

이「죽통미녀(竹筒美女)」이야기는 "대나무 통 안의 미녀"라
는 뜻인데, 조선 명종 때의 학자 초간(草磵) 권문해(權文海)의
『대동운부군옥』 권 9에 실리어 전한다. 그 원문은 아래와 같다.

김유신(金庾信 : 2928 - 3006, 595 - 673)이 서주(西州 : 지
금의 충청남도 舒川)에서 귀경할 때에 길에 이상한 나그네가 앞
서 가고 있었다. 머리 위에는 이상한 기운이 서리어 있었는데,
길을 가다가 나무 밑에서 쉬기에 유신도 따라서 쉬면서 거짓으
로 자는 척하였다. 그 나그네는 행인이 없음을 살피고 몸에서
한 개의 대나무 통을 꺼내어 흔들자 그 나무통에서 두 명의 미

---

100 印權煥, 『韓國佛敎文學硏究』, 고려대학교 출판부, 1999.

녀가 나와 같이 앉아 이야기를 하다가 도로 통 속에 넣어 품에 감추고 일어서서 가는 것이었다. 유신이 급히 따라가 물으니, 말씨가 온아하여 동행이 되어 서울에 들어와 유신이 객을 데리고 남산에 이르러 소나무 아래에서 주연을 베풀었다. 그 두 명의 미녀도 역시 나와서 참석하였다. 그 나그네가 말하기를, "나는 서해에 있는데, 동해로 장가들어 처를 데리고 부모님께 인사 올리러 가는 길입니다." 하더니, 풍운이 일어나 어두워지면서 갑자기 사라져 보이지 아니하였다.[수이전][101]

이 이야기는 육조(六朝)시대의 괴기소설(怪奇小說)의 영향을 받아 이루어진 듯하다.

1.5.3.5. 노옹화구(老翁化狗)

이 "개로 둔갑하는 노인[老翁化狗]"의 이야기도 초간(草磵) 권문해(權文海)의 『대동운부군옥』권 12에 실리어 전한다. 그 원문은 아래와 같다.

신라 때에 한 남자 늙은이가 있어서 김유신(金庾信 : 2928 -3006, 595-673)의 집 문밖에 이르니, 김유신이 그 노옹을 데리

---

101 "金庾信自西州還京路有異客先行頭上有非常氣憩于樹下庾信亦憩伴寢同行客伺絶行人探懷間出一竹筒拂之二美女從竹筒還入筒中共坐語還入筒中藏懷間起行庾信追迅之言語溫雅同行入京庾信與客携至南山松下設宴二美女亦出參客曰我在西海娶女於東海與妻歸寧父母已而風雲冥暗忽然不見.[殊異傳]"

고 집으로 들어와 잔치를 베풀었다. 유신이 그 노옹에게 "지금
도 옛날처럼 변화할 수 있소?" 하고 물으니, 그 노옹은 그 자리
에서 변화하여 호랑이가 되었다가 닭이 되고, 매도 되고 하더
니, 나중에는 집에서 기르는 개가 되어 나가 버렸다.[수이전][102]

이 글에서는 오늘날의 경우로 보면, 둔갑술이라는 고예(巧
藝)가 신라 당시에도 유행하였음을 보여주는 예라고 하겠다.

1.5.3.6. 보개(寶開)

이 보개(寶開)의 이야기는 일재(逸齋), 또는 안재(安齋)라고 호
하는 성임(成任 : 3754 – 3787, 1421 – 1454)이 저술한 『태평통재
(太平通載)』권 20에 실리어 전한다. 그 원문은 다음과 같다.

보개(寶開)는 우금방(隅金坊)에 사는 여자이다. 아들
장춘(長春)이 장사를 하려고 바다를 건너가 1년이 지나도 어디
에 있는지조차 알 수 없었다. 보개는 민장사(敏藏寺)의 관음보
살 앞에 가서 한 이레(7일) 동안 기도를 하였더니, 아들 장춘이
와서 어머니의 손을 잡았다. 어머니는 깜짝 놀라며 기뻐서 더
럭더럭 울었다. 이를 본 절 안의 여러 사람들이 까닭을 물었다.
장춘이 대답하기를, "바다 가운데서 흑풍을 만나 배가 모두 부
서지고, 같이 가던 사람들도 모두 물에 빠져 죽었습니다. 저는

---

102 "新羅時有一老翁到金庾信門外庾信攜手入家設筵庾信謂翁曰變化若舊耶翁變爲
虎或化爲鷄或爲鷹終變爲家中狗子而出.[殊異傳]"

한 쪽의 널판자를 타고 오(吳)나라 땅에 닿았습니다. 오나라 사람들은 저를 가두어 종을 삼고, 들에 나가 농사를 짓게 하였습니다. 갑자기 어떤 스님이 와서 제게 말하기를, '네가 네 나라를 기억하느냐?' 하였습니다. 저는 바로 무릎을 꿇고, '저는 늙으신 어머니가 계시는데, 그리운 생각이 망극합니다.' 하였더니, 스님이 말하기를, '만약 네가 그렇게 너의 어머니를 사모한다면, 나를 따라서 가자.' 하고는 말이 끝나자마자 같이 왔습니다. 저는 따라오다가 어떤 깊은 도랑을 만났습니다. 그 스님이 제 손을 잡고 일으키자 어렴풋이 꿈속 같은데, 갑자기 신라인들의 말소리가 들리고 또 소리를 내어 우는 곡소리도 나서 잘 살펴보았습니다. 저는 오히려 꿈속에 있는 듯하였으나 꿈이 아니었습니다." 하였다. 절의 중들은 들은 대로 빠짐없이 갖추어 나라에 아뢰었다. 나라에서는 그 영험함을 존경하고 숭배하여 재물과 땅을 관음보살을 모신 곳에 바치었다. 당(唐)나라 천보(天寶) 4(신라 경덕왕 4, 3078, 745)년 을유(乙酉) 4월 8일 신시(申時 : 16시)에 오나라를 떠나 술시(戌時 : 20시)에 민장사에 이른 것이다.[103]

---

103 "寶開隅金坊女也子長春因販賣泛海去而經年不知所在寶開就敏藏寺觀音前祈禱七日子春來執母手母驚喜哭泣寺衆問所由長春曰海中遇黑風船檣皆破同行人皆溺死予乘一板至於吳吳人囚之爲奴耕於野田忽有一僧來謂曰憶汝國乎予卽跪曰予有老母憶戀罔極僧曰若慕汝孃隨我行訖同行隨行有一深渠僧執予手起之昏昏如夢忽聞羅語亦有哭聲審之我猶疑夢中而非也寺僧具事升聞國家尊崇靈驗以財貨田地納菩薩所天寶四年乙酉四月八日申時離吳戌時到敏藏寺."

이 이야기는 일연스님의 『삼국유사』 권 3, 「탑상」 4, "민장사(敏藏寺)" 조에도 실리어 있으나 원 출전을 밝히어 놓지 아니하여 역시 『삼국유사』의 글은 『신라 수이전』의 일문이라고 할 수는 없다.

1. 5. 4. 虎願(호원)

이 호랑이의 소원[虎願]이라는 이야기는 초간(草磵) 권문해(權文海)가 지은 『대동운부군옥』 권 15에 실리어 전한다. 그 전문은 아래와 같다.

신라의 풍속에 매년 2월이 되면, 초8일부터 보름까지 경주 시내의 여러 남녀들이 다투어 흥륜사(興輪寺) 탑을 도는 복회(福會)를 하였다. 원성왕(元聖王 : 재위 3118 - 3131, 785 - 798) 때에 김현(金現)이라는 사나이가 있어서 밤이 깊도록 쉬지 아니하고 혼자 이 탑을 돌고 있었다. 그때에 한 처녀가 김현의 뒤를 따라 돌더니, 마침내 사랑하는 사이가 되어 따라 갔다. 처녀가 말하기를, "첩이 내일 시내에 들어가 인명을 해하면, 왕께서 반드시 높은 벼슬로 역사(力士)를 모집하여 나를 잡으려 할 것입니다. 낭군께서는 그것을 겁내지 마시고, 북림(北林) 속으로 저를 따라 오시면, 제가 기다리고 있겠습니다. 다만 저를 위하여 절을 지어 주신다면, 그야말로 낭군의 은혜입니다." 하고 곧 서

로 울며 작별하였다. 이튿날 과연 맹호가 성중에 들어오니, 감
히 당하여내는 사람이 없었다. 왕은 명령을 내려 "저 범을 잡는
사람은 2급의 벼슬을 주겠다." 하였다. 김현이 대궐에 들어가
왕께 아뢰기를, "소신이 하여 보겠습니다." 하고, 김현이 단검
을 가지고 북림(北林) 속으로 들어갔더니, 범은 낭자로 변하여
웃으며 말하기를, "어제의 잊을 수 없었던 정을 생각하여 낭군
께서는 소홀히 하지 마오소서." 하고는 이어 김현이 차고 있던
칼을 빼어 스스로 목을 찔러 엎어지니, 범이었다. 김현이 등용
된 뒤에 서천(西川)가에 절을 짓고, 그 이름을 호원(虎願)이라고
하였다.[수이전][104]

이 이야기는 호원사(虎願寺) 창건의 연기 설화로 보아야 할
것이다.

1. 5. 5. 최치원(崔致遠)

이 최치원(崔致遠 : 3190 - ?, 857 - ?)에 관한 이야기는 일재(逸
齋), 또는 안재(安齋)라고 호하였던 성임(成任 : 3754 - 3787, 1421

----

104 "新羅俗每當仲春初八至十五日都人士女競遶興輪寺塔爲福會元聖王時有郎金現
者夜深獨遶不息有一女隨遶現遂通而隨去女曰妾明日入市爲害則王必募以重爵而
捕我矣君其無怯追我于北林中吾將待之但爲我創資報勝則郎君之惠也遂相泣別翌
日果有猛虎入城中無敢當者王令曰有能捕虎者爵二級現詣闕奏曰小臣能之現持短
兵入北林中虎變爲娘子笑曰昨日繾綣之事惟君無忽乃取現所佩刀自刎而仆乃虎也
現旣登庸創寺於西川邊號曰虎願.[殊異傳]"

-1454)의 저술인 『태평통재(太平通載)』 권 68에 실리어 전한다. 장황하지만, 이제 그 전문을 소개한다.

최치원(崔致遠)의 자는 고운(孤雲)인데, 나이 12세에 서쪽으로 당(唐)나라에서 글을 배웠다. 건부(乾符) 갑오년(3207, 874)에 학사 배찬(裵瓚)이 주관한 과거 시험에 단번에 갑과에 장원으로 급제하여 율수현(溧水縣)의 현위가 되었다. 일찍이 율수현 남쪽 경계의 초현관(招賢館)에서 놀았다. 이 관 앞에 있는 산언덕에 오래된 무덤이 있는데, 쌍녀분(雙女墳)이라고 불렀다. 이곳은 고금 명현들이 놀던 곳이었다. 치원이 돌문에다가 시를 지어 쓰기를,

> 뉘 집의 두 딸이 여기에 묻혀 있어
> 적적한 저승에서 몇 봄을 원망했나?
> 모습은 시냇가의 달빛 속에 남아 있어
> 이름이 무엇인지 무덤은 대답 없네.
> 꽃다운 정 있어서 꿈에라도 통한다면,
> 긴긴 밤 객회에 위로를 받으리라.
> 외로운 초현관서 운우의 정 맺는다면,
> 그대들과 낙신부(洛神賦)를 이어 부르리.

라고 하였다. 시를 다 쓴 뒤에 초현관으로 돌아오니, 이때는 달이 밝고 바람도 시원하였다. 청려장을 끌며 천천히 걷는데, 갑자기

어떤 여인이 나타났다. 아름다운 용모는 키가 날씬하였다. 손에
는 붉은 전대를 들고 치원의 앞으로 와서 말하기를, "팔낭자와 구
낭자께서 수재께 말씀을 전하라 하십니다. 아침에는 발걸음을 수
고로이 하시어 찾아주셨고, 그 위에 훌륭한 글까지 지어주셨으므
로 두 낭자께서도 역시 화답의 글을 지었기에 여기 삼가 올리옵
니다." 하였다. 공이 돌아보며 깜짝 놀라 황급히 그녀의 이름이
무엇인가를 거듭 물으니, 그녀는 말하기를, "아침나절 수풀을 헤
치고 돌을 닦고 시를 써 놓으신 곳이 바로 두 낭자께서 사시는 곳
입니다." 하였다. 공은 이내 깨닫고, 첫 번째 전대를 보니, 이는
팔낭자가 치원에게 바치는 화답시이었다. 그 시의 내용은 이러하
다.

> 저승 넋이 별한을 고분에서 지내나,
> 젊고 예쁜 내 얼굴은 남정이 그립다오.
> 학 타고 신선세계 찾아가지 못하니까
> 봉황새 비녀 꽂고 저승으로 떨어졌네.
> 당시 세상 있을 때는 남자를 피했건만,
> 오늘은 초면이니 교태를 부립니다.
> 시로써 제 뜻 알림 부끄럽게 느끼면서,
> 일면은 기다리며 일면은 속이 상합니다.

라고 하였다. 다음으로 둘째 전대를 보니, 이것은 구낭자의 것이었
다. 그 시의 내용은 이러하다.

오가면서 누구도 안 돌보던 길가 무덤
난경과 원앙금침 먼지만 쌓였지오.
한번 죽고 한번 남은 하늘의 명이오.
꽃이 피고 짐은 세상의 봄이지요.
늘 진녀는 탈속만을 바라 살면서,
임희가 남편 섬김 배우지 않았지요.
양왕과의 운우지정 꿈에라도 바라자니,
이 생각 저 생각에 마음만 상합니다.

하였다. 또 뒤폭에도 쓰기를,

이름을 숨긴다고 이상히 생각 마소.
외론 혼이 세상 사람 두려워 해서이죠.
앞으로 저희 마음 다 여쭈려 하오니,
잠시만 친하도록 허락하여 주십시오.

하였다. 공이 이미 그 정겨운 시를 다 읽고는 자못 기쁜 기색으로
곧 그녀의 이름을 물으니, "취금(翠襟)이옵니다." 하였다. 치원이
기뻐하면서 그녀에게 농담을 거니, 취금이 성을 내면서 말하기를,
"수재께서는 답서나 써 주심이 옳건만, 공연히 남을 발가벗기려
하세요?" 하였다. 치원은 이에 시를 지어 취금에게 맡기니, 그 시
의 내용은 이러하였다.

우연히 미친 시를 옛 무덤에 쓴 것에

선녀가 세속일 물을 줄은 몰랐지요.
취금도 오히려 경화처럼 예쁘니,
두 분은 옥수춘을 머금고 있겠지요.
한갓 이름 숨겨 속객을 속이면서
교묘히 글자 엮어 시인을 괴롭혔소.
오직 두 분 모서 즐김 애타게 바라오며
천만의 신령님께 거듭거듭 비나이다.

하고는 끝폭에 이어서 쓰기를,

심부름꾼 취금이가 뜻밖의 소식 주니,
잠시나마 생각느라 눈물을 흘립니다.
오늘밤 만약에 선녀들을 못 만나면,
단연코 이 목숨은 죽고야 말겁니다.

하였다. 취금은 시를 받아가지고 돌아가는데, 그 빠르기가 마치 회오리바람 같았다. 치원은 홀로 서서 슬피 읊조리며 한참을 기다리어도 오는 기색이 없었다. 이에 짧은 노래를 읊어 거의 끝나가는데, 향긋한 냄새가 갑자기 나더니 조금 있으니까 두 여인이 나란히 왔다. 이야말로 바로 한 쌍의 빛나는 구슬이요, 두 송이의 서기 어린 연꽃이었다. 치원이 놀랍고도 기쁘기가 꿈결 같아서 얼른 절하면서 말하기를, "치원은 섬나라의 보잘 것 없는 선비요, 속세의 말단 관리입니다. 어찌 외람되이 선녀들이 범부를 돌볼 줄을 기약하였겠습니까? 그냥 장난으로 쓴 글인데, 문득 꽃다운 발걸음을 내

려 주셨습니다." 하니, 두 여인은 미소만 짓고 말을 하지 아니하였
다.(중략) 뒤에 치원은 과거에 급제하고 신라로 돌아오다가 길에
서 시를 지어 노래하였다.

> 덧없는 세상 영화 꿈속의 꿈이니,
> 백운 깊은 곳서 편히 쉼이 좋겠구나.

하였다. 그는 곧 벼슬살이를 그만두고 길이 숨어 산림과 강해로
중을 찾아 다녔다. 작은 집을 짓고 석대(石臺)를 찾기도 하면서 옛
글과 책을 즐기고 풍월을 읊조리며 유유히 살아갔다. 남산의 청량
사(淸凉寺), 합포(合浦)의 월영대(月影臺), 지리산의 쌍계사(雙谿
寺), 석남사(石南寺), 묵천 석대(墨泉石臺)에 목단을 심어 놓은 것이
이제까지 남아 있는데, 이런 곳들이 모두 그가 노닐었던 곳이다.
최후에는 가야산(伽倻山) 해인사(海印寺)에 들어가 숨어서 형님인
대덕 현준(賢俊)과 정현(定玄)스님과 더불어 불경의 이론을 깊이
연구하며 담담한 경지에서 여생을 마치었다.(신라 수이전에서 뽑
았다.)[105]

----

105 "崔致遠字孤雲年十二西學於唐乾符甲午學士裵瓚掌試一舉登魁科調授漂水縣尉
　　常遊縣南界招賢館館前崗有古冢號雙女墳古今名賢遊覽之所致遠題詩石門曰誰家
　　二女此遺墳寂寂泉局幾怨春形影空留溪畔月姓名難問塚頭塵芳情儻許通幽夢永夜
　　何妨慰旅人孤館若逢雲雨會與君繼賦洛川神題罷到館是時月白風淸杖藜徐步忽覩
　　一女姿容綽約手操紅袋就前曰八娘子九娘子傳語秀才朝來特勞玉趾兼賜瓊章各有
　　酬答謹令奉呈公回顧驚惶再問何姓娘子女曰朝問披榛拂石題詩處卽二娘所居也公
　　乃悟見第一袋是八娘子奉酬秀才其詞曰幽魂離恨寄孤墳臉柳眉桃猶帶春鶴駕難尋
　　三島路鳳釵空墮九泉塵當時在世長羞客今日含嬌未識人深愧詩詞知妾意一回延首
　　一傷神次見第二袋是九娘子其詞曰往來誰顧路傍墳鸞鏡駕衾盡惹塵一死一生天上

이 작품이야말로 최치원의 자전 소설(自傳小說)이라고 할 수는 없다. 이 언급은 곧 이 작품의 지은이가 최치원이 아니라는 증거가 된다. 그러나 현재로서는 고려 초기에 만든 거짓 꾸며낸 이야기[小說]이라고 하는 데에는 이의가 없다. 또 그 내용이 살아있는 사람(최치원)과 죽은 사람(쌍녀)이 주고받은 시 짓기 놀이에서 죽음과 삶이 자유자재로운 면에서 도선문학으로 다루어 무방하다고 본다. 한편 그 구성과 갈등은 조선시대의 매월당(梅月堂) 김시습(金時習 : 3768 - 3836, 1435 - 1493)의 『금오신화(金鰲新話)』와 채수(蔡壽 : 3782 - 3848, 1449 - 1515)의 『설찬공전(薛贊公傳)』보다 못하지 아니하다고 평가된다.

필자는 이 작품을 사람의 이름과 구별하기 위하여 「최치원전(崔致遠傳)」이라고 부를 것을 제의한 바가 있다.[106]

....

命花開花落世間春每希秦女能抛俗不學任姬愛媚人欲薦襄王雲雨夢千思萬憶損精神又書於後幅曰莫愧藏名姓孤魂畏俗人欲將心事說能許暫相親公旣見芳詞頗有喜色乃問其女名字曰翠襟公悅而挑之翠襟怒曰秀才合與回書空欲累致遠乃作詩付翠襟曰偶把狂詞題古墳豈期仙女問風塵翠襟猶帶瓊花艷紅袖含玉樹春偏隱姓名欺俗客巧哉文字惱詩人斷腸唯願陪歡笑祝禱千靈與萬神繼書末幅云青鳥無端報事由暫時相憶淚雙流今宵若不逢仙質判卻殘生入地求翠襟得詩還迅如颺逝致遠獨立哀吟久無來耗乃詠短歌向畢香氣忽來良久二女齊至正是一雙明玉兩朶瑞蓮致遠驚喜如夢拜云致遠海島微生風塵末吏豈期仙侶猥顧風流輒有戲言便垂芳躅二女微笑無言(중략)後致遠擢第東還路上歌詩云浮世榮華夢中夢白雲深處好安身乃退而長往尋僧於山林江海結小齋尋石臺探翫文書嘯詠風月逍遙俛仰於其間南山淸凉寺合浦縣月影臺知理山雙溪寺石南寺墨泉石臺種牧丹至今猶存皆其遊歷也最後隱於伽倻山海印寺與兄大德賢俊南岳師定玄探蹟經論遊心沖漠以終老焉出新羅殊異傳."

106 崔康賢, 『韓國文學의 考證的 硏究』, 1996. 高麗大學校 民族文化硏究所.

1. 5. 6. 선녀홍대(仙女紅袋)

이「선녀홍대(仙女紅袋)」는 앞에서 읽은 작품「최치원」을 가려 뽑아 앞뒤를 잘라 내용을 대폭 줄여서 제목을「선녀홍대(仙女紅袋)」로 바꾼 것이 초간(草礀) 권문해(權文海)의『대동운부군옥』권 15에 실려서 전하고 있다.

1. 5. 7. 首揷石枏(수삽석남)

이「首揷石枏(수삽석남)」이야기도 역시 꾸며낸 거짓 이야기[小說]라고 하겠다. 이 작품의 내용은 신라시대 사람들의 자유연애 사상을 엿볼 수 있게 하는 좋은 자료적 가치를 지니는 일종의 괴기소설이라고도 말할 수 있다. 그 전문을 읽어보기로 한다.

신라의 최항(崔伉)은 호를 석남(石南)이라 하는데, 사랑하는 첩이 있었으나 부모가 금하여 보지를 못하였다. 몇 달만에 항은 갑자기 죽었다. 8일이 되는 밤중에 항이 첩의 집에 갔더니, 첩은 그의 죽음을 알지 못하였다. 첩이 대단히 반갑게 맞아들이자 항이 머리에 꽂고 있던 석남(石枏) 가지를 첩에게 나누어주며 말하기를, "부모님이 너와 동거하기를 허락하셨기 때문에 온 것이다."하고, 곧 첩과 함께 그의 집으로 돌아왔다. 항이 담을 넘어 들어가더니 밤이 새도록 소식이 없었다. 집사람이 나와 보고 그녀가 온 까닭을 물으니, 첩은 그 이야기를 전부 하였다. 집사람은 "항이 죽은 지 8일이다. 오늘은 장사를 지내고자 하는데, 무슨 괴상한 소리를 하느냐?"고 하였다. 첩은 "지아비가 꽂고 있던 석남 가지를 나누어 저에게 주었으니, 이것으로써 징험하여 보는 것이 좋겠습니다." 하였다. 이에 관을 열어 보니, 시체의 머리에는 석남이 꽂혀 있고, 옷은 이슬에 젖었으며, 신도 신고 있었다. 첩이 그 죽은 것을 알고 통곡하며 까무러치려 하니, 항이 이어 살아나서 함께 늙기를 20년을 하다가 죽었다.[107]

고 한 이 작품은 늦어도 신라시대에 이미 결혼 적령기의 남녀들이 자유연애를 즐기고 있었다는 사실을 오늘날의 우리들에게 깨우쳐 주고 있을 뿐 아니라 종교적으로는 도교적 의식(道敎的意識)이 짙었음도 이해할 일이다.

<hr />

107 "新羅崔伉字石南有愛妾父母禁之不得見數月伉暴死經八日夜中伉往妾家妾不知其死也顧喜迎接伉首挿石枏枝分與妾曰父母許與同居故來耳遂與妾還到其家伉踰垣久無消息家人出見之問其來由妾具說家人曰伉死八日今日欲葬何說怪事妾曰良人與我分挿石枏枝可以此爲驗於是開棺視之屍首挿石枏露濕衣裳履已穿矣妾知其死痛哭欲絶伉乃還蘇偕老二十年而終.[殊異傳]"

2. 고구려(高句麗)의 문학(文學)

송(宋)나라 범엽(范曄)이 지은 『후한서(後漢書)』 권 85, 고구려조를 보면, 다음과 같이 기록되어 있다.

고구려는 요동의 동쪽으로 1천 리 밖에 있다. 남으로는 조선과 예맥에 닿아 있고, 동으로는 옥저와 접하였으며, 북으로는 부여와 닿아 국토가 2천 리나 된다. 큰 산이 많고, 깊은 골짜기가 많아서 사람들이 그 지형에 따라 살며 밭이 얼마 안 되어 일을 열심히 하여도 먹고 살기가 어려워서 그 풍속이 음식을 절약하여 살면서도 궁실은 잘 치장하였다.

동이(東夷)에서 전하여 오는 이야기는 고구려는 부여(夫餘)의 별종이어서 언어가 거의 같다. 한쪽 무릎은 꿇고, 한쪽 다리는 끌면서 절을 하며, 걸음걸이는 모두 달음박질하듯 하였다. 고구려는 5족이 있으니, 소노부·절노부·순노부·관노부·계루부이다. 본래는 소노부가 왕이었으나 점점 미약하여지면서 계루부가 뒤를 이었다. 그들은 벼슬로 상가·대로·패자·고추·대가·주부·우대·사자·백의·선인 등을 두었다. 무제가 조선을 멸하고, 고구려는 현도에 속하게 하고 북과 악기와 광대(廣大)들을 보내주었다.

사람들은 그 풍속이 음탕하나 모두 깨끗하다고 생각하며 스스로 기뻐하였다. 날이 저물어 어두워진 밤이면, 갑자기 남녀들이 떼로 모여 노래하고 춤을 추며 즐긴다. 귀신을 섬기는 사당

기지시(機池市) 줄다리기
국가무형문화재 제75호, 유네스코 인류무형문화유산(2015년 등재),
출처 : 기지시줄다리기 보존회 http://www.gijisi.com

은 좋아하면서도 나라와 곡식의 신을 섬기는 사직에 제사 지내
는 일은 거의 없다.

　10월만 되면 크게 모여 하늘에 제사를 지내는데, 이를 "새만
이[동맹(東盟)]"이라고 하였다. 그 나라의 동쪽에는 큰 굴이 있
는데, "골온신[襚神]"[108]이라고 하며, 역시 10월이 되면 그곳에
서 제사를 올리었다. 그들은 공적으로 모일 때에는 모두 비단에
금은을 수놓아 스스로 꾸민 옷을 입었다. 대가나 주부는 모두

----

108 "골온신[수신(襚神)]" = "수(襚)"의 뜻은 유일하게도 이 제사를 상징하는 제명(祭名)
　　이라고 하기 때문에 필자는 만신(萬神) 또는 백신(百神)의 뜻과 "굴[穴] → 골[骨 ·
　　谷 · 萬]"을 취하였다.

머리에 두건을 썼는데, 수건처럼 생겨서 뒤가 없다. 그들의 소
가는 절풍을 썼는데, 그 모양이 고깔 같았다.

고구려에는 감옥이 없어 죄를 지은 이가 있으면, 여러 가들
로 구성된 평의회에 넘겨서 그를 죽이게 하고, 그 처자들을 데
려다가 종을 삼았다. 그들은 혼인하면 모두 아내의 집에서 자녀
를 낳아 아이들이 크게 자란 뒤에야 집으로 데리고 돌아왔다.
한편 어려서부터 장사 지낼 때에 입을 옷을 장만하고, 금과 은
과 돈과 폐백 같은 것을 후하게 써서 장사를 지내며, 돌을 쌓아
봉분을 만들고, 봉분 주위에 소나무와 측백나무를 심었다. 고구
려 사람들은 성질이 사납고 급하며 힘이 세고, 전투에 익숙하여
도둑들을 잘 잡았다. 옥저와 동예가 모두 이 나라에 소속되었
다.[109]

라고 되어 있는 고구려의 문학을 살펴보면 아래와 같다.

---

109 "高句驪在遼東之東千里南與朝鮮濊貊東與沃沮北與北夫餘地方二千里多大山深
谷人隨而爲居少田業力作不足以自資故其俗節於飲食而好修宮室東夷相傳以爲夫
餘別種故言語法則多同而跪拜曳一脚行步皆走凡有五族有消奴部絶奴部順奴部灌
奴部桂婁部本消奴部爲王稍微弱後桂婁部代之其置官有相加對盧沛者古鄒大加主
簿優台使者帛衣先人武帝滅朝鮮以高句驪爲縣使屬玄菟賜鼓吹伎人其俗淫皆潔淨
自憙暮夜輒男女群聚爲倡樂好祠鬼神社稷零星以十月祭天大會名曰東盟其國東有
大穴號禭神亦以十月迎而祭之其公會衣服皆錦繡金銀以自飾大加主簿皆著幘如冠
幘而無後其小加著折風形如弁無牢獄有罪諸加評議使殺之沒入妻子爲奴婢其昏姻
皆就婦家生子長大然後將還稍營送終之具金銀財幣盡於厚葬積石爲封亦種松柏
其人性凶急有氣力習戰鬪好寇鈔沃沮東濊皆屬焉"(楊家駱, 『後漢書』, 鼎文書局,
1979.)

2. 1. 시가문학(詩歌文學)

2. 1. 1. 황조가(黃鳥歌)

이 작품은 김부식(金富軾 : 3408 - 3484, 1075 - 1151)이 그의 저술 『三國史記(삼국사기)』 고구려(高句麗) 제2대 유리왕(琉璃王 : 재위 2314 - 2351, 서력 전 20 - 서력 후 18)조에서 소개하고 있는 것이다.

유리왕 3년 가을 7월에, 골천(鶻川)에 이궁(離宮)을 지었다. 겨울 10월, 왕비 송씨(松氏)가 승하하였다. 왕은 두 여자를 계실로 맞이하여 장가를 들었다. 한 여자는 화희(禾姬)라고 하는 골천 출신이고, 다른 한 여자는 치희(雉姬)라고 하는 한(漢)나라 사람의 딸이었다. 두 여자들은 유리왕의 총애를 독차지하려고 아옹다옹 서로 싸웠다. 왕은 서느실[凉谷]에 동서로 두 채의 궁궐을 지어 떨어져 살게 하였다. 뒤에 왕이 기산(箕山)으로 사냥을 가서 일주일이 되어도 돌아오지 아니하였다. 두 여자들은 싸움이 붙어 화희가 치희를 꾸짖어 나무라기를, "너는 한나라 사람으로 계집 종년이 어찌 이렇게 무례할 수가 있느냐?" 하니, 치희가 부끄러움과 한스러운 마음을 가지고 친정으로 도망쳤다. 유리왕이 그 소식을 듣고 말을 급히 달려 뒤따라갔으나, 치희가 성이 나서 돌아오지 아니하였다. 왕은 일찍이 나무 아래에서 쉬고 있는데, 황조들이 짝지어 나는 것을 보았다. 이어 느낌이 있어 노래를 부르니, 그 노랫말은 이러하다.

翩翩黃鳥	펄펄 나는 꾀꼬리
雌雄相依	암수 서로 어울리네.
念我之獨	내 외로움 생각하면
誰其與歸	뉘와 얼려 살아가나?

이 글에서 우리가 주목하여야 할 것은 ① 이 작품이 지어진 연대, ② 송비(松妃)의 승하, ③ 두 아내를 새로 맞았다는 점과 ④ 화희(禾姬)와 치희(雉姬)의 정체, ⑤ 유리왕이 이 노래를 부른 동기 등이다.

첫째, 이 작품이 지어진 연대를 이제까지 여러 학자들은 유리왕 3(2317)년이라고 하나, 실은 유리왕 4(2318)년으로 보아야 한다. 황조(黃鳥)는 꾀꼬리이기도 하고 참새이기도 하다. 참새라면 1년 내내 볼 수 있는 새이지만 꾀꼬리는 유난히 봄새[春鳥]로 인정될 뿐 아니라 암수의 정조(貞操)가 두텁다고 알려져 있다. 또 참새라고 하더라도 추운 겨울에 유리왕이 나무 밑에 앉아서 신세 탄식을 한다고는 믿어지지 아니하기 때문에 유리왕 4(2318, 서력기원 전 15)년 봄으로 보아야 한다.

둘째, 유리왕의 왕후인 송비(松妃)가 승하한 것이 겨울 10월이라고 하였는데, 여기에는 돌아가신 이유와 장례 문제를 생

각하여 볼 필요가 있다. 『삼국사기』에는 유리왕 2(2316)년 조
에서 "가을 7월에, 다물후(多勿侯) 송양(松讓)의 딸을 맞이하여
왕비를 삼았다. 9월에는, 서쪽으로 수렵을 나가 흰 노루를 잡
았다. 겨울 10월에는, 왕궐 뜰에 신작(神雀)들이 모여들었다."
는 기록이 있다. 그리고 같은 『삼국사기』에서 김부식은 「대무
신왕(大武神王 : 재위2351 - 2377, 서기 18 - 44)」조에서 대무신왕
을 소개하며 "이름은 무휼(無恤)인데, 유리왕의 셋째 아들로
태어나면서부터 총명하고도 지혜롭더니, 자라면서 덩치도 크
고 담략도 매우 컸다. 유리왕은 재위 33년이었다. 나이 11세에
태자에 책봉되었다가 이어 왕위에 오르게 되었다, 어머니는
다물국왕 송양(松讓)의 딸인 송씨(松氏)이다."라고 증언한다.
이에 따르면, 유리왕은 왕비 송씨의 몸이 아닌 다른 여인에게
서 두 아들을 먼저 얻고, 송씨의 몸에서는 무휼(無恤)이라는 아
들을 얻었음을 알 수가 있다. 그리고 훗날 대무신왕이 된 무휼
왕자는 유리왕 3(2317)년 겨울 10월 왕궐의 뜰에 신작(神雀)들
이 모여들 때에 태어났을 것이며, 송비는 아이를 출산한 뒤에
승하한 것을 짐작할 수가 있다. 『수서(隋書)』「고려전(高麗傳)」
조에 따르면, 굳이 고구려 궁중 장례 의식을 따지기 이전에 일
반 사사로운 민가에서도 "죽은 사람의 빈소를 집안에 모시고
3년이 지난 뒤에 길한 날을 가리어 장례를 모신다."[110]고 하였

---

110 "死者殯於屋內經三年擇吉日而葬"

는데, 송비가 승하하자마자 유리왕이 두 여자를 계실로 맞이
하였다는 것은 사리(事理)에 맞지 아니한다.[111]

셋째, 화희는 골천 출신이므로 고구려민일 뿐만 아니라 승
하한 송비(松妃)의 친가 고을 사람이다. 이는 곧 대무신왕의 외
가댁에서 대무신왕의 양육을 위하여 가장 믿을 수 있는 화희
라는 사람을 가려서 유모로 천거하여 보낸 것임을 암시하는
것이다. 반면에 치희는 한(漢)나라 출신 천녀(賤女)이다. 그 이
유는 화희가 치희를 꾸짖어 나무라기를, "너는 한나라 사람으
로 계집 종년이 어찌 이렇게 무례할 수가 있느냐?"라고 하니,
치희가 부끄럼과 원한을 품고 달아났기 때문이다. 『삼국사기』
에는 마치 이 두 사람이 유리왕의 후비(後妃)인 듯이 묘사하고
있으나, 이미 앞에서 말한 바와 같이 송비가 무휼을 낳고 산후
병으로 승하하였으니, 그 아이를 키우고 수발하여야 하는 사
람이 필요하여 화희는 유모(乳母)로 맞이하였을 것이고, 치희
는 음식 살림을 맡은 수라 차지로 맞이하였을 것이다. 어떤 학
자는 이들의 이름을 바탕으로 하여 화희는 농사짓는 부족(部
族)을 상징하고, 치희는 수렵 유목 부족을 상징한다고도 하나,
이는 이 문학작품을 감상하는데 직접 영향하지 아니하는 별개
의 문제이다.

---

111 또 중국의 『한서(漢書)』에 따르면, 대체로 추운 겨울에 왕이나 왕비가 돌아가면,
　　장례를 60일 ~ 90일 후에 지낸 것으로 되어 있으니, 참고가 될 것이다.

넷째, 유리왕이 이 노래를 부른 동기는 이제까지 많은 학자들은 화희와 싸우고 달아난 치희를 데리러 갔다가 데려오지 못한 것을 한탄하여 노래한 것으로 풀이하였다. 그러나 『삼국사기』에 기록된 유리왕의 영특함으로 볼 때에 화희에게서 "천녀(賤女)"라고 욕을 먹고 달아난 치희를 데리러 갔다가 데려오지 못하고 외로움을 탄식하여 노래를 부를 만큼 용렬한 왕이 아니었기 때문에 치희 때문에 이 시를 지었다는 것은 말이 되지 아니한다. 이미 앞에서 말한 바 있듯이 유리왕은 핏덩이 어린 아들을 낳아 놓고 바로 승하한 송비에 대한 애정과 어린 아들의 양육에 관한 정서적 불안에서 이 노래를 불렀다고 보아야 한다. 그 이유는 유리왕이 치희를 데리러 갔다는 이야기 뒤에 이 작품을 소개하면서 "상(嘗)"자를 앞에 쓴 것이 문맥상으로 맞지 아니한다. 또 "수기여귀(誰其與歸)"도 "누구와 함께 돌아갈까?"가 아니라 "누구와 같이 살아갈까?"로 풀이함이 옳다.[112] 따라서 여기서의 누구는 곧 승하한 송비를 가리킨 것이다. 그래야 『삼국사기』에 그려진 영웅다운 유리왕과 이 작품의 격이 맞는다. 결국 이 작품은 먼저 세상을 버리고 저 세상으로 간 아내를 슬퍼한 애상적(哀傷的) 서정시로 보아야 할 것이다.

......

112 王安石이 「祭歐陽文忠公文」에서 "念公之不可復見而其誰與歸[공을 다시는 뵙지 못할 것을 생각하니, 그 누구에 의지하여 살아가겠습니까?]"라고 한 것과 같은 뜻으로 풀어 읽어야 한다.

또 앞에서 화희와 치희 두 여인이 싸우게 된 큰 이유로 제시
된 것이 "뒤에 왕이 기산(箕山)으로 사냥을 가서 일주일이 되
어도 돌아오지 아니하였다."라는 말을 음미하여 볼 필요가 있
다. 그 이유는,

첫째, 유리왕 3년 겨울 10월에 송비(松妃)가 승하하셨고,

둘째, 화희와 치희를 맞이하여 신생아, 곧 뒷날 고구려 중흥
의 위대한 임금이 된 "대무신왕인 무휼왕자"를 안전하게 잘 자
랄 수 있게 보호하여 놓았다.

셋째, 유리왕은 스스로 송비의 능침 후보지를 찾아 옛날 소
부(巢父)와 허유(許由)가 숨어 살던 오지 중의 오지이나 명당으
로 소문난 지금은 남의 땅 하북성 행당현(河北省行唐縣)에 있는
기산(箕山)으로 갔다가 소득없이 왔음을 밝힌 것으로 보아야
한다.

2. 1. 2. 이름만 전하는 노래들

현재 고구려의 노래 문학 작품으로 이름만 전하는 작품 몇
편이 『高麗史(고려사)』 권 71의 「악지(樂志)」 제25에 다음과 같
은 「來遠城(내원성)」, 「延陽(연양)」, 「溟洲(명주)」 등 3편이 전하
고 있다.

2. 1. 2. 1. 내원성(來遠城)

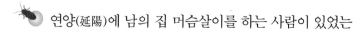 내원성은 정주(靜州)에 있으니, 곧 물 가운데 있는 곳
이다. 북쪽의 오랑캐들이 투항하여 와서 그들을 이 땅에 머물러
살게 하였다. 그래서 그 성의 이름을 먼 곳에서 온 사람들이라
는 뜻으로 노래 불러 그들을 기념하였다.[來遠城在靜州卽水中
之地狄人來投置之於此名其城曰來遠歌以紀之.]

여기서 말하는 정주(靜州)가 어디인가와 적인(狄人)을 연계
하여 살피면, 이 작품이 과연 고구려의 노래인가의 진위(眞僞)
를 밝힐 수가 있을 것이다. 우선 적인(狄人)은 과거에 지금의
차이나인들이 그들의 북쪽에 사는 다른 민족들을 일컬어 "북
쪽 오랑캐"라고 부른데서 온 말이다. 사실 그 종족은 옛날의
우리 조상들의 한 갈래이었다. 또 내원성이 있었던 땅 정주(靜
州)는 지금의 평안북도 의주시 근처의 마을이라고 한다.[113] 따
라서 이 노래의 자세한 내용은 알 수 없지만, 송축가(頌祝歌)
인 것을 짐작할 수가 있고, 고구려 문학인 것도 또한 분명하
다.

2. 1. 2. 2. 연양(延陽)

연양(延陽)에 남의 집 머슴살이를 하는 사람이 있었는

113 『東國輿地勝覽』 권 53, 「의주목(義州牧)」조.

데, 죽기로써 스스로 힘써 일하면서 자기를 나무에 비유하여 말하기를, "나무가 불에 닿으면 제가 죽는 화를 당하나, 남에게 깊은 믿음으로 쓰이는 것은 다행한 일이니, 비록 다 타서 재가 되더라도 사양하지 아니한다."고 하였다.[延陽有爲人所收用者以死自效比至於木曰木之貸火必有戕賊之禍然深以收用爲幸雖至於灰燼所不辭也.]

이 작품은 일종의 교훈가(敎訓歌)일 듯싶다. 남의 집에 머슴이 되어 꾀를 부리지 아니하고, 스스로가 희생적으로 열심히 일하면서 그 나름대로의 철학을 밝힌 것이다. 특히 오늘날처럼 자기 주변의 남을 배려하지 아니하고 오직 자기의 안일만을 생각하는 이기주의(利己主義) 일색인 현세의 일반인들에게는 큰 교훈이 될 수가 있다.

이 노래 속의 주인공인 남의 집 머슴살이를 하는 사람은 믿음직하고도 착한 사람임을 칭찬할 만하다.

2.1.2.3. 명주가(溟州歌)

세상에 전하여 오는 이야기가 있다. 한 서생(書生)이 공부하러 명주(溟州)에 이르렀다. 어떤 양가집의 한 규수를 보았는데, 얼굴과 자태가 아름답고 자못 글을 읽을 줄 알았다. 서생은 매일 시를 지어 그녀를 꾀었다. 그 여자는 말하기를, "남의 아내 되는 사람은 망령되이 남을 따르지 아니하는 것이니,

생이 과거에 급제하기를 기다리었다가 부모님의 허락을 받으면 생을 섬기며 해로할 수 있을 것입니다." 하였다. 서생은 즉시 서울로 돌아와 과거공부를 익히었다. 한편 여자의 집에서는 딸을 시집보내어 사위를 맞으려 하였다. 여자는 평일에 집안의 연못에 물고기를 길렀었다. 물고기는 그녀의 기침소리만 듣고도 반드시 물 밖으로 나와 먹이를 받아먹었다. 그녀는 물고기에 먹이를 주면서 말하기를, "내가 너를 기른 지 오래이니, 너는 틀림없이 내 마음을 알겠지?" 하면서 가지고 있던 비단에 쓴 편지를 물고기에게 던져 주었다. 한 마리의 큰 물고기가 뛰어올라 그 편지를 입에 물고서는 유유히 물속으로 가버렸다.

한편 서울에 있던 그 선비는 어느 날 부모님을 위하여 반찬거리를 마련하고자 저자에 가서 물고기를 사가지고 돌아와서 그 배를 갈라 그 속에서 비단 편지를 얻었다. 서생은 깜짝 놀라 이상히 생각하고, 그 편지를 가지고 급히 아버지를 모시고 달려가 여자의 부모를 뵈었다. 여자의 집에서는 이미 딸의 혼인을 결정하여 사위될 사람이 대문에 이르러 있었다. 서생은 그 편지를 여자의 집안사람들에게 보이며 이 노래를 지어 불렀더니, 여자의 부모가 그 사실을 이상히 생각하고 말하기를, "이 정성이야말로 감동할 일이다. 사람의 힘으로는 할 수 있는 일이 아니다." 하면서 이미 맞이하려던 사위될 사람을 돌려보내고, 그 서생을 맞아들여 사위를 삼았다."

는 것이다.[114]

이 작품에 관하여 김선풍(金善豊)은 지은이는 신라 말엽 김 무월랑 유정(金無月郎, 惟靖)이고, 지어진 때는 단제기원 3090 - 3112(757 - 779)년 사이라고 한 바 있다.[115] 그러나 김선풍 의 주장이 진실이라면, 이는 고구려 노래가 아니니, 당연히 신 라의 노래로 다루어져야 마땅할 것이다. 또 이 노래에 얽힌 여 러 가지 정황을 참작하면, 아마도 고려시대의 노래가 잘못 고 구려 노래로 언급된 것이 아닌가 싶다. 그것은 강릉과 서울에 서 고구려 같으면 평양 또는 즙안(輯安)일 것이고, 신라일 것 같으면 경주일 것이고, 고려 같으면 개성일 것이기 때문이다. 앞으로 더 연구되어야 할 것이기 때문에 필자는 우선 종전의 학설대로 옛 기록을 따라 고구려 문학으로 다루면서 후학의 관심과 연구를 기대한다.

2.2. 고구려의 이야기 문학

2.2.1. 고구려의 건국 이야기

현재까지 많은 학자들의 관심을 모아온 고구려 건국 이야기

----

114 世傳書生遊學至溟州見一良家女美姿色頗知書生每以詩挑之女日婦人不妄從人待 生擢第父母有命則事可諧矣生卽歸京師習擧業女家將納女平日臨池養魚魚聞驚駭 聲必來就食女食魚謂曰吾養汝久宜知我意將帛書投之有一大魚跳躍含書悠然而逝 生在京師一日爲父母具饌市魚而歸剝之得帛書驚異卽持帛書及父書徑詣女家壻已 及門矣生以書示女家遂歌此曲父母異之曰此精誠所感非人力所能爲也遣其壻而納 生焉.

115 金善豊, 「溟州歌研究」, 『關東大學論文集』 5, 관동대학교, 1977.

는 학자들에 따라서 "동명왕신화(東明王神話)"[116]라고도 하고, "주몽신화(朱蒙神話)"[117]라고도 일컬어 왔다. 그리고 그 이야기의 문헌 자료는 의외로 다양하다. 이른바 광개토대왕 비석이라고 일컫는 「국강상광개토경평안호태왕비문(國岡上廣開土境平安好太王碑文)」을 비롯한 「동명왕본기(東明王本紀)」, 「구삼국사(舊三國史)」, 「삼국사기(三國史記)」, 「삼국유사(三國遺事)」, 「동국이상국집(東國李相國集)」, 「논형(論衡)」, 「위략(魏略)」, 「수신기(搜神記)」, 「후한서(後漢書)」, 「위서(魏書)」, 「수사(隋史)」, 「북사(北史)」, 「법원주림(法苑珠林)」, 「통전(通典)」 등 여러 문헌들에서 동명왕(東明王)에 관한 이야기를 읽을 수가 있는데.[118] 일반적으로는 "주몽신화(朱夢神話)"라고 흔히들 부른다.[119]

　여기서는 『삼국유사(三國遺事)』의 기록을 소개한다.

　　고구려는 곧 졸본부여(卒本夫餘)이다. 어떤 이는 지금의 화주(和州) 또는 성주(成州)라고 말을 하나 이는 모두 잘못이다. 졸본주(卒本州)는 요동(遼東) 방면에 있었다. 국사 고려본기에 기술하기를, "시조 동명 성제의 성은 고씨(高氏)이며, 이름은 주몽(朱蒙)이다. 이에 앞서 북부여왕 해부루가 이미 동부여로 피

116 蘇在英, 『韓國說話文學硏究』, 숭전대 출판부, 1984.
117 정상균, 『한국고대서사문학사』, 태학사, 1998.
118 박두포, 「민족 영웅 동명왕 서화고」, 『국문학연구』 1, 효성여대, 1968.
119 서대석, 『구비문학』, 해냄출판사, 1997.

하여 갔으며, 뒤에 부루가 세상을 떠나자 금와(金蛙)가 왕위를
이어 왕이 되었다.

이때에 금와는 태백산(太伯山) 남쪽 우발수(優渤水)에서 한
여자를 만나 물어보니, 여자가 대답하기를, '저는 하백(河伯)의
딸로 이름은 유화(柳花)라고 합니다. 제가 여러 아우들과 노닐
고 있는데, 남자 한 사람이 나타나 자기는 천제(天帝)의 아들 해
모수(解慕漱)라고 하면서 저를 웅신산(熊神山) 밑 압록강(鴨綠
江)가에 있는 집안으로 유인하여 남몰래 정을 통하고 가더니 돌
아오지 아니하였습니다. 부모는 제가 중매도 없이 혼인한 것을
꾸짖으며 마침내 이곳으로 귀양을 보내셨습니다.' 하였다.(원
주 약) 금와는 이를 이상히 여겨 그녀를 방 안에 가두어 두었더
니 햇빛이 방 안을 비추었다. 몸을 피하자 햇빛이 따라와 또 비
추었다. 그로부터 태기가 있어 알 하나를 낳았다. 크기가 닷 되
들이 말[斗]만 하였다. 금와왕은 그것을 버려 개와 돼지에게 주
려 하였으나 모두 먹지를 아니하였다. 그래서 길에 내어다 버리
게 하였더니 소와 말들이 그 알을 피하여 지나갔다. 또 들에다
버리니 새와 짐승들이 오히려 그 알을 덮어 주었다. 이에 금와
왕이 그것을 쪼개어 속을 보려 하였으나 쪼갤 수가 없어 마침내
그 어머니에게 돌려주었다. 그 어머니는 알을 천으로 싸서 따뜻
한 곳에 두었더니 한 아이가 껍질을 깨고 나왔다. 골격과 겉모
습이 영특하고 기이하였다. 나이가 겨우 일곱 살에 기품이 준수
하니 보통 사람과 달랐다. 스스로 활과 화살을 만들어서 쏘는데
백발백중이었다. 그 나라의 풍속에 활을 잘 쏘는 사람을 주몽

(朱蒙)이라 하였으므로 그는 주몽이라는 이름을 얻었다.(중략) '나는 하느님의 아들이요, 하백의 손자입니다. 오늘 도망가는 길인데 뒤쫓는 자들이 따라오고 있으니 어찌합니까?' 하니, 물고기들과 자라들이 다리를 놓아 건널 수 있었다. 건너자마자 다리는 사라지고 따라오던 군사들은 물을 건너지 못하였다. 졸본주(현도군의 경계)에 이르러 서울을 정하였으나, 미처 궁실을 짓지 못하여 비류수(沸流水) 상류에 초막을 짓고 살며 나라 이름을 고구려라고 불렀다. 인하여 고씨(高氏)로 성을 삼았다.(본성은 해씨인데 스스로 하느님의 아들로 햇빛을 받아서 태어났다고 말하여 높을 고자로 성을 삼았다.) 그때 나이 12세이었다. 한 효원제(孝元帝) 건소(建昭) 2(2297, 서기전 37)년 갑신년에 즉위하여 왕이라 하였다.(하략)" [120]

고 되어 있는데, 여기서 우리들이 주목할 점은 『삼국유사』에서

---

[120] "高句麗卽卒本夫餘也或云今和州又成州等皆誤矣卒本州在遼東國史高麗本記云始祖東明聖帝姓高氏諱朱蒙先是北夫餘王解夫婁旣避地于東夫餘及夫婁薨金蛙嗣位于時得一女子於太伯山南優渤水問之云我是河伯之女名柳花與諸弟出遊時有一男子自言天帝子解慕漱誘我於熊神山下鴨淥邊室中私之而往不返(원주약)父母責我無媒而從人遂謫居于此金蛙異之幽閉於室中爲日光所照引身避之日影又逐而照之因而有孕生一卵大五升許王棄之與犬猪皆不食又棄之路牛馬避之棄之野鳥獸覆之王欲剖之而不能破乃還其母母以物裹之置於暖處有一兒破殼而出骨表英奇年甫七歲岐巍異常自作弓矢百發百中國俗謂善射謂朱蒙故以名焉(중략)我是天帝子河伯孫今日逃遁追者垂及奈何於是魚鼈成橋得渡而橋解追騎不得渡至卒本州(玄菟郡地界)遂都焉未遑作宮室但結廬於沸流水上居之國號高句麗因以高爲氏(本姓解也今自言是天帝子承日光而生故自以高爲氏)時年十二歲漢孝元帝建昭二年甲申歲卽位稱王.(하략)"

일연스님이 주(註)로 밝힌 바,

단군기(壇君記)에 이르기를, 단군이 서하(西河)의 하백 (河伯)의 딸과 친하게 지내기를 청하여 아들을 낳으니, 이름을 부루(夫婁)라 하였다. 지금 이 기록(단군기, 필자 주)을 보면, 해 모수가 하백의 딸을 사통하여 아들을 낳았다 하고, 단군기에는 아들을 낳고 부루라 하였다 하니, 부루와 주몽은 이복형제이 다.[壇君記云君與西河河伯之女要親有産子名日夫婁今按此記則 解慕漱私河伯之女而後産朱蒙壇君記云産子名日夫婁夫婁與朱 蒙異母兄弟也.]

라고 한 사실을 잘 분석하여 보아야 한다. 일연스님은 단제와 해모수를 동일인으로 보았다는 것이다. 이 사실은 고구려가 단제조선(檀帝朝鮮)의 계승자로 보아야 한다는 암시임에 틀림 이 없다. 12세의 소년 주몽(朱蒙)이 스스로 천손(天孫)임을 강 조한 것이나 하백의 손자라고 뽐낸 것은 모두가 환한 나라[桓 國]와 밝다나라[檀國·倍達國·白頭國]의 계승자임을 강조한 것으로 풀이하여야 하기 때문이다. 지금 잠시 남의 나라 땅이 되었지만 언젠가는 반드시 우리 천손족(天孫族)의 위용이 온 세계에 떨쳐질 수 있도록 하여 그 땅에 "저희들이 이제야 돌아 왔습니다." 하고, 인사하고 주인이 되게 하여야 할 것이다.

이 동명왕(東明王)의 출생담에 관한 『후한서』「夫餘傳(부여

전)」의 기록을 보면 아래와 같다.

> (전략) 처음 북이(北夷)의 색리국왕(索離國王)이 출행을
> 하였다. 그 뒤에 시녀는 임신을 하였다. 왕이 돌아와서 그녀를
> 죽이려 하였다. 시녀가 말하기를, "전에 하늘을 쳐다보았는데,
> 달걀만한 기운이 제게로 내려왔습니다. 인하여 태기가 있게 되
> 었습니다." 하였다. 왕이 그 시녀를 가두어 두었더니, 뒤에 마
> 침내 아들을 낳았다. 왕이 "돼지우리에 버리라!"고 명령을 내
> 렸다. 돼지는 제 입김을 불어넣어 아이를 살리었다. 왕은 다시
> 마구간에 옮겨 버리게 하였다. 말이 또한 돼지처럼 그 아이를
> 보살피어 살리었다. 왕이 신기하게 생각하고 그 어미에게 알리
> 어 거두어 기르라고 하고 이름을 동명(東明)이라고 하였다. 동
> 명이 자라면서 활을 잘 쏘았다. 왕은 동명이 용맹한 것을 꺼리
> 어 몇 번이나 죽이려고 하였다. 동명이 급히 달아나다가 남쪽의
> 엄호수(掩淲水)에 이르러서 활로 물을 쏘니 물고기들과 자라들
> 이 몰려들어 물 위에 떠올라 다리가 되매, 동명이 그 위로 건너
> 부여에 이르러서 왕이 되었다.(하략)[121]

고 하여 일연스님의 기록과는 약간의 어긋남이 있으나 난생설

---

121 "初北夷索離國王出行其侍兒於後姙身王還欲殺之侍兒曰前見天上有氣大如鷄子
來降我因以有身王囚之後遂生男王令置於豕牢豕以口氣噓之不死復徙於馬蘭馬亦
如之王以爲神乃聽母收養名曰東明東明長而善射王忌其猛欲殺之東明奔走南至掩
淲水以弓擊水魚鼈皆聚浮水上東明乘之得度因至夫餘而王之焉.(하략)"(范曄,『後
漢書』, 권 85,「夫餘國」)

화적(卵生說話的) 큰 줄거리는 동일하다. 여기서도 하늘의 기운을 받아 탄생되었다는 점은 고구려의 시조 동명이 천손이라는 사실을 강조하려 한 듯하다. 일연스님이 동명의 아버지가 비록 신인(神人)이기는 하지만 해모수(解慕漱)라는 구체적 이름을 밝힌 것은 주목할 만한 일이다.

2. 2. 2. 유리(類利) 소년 이야기

이 이야기는 『삼국사기』「高句麗本紀(고구려 본기)」"유리왕(瑠璃王)"조에 실리어 전한다. 그 일부를 인용 소개하여 보이면 아래와 같다.

> 유리명왕(瑠璃明王)이 즉위하였다. 휘는 유리(類利), 때로는 유류(孺留)라고도 한다. 주몽(朱蒙)의 큰아들로 어머니는 예씨(禮氏)이다. 처음 주몽이 부여에 있을 때에 예씨(禮氏)네 딸을 아내로 맞아 아이를 배었는데, 주몽이 망명한 뒤에 출생하였다. 유리(類利)가 어릴 때에 길거리에 나가 놀며 새를 잡았는데, 새를 향하여 쏜 화살이 잘못되어 여자가 이고 가는 물동이를 깨었다. 그 부인은 유리를 꾸짖기를, "이 아이는 아비가 없어서 이처럼 미련한 짓을 한다."고 하였다. 유리는 부끄러워하면서 집으로 돌아와 어머니께 묻기를, "우리 아버지는 어떤 사람이며, 지금 어디에 계십니까?" 하니, 그 어머니는 말하기를,

"너의 아버지는 보통 사람이 아니시다. 나라에서 용납되지 아니하므로 남쪽 땅으로 도망하였는데, 지금은 나라를 세우고 왕이 되시었다. 그런데 망명하실 때에 나에게 말하시기를, '그대가 만약 남자를 낳을 것 같으면, 내가 가지고 있던 유물을 일곱 모가 난 돌 위 소나무 아래에 감추어 두었으니, 그것을 찾아가지고 오면 나의 아들로 맞이하겠소.' 하시었다." 하니, 유리는 그 말을 듣고, 곧 산골짝으로 가서 돌아다니면서 열심히 찾았으나 얻지 못하고 돌아왔다. 하루는 아침에 집에 있노라니까 소나무 기둥의 주춧돌 사이에서 소리가 나는 것 같으므로 가보니 주춧돌이 일곱 모가 되어 있으므로, 곧 그 기둥 밑을 찾아 거기에서 부러진 칼 한 토막을 얻어 드디어는 이것을 옥지(屋智)·구추(句鄒)·도조(都祖) 등 세 사람을 데리고 길을 떠나 졸본에 이르러서 아버지 동명성왕을 만나 잘라진 칼을 바치어 왕의 것과 맞추어 하나의 칼이 되는 것을 확인하고, 왕은 크게 기뻐하며 유리를 태자로 삼았으므로 이에 왕위에 오르게 되었다. (하략)[122]

라고 한 기록은 고구려 개국 초기의 임금님들이 모두 비범한 사람들이라는 것을 강조한 것이라고 할 수 있다. 특히 여기서

----

122 "瑠璃明王立諱類利或云孺留朱蒙元子母禮氏初朱蒙在夫餘娶禮氏女有娠朱蒙歸後乃生是爲類利幼年出遊陌上彈雀誤破汲水婦人瓦器婦人罵曰此兒無父故頑如此類利慙歸問母氏我父何人今在何處母曰汝父非常人也不見容於國逃歸南地開國稱王歸時謂予曰汝若生男子則言我有遺物藏在七陵石上松下若能得此者乃吾子也類利聞之乃往山谷索之不得倦而還一旦在堂上聞柱礎間若有聲就而見之礎石有七陵乃搜於柱下得斷劍一段遂持之與屋智句鄒都祖等三人行至卒本見父王以斷劍奉之王出己所有斷劍合之連爲一劍王悅之立爲太子至是繼位.(하략)"

우리가 유추할 수 있는 한 가지 사실은 고구려가 부여국(夫餘國)보다 훨씬 남쪽으로 내려와서 세워진 나라라는 점이다. 따라서 부여국은 이제까지 우리들이 식민사관(植民史觀)이나 사대(事大) 사상에 젖어 있는 이들에게서 배웠던 역사적 사실보다 옛날 우리 조상들의 부여국 활동 무대가 지금의 중원 이북이었다는 사실(史實)의 확인이 더욱 긴요하여진다.

2. 2. 3. 대무신왕(大武神王) 이야기

이 대무신왕(大武神王)에 관한 이야기도 『삼국사기』「고구려본기」"大武神王(대무신왕)"조에 실려 있다.

대무신왕(大武神王)이 즉위하였다.(혹은 大解朱留王이라고도 한다.) 왕의 이름은 무휼(無恤)로 유리왕(琉璃王)의 제3자이다. 나면서부터 총명하고, 지혜롭고, 장하고, 인품이 뛰어나며 큰 지략이 있었다. 유리왕 32(2347, 14)년 갑술에 태자가 되었고, 즉위할 때는 그의 나이가 11세이었다. 그 어머니는 송씨(松氏)로서 다물국왕(多勿國王) 송양(松讓)의 딸이다.(중략) (3년) 겨울 10월에 부여왕(扶餘王) 대소(帶素)가 사신을 시켜서 머리는 하나요, 몸통은 둘인 붉은 까마귀를 보내어 왔다. 처음에 부여 사람이 부여왕에게 말하기를, "까마귀는 원래 검은 것인데, 이제 빛이 변하여 붉게 변하고, 또 머리는 하나인데, 몸은 둘인 것은 두 나라를 병합할 징조이니, 왕께서 고구려를 병합하게 될 지도 모르겠습니다." 하였다. 대소가 이 말을 듣고 기뻐서 붉은 까마귀를 고구려에 보내면서 겸하여 그 이야기까지 전하게 하였다. 대무신왕은 여러 신하들과 의논하고 부여왕 대소에게 대답하기를, "검은 것은 원래 북방의 빛인데, 이제 변하여 남방의 빛으로 되었으며, 또 붉은 까마귀는 상서로운 것인데, 그대가 이를 얻어서 가지지 아니하고 나에게 보냈으니, 두 나라의 흥망을 알 수 없네." 하였다. 부여왕 대소는 이 말을 듣고 한편으로는 놀라고, 한편으로는 후회하였다. 4년 겨울 12월에 왕이 군대를 내어 부여(夫餘)를 치러 갔다. 비류수(沸流水) 상류에 이르러서 물가를 바라보니, 마치 여자가 솥을 들고 놀고 있는 것 같아 보이었다. 가까이 가서 보니, 다만 솥만 있었다. 그 솥에 밥을 짓게 하였더니 금방 저절로 열이 나서 밥이 지어져서 온 군사들을 배부르게 먹이었다. 이때에 갑자기 웬 건장한 한 사나이가 나타나서 말하기를, "이 솥은 우리 집 물건으로 나의 누이가 잃어버렸었는데, 왕께서 이제 얻으셨으니 제가 이 솥을 지고 왕을 따라가게 하여 주소서." 하므로, 마침내 "부정씨(負鼎氏)"라는 성을 내려 주셨다. 왕이 이물림(利勿林)에 이르러서 밤을 보내는데 밤중에 쇳소리가 들리었다. 날이 밝자 사람을 시키어 그곳을 찾아보게 하여 황금 도장[金璽]과 병기를 얻었다. 왕께서 이르시기를, "이것은 하느님이 내려 주신 것이다." 하면서 절을 하고 받았다. 길을 떠나려 할 때에 어떤 한 사람이 나타났는데, 키가 약 3m쯤 되며 얼굴이 희고 눈에 광채가 있었다. 그는 왕께 절을 하고 말하기를, "저는 북명(北溟)에 사는 괴유(怪由)입

니다. 듣건대, 대왕께서 북쪽의 부여를 치러 가신다니, 바라옵
건대, 신도 따라가서 부여왕의 머리를 베어 오게 하여 주소서."
하니, 왕이 기뻐 허락하였다. 또 어떤 사람이 말하기를, "신은
적곡 사람 마로(麻盧)입니다. 긴 창을 가지고 길을 인도하게 허
락하여 주소서." 하매, 왕이 또 허락하시었다. 5년 2월에 왕이
부여국 남쪽으로 진군하였다. 그 지방에 진흙벌이 많으므로 평
지를 가리어 병영을 설치하고, 말과 군사들을 쉬게 하여 두려워
하는 빛이 없었다. 부여왕은 온 나라의 군대를 총동원하여 싸우
러 나오면서 싸울 준비가 덜 된 틈을 타 엄습하려고 말을 채찍
질하며 진군하다가 진흙탕에 빠져 오도 가도 못하게 되었다. 이
에 왕이 괴유를 지휘하니, 괴유가 칼을 뽑아 들고 호통을 치며
쳐들어가니 부여의 온 군졸들이 넘어지고 자빠져서 버틸 수 없
게 되자 바로 진군하여 부여왕을 잡아 머리를 베었다.(하략)[123]

<hr />

[123] "大武神王立(或云大解朱留王)諱無恤琉璃王弟三子生而聰慧壯而雄傑有大略琉璃
王在位三十三年甲戌立爲太子時年十一歲至是卽位母松氏多勿國王松讓女也(중
략)(三年)冬十月扶餘王帶素遣使送赤烏一頭二身初扶餘人得此烏獻之王或曰烏者
黑也今變而爲赤又一頭二身幷二國之徵也王其兼高句麗乎帶素送之兼示或者之
言王與群臣議答曰黑者北方之色今變而爲南方之色又赤烏瑞物也君得而不有之以
送於我兩國存亡未可知也帶素聞之驚悔四年冬十二月王出師伐扶餘次沸流水上望
見水涯若有女人异鼎遊戲就見之只有鼎使之炊不待火自熱因得作食飽一軍忽有一
壯夫曰是鼎吾家物也我妹失之王今得之請負以從遂賜姓負鼎氏抵利勿林宿夜聞金
聲向明使人尋之得金璽兵物等曰天賜也拜受之上道有一人身長九尺許面白而目有
光王曰臣是北溟人怪有竊聞大王北伐扶餘臣請從行取扶餘王頭王悅許之又有人
曰臣赤谷人麻盧請以長矛爲導王又許之五年春二月王進軍於扶餘國南其地多泥塗
王使擇平地爲營解鞍休卒無恐懼之態扶餘王擧國出戰欲掩其不備策馬以前陷淖不
能進退王於是揮怪由怪由拔劍號吼擊之萬軍披靡不能支直進執扶餘王斬頭.(하략)"

이 기록에는 꼼꼼히 분석하며 읽어야 할 부분이 있다.

첫째, 대무신왕의 출생연도에 문제가 있다. 이 기록에서처럼 대무신왕이 즉위한 때의 나이가 11세라면, 유리왕이 재위 37(2351, 18)년 겨울 10월에 붕어하셨으니, 대무신왕의 출생 연도는 유리왕 27(2341, 8)이 된다. 만약 풀이를 달리하여 대무 신왕이 11세에 태자가 되었다고 하더라도, 그의 출생년은 유리 왕 22(2336, 서력 3)년이 된다. 필자가 이 문제를 제기하는 것 은 현재 우리가 읽을 수 있는 『삼국사기』의 유리왕 2(2316, 서 력 전 18)년 조에 의하면, "가을 7월에 다물후(多勿侯) 송양(松 讓)의 딸을 맞이하여 왕비를 삼았다.(하략)"고 하였으며, 유리 왕 3(2317, 서력 전 17)년 조에서는 "가을 7월에, 골천(鶻川)에 이궁(離宮)을 지었다. 겨울 10월에는, 왕비 송씨(松氏)가 돌아 가셨다.(하략)"고 한 뒤에는 필자가 앞에서 논급한 「황조가(黃 鳥歌)」의 배경담이 이어진다. 여기서 대무신왕의 어머니인 송 비(松妃)가 결혼 이듬해인 결혼 15개월 만에 승하하였다면, 대 무신왕의 출생연도는 저절로 유리왕 3년임이 증명된다. 그럼 에도 김부식(金富軾)은 대무신왕의 출생연도를 앞뒤가 맞지 아니하게 기록하고 있다. 이는 아무래도 김부식의 잘못인 듯 하다.

둘째, 김부식에 의하면, 11세에 왕위에 등극한 대무신왕이 과연 수렴청정이 없이 정사를 볼 수 있었을 것인가도 의문이

생긴다. 대무신왕 2(2352, 19)년 조에 따르면, "정월에 서울에
지진(地震)이 있었다. 죄수들을 많이 석방하였다. 백제(百濟)
백성 1천여 호가 항복하였다."고 되어 있다. 이 역시 대무신왕
의 영특함은 인정되지만 분명 그의 나이에 관하여는 잘못이
있는 것으로 풀이된다.

셋째, 대무신왕은 스스로가 고구려 왕실이 천손(天孫)의 후
예라는 사실을 강조하며 통치하였다는 기록을 이해할 수 있
다.

넷째, 대무신왕은 신체가 건장하였고 매우 슬기로웠다는 것
도 짐작할 수가 있으며, 시호를 대무신왕(大武神王)이라고 한
것도 대무신왕의 참 모습과 치적이 몹시 뛰어났음을 짐작하기
에 충분한 증거가 된다.

2. 2. 4. 동천왕(東川王)의 출생담(出生談)

이 이야기는 『삼국사기』 권 16, 「고구려 본기」 제4 "산상왕
(山上王)" 조에 실려 있다.

(전략) (산상왕) 12(2541, 208)년 겨울 11월에 교체(郊
豕)로 쓸 돼지가 달아났다. 일을 맡은 자가 뒤좇아가다가 술통
마을[酒桶村]에 이르렀을 때에 돼지가 겅중겅중 날뛰어 잡을 수
가 없었다. 이때에 나이는 20세쯤 되어 보이는 매우 아름다운

어떤 한 여자가 웃으며 앞으로 와서 돼지를 잡아 주어서 달아나던 돼지를 끝내 잡을 수가 있었다. 왕이 이 말을 듣고 이상하게 여기어 그 여자를 보고 싶어서 미복으로 밤에 여자의 집에 가서 시종하는 사람을 시켜 달래었더니, 그 집에서 왕이 온 줄을 알고 감히 거절하지 못하였다. 왕이 방으로 들어가서 그 여자를 불러 동침하려 하였다. 그 여자가 말하기를, "대왕의 말씀을 감히 피할 수 없사오나 행여 아들이 있게 되면 버리지 마시기를 원합니다." 하였다. 왕은 "그러겠노라."고 승낙을 하였다. 밤 12시가 되어 왕이 일어나 궁으로 돌아오셨다. 13년 봄 3월에, 왕후가 왕이 술통 마을의 여자에게 갔던 사실을 알게 되었다. 왕후는 그 여자를 질투하여 가만히 군사를 보내어 "그녀를 죽이어라!"고 하였다. 그 여자는 그 소식을 듣고 남복으로 옷을 바꿔 입고 달아났으나 뒤쫓아 온 군사에게 잡히어 죽이려 하매, 그 여자가 물어 말하기를, "너희들이 지금 나를 죽이려 왔는데, 왕명인가? 왕후의 명령인가? 지금 나의 뱃속에 아이가 있으니, 실은 왕이 끼치신 몸이다. 내 몸을 죽이는 것은 좋으나 역시 왕자까지 죽이려 하는가?" 하니, 군사들이 감히 죽이지 못하고 궁으로 돌아가서 여자가 말한 대로 고하였다. 왕후가 노여워하면서 그녀를 반드시 죽이려 하였으나 성공하지 못하였다. 왕이 그 이야기를 듣고, 다시 그 여자의 집을 찾아가서 "네가 지금 임신하였는데, 누구의 자식이냐?" 하고 물으셨다. 그녀가 답하기를, "제가 평생에 형제간에도 함께 앉지를 아니 하였는데, 하물며 성이 다른 남자를 가까이하였겠습니까? 지금 배 안에 있는 아이는 정말 대왕께서 끼치신 몸이십니다." 하였다. 왕이 그녀에게 매우 두터운 선물을 주어 위로하고, 곧 궁으로 돌아와서 왕후에게 알리니 끝내 감히 해하지 못하였다. 가을 9월에, 술통마을 여자가 아들을 낳으니, 왕이 기뻐서 말씀하시기를, "이는 하느님께서 나에게 주신 나의 뒤를 이을 맏아들이다." 하시었다. 처음에 교제(郊祭)에 쓸 돼지 사건으로 인하여 아이 어머니를 사랑할 수 있었기 때문에 그 아이의 이름을 교체(郊彘)라고 하고, 아이의 어머니를 세워 소후(小后)로 삼았다. 처음 소후의 어머니가 소후를 잉태하였을 때에 무당이 점을 쳐 말하기를, "반드시 왕후를 낳을 것이오." 하니, 어머니가 기뻐하였는데, 딸을 낳으니 이름을 후녀(后女)라고 하였다.(하략)[124]

는 것이다. 여기서의 교체(郊彘)라는 왕자가 4년 뒤에 태자가 되고, 그의 나이 18세에 왕위에 오르니, 이분이 바로 고구려 제11대 동천왕(東川王 : 재위 2560 - 2581, 227 - 247)이다. 출생담

----

124 "(전략)(山上王) 十二年冬十一月郊彘逸掌者追之至酒桶村蹰躅不能捉有一女子年二十許色美而艶笑而前執之然後追者得之王聞而異之欲見其女欲御之女告曰大王之命不敢避若幸而有子願不見遺王諾之至丙夜王起還宮十三年春三月王后知王幸酒桶村女妬之陰遣兵士殺之其王聞知衣男服逃走追及欲害之其女問曰爾等今來殺我王命乎王后命乎今妾腹有子實王之遺體也殺妾身可也亦殺王子乎兵士不敢害來以女所言告之王后怒必欲殺之而未果王聞之乃復幸女家問曰汝今有娠是誰之子對曰妾平生不與兄弟同席況敢近異姓男子乎今在腹之子實大王之遺體也王慰藉贈與甚厚乃還告王后竟不敢害秋九月酒桶村女生男王喜曰此天賚予嗣胤也始自郊彘之事得以幸其母乃名其子曰郊彘立其母爲小后初小后母孕未産巫卜之曰必生王后母喜及生名曰后女.(하략)"

이 비범한 동천왕은 왕위에 오른 뒤 10(2569, 236)년에 오(吳)나라 손권(孫權)이 화친을 청하여 보낸 사신 호위(胡衛)의 목을 베어 오나라로 돌려보내기도 하고, 16(2575, 242)년에는 위(魏)나라 요동(遼東)의 서안평(西安平)을 급습하여 뒷날 위나라의 침입의 빌미를 만들기도 하였으며, 19(2578, 245)에는 신라를 침공하기도 하였다. 이듬해에는 위나라 장수 관구검(毌丘儉)이 환도성(丸都城)을 침범하자, 왕은 남옥저(南沃沮)로 피하였다가 뒤에 잃었던 국토를 회복하였으나 환도성이 너무 파괴되어 21(2580, 247)년에 수도를 동황성(東黃城)으로 옮기고 신라와도 화친을 하였다.

2. 2. 5. 미천왕(美川王)의 이야기

이 이야기도 『삼국사기』 권 17, 「고구려 본기」 제5 "미천왕(美川王)"조에 실려 있다.

미천왕(美川王 : 好壤王이라고도 함, 원주)의 이름은 을불(乙弗 : 혹은 憂弗이라고도 함, 원주)이니, 서천왕(西川王 : 재위 2603 - 2625, 270 - 292)의 손자. 고추가(古鄒加) 벼슬을 지낸 돌고(咄固)의 아들이다. 처음에 봉상왕(烽上王 : 재위 2625 - 2633, 292 - 300)이 아우 돌고가가 다른 마음을 가지고 있는 것으로 의심하고 그를 죽이었다. 돌고의 아들인 을불(乙弗)은 자기에게도

해가 미칠 것이 두려워 도망하였다. 처음에는 수실촌(水室村) 사람 음모(陰牟)의 집에 들어가 머슴살이를 하였다. 음모는 그가 누구인지를 알아보지 못하고 매우 힘든 일을 시키었다. 그 집 옆에 있는 늪에서 개구리가 시끄럽게 울었다. 음모는 을불에게 "밤이면 돌을 던져 개구리가 울지 못하게 하라!"고 하고, 낮에는 종일 나무를 하여 오게 다그쳐서 잠시도 쉬지를 못하게 하였다. 을불은 괴로움을 못 견디어 1년 만에 그 집을 나와 동촌(東村) 사람 재모(再牟)와 같이 소금장사를 하였다. 배를 타고 압록강(鴨綠江)에 이르러 소금을 가지고 내려와 강 동쪽 사수촌(思收村) 사람의 집에 묵었다. 그 집 할머니가 소금을 청하여 한 말 정도를 주었더니, 또 달라고 하는 것을 주지 아니하였다. 그 할미가 원한을 품고 성을 내어 을불 몰래 소금 속에 제 신발을 넣어 두었다. 을불은 모르는 상태로 소금을 지고 장삿길을 떠났다. 그 할미는 뒤따라와 신을 찾아 들고 을불을 신발 도둑으로 몰아 압록 성주에게 고발하였다. 압록 성주는 을불의 소금을 빼앗아 할미에게 주고 볼기를 때려 벌하고 풀어주었다. 이에 을불은 몰골이 여위고 옷이 남루하매 사람들이 보아도 그가 왕손(王孫)이라는 것을 알지 못하였다. 이때에 나라의 재상 창조리(倉助利)가 장차 왕을 폐하기 위하여 먼저 북부의 조불(祖弗)과 동부의 소우(蕭友)들에게 산과 들에 있을 을불을 찾아보게 하였다. 그들이 비류하(沸流河)의 물가에 이르러서 한 사람의 장부가 배를 타고 있는데, 비록 얼굴은 초췌하나 그 몸가짐이 보통 사람이 아니었다. 소우 등이 이 사람이 을불인가 하여 가까이

가서 그에게 절을 하고 말하기를, "지금의 국왕이 무도하여 나라의 재상과 여러 신하들이 그를 폐하고 왕손께서 몸가짐이 검약하시고 인자하여 사람을 사랑하시어 조상의 왕업을 이으실수 있다고 생각하고 신들을 보내어 받들어 모셔오게 하였습니다." 하니, 을불이 의아하여 "들에 있는 사람이오. 왕손이 아니니, 청컨대 그 사람을 다시 찾아보시오." 하였다. 소우 등이 말하기를, "지금 임금은 인심을 잃은 지 오래되었습니다. 참으로 나라의 주인이 되기에는 부족합니다. 그러므로 여러 신하들이 왕손을 매우 간절히 기다리오니, 의심하지 마소서." 하고는 마침내 받들어 모시고 귀경하였다. 창조리가 매우 기뻐하면서 을불을 조맥(鳥陌) 남쪽 집에 머물게 하고 남이 알지 못하게 하였다. 가을 9월에 후산(侯山)의 북쪽으로 왕이 사냥을 가니, 나라의 재상 창조리도 그를 따라갔다. 여러 사람들에게 "나와 뜻을 같이 하는 사람들은 나를 따르라!" 하고, 이어 갈대 잎을 모자에 꽂았다. 모든 사람들이 그렇게 모자에 꽂았다. 창조리는 여러 사람들의 생각이 자기와 같음을 알고, 드디어 왕을 폐위하여 으슥한 특별한 방에 두고 군대로 둘레를 지키게 하였다. 마침내 왕손을 맞이하여 옥새를 올리어 왕위에 오르게 하였다.(하략)[125]

....

125 "美川王(一云好壤王)諱乙弗(或云憂弗)西川王之子古鄒加咄固之子初烽上王疑弟咄固有異心殺之子乙弗畏害出遁始就水室村人陰牟傭作陰牟不知其何許人使之甚苦其家側草澤蛙鳴使乙弗夜投瓦石禁其聲盡日督之樵採不許暫息不勝艱苦周年乃去與東村人再牟販鹽乘舟抵鴨淥將鹽下寄江東思收村人家其家老嫗請鹽許之斗許再請不與其嫗恨恚潛以屨置之鹽中乙弗不知負而上道嫗追索之誣以屨屨告鴨宰宰以屨直取鹽與嫗決笞放之於是形容枯槁衣裳襤縷人見之不知其爲王孫也是時國相

미천왕(美川王 : 재위 2633 - 2642, 300 - 309)은 남의 집 머슴
살이를 하며 갖가지 고생을 하고, 소금장수로 신발 도둑의 누
명을 쓰고, 곤장을 맞기도 하고, 소금을 모두 빼앗기기도 하였
던 왕손으로 때를 만나 뜻밖에 왕이 되었다는 이야기이다. 또
봉상왕(烽上王)은 동생을 의심한 나머지 죽이기까지 하여 왕위
를 지키면서 선정을 베풀지 아니한 업보로 폐위의 말로를 당
하게 되었다는 교훈을 후세인들에게 알려주고 있다.

왕이 된 미천왕은 3(2635, 302)년에 현도군(玄菟郡)을 쳐서
8천 명의 포로를 잡아오고, 12(2644, 311)년에는 진(晉)나라
요동(遼東)의 서안평(西安平)을 정벌하고, 14(2646, 313)년에
는 낙랑군(樂浪郡)을 쳐 멸하였으며, 이듬해에는 대방군(帶方
郡)을 쳐 멸하여 영토 확장에 큰 공을 세웠다.

2. 2. 6. 을파소(乙巴素)의 이야기

김부식의 『삼국사기』, 「열전」 제5에 고구려 사람 을파소(乙
巴素)에 관한 이야기가 소개되고 있다. 그 전문을 소개한다.

倉助利將廢王先遣北部祖弗東部蕭友等物色訪乙弗於山野至沸流河邊見一丈夫在
船上雖形貌憔悴而動止非常蕭友等疑是乙弗就而拜之曰今國王無道國相與群臣陰
謀廢之以王孫操行儉約仁慈愛人可以嗣祖業故遣臣等奉迎乙弗疑曰予野人非王孫
也請更審之蕭友等曰今上失人心久矣固不足爲國主故群臣望王孫甚勤請無疑遂奉
引以歸助利喜致於鳥陌南家不令人知秋九月王獵於侯山之陰國相助利從之謂衆人
曰與我同心者効我乃以蘆葉揷冠衆人皆揷之助利知衆心皆同遂共廢王幽之別室以
兵周衛遂迎王孫上璽綬卽王位.(하략)"

을파소(乙巴素)는 고구려 사람이다. 고국천왕(故國川王 : 재위 2512-2529, 179-196) 때에 패자(沛者) 어비류(於畀留)와 평자(評者) 좌가려(左可慮)들이 모두 외척으로 권세를 누리며 불의를 자행하니 백성들이 원망하고 분하게 여기었다. 왕이 노하여 그 자들을 베려고 하셨다. 마침내 좌가려 등이 반역을 꾀하니, 왕은 그들을 베어 없이하고 영을 내리되, "요즈음 관(官)은 은총으로 제수되고, 위(位)는 덕으로 오르지 아니하여서 그 해독이 백성들에게 미치게 되고 우리 왕실까지 동요하게 하였으니, 이는 내가 밝지 못한 탓이다. 지금 너희 사부(四部)는 각기 현량(賢良)으로 아래에 있는 사람을 천거하라!" 하시니, 이에 사부 사람들은 동부(東部)의 안유(晏留)를 천거하였다. 왕은 안유를 불러 국정을 맡기려 하셨다. 안유는 왕께 아뢰기를, "미신(微臣)은 용렬하고 어리석어 진실로 큰 정치에 참여할 수 없고, 서압록곡 좌물촌(西鴨淥谷左勿村)에 사는 을파소라는 사람은 유리왕(琉璃王)의 대신 을소(乙素)의 손자로 성질이 굳세고 지모가 깊으나 세상이 써주지 아니하므로 농사에 힘써 살아가고 있사오니, 대왕께서 만약 나라를 다스리고자 하신다면, 이 사람이 아니고서는 아니 되옵니다." 하였다. 왕은 사신을 보내어 겸손한 언사와 중한 예로써 맞이하여 중외대부(中畏大夫)를 제수하고 벼슬을 얹어 우태(于台)로 삼으며 이르기를, "내가 선업(先業)을 계승하여 백성의 위에 처하여 있으나 덕이 박하고 자격이 부족하여 다스릴 줄을 모르오. 선생은 재주를 감추고 밝음을 숨기고 초야에 묻힌 것이 오래인데, 지금 나를 버리지 아니하고 선뜻 와주시니, 유독 나의 다행만 아니라 사직과 민생의 복이요, 차분히 가르침을 받으려 하니, 공은 마음을 다하여 주기 바라오." 하셨다. 을파소는 몸을 나라에 허락할 생각이었으나 받은 그 직책이 능히 그 일을 꾸려나갈 수 없다고 여겨 이내 대답하되, "신 같은 용렬한 자격으로서는 존엄한 명령을 감당할 수 없사오니, 바라옵건대 왕은 현량을 뽑아 고관을 제수하여 대업을 완수하시옵소서." 하니, 왕은 그 뜻을 짐작하고 드디어 국상(國相)을 삼아 정사를 맡기시었다. 이에 조신(朝臣)과 국척(國戚)들이 을파소가 새 사람으로서 옛사람을 병들게 하였다고 하여 미워하니 왕은 교서를 내리되, "귀천을 막론하고, 국상의 말을 따르지 아니하는 자들은 삼족(三族)을 멸한다."고 하였다. 을파소는 물러나와 사람들에게 말하기를, "때를 못 만나면 숨고, 때를 만나면 벼슬하는 것은 선비의 상도이다. 지금 주상께서 나를 후하게 대접하시니, 어찌 다시 지난날의 은거생활을 그리워하겠는가?" 하였다. 그리고 지성으로 나라를 받들어 정교(政敎)를 밝히고 상벌을 신중히 하니, 인민이 편안하고 내외가 무사하였다. 왕은 안유에게 이르기를, "만약 그대의 말이 없었다면, 내가 어찌 을파소를 얻어 함께 다스릴 수 있었겠소? 지금 모든 일이 잘된 것은 그대의 공이오." 하고, 그를 승진시켜 대사자(代使者)를 삼았다. (하략)[126]

----

126 乙巴素高句麗人也國川王時沛者於界留評者左可慮等皆以外戚擅權多行不義國人怨憤王怒欲誅之左可慮等謀反王誅竄之遂下令曰近者官以寵授位非德進毒流百姓動我王家此寡人不明所致也今汝四部各舉賢良在下者於是四部共舉東部晏留王徵

을파소는 이렇게 하여 고구려 고국천왕(재위 2512 - 2529, 179 - 196) 때의 명재상으로 이름이 높았었다.

현재 전하는 고가집(古歌集)인 병와(瓶窩) 이형상(李衡祥 : ? - 4066, ? - 1733)의 『樂學拾零(악학습령)』에는 41번째로 다음과 같은 단가(短歌)가 실려 있다.

> 월상국(越相國) 범소백(范小伯)이
> 명수공성(名垂功成) 못한 전(前)에
> 오호(五湖) 연월(煙月)이 좋은 줄 알랴마는
> 서시(西施)를
> 싣느라 하여 늦게 돌아가노라.

라는 작품인데, 후인의 작품으로 인정하고 있다. 필자는 이 작품을 "시조(時調)"로 보지 아니하며, 가곡(歌曲) 형태의 짧은 노래로 인정하며 을파소의 작으로 인정한다.

之委以國政晏留言於王曰微臣庸愚固不足以參大政西鴨淥谷左勿村乙巴素者琉璃王大臣乙素之孫也性質剛毅智慮淵深不見用於世力田自給大王若欲理國非此人則不可王遣使以卑辭重禮聘之拜中畏大夫加爵爲于台謂曰孤叨承先業處臣民之上德薄材短未濟於理先生藏用晦明窮處草澤者久矣今不我棄幡然而來非非獨孤之喜幸社稷生民之福也請安承敎公其盡心巴素意雖許國謂所受職不足以濟事乃對曰臣之駑蹇不敢當嚴命願大王選賢良授高官以成大業王知其義乃除爲國相令知政事於是朝臣國戚謂巴素以新間舊疾之王有敎曰無貴賤苟不從國相者族之巴素退而告人曰不逢時則隱逢時則仕士之常也今上待我以厚意其可復念舊隱乎乃以至誠奉國明政敎愼賞罰人民以安內外無事王謂晏留曰若無子之一言孤不能得巴素以共理今庶績之凝子之功也迺拜爲大使者.(하략)

2. 2. 7. 물 거북이와 토끼 이야기[龜兎之說]

이 이야기는 이제까지 신라(新羅)의 "귀토지설(龜兎之說)"로 널리 알려져 왔다. 그 이유는 『삼국사기』「열전(列傳)」의 "김유신(金庾信)"조에 기록되어 있기 때문이다. 그러나 이제는 이 작품도 고구려 문학으로 제자리를 바로 찾아 되돌려 놓아야 할 것이다. 그 이유는 이 이야기를 들려준 사람이 고구려 사람이기 때문이다. 『삼국사기』에서 그 부분만을 인용하여 소개한다.

(전략) 선덕왕(善德王) 11(2975, 642)년에 백제(百濟)가 대량주(大梁州)를 처들어 왔을 때에 춘추공(春秋公)의 딸 고타소랑(古陁炤娘)이 백제군에 의하여 전사한 남편 품석(品釋)을 따라 죽었다. 춘추는 그것을 한하여 고구려 군사를 청하여 백제에 대한 분을 갚으려고 왕께 아뢰니, 왕은 허락하였다. 춘추는 떠날 때에 김유신(金庾信)에게 이르기를, "나는 공과 한 몸으로 나라의 팔다리가 되어 왔는데, 내가 지금 만약 거기 가서 살해된다면, 공은 그대로 있겠소?" 하였다. 유신은 "공이 만일 거기 가서 곧 돌아오지 못한다면, 나의 말발굽이 반드시 고구려·백제 두 나라 임금의 집 뜰을 밟고 말 것이오. 참으로 그와 같이 못한다면, 장차 무슨 면목으로 이 나라 사람을 본단 말이오."라고 대답하였다. 춘추는 감격하고 기쁜 나머지 유신과 같이 서로 손가락을 깨물어 그 피를 내어 맹세하되, "내가 60일을 헤아려

돌아올 작정이니, 만약 그 날짜가 지나도 오지 아니하거든 다시 만날 날이 없는 것으로 아시오." 하고 마침내 서로 작별하였다. 그 뒤에 유신은 압량주군주(押梁州軍主)가 되었다. 춘추는 사간 (沙干) 훈신(訓信)과 함께 고구려로 길을 떠나 대매현(代買縣)에 이르니, 고을 사람 사간 두사지(豆斯之)가 푸른 베 300필을 선사하였다. 고구려의 경내에 들어서니, 고구려 왕이 태대대로(太大對盧) 개금(蓋金)을 보내어 숙소를 마련하고 잔치를 베풀어 대접을 후하게 하였다. 어떤 사람이 고구려 왕에게 고하기를, "신라의 사신은 보통 사람이 아니니, 지금 여기 온 것은 우리 형세를 관찰하는 것입니다. 왕은 먼저 후환이 없도록 하십시오." 하였다. 고구려 왕은 일부러 춘추에게 답하기 어려운 질문을 하여 욕보일 생각으로, "마목현(麻木縣 : 지금의 경상북도 문경군)과 죽령(竹嶺)은 본래 우리 땅이었으니, 만일 돌려주지 아니하면 그대는 귀국하지 못할 것이오." 하였다. 춘추는 답하기를, "나라의 땅을 신자(臣子)가 마음대로 할 수 없으므로 신은 감히 명령을 따를 수 없습니다." 하였다. 이에 왕은 노하여 춘추를 옥에 가두고 죽이려 하다가 죽이지는 아니하였다. 춘추는 가지고 간 푸른 비단 300필을 고구려 왕의 사랑을 받는 신하 선도해(先道解)에게 남몰래 선사하니, 도해가 술상을 차려가지고 와서 춘추에게 대접하며 술이 얼근히 취한 뒤 농담처럼 말하기를, "그대는 일찍이 거북과 토끼의 이야기를 들어 보았소? 옛날 동해 용왕의 딸이 속병이 들었는데, 의원이 말하기를, '토끼의 간을 구하여 약에 넣어 먹으면 나을 수 있을 것입니다.' 하였소. 그러

나 바닷속에 토끼가 없으니 어쩔 수 없었다오. 한 마리 거북이
가 용왕께 아뢰기를, '제가 구하여 오겠습니다.' 하고, 마침내
육지로 올라가 토끼를 보고 말하기를, '바닷속에 섬 하나가 있
는데, 샘물도 맑고, 돌도 하얗고, 숲도 무성하고, 좋은 과일도
많으며, 덥거나 춥지도 아니하고, 매와 독수리 같은 짐승들도
없다. 네가 만약 거기만 간다면 아무 걱정 없이 편히 살 것이
다.' 하며, 달래어 드디어 토끼를 등에 업고 헤엄쳐 2-3리(약
8-12km)쯤을 와서 거북이가 토끼더러 말하기를, '지금 용왕
의 딸이 병이 깊어 토끼의 간으로 약을 하여야 하므로 수고를
꺼리지 아니하고 너를 업고 가는 것이다.' 하였소. 토끼는 답하
기를, '나는 신명(神明)의 후손이라 오장을 꺼내어 물에 깨끗이
씻은 다음 도로 들여보낼 수 있다. 요사이 심장이 조금 답답하
여 간을 꺼내어 씻어서 잠깐 바위 밑에 두고 너의 달콤한 말을
듣고 바로 왔다. 간이 지금 거기 있으니, 돌아가서 간을 가져와
야겠다. 그러면 너는 구하는 것을 얻게 되고, 나는 간이 없어도
살 수 있으니, 양편이 다 좋지 아니 하겠느냐?' 라고 하였소. 거
북은 그 말만 믿고 돌아가 겨우 언덕에 오르자마자 토끼는 풀
속으로 달아나며 '어리석은 놈은 너다. 간이 없이 사는 것이 어
디 있겠느냐?' 고 하였소. 거북은 기가 막혀 묵묵히 물러갔다
오." 하였다. 춘추는 그 뜻을 알아차리고, 고구려 왕에게 글을
올리기를, "두 고개[麻木嶺과 竹嶺]는 본래 대국의 땅이오니, 신
이 본국에 돌아가는 즉시 우리 왕께 청하여 돌려 드리겠습니다.
저를 믿지 아니하신다면, 저 해를 두고 맹세하겠습니다." 하니,

고구려 왕은 기뻐하였다.(하략)[127]

　이 작품은 뒤에 조선시대 국문 소설 『토끼전』·『토생원전
(兎生員傳)』·『별주부전(鱉主簿傳)』·『별토전(鼈兎傳)』·『토별
산수록(兎鼈山水錄)』·『토처사전(兎處士傳)』 등과 판소리 「수
궁가(水宮歌)」·「토(兎)의 간(肝)」·「토끼타령」 등으로 확대 발
전되었다. 이 이야기를 김춘추에게 들려준 고구려의 총신(寵
臣) 선도해(先道解)는 이 이야기를 어디서 들었다는 근거를 제
시하지는 아니하였으나 오늘날 많은 학자들에 의하여 연구된
결과로 유추하여 본다면, 이 이야기가 『經律異相(경률이상)』,

....
127 "(전략) 善德王十一年百濟敗大梁州春秋公女子古陁炤娘從夫品釋死焉春秋恨之欲
　　請高句麗兵以報百濟之怨王許之將行謂庾信曰吾與公同體爲國股肱今我若入彼
　　見害則公其無心乎庾信曰公若往而不還則僕之馬跡必踐於高句麗百濟兩王之庭苟
　　不如此將何面目以見國人乎春秋感悅與庾信互噬手指歃血以盟曰吾計六旬乃還若
　　過此不來則無再見之期矣遂相別後庾信爲押梁州軍主春秋與訓信沙干聘高句麗行
　　至代買縣縣人豆斯之沙干贈靑布三百步旣入彼境高句麗王遣太大對盧蓋金館之燕
　　饗有加或告高句麗王曰新羅使者非庸人也今來殆欲觀我形勢也王其圖之俾無後患
　　王欲橫問因其難對而辱之謂曰麻木峴與竹嶺本我國地若不我還則不得歸春秋答曰
　　國家土地非臣子所專豆不敢聞命王怒囚之欲戮未果春秋以靑布三百匹密贈王之寵
　　臣先道解道解以饌具來相飮酒酣戲語曰子亦嘗聞龜兎之說乎昔東海龍女病心醫言
　　得兎肝合藥則可療也然海中無兎不奈之何有一龜白龍王言吾能得之遂登陸見兎言
　　海中有一島淸泉白石茂林佳果寒暑不能到鷹隼不能侵爾若得至可以安居無患因負
　　兎背上游行二三里許龜顧謂兎曰今龍女被病須兎肝爲藥故不憚勞負爾來耳兎曰噫
　　吾神明之後能出五臟洗而納之日者少覺心煩遂出肝心洗之暫置巖石之底聞爾甘言
　　徑來肝尙在彼何不廻歸取肝則如得所求吾雖無肝尙活豈不兩相宜哉龜信之而還纔
　　上岸兎脫入草中謂龜曰愚哉汝也豈無肝而生者乎龜憫默而退春秋聞其言諭其意移
　　書於王曰二嶺本大國之分臣歸國請吾王還之謂予不信有如皦日王迺悅焉.(하략)"

김유신 묘(金庚信墓)
사적 제21호, 경북 경주시 충효동에 위치. 출처 : 문화재청

『法苑珠林(법원주림)』, 『佛本行集經(불본행집경)』, 『佛說鼈獼猴經(불설별미후경)』, 『六度集經(육도집경)』 등의 경전에 실리어 있는 것으로 보아 당시에 고구려에는 이들 경서들이 널리 전파되었을 것이라고 추정한다. 이 추정을 따른다면, 선도해는 비록 스님은 아닐지라도 이들 경전을 평소에 읽었거나, 읽은 사람들에게서 들어서 알고 있었던 것으로 짐작할 수가 있다. 그리고 고구려는 이미 당시에 불교가 일반 국민들에게 널리 보급되었으리라는 추측도 가능하여진다. 따라서 당시의 고구려 문화 수준은 결코 신라에 뒤지지 아니하였을 것이라고 믿어지

기도 한다.[128]

또 이 이야기를 고구려에 가서 고구려 왕의 사랑을 받는 신하인 선도해에게서 직접 들은 사람은 신라인 김춘추인데, 김부식은 그 이야기를 김유신전(金庾信傳)에 소개하여서 오늘날까지도 이 이야기를 마치 신라인들의 이야기 문학인 것처럼 오해하게 하였다.

또 여기서 우리가 명심하여야 할 것은 나라의 녹(祿)을 먹는 공무원, 특히 외국과의 교섭의 일에 종사하는 사람이 개인의 이익을 도모하여 나라에 해를 끼친다는 것은 결국 끝내 그 나라를 망하게 할 뿐 아니라 자기 개인의 영달도 파멸에 이른다는 귀중한 교훈을 주고 있는 점이다.

비록 결과론이지만, 이때에 선도해가 푸른 베 300필을 김춘추에게서 뇌물로 받지 아니하고 오직 나라만을 생각하여 김춘추를 안전하게 귀국시키지 아니하였다면, 그 당시 고구려는 물론 백제도 신라에 멸망하지 아니하였을 것이며, 아울러 오늘날 우리나라의 모든 역사도 또한 달라졌을 것이니, 우리가 이 사소한 이야기 문학에서 어찌 배울 것이 없다고 하겠는가?

---

128 印權煥, 『토끼傳·水宮歌研究』, 高麗大學校民族文化研究院, 2001.

2. 2. 8. 온달(溫達)의 이야기

이 이야기도 『삼국사기』의 「열전」 제5에 실리어 전한다. 그 일부를 소개한다.

온달(溫達)은 고구려 평강왕(平岡王=평원왕) 때 사람이다. 용모가 웃음이 날 만큼 못생겼으나 마음씨는 고왔다. 집이 너무 가난하여 늘 음식을 빌어다가 어머니를 봉양하였다. 떨어진 적삼과 뚫어진 짚신을 신고 저잣거리를 다니었다. 당시 사람들은 그를 가리켜 "바보 온달"이라고 하였다. 평강왕의 어린 딸이 너무 잘 울므로 왕이 농담으로 "네가 늘 울어서 내 귀를 시끄럽게 하니, 자라면 반드시 사대부의 아내는 못될 것이므로 바보 온달에게 시집보내야 마땅하다." 하며, 왕은 공주가 울 때마다 그렇게 말씀하셨다. 공주의 나이가 16세가 되자 상부(上部)의 고씨(高氏)에게 출가시키려 하니, 공주는 말하기를, "대왕께서는 항상 말씀하시기를, '너는 반드시 온달의 아내가 될 것이다.' 하시었는데, 이제 무슨 까닭으로 전에 하신 말씀을 고치십니까? 필부도 식언(食言)을 하지 아니하려 하는데, 하물며 지극히 높으신 어르신께서이옵니까? 그러므로 임금님은 농담을 아니하시는 것입니다. 지금 대왕의 명령은 잘못된 것이므로 저는 감히 말씀을 따를 수 없습니다." 하였다. 임금님은 노하여 "네가 나의 명령을 복종하지 아니하면 참으로 내 딸일 수가 없다. 어떻게 같이 살겠느냐? 네가 가고 싶은 대로 가라!"고

하시었다.

　이에 공주는 값진 패물 수십 개를 팔목에 끼고 궁중을 나와 혼자 가다가 길에서 한 사람을 만나 온달의 집을 물어 바로 그 집에 이르러 앞을 못 보는 늙은 어머니를 보고 앞에 가까이 가서 절하며 그 아들이 있는 곳을 물으니, 늙은 어머니는 대답하기를, "내 아들이 가난하고 또 더러우니, 귀인과 가까이 할 자격이 못되오. 지금 그대의 냄새를 맡아보니 향내가 이상하고, 그대의 손목을 잡아보니 부드럽기가 솜과 같소. 반드시 천하의 귀인인데, 누구의 꾐에 빠져 여기까지 왔소? 오직 내 아들은 주림을 참지 못하여 산으로 느릅나무 껍질을 벗기러 가서 오래 되었으나 아직 돌아오지 아니하였소." 하였다. 공주는 나가서 산 밑에 이르러 온달이 느릅나무 껍질을 지고 오는 것을 보고 그에게 속사정을 말하니, 온달은 성을 내며 "이는 어린 여자의 행실이 아니다. 반드시 사람이 아니고 여우나 귀신일 것이니, 나를 따라오지 말라!" 하고는 마침내 돌아보지 않고 가버렸다. 공주는 혼자 돌아와 사립문 아래에서 자고 이튿날 아침에 다시 들어가 어머니와 아들에게 갖추어 그 이야기를 하니, 온달은 의아해하며 결정을 못하는데, 그 어머니가 말하기를, "내 자식이 지극히 비루하여 귀인의 짝으로 부족하고, 우리 집도 지극히 누추하여 귀인이 살기에는 참으로 마땅하지 아니하오." 하니, 공주가 대답하여 말하기를, "옛사람의 말에 '한 말 곡식도 오히려 찧어야 하며, 한 자의 베도 오히려 꿰매어야 한다.'고 하였습니다. 구차할지라도 마음만 맞으면 되지요. 어떻게 마음에 부귀한 뒤라

야만 같이 살 수 있겠습니까?" 하고, 이어 금팔찌를 팔아 밭과
집과 남녀종들과 소와 말과 살림살이에 필요한 기물들을 사서
살림을 두루 갖추었다.

처음 말을 살 때에 공주는 온달에게 "모쪼록 장사꾼의 말을
사지 말고, 반드시 나라에서 먹이다가 병이 들었거나 여위어 버
림받은 것만을 가려서 사오시오." 하였다. 온달은 그 말대로 하
니, 공주는 착실히 매우 부지런히 길러서 그 말이 날로 살지고
장대(壯大)하여졌다.

고구려가 항상 봄 3월 3일이면, 낙랑(樂浪)벌에 모여 사냥하
고, 잡은 돼지와 사슴들로써 하늘과 산천의 신에게 제사를 올
리므로 그날이 되면, 왕이 사냥 나오시고 여러 신하들과 5부의
장정들이 다 따르게 된다. 이때에 온달은 자기가 기른 말을 타
고 참가하였는데, 항상 다른 말보다 앞섰고, 잡은 것들도 역시
많아서 다른 사람은 그만 못하였다. 왕은 그를 불러오게 하여
성명을 물으시고 놀라며 이상하게 생각하셨다. 마침 후주(後
周)의 무왕(武王)이 요동(遼東)을 치러 군사를 내어 나오매, 왕
은 군사를 거느리고 배산(拜山)의 들판에서 마주쳐 싸우는데,
온달이 선봉이 되어 바쁘게 싸워 적군의 목을 수십 급이나 베
어 모든 군사가 승세를 타서 들이쳐 크게 이겼다. 전공(戰功)을
논할 때에 온달로써 제일로 치지 않는 이가 없으므로, 왕은 감
탄하며 "너는 내 사위이다." 하고 예를 갖추어 그를 맞아들이고
작위(爵位)를 내리어 대형(大兄)을 삼으니, 이로 말미암아 왕의
사랑과 영화가 더욱 거룩하고 위엄과 권세가 날로 성하여졌

다.(하략)[129]

이 이야기는 바보 온달을 영웅으로 변화시켰다는 여성의 능력 여하에 따라 남자가 달라진다는 교훈으로, 조선시대 영웅담과 영웅소설의 하나의 모형이 되었다.[130]

2.3. 고구려의 뜻글문학[韓·漢文學]

지금 우리가 읽을 수 있는 우리의 선조가 직접 엮은 역사서로 가장 오래된 김부식(金富軾 : 3408 – 3484, 1075 – 1151)의 『삼

---

129 "溫達高句麗平岡王時人也容貌龍鍾可笑中心則晬然家甚貧常乞食以養母破衫弊履往來於市井間時人目之爲愚溫達平岡王少女兒好啼王戲日汝常啼聒我耳長必不得爲士大夫妻當歸之愚溫達王每言之及女年二八欲下嫁於高氏公主對日大王常語汝必爲溫達之婦今何故改前言乎匹夫猶不欲食言況至尊乎故日王者無戲言今大王之命謬矣妾不敢祗承王怒日汝不從我教固不得吾女也安用同居宜從汝所適矣於是公主以寶釧數十枚繫肘後出宮獨行路遇一人問溫達之家乃行至其家見盲老母近前拜問其子所在老母對日吾子貧且陋非貴人之所可近今聞子之臭芬馥異常接子之手柔滑如綿必天下之貴人也由誰之俌以至於此乎唯我息不忍饑取楡皮於山林久而未還公主出行至山下見溫達負楡皮而來公主與之言懷溫達勃然日此非幼女子所宜行必人也非人也狐鬼也勿迫我也遂行不顧公主獨歸宿柴門下明朝更入與母子備言之溫達依違未決其母日吾息至陋不足爲貴人匹吾家至窶固不宜貴人居公主對日古人言一斗粟猶可春一尺布猶可縫則苟爲同心何必富貴然後可共乎乃賣金釧買得田宅奴婢牛馬器物資用完具初買馬公主語溫達日愼勿買市人馬須擇國馬病瘦而見放者而後換之溫達如其言公主養飼甚勤馬日肥且壯高句麗常以春三月三日會獵樂浪之丘以所獲猪鹿祭天及山川神至其日王出獵群臣及五部兵士皆從於是溫達以所養之馬隨行其馳騁常在前所獲亦多他無若者王召來問姓名驚且異之時後周武出師伐遼東王領軍逆戰於拜山之野溫達爲先鋒疾鬪斬數十餘級諸軍乘勝奮擊大克及論功無不以溫達爲第一王嘉歎之日是吾女壻也備禮迎之賜爵爲大兄由此寵榮尤渥威權日盛.(하략)"

130 이창식, 『온달 문학의 설화성과 역사성』, 박이정, 2000.

국사기』에 의하면, 우리나라 남쪽의 신라(新羅)의 건국 연대가 고구려(高句麗)보다 20년 앞서는 것으로 기록되어 있으나, 여러 가지 정황으로 볼 때에 정치 문화면에서는 고구려가 신라보다 먼저 건국하였을 것으로 짐작된다는 것이 근래 역사학자들의 중론이다. 그 근거로는 대체로 아래와 같은 사실들을 들고 있다.

첫째, 한인(漢人) 진수(陳壽)의 『三國志(삼국지)』「魏志(위지)」 "동이(東夷)" 조에서 "부여(夫餘)·조선(朝鮮)·예맥(濊貊)·옥저(沃沮)·읍루(挹婁)" 등의 여러 나라를 설명하면서 그 중심국으로 여러 나라의 위치 설명에 기본이 되는 나라로 고구려를 삼은 데에서 추측이 가능하다.

둘째, 소수림왕(小獸林王) 2(2705, 372)년에 불교(佛教)가 들어와 포교되었다.

셋째, 현재로서는 우리나라에서 가장 옛날 비석(碑石)으로 유명한 것은 옛 평안남도 용강군 해운면 성현리(龍崗郡海雲面成縣里)에 있는 秥蟬縣神祀碑(점제현신사비)가 태조왕(太祖王) 33(2418, 85)년에 세워진 것이다. 그 다음은 장수왕(長壽王) 2(2747, 414)년에 세워져서 현재로서는 한국 최대의 비로, 천하 명문장인 고구려 비지문학(碑誌文學)의 대표 작품으로 인정받는 「國岡上廣開土境好太王碑(국강상광개토경호태왕비)」로 이어진다. 또 현재의 충청북도 충주시(忠州市)에 있는 中原高句

麗碑(중원 고구려비, 2813 - 2814, 480 - 481경에 세워짐) 등의 금석문(金石文)도 유명하다.

넷째, 영양왕(嬰陽王) 11(2933, 600)년에는 태학박사(太學博士) 이문진(李文眞)이 왕명에 의하여 『留記(유기)』와 『新集(신집)』이라는 역사책들을 저술하였다.

다섯째, 영류왕(榮留王) 7(2957, 624)년에는 왕과 나라 사람들이 함께 『道德經(도덕경)』의 강의를 들었다고 한다.
는 등등의 사실로 보아 고구려의 문화와 뜻글문학은 신라의 그것보다 결코 뒤진다고 볼 수 없기 때문이라고 한다.

2. 3. 1. 뜻글시[韓·漢詩]

2.3.1.1. 與于仲文[우중문에게 줌]

神策究天文	귀신과 같은 꾀는 천문을 꿰뚫었고,
妙算窮地理	기묘한 셈법은 지리를 통달했소.
戰勝功旣高	싸움마다 이겨 이미 전공이 높으시니,
知足願云止	만족한 줄 아시고 그치기를 바랍니다.

현재 전하는 문헌을 통한 고구려의 뜻글시 작품은 그리 많지 않다. 이 작품은 『삼국사기』 권 44, 「열전」 제4 "을지문덕(乙支文德)" 조에 실려 있는 5언 절구 1수이다. 영양왕(嬰陽王) 23(2945, 612)년에 수양제(隋煬帝)가 3차에 걸쳐 30여 만의 대

군을 이끌고 고구려를 침입하여 왔을 때에 수(隋)나라 장수 우중문(于仲文)에게 고구려의 을지문덕(乙支文德) 장군이 보냈던 것이다.

이 작품에 관하여 고려시대 제일의 문인으로 이름이 높았던 이규보(李奎報 : 3501－3574, 1168－1241)는 그의 수필집인 『백운소설(白雲小說)』에서 "싯구의 조사(措辭)가 기이하며 예스럽고 화려하게 꾸미는 버릇이 없으니, 어찌 후세의 맥없는 사람이 미치겠나?[句法奇古無綺麗彫飾之習豈後世委靡者所可企及哉]"라고 하여 극찬하였다.[131] 이 작품의 주제는 을지문덕 장군이 자기 스스로가 "나는 못난 이"라고 모자라는 척 상대방 적장의 지략과 전공을 높여 칭찬하여 주고, 속으로는 적장이 더욱 우쭐대며 건방을 떨게 한 풍자시(諷刺詩)라고 하겠다.

2. 3. 1. 2. 人蔘讚[인삼을 기림]

이 작품은 송(宋)나라 이석(李石)의 『續博物志(속박물지)』에 실려 있는 것을 옥유당(玉蕤堂) 한치윤(韓致奫)이 찾아서 그의 『海東繹史(해동역사)』에 소개하여 세상에 공개된 것이다. 그 전문은 4언 절구 1수이다.

　　三椏五葉　　세 가닥의 가지에다 다섯 쪽의 잎사귀

----

131 李奎報, 『東國李相國集』 부록 「白雲小說」.

背陽向陰　볕을 등에 지고 그늘을 향하였네.
欲來求我　나를 구하러 오고 싶거든
椴樹相尋　나무 무궁화와 함께 오면 더 좋겠네.

　이 작품의 지은이와 그 지어진 연대는 모두 알 수가 없다. 더욱이 "송나라 사람의 저서에 실려 있기 때문에 과연 한국 문학 작품으로 인정할 수 있겠는가?" 하는 의문도 제기된다. 그러나 문학 작품은 그 작품 속에서 의문을 풀어야 한다.

　이 작품에서 "무궁화나무[椴]"가 나오는데, 이는 한국의 상징이며 현재도 한국의 나라꽃으로 국민의 사랑을 받고 있으며, 인삼(人蔘)도 현재까지 한국의 상징으로 인식되어 오고 있기 때문에 필자는 고구려 작품으로 인정하여 여기에 소개한다.

　또 이에 대하여 한옥유당은 "『명의별록(名醫別錄)』에 이르기를, 「인삼찬」은 고려 사람이 지은 것이다.[名醫別錄曰人蔘讚 高麗人作]"라는 말을 제시하고, "살피건대, 고려는 곧 고구려이다.[按高麗即高句麗也]"라고 증언하고 있다. 실제로 고구려의 원 이름은 "고려"이었다고 하는 점을 생각하면 더욱 이 작품은 고구려 사람으로 이름을 잊은 어떤 이의 작품이라고 하겠다.

2.3.1.3. 詠孤石[고석을 읊음]

이 작품은 고구려 평원왕(平原王 : 재위 2892 - 2922, 559 - 589) 때에 살았던 정법(定法)스님의 작으로 알려져 온다. 이 작품도 한옥유당의 『해동역사』의 「예문지(藝文志)」와 『대동시선(大東 詩選)』에 실려 전한다. 그 원문은 아래와 같다.

迴石直生空	둥근 바위 곧게 자라 하늘에 치솟아서
平湖四望通	평평한 호수 물은 사방으로 통하였네.
巖根恒灑浪	바위 밑동은 늘 물결에 씻기고,
樹抄鎭搖風	나무숲의 가지들은 바람을 잠재우네.
偃流還漬影	잔잔히 흐르는 물그림자 잠겨 있고,
侵霞更上紅	끼어오는 노을이 점점 붉어지네.
獨拔群峰外	많은 산봉들에 단연 돋보이니,
孤秀白雲中	흰 구름 속으로 외롭게 솟아 있네.

이 작품은 마치 금강산(金剛山)을 구경하고 지은 서경시(敍景詩)와 흡사하다. 이 작품으로 고구려 당시의 뜻글시 문학 수준이 매우 높았음을 짐작할 수가 있다.

2.3.2. 비지문(碑誌文)

현재로서는 우리나라 전국적으로도 가장 옛날 비석으로 유명한 평안남도 용강군 해운면 성현리(龍崗郡海雲面成縣里)에 있는 秥蟬縣神祠碑(점제현신사비, 2418, 85)를 비롯하여 집안시 (集安市)에 있는 國岡上廣開土境平安好太王碑(국강상광개토경 평안호태왕비, 2747, 414)와 현 충청북도 충주시에 있는 이른바 中原高句麗碑(중원 고구려비, 2813 – 2814, 480 – 481) 등이 유명 한 고구려비들이다.

2.3.2.1. 秥蟬縣神祠碑(점제현 신사비)

단제기원 4237(1914)년에 조선총독부 고적 조사단에 의하 여 발굴되었는데, 비신(碑身)의 윗부분이 많이 훼손되어 남은 비의 높이는 166cm, 폭은 108cm, 두께 13.2cm의 자연석 한 면을 갈아서 선을 긋고, 줄과 줄 사이에 예서체(隷書體) 7줄로 새기었다. 秥磾縣神祠碑(점제현신사비)의 비문은 비 자체가 많 이 훼손되어 판독할 수 있는 부분을 중심으로 소개하면, 대체 로 아래와 같다.

○○년 4월 무오에 점선장○○은/ ○승(丞)을 세워 속 국(屬國)의 무리들을 위하여 ○○에/ ○○신사(神祠)로 돌을 새 기어 두니 말씀은 이러하다. "○평산군(平山君) 덕(德)과 배대숭 (代嵩) ○○○○/ ○께서 점재를 도와주어 바람과 비가 순조롭 고, 토지를 윤택하게 하여 주시고, 아버지를 오래 사시게 하여 주시고, 오곡이 풍성하여 도둑이 일어나지 아니하고, / ○○ 들 어박혀 있으니, 나들이를 하여도 다 무사하여 모두가 신의 혜택

을 받게 하여 주소서."[132]

라고 풀이되는 이 작품의 지은이는 점제장(秥蟬長)이 고을 백성들을 대표하여 신께 비와 바람이 필요한 때에 순조로워서 곡식이 풍성하고, 백성들의 삶이 편안하고, 도둑이 없고 맹수들의 피해가 없기를 비는 고축문(告祝文)의 성격을 띠고 있다. 그 지어진 연대는 이 비의 글자가 많이 훼손되어 정확히 알 수 없지만, 대체로 많은 사학자들은 단제기원 2418(85)년 4월 9일(무오)로 보고 있다. 이 작품을 통하여 우리들의 옛 조상님들의 일상생활이 얼마나 순박하였으며, 자연의 일분자로서 자연에 순응하면서 자연과 조화롭게 살려고 하였는가를 짐작할 수가 있다.

이 비는 과거 평안남도 용강군 해운면 성현리에 있었던 고구려 초기의 비석으로 전하여지는데, 일명 "평산군 신사비(平山君神祠碑)"라고도 불리어진다.

2.3.2.2. 國岡上廣開土境好太王碑(국강상광개토경호태왕비)

이 작품은 고구려 제19대 임금으로, 18세에 등극하여 빛나는 치적을 쌓아 고구려 강역을 가장 넓게 확장하고 39세에 붕

----

132 "○○年四月戊午秥蟬長○○/○建丞屬國會陵爲衆○○/○○神祠刻石辭曰/○平山君德配代嵩○○○○/○佑秥蟬興甘風雨惠閏土田/○○壽考五穀豊成盜賊不起/○○蟄藏出入吉利咸受神光.(『朝鮮金石總覽』상)

어하신 國岡上廣開土境平
安好太王碑(국강상 광개토경
평안호태왕비)의 비문이다.
일반적으로 "廣開土大王陵
碑(광개토대왕릉비)", "廣開土
大王碑(광개토대왕비)", "好
太王碑(호태왕비)" 등으로
일컬어진다.

　이 국강상광개토경평안
호태왕비는 현재 중화인민
공화국 길림성 통화전구 집
안현 태왕촌 대비가(吉林省
通化專區輯安縣太王村大碑
街)에 우람하게 서 있다. 비
의 크기는 높이가 약 6.39m,
제1면 밑면이 1.48m, 제2면
밑면이 1.35m, 제3면 밑면

광개토대왕릉비(廣開土大王陵碑)
중국 지린성 지안현 퉁거우에 위치.
출처 : 위키피디아

이 2.00m, 제4면 밑면이 1.46m이다. 새겨진 글자는 학자들에
따라 약간의 차이가 있지만, 박시형의 주장에 따르면, 읽을 수
있는 글자가 1,802자이고, 분명하지 아니한 글자가 268자라고
한다. 비문의 내용은 대체로 3단으로 구성되어 있으니, 제1단

은 고구려의 건국에서 대왕이 승하하실 때까지의 약력. 제2단
은 대왕의 공훈과 업적의 소개. 제3단은 대왕릉의 수호에 관한
규정 등이다.

　이 비석이 4213(1880)년경에 농지를 개간하던 만주(滿洲)의
농부에 의하여 소개되어 이후 계속 학계의 관심을 받고 있다.
현재 학계에서 가장 관심의 대상이 되는 것은 고대 한·일관계
사(韓·日關係史)를 비롯한 고대 동북아시아 역사 해결의 핵심
이 되는 비문 변조의 부분이다. 임나일본부(任那日本部)라는
허구를 염두에 두고 그 근거를 위하여 비문의 일부를 회칠하
여 변조한 뒤 "왜가 한반도에 침략하여 백제와 신라를 신민으
로 삼았다."고 한 것이 오늘날까지 논쟁의 대상으로 이어져온
다. 여기서는 그 첫 부분 일부의 비문을 소개하여 당시의 뜻글
문학 실력을 엿보기로 한다.

　　삼가 생각하옵건대, 옛날 시조 추모왕(鄒牟王)께서 나
라의 기초를 처음 세우시었다. 북부여(北夫餘)에서 나시었으며,
하느님의 아들로, 어머니는 가람임자[河伯]의 따님이시다. 알을
깨뜨리고 아들을 낳으시니, 성덕이 있으시었다. 추모왕께서 어
머님의 가르침을 받드시고 수레를 타고 남쪽으로 내려가는데,
길이 부여(夫餘)의 엄리대수(奄利大水)에 다다르시었다. 왕이
나루터에서 외쳐 이르기를, "나는 하느님[皇天]의 아들이요, 가
람임자의 따님[河伯女郞]을 어머니로 모신 추모왕이다. 나를 위

하여 갈대를 잇고 거북의 무리를 띠워 물을 건너게 하라!" 말이
끝나자 곧 물에 뜬 거북들이 이어져 왕이 건너 비류곡(沸流谷)
홀본(忽本)의 서쪽 산 위에 서울을 정하시었다. 길이 세위(世位)
를 즐겨하지 아니하시었다. 하느님께서 용을 보내시어 왕을 맞
이하시니, 왕이 홀본 동쪽 언덕에서 편안히 용의 등에 업혀 하
늘에 오르시었다. 뒤를 이을 세자 유류(儒留)에게 부탁하시었으
매, 유류왕께서 도(道)로써 나라를 다스리시었고, 대주류왕(大
朱留王)께서 터와 일을 이어받으시었다. 17세손 국강상 광개토
경 평안 호태왕(國罡上廣開土境平安好太王)에 이르렀다. 18세에
등극하시어 호를 영락대왕(永樂大王)이라 하시었다. 은혜와 덕
을 하늘로부터 받으시어 위세와 무용[威武]이 사해(四海)에 떨
치시었다. ○을 쓸어 없이하니, 백성들이 살기에 여유가 있고
농사도 풍년이 계속되었다. 밝은 하늘이 무정하여 돌보지 아니
하여 39세에 편안히 수레에 올라 나라를 버리시었다. 갑인
(2747, 414)년 9월 29일에 옮기어 산릉에 모시고, 비를 세워 공
훈과 업적과 명을 기록하여 후세에 전하여 보게 한다.(하략)[133]

·············
133 "惟昔始祖鄒牟王之創基也出自北夫餘天帝之子母河伯女郎剖卵降出生子有聖○
○○○○○命駕巡至南下路由夫餘奄利大水王臨津言曰我是皇天之子母河伯女郎
鄒牟王爲我連葭浮龜應聲卽爲連葭浮龜然後造渡於沸流谷忽本西城山上而建都焉
永樂上位因遣黃龍來下迎王王於忽本東岡黃龍頁昇天顧命世子儒留王以道興治大
朱留王王紹承基業○至十七世孫國岡上廣開土境平安好太王二九登祚號爲永樂大
王恩澤○ 皇天威武柳被四海掃除○庶寧其業國富民殷五穀豊熟昊天不弔卅有九
宴駕棄國以甲寅年九月卄九日乙酉遷就山陵於是立碑銘記勳績以永後世焉.(하략)"

이 글의 지은이가 누구인지는 알 수 없다. 다만 그 지어진 연대는 장수왕(長壽王) 1(2746, 412)년인 것으로 알려져 있다.

이 비석에 관하여 지금처럼 중화인민공화국이 저희들의 조상 이야기요, 저희들의 보물이라고 주장하며 관광객들에게 홍보하면서 우리 천손족(天孫族)의 접근을 철저히 막는다면, 앞으로 100년을 못가서 이 비석은 곧 차이나의 유산이 되고 말 것이며, 아울러 우리들은 천손족으로서의 역사적 정체성이 단절될 위기에 처하게 될 것이다.

2.3.2.3. 中原高麗碑(중원 고려비)

이 비는 현재 충청북도 충주시 가금면 용전리 입석(忠州市可金面龍田里立石) 마을에 있는데, 단제기원 4312(1979)년에 단국대학교 학술조사단에 의하여 발굴되어 학계에 공개되어 국보 205호로 지정된 고구려(高句麗) 석비이다. 높이가 203cm, 너비 55cm의 화강암 사면비(四面碑)이다. 앞면이 10줄이고, 1줄에 23자, 또 한 면에 7줄, 한 면에 6줄, 뒷면에 9줄 정도이나 뒷면은 전혀 판독할 수 없다. 이 글 머리 부분에 "고려대왕(高麗大王)"이라는 말이 보이는 것으로 보아 빠르면 고구려를 "고려(高麗)"로 일컫은 고국원왕(故國原王) 26(2689, 356)년의 연기가 있는 금동광배(金銅光背)에 근거하여 고국원왕 때이거나, 아니면 늦어도 양원왕(陽原王) 때인 단제기원 2891(558)년 이

중원 고구려비(中原 高句麗碑, 충주 고구려비)
국보 제205호, 충청북도 충주시 감노로에 위치. 출처 : 문화재청

전일 것으로 분석하고 있다. 이 작품의 전문을 소개하면 대략
다음과 같다.

5월 중에 고려 태왕(太王)의 조왕(祖王)께서 신라 매금
(寐錦)으로 하여금 서원(誓願)을 하게 하되, "세세로 형제와 상하
(上下)가 화목(和睦)하고 하늘의 도리를 지키도록 하라!"고 명하
시었다. 동이(東夷)의 매금(寐錦)이 태자 공(共)을 꺼려하였다.
전부대사자(前部大使者)인 다우환노(多亏桓奴)와 주부(主簿)인

귀덕(貴德)이 (어떤 조치를 취하여) 모인(某人) 제(弟)로 하여금
이곳에 이르러 영천(營天)에 꿇어앉게 하였다. 태자 공(共)이 말
하기를, "전상(墼上)을 향하여 함께 보자!" 하고, 이때에 대곽추
(大藿鄒)를 내려주시고, 300명의 거지들에게 먹을 것을 주고 동
이 매금의 옷을 주었다. 세우는 곳은 사용자에게 내려주었다.
따라온 사람들인 이때의 ○○의 종놈들에게도 제위에게 명하여
상하에 따라 옷들을 내려주도록 하였다. 동이 매금이 뒤따라 돌
아올 것을 지시하였다. 이때에 매금이 토내(土內)의 여러 사람
들에게도 ○○을 주도록 명령하고, "○○국토의 태위(太位)와
제위(諸位)의 상하들은 의복을 와서 받으라!"고 명령하여 영(營)
에 와서 꿇어앉았다. 12월 23일(갑인)에 동이 매금의 상하가 우
벌성(于伐城)에 이르렀다. 전부대사자(前部大使者) 다우환노(多
于桓奴)와 주부(主簿) 귀덕을 오게 하여 동이(東夷)의 경내(境內)
에서 300명을 모집하도록 명하였다. 신라 토내(土內)의 당주(幢
主) 하부 발위사자(下部拔位使者) 보노(補奴) ○○을 ○소(疏)하
였다. 흉귀(凶鬼) 개로(蓋盧)가 신라 땅 안에서 ○을 주면서 사람
들을 모집하니, 중인(衆人)들이 머뭇거리면서 움직이어(하략)[134]

---

134 "五月中高麗太王祖王令○新羅寐錦世世爲願如兄如弟上下相和守天/東夷之寐錦
忌太子共前部大使者多桓奴主簿貴德细○○(等聆鄒去)弟○到至跪營天/太子共語
向墼上共看節賜太藿鄒受食[++十丐]東夷寐錦 之衣服建立處用者賜之隨者節○○
奴人輩教諸位賜上下衣服教東夷寐錦遠還來節教賜寐錦土內諸衆人○○○○○國
土太位上下衣服來受教跪營之十二月卄三日甲寅東夷寐錦上下至于伐城教來前部
大使者多于桓奴主簿貴德東夷境○募人三百新羅土內幢主下部拔位使者補奴○疏
奴○○凶鬼蓋盧供○募人新羅土內衆人跓動.(하략)"(南豊鉉,「中原高句麗碑文의
解讀과 吏讀的性格」,『中原高句麗碑研究』, 高句麗研究會, 2000.)

남풍현(南豊鉉)의 연구에 따르면, 이 작품에서 "절(節)"이 "이때에"라는 말로 풀이되고, "지(之)"가 "-다"로 읽어야 하는 것으로 볼 때에 고구려 비문에도 뜻글자의 소리와 뜻을 빌어서 표기하는 반빈글쓰기의 방식이 있었음을 알 수 있다고 하였다.

우리는 이 작품을 통하여 고구려 태자는 지배자이고, 신라인들은 피지배자로 고구려의 명령과 경제적 지원을 받았다는 사실을 이해시켜 주고 있다. 또 신라의 다른 이름인지, 매금의 다른 이름인지는 알 수 없으나 "동이(東夷)"라는 말을 썼다는 것도 또한 새로운 사실임을 알 수가 있게 되었다.

그리고 이 비문이 비록 "고려 태왕"으로 시작이 되지만, 비문 속의 벼슬 이름들이 모두 고구려의 것들이고, 태자 공(共)이라는 이가 신라의 당주(幢主) 하부 발위사자(下部拔位使者) 보노(補奴) ○○을 소(疏)한 것과 백제왕 개로(蓋盧 : 蓋鹵 : 재위 2788 - 2807, 455 - 474)를 "흉귀(凶鬼)"라고 한 것을 볼 때에 이 작품은 늦어도 단제기원 2807(474)년 이전에 지어진 것임을 똑똑히 알 수가 있다. 그래서 학계에서는 "중원고구려비"라고 일컫고 있다. 그러나 이 비문 어디에도 "고구려"라는 말은 없기 때문에 여기서는 왕건 태조의 고려는 아니지만, 비석의 제목대로 "중원고려비"라고 부른다.

그리고 이 작품의 내용을 잘 연구하면, 고구려의 지배하에 있는 소국 신라의 동이(東夷) 매금(寐錦)이 고구려의 태자 공 (共)을 꺼려하며 지낸 갈등은 지배자와 피지배자의 사이에서 일어날 수 있는 필연적인 것이다. 이를 후세 문학으로 이어서 발전시키는 것은 후학들이 맡아서 하여야 할 일이라고 생각한 다.

2.3.2.4. 태천 마애 석각문(泰川磨崖石刻文)

이 작품은 비문은 아니다. 구 평안북도 태천군 농오리 산성 (泰川郡籠吾里山城)에 있는 자연석의 석벽에 산성 축조의 경과 와 규모에 관한 기록인 듯한데, 현재 판독할 수 있는 글자는 몇 자 되지 아니한다. 그 전문을 소개한다.

> 을해년 8월 전부(前部) 소대사자 오구루가 성 684간을 수축(修築)하였다.[乙亥年八月前部小大使者於九婁治城六百八 十四間.]

이 작품이 새겨진 연대는 양원왕(陽原王) 11(2888, 555)년으 로 믿어진다. 민덕식(閔德植)은 이 작품의 가치에 관하여 "본 마애 석각은 고구려의 축성 관련 금석문(金石文)으로는 가장 오래된 것이고, 우리나라 축성 관련 금석문 중에서 현재 마애 석각으로서는 유일한 것이다."라고 하면서 "소대사자(小大使 者)"라는 관직명이 기록된 유일한 자료요, "간(間)"이라는 척

도(尺度) 용어의 좋은 자료임을 지적하고 있다.[135]

2. 3. 3. 고구려의 종교문학(宗敎文學)

김부식(金富軾 : 3408 – 3484, 1075 – 1151)의 『삼국사기』권 20, 「고구려 본기」제8의 "영류왕"조에 따르면, 영류왕(榮留王) 7(2957, 624)년 2월에 당(唐)나라에서 형부상서(刑部尙書) 심숙안(沈叔安)을 보내어,

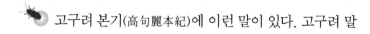 도사(道士)에게 명하여 천존상(天尊像)과 도법(道法)을 가지고 고구려에 가서 『노자(老子)』를 강의하게 하였고, 고구려 의 왕과 국민들은 이 강의를 들었다.[命道士以天尊像及道法往 爲之講老子王及國人聽之.]

고 기록하고 있다. 이 기록에 의하면, 고구려는 신라(新羅)보 다 먼저 도교(道敎)가 당(唐)나라에서 전래한 것으로 이해된다. 또 일연(一然)스님은 그의 『삼국유사(三國遺事)』권 3, 「보장 봉로(寶藏奉老) 보덕이암(普德移庵)」조에서,

고구려 본기(高句麗本紀)에 이런 말이 있다. 고구려 말

---

135 閔德植, 「高句麗泰川籠吾里山城磨崖石刻에 對한 檢討」, 『高句麗硏究』 15, 高句 麗硏究會, 2001.

기인 무덕(武德) 정관(貞觀) 연간에 나라 사람들이 다투어 오두미교(五斗米敎)를 열심히 믿었다. 이 말을 전하여 들은 당(唐)나라 고조(高祖)가 도사(道士)를 시켜 천존상(天尊像)을 보내고, 또 가서 도덕경(道德經)을 강술하게 하여 왕이 국민들과 함께 그 강의를 들었다.

고 기록하고 있다.

이 기록에서는 도교(道敎)보다 앞서서 오두미교(五斗米敎)가 고구려에서 매우 활발히 믿어졌음을 알 수가 있다. 오두미교는 도교(道敎)의 일종으로 후한(後漢) 말기의 장릉(張陵)이 창시하여 입교자에게 다섯 되의 쌀을 받았으므로 붙여진 신앙단체의 이름이다.

그러나 『도덕경(道德經)』이라는 도교의 경전(經典)을 지은 이이(李耳)가 동이인(東夷人)임을 생각하면, 그 생각은 바뀌어야 할 것이다.

그리고 현재에는 이 시대의 종교문학으로 구체적인 작품이 전하지 아니하므로 새로운 자료가 발굴되기를 기다리면서 여기서는 줄이지 아니할 수가 없다.

3. 백제문학(百濟文學)

백제의 건국에 관하여는 한족(漢族)들이 엮은 역사책과 우리 김부식(金富軾 : 3408 - 3484, 1075 - 1151)의 『삼국사기』와는 약간의 차이가 있다.

『위서(魏書)』 권 100, 「열전(列傳)」 제 88, "백제전(百濟傳)"에는 다음과 같이 기록되어 있다.

> 백제국은 그 조상이 부여에서 나왔다. 그 나라는 북쪽으로 고구려와 천여 리 떨어져 조그만 바다의 남쪽에 있어 대를 이어 백성들은 그곳에 살고 있다. 땅은 습한 곳이 많아서 모두들 산에서 산다. 오곡을 가꾸어 그것을 먹고 산다. 그 나라의 의복과 음식은 고구려와 똑같다.[136]
>
> 이 글의 풀이로, 백제국의 위치가 원래는 한반도 남쪽이 아닌 지금의 중화인민공화국 산동성(山東省) 산동반도 북쪽에 있었다고 주장하기도 한다.[137]

『수서(隋書)』 권 81, 「열전(列傳)」 제 46. "백제(百濟)" 조에는 아래와 같이 기록되어 있다.

....

[136] "百濟國其先出自夫餘其國北居高句麗千餘里處小海之南其民土着地多下濕率皆山居有五穀其衣服飮食與高句麗同.(하략)"
[137] 오재성, 『東夷傳은 황해 서쪽에서 활동한 우리 역사 기록』, 黎民族史硏究會, 1995.
李律坤, 『百濟史의 秘密』, 上古史學會, 2006.

백제(百濟)의 조상은 고구려에서 나왔다. 그 나라 왕이 부리는 한 시녀가 있었는데, 갑자기 임신을 하였다. 왕이 그녀를 죽이려 하였더니, 그 시녀가 말하기를, "물건의 모양이 마치 달걀 같은 물건이 와서 제 몸에 스치는 듯한 느낌이 있더니 임신이 되었습니다." 하였다. 왕은 그냥 버려두었더니, 뒤에 마침내 한 사내아이를 낳았다. 그 아이를 변소에 버렸더니, 여러 날이 지나도 죽지 아니하였다. 신이라고 생각하고, 그 아이를 기르라고 명하면서 아이 이름을 동명(東明)이라고 불렀다. 동명이 장성하자, 고려왕이 그를 꺼려하였다. 동명은 겁을 먹고 도망치다가 엄수(淹水)에 이르니, 부여 사람들이 다 같이 그를 받들었다. 동명왕의 뒤에 구태(仇台)라는 사람이 있어서 사람들에게 신의가 도타워서 처음으로 대방(帶方)의 옛 땅에 나라를 세우고, 한(漢)나라 요동태수(遼東太守) 공손도(公孫度)의 딸을 아내로 맞이하였다. 점점 나라가 창성하여 동이(東夷) 중에서 강한 나라가 되었다. 처음에 백가(百家)를 가지고 바다를 건넜기 때문에 백제라고 이름을 지었다고 한다.(중략) 그 나라 사람들은 잡되어서 신라, 고구려, 왜인들이 있었다. 또한 중국 사람들도 있다. 그들의 의복은 고구려와 거의 같다. 결혼한 여인들은 얼굴에 분을 바르지 아니하고 머리를 땋아 뒤로 늘어뜨린다. 이미 시집 간 여자들은 두 갈래로 가리마를 머리 위로 타서 쪽을 찐다. 그들의 풍속은 말 타기와 활쏘기와 책과 역사 읽기를 숭상하였으며, 아전들의 문서 다루기도 능하였다. 또한 의술과 약을 짓는 지식도 있고, 점을 치고 관상을 보는 기술까지도 뛰어났다. 두 손으로 땅을 짚어서 공경하는 뜻을 표현한다. 남녀 스님들과 절과 탑들도 많다. 북과 쇠뿔 피리와 공후와 쟁과 옆으로 들고 부는 대나무 피리들의 악기도 있고, 투호와 바둑 장기와 저포와 쌍륙놀이 같은 악삭과 공기놀이 같은 놀이들도 있다.(중략) 시집가고 장가드는 혼례(婚禮)는 대략 화하(華夏)인들과 같다. 상제(喪制)는 고구려와 같다. 다섯 가지 곡식이 있고, 돼지와 닭이 많다. 밥은 익혀 먹지 아니한다. 그들의 밭은 낮은 곳에 있어서 습하다. 사람들은 모두 산에서 산다. 굵은 밤이 있다. 매년 2월과 5월과 8월과 11월이면, 임금이 하늘과 오제(五帝)의 신위에 제사를 모셨다. 그들의 시조 구태(仇台)의 사당을 국성(國城)에 모시어 두고 일 년에 네 번 제사를 모신다.(중략) 그 나라 남쪽 바다로 석 달을 가면 담모라국(聃牟羅國)이 있는데, 남북의 길이가 1천여 리(400km)이고, 동서의 거리가 수백 리(약 80 - 120km)이다. 그곳에는 사슴과 노루가 많다. 그들은 백제에 붙어 살아간다. 백제에서 서쪽으로 3일 동안을 가면 맥국(貊國)에 도착한다고 한다."[138]

138 "百濟之先出自高麗國其國王有一侍婢忽懷孕王欲殺之婢云有物狀如鷄子來感於我故有娠也王捨之後遂生一男棄之厠溷久而不死以爲神命養之名曰東明及長高麗王忌之東明懼逃之淹水夫餘人共奉之東明之後有仇台者篤於人信始立其國于帶方故地漢遼東太守公孫度以女妻之漸以昌盛爲東夷强國初以百家濟海因號百濟(중략)其人雜有新羅高麗倭等亦有中國人其衣服與高麗略同婦人不加粉黛辮髮垂後已出嫁則分爲兩道盤於頭上俗尙騎射讀書史能吏事亦知醫藥蓍龜占相之術以兩手據地爲敬有僧尼多寺塔有鼓角箜篌箏竽篪笛之樂投壺樗蒲握槊弄珠之戲(중략) 婚娶之禮略同於華喪制如高麗有五穀猪鷄多不火食厥田下濕人皆山居有巨栗每以四仲之月王祭天及五帝之神立其始祖仇台廟於國城歲四祠之(중략) 其南海行三月有聃牟羅國南北千餘里東西數百里土多麞鹿附庸於百濟百濟自西行三日至貊國云."

이 기록은 약간의 잘못이 있기는 하지만, 비교적 다른 역사 서들보다 그 내용이 자상하다. 여기서 우리는 백제(百濟)의 지리적 위치가 어디인가 거듭 다시 생각하여 보게 한다.

백제는 처음에 "대방(帶方)의 옛 땅에 나라를 세우고, 한(漢) 나라 요동태수(遼東太守) 공손도(公孫度)의 딸을 아내로 맞이하였다. 점점 나라가 창성하여 동이(東夷) 중에서 강한 나라가 되었다."고 하였으니, 대방(帶方)의 옛 땅이 어디인가도 궁금하다. 또 "백제에서 서쪽으로 3일 동안을 가면 맥국(貊國)에 도착한다고 한다."는 기록에서도 맥국(貊國)의 위치에 관한 연구도 더 하여 진실을 새로 밝혀내어야 할 것이다. 또 백제에서 남쪽으로 석 달 동안 바다를 건너면 지금의 제주도인 "담모라국(耼牟羅國)"에 이른다고 하였으니, 이로 보면, 백제는 서해 건너 산동성(山東省)에 있었던 듯하다.

또 『구당서(舊唐書)』권 220, 「열전(列傳)」제145, "백제(百濟)" 조에는 다음과 같은 기록이 있다.

백제는 부여의 별종이다. 당나라 서울에서 곧바로 동쪽으로 6천 리 밖의 바닷가를 따라 남쪽에 있다. 서쪽으로는 월주(越州)와 경계를 이루고, 남쪽으로는 왜(倭), 북쪽으로는 고구려와 접하고 있는데, 모두 바다를 건너야 간다. 이어 그 동쪽으로 가면 신라에 이른다. 왕은 동서로 두 성에서 살고 있다. 벼슬들은 내신좌평(內臣佐平)이라는 것이 있는데, 임금의 명령을 전

하기도 하고 걷어드리기도 한다. 내두좌평(內頭佐平)이라는 것
은 내탕금을 모아들이는 일을 하며, 내법좌평(內法佐平)이라는
것은 국민의 의례를 주관하고, 위사좌평(衛士佐平)이라는 것은
군사에 관한 일을 맡아본다. 조정좌평(朝廷佐平)은 형벌을 주관
하고, 병관좌평(兵官佐平)은 외무 업무만 관장한다. 병력(兵力)
은 6만이 있고, 고을은 모두 10개 군이 있다.(중략) 그 나라의 법
은 반역자는 사형에 처하고 그 가문을 몰수한다. 사람을 죽인
자는 세 사람의 노비를 바치어 죄의 값을 치르게 한다. 관리로
서 뇌물을 받은 자와 도둑질을 한 자는 3배의 재산을 물고도 감
옥에 넣어 죽을 때까지 옥살이를 시킨다. 그 나라의 풍속은 고
구려와 같다. 세 섬이 있어서 황칠이 나는데, 6월에 열매를 따
서 짓찧어 즙을 내면 그 빛깔이 마치 황금빛과 같다. 임금은 큰
소매의 붉은빛 두루마기에 푸른 빛깔의 바지를 입고, 하얀 가죽
띠를 매며, 검은 가죽신을 신고, 검은 비단으로 만든 모자에 금
으로 장식을 하여 쓴다. 여러 신하들은 진하게 붉은 빛깔의 옷
에 은으로 장식을 한 모자를 쓰고, 백성들은 붉은 빛깔의 옷이
나 아주 빨간 빛깔의 옷을 입지 못하게 금한다. 그 나라에는 글
과 책[文書]들이 있으며, 달력을 쓰는 것은 화하(華夏)의 사람들
과 같다.(하략)[139]

....

139 "百濟夫餘別種也直京師東六千里贏濱海之陽西界越州南倭北高麗皆踰海乃至其
東新羅也王居東西二城官有內臣佐平者宣納號令內頭佐平主帑聚內法佐平主禮衛
士佐平典衛兵朝廷佐平主獄兵官佐平掌外兵有六萬方統十郡(중략)其法叛逆者誅
籍其家殺人者輸奴婢三贖罪吏受賕及盜三賠償錮終身俗與高麗同有三島生黃漆六
月刺取潘色若金王服大袖紫袍青錦袴素皮帶烏革履烏羅冠飾以金薝群臣絳衣飾冠
以銀薝禁民衣絳紫有文籍紀是月如華人.(하략)"

고 하였다. 그러나 여기서도 우리가 주목할 것은 백제의 땅이 어디에 있었느냐의 문제이다. 이 글에 따르면, 백제는 당(唐)나라의 수도[京師＝長安＝西安]에서 동쪽으로 6천 리(약 1,500km)에 있다는 기록을 믿을 경우에는 백제는 어쩌면 지금의 압록·두만 두 강물의 남쪽[한반도] 안에 있었던 것이 아니라는 주장들에 설득력이 있어 보인다.[140] 또 "서쪽으로는 월주(越州)와 경계를 이루고, 남쪽으로는 왜(倭), 북쪽으로는 고구려와 접하고 있는데, 모두 바다를 건너야 간다. 이어 그 동쪽으로 가면 신라에 이른다."고 한 것대로라면, 백제는 마치 섬나라인 것처럼 의심되기도 한다.

또 『주서(周書)』 권49, 「열전(列傳)」 제41, "이역(異域)" 상, '백제(百濟)' 조에는 아래와 같이 기록되어 있다.

백제(百濟)라는 나라는 그 조상이 대개 마한(馬韓)에 딸리어 있었던 나라이니, 부여(夫餘)의 별종이다. 구태(仇台)라는 사람이 대방(帶方)의 옛터에 처음으로 나라를 세웠다. 그 나라의 경계는 동쪽 끝으로 신라(新羅), 북쪽으로 고구려(高句麗), 서남쪽으로는 모두 큰 바다에 닿아 있다. 동서의 길이가 450리(약 180km)이고, 남북이 900여 리(약 360여 km)이며, 수도는 고마성(固麻城)이다.(중략) 그들의 의복은 대체로 고구려와 같

140 上古史學會, 『百濟史의 秘密』, 2006. 3. 18. 발표회지.

다. 아침에 절하여 제사를 모시는 것도 고구려와 같다.

그들이 머리에 쓰는 모자는 양쪽 옆으로 날개를 붙이었다. 전쟁에 나갈 때에는 그런 모자를 쓰지 아니한다. 웃어른께 절하는 예절은 두 손으로 땅을 짚고 경의를 표한다. 결혼한 여자들은 두루마기를 입는데, 소매는 가늘며 크다. 남편이 있는 부인들은 머리털을 땋아서 머리 위에 얹었다가 뒤로 늘어뜨리면서 두 가닥으로 장식을 한다. 시집가는 사람은 곧 세 가닥으로 한다. 군인들은 활과 살들과 칼과 창을 가지고 있다.

그 나라의 풍속은 말 타기와 활쏘기를 중히 여기며, 아울러 오래된 책과 역사책을 매우 좋아한다. 그들 중에서 뛰어난 사람은 자못 글도 지을 줄 안다. 또 음양오행을 알고, 송(宋)나라 문제(文帝) 20(백제 비유왕 17, 2776, 443)년에 하승천(河承天)이 만든 원가력(元嘉曆)을 써서 인월(寅月)로 정월(正月)을 삼았다. 또한 의약과 점치는 기술도 잘 알고 있다. 투호와 저포놀이 등 여러 가지 놀이들도 있다. (하략)[141]

라고 한 것으로 보면, 『주서』의 내용은 백제 중기 비유왕(毗有王 : 재위 2760‒2788, 427‒455) 이후의 일까지 언급하고 있는

---

141 "百濟者其先蓋馬韓之屬國夫餘之別種有仇台者始國於帶方故其地界東極新羅北接高句麗西南俱限大海東西四百五十里南北九百餘里治固麻城(중략)其衣服男子略同於高麗若朝拜祭祀其冠兩廂加翅戎事則不拜謁之禮以兩手據地爲敬婦人衣以袍袖微大在室者編髮盤於首後垂一道爲飾出嫁者乃分爲兩道焉兵有弓箭刀稍俗重騎射兼愛墳史其秀異者頗解屬文又解陰陽五行用宋元嘉曆以建寅月爲歲首亦解醫藥卜筮占相之術有投壺樗蒲等雜戲.(하략)"

데, 그 당시 백제인들의 생활습관과 백제인의 우수성도 알만
하다. 또 그 내용이 어떤 것이었는지는 알 수가 없지만, 백제인
들은 고서(古書)와 역사책들 읽기를 좋아할 뿐 아니라 작문 실
력도 대단하였음을 짐작할 수가 있다. 비록 지금 전하는 문학
작품들은 적지만 상당히 우수한 문학 작품들도 많이 있었을
것이 분명하다. 이러한 생활습관은 책을 사랑하는 지방문화발
전으로 계승할 것을 강조한다.

김부식의 『삼국사기』의 기록은 뒤에서 백제의 건국 이야기
로 소개하겠다.

3. 1. 이름만 전하는 노래들

현재 우리가 읽을 수 있는 『고려사(高麗史)』 「악지(樂志)」 권
25 "삼국속악(三國俗樂)"의 "백제(百濟)"조에는 「선운사(禪雲
山)」, 「무등산(無等山)」, 「방등산(方等山)」, 「지리산(智異山)」,
「정읍(井邑)」 등 여러 작품의 이름이 전하고 있다.

3. 1. 1. 선운산(禪雲山)

『고려사』의 「악지」 2에 실려 있는 전문을 소개하면 아래와
같다.

🐛 장사(長沙)에 사는 사람이 외국 정벌에 징집되어 기한
이 지나도 돌아오지 아니하매, 그 아내가 남편을 생각하여 선운
산에 올라가 남편이 오기를 기다리면서 노래를 불렀다.[長沙人
征役過期不至其妻思之登禪雲山望而歌之.]

이 작품의 제목인 "선운산"은 전라북도 고창군 선운사(全羅
北道高敞郡禪雲寺) 뒷산이다. 여기에 소개된 이야기로 보면, 아
마도 「선운산가」의 주제는 아내가 남편을 그리워 노래한 "상
사가(想思歌)" 또는 "망부가(望夫歌)"인 줄로 짐작이 된다.

3. 1. 2. 무등산(無等山)

「무등산곡(無等山曲)」이라고도 하는 이 작품의 소재(素材)인
무등산(옛 이름 무달뫼)은 지금의 광주광역시에 있는 산이다.
『고려사』에 실려 있는 전문을 소개하면 아래와 같다.

🐛 무등산(無等山)은 광주(光州)의 진산(鎭山)이다. 광주
는 전라도에 있는 큰 읍이다. 이 산에 성을 쌓았으므로 백성들
이 편안히 살 수 있었다. 이를 기뻐하여 이 노래를 지어 불렀
다.[無等山 光州之鎭州在全羅爲巨邑城此山民賴而安樂而歌之.]

이 작품의 제목인 무등산은 일명 무진악(武珍岳), 서석산(瑞

石山)이라고도 하였다. 이 이야기에 의하면, 이 작품은 아마도 내 고장의 명산을 찬미하는 향토사랑 노래이었을 것 같다.

3. 1. 3. 방등산(方等山)

『고려사』「악지」에 실려 있는 전문은 아래와 같다.

　　방등산(方等山)은 나주(羅州)에 딸린 고을 장성(長城)의 경계에 있다. 신라 말기에 도둑들이 크게 일어나 이 산을 점거하고 있으며 양가의 자녀들을 많이 납치하였다. 장일현(長日縣)에 살고 있는 한 여자도 역시 그 안에 들어 있었다. 이 노래를 지어 그 지아비가 빨리 와서 구하여 주지 아니함을 풍자하였다.[方等山在羅州屬縣長城之境新羅末盜賊大起據此山良家子女多被擄掠長日縣之女亦在其中作此歌以諷其夫不卽來求也.]

이 작품의 주제는 아마도 원망가(怨望歌)인 듯하다.

3. 1. 4. 정읍(井邑)

『고려사』「악지」에 실려 있는 전문을 소개하면 아래와 같다.

　　정읍(井邑)은 전주(全州)의 속현이다. 그 고을 사람이 행상길을 떠난 지 오래 되어도 돌아오지 않았다. 그 아내가 산에 올라가 남편이 오기를 기다리다가 그 남편이 밤길을 걷다가 해를 입을까 두려워하여 더러운 진흙물에 비유하여 이 노래를 불렀다. 세상 사람들은 전하기를, "그가 올라간 고개에는 망부석(望夫石)이 남아 있다."고 하였다.[井邑全州屬縣縣人爲行商久不至其妻登山石以望之恐其夫夜行犯害托泥水汚以歌之世傳有登岾望夫石.]

이 작품의 노랫말이 곧 지금 『악학궤범(樂學軌範)』에 전하는 「정읍사(井邑詞)」임을 짐작할 수가 있다. 「정읍사」에 관하여는 뒤에서 다시 논의할 것이므로 여기서는 줄인다.

3. 1. 5. 지리산(智異山)

역시 『고려사』 「악지」에 실려 있는 이 작품의 전문은 다음과 같다.

구례현(求禮縣)에 사는 사람의 딸로 고운 자태에 얼굴도 예쁜 여자가 지리산에 살고 있었다. 집이 가난하였으나 아내의 도리를 다하였다. 백제왕이 그가 아름답다는 이야기를 듣고 그녀를 궁녀로 데려가려 하므로, 그녀는 이 노래를 지어 부르면서 결코 죽어도 따라가지 아니하기로 맹세하였다.[求禮縣人之女有姿色居智異山家貧盡婦道百濟王聞其美欲內之女作是歌誓

死不從.]

이 작품의 주제는 아마도 정렬부인(貞烈夫人)의 지조가(志操歌)인 듯하다. 이병기(李秉岐)와 도수희(都守熙)는 이 작품을 「지리산곡(智異山曲)」, 또는 「지리산가(智異山歌)」라고 하며, 『삼국사기』 「열전」 "도미(都彌)"조에 보이는 도미처(都彌妻)와 연결시켜 논의하고 있다.[142]

이상의 5편은 모두 입말로 노래되던 것이 어느 때에 사라지고 말았는지? 아니면, 지금도 민요로 전하여 오는데, 다만 우리들이 모르고 있는 것인지? 알 수가 없다. 그래도 「정읍」 한 편만이라도 조선시대까지 전하여 와서 훈민정음으로 채집되어 남아 있게 된 것은 서동(薯童)의 「마퉁노래[薯童謠]」와 함께 백제시대 국문학을 이해하는데 훌륭한 등대가 되어 매우 다행한 일이다.

3.1.6. 산유화(山有花)

이 작품은 『문헌통고(文獻通考)』 「예문고(藝文考)」 "가곡류(歌曲類)"에 다음과 같이 이름만 전하는데, 같은 제목의 민요는

---

142 李秉岐 · 白鐵, 『國文學全史』, 新丘文化社, 1982.
　　　도수희, 『백제의 언어와 문학』, 주류성, 2004.

3-4종이 전하고 있으나, 바로 동일 작품이라고 하기에는 거리가 있다.

산유화가(山有花歌) 한 편은 남녀가 서로 좋아하는 노래이다. 소리의 가락이 매우 슬퍼서 "옥수후정화(玉樹後庭花)와 짝인 듯하다."고 하였다.[山有花歌一篇男女相悅之辭音調悽挽如伴侶玉樹云.]

라고 하여 남녀가 서로 좋아하는 노래이나, 그 소리 가락은 매우 슬프다면, 이는 이별가이었거나 아니면 세월이 너무 빨리 흘러 남녀 사이의 달콤한 애정이 너무 빨리 지나가고 이별의 아쉬움이 허무하게 느껴질 만큼 빨리 다가와서 슬펐는지도 모를 일이다. 이를 임동권(任東權)의 『한국민요집(韓國民謠集)』에서 「산유화요(山有花謠)」의 일부를 소개하여 견주어 본다.

산유화혜 산유화혜 / 저 꽃 피어 농사일 시작하여 / 저 꽃 지도록 필역하세.
(후렴) 얼럴럴 상사뒤 / 어여디여 상사뒤.
산유화혜 산유화야 / 저 꽃 피어 / 번화함을 자랑마라 / 구십소광 잠깐 간다.
(후렴) 얼럴럴 상사뒤 / 어여디여 상사뒤.
취령봉에 달뜨고 / 사비강에 달진다. / 저 달 떠서 들에 나와 /

저 달 져서 집에 돌아간다.

(후렴) 얼럴럴 상사뒤 / 어여디여 상사뒤.

농사짓는 일이 바쁘건마는 / 부모 처자 구제하니 / 뉘 손을 기
다릴까?

(후렴) 얼럴럴 상사뒤 / 어여디여 상사뒤.

부소산이 높이 있고, / 구룡포 깊어 있다. / 부소산도 평지되
고 / 구룡포도 평원되니 / 세상 일 뉘가 알까?

(후렴) 얼럴럴 상사뒤 / 어여디여 상사뒤.

(산유화요 1. 전문, 경상도 지방)

임동권(任東權)의 『한국민요집(韓國民謠集)』에 있는 「산유화
요」 2 · 3 · 4는 「산유화요」 1과 비슷하면서도 약간 다르지만
모두 "남녀상열지사(男女相悅之辭)"는 아니다.[143] 그러니까 남
녀상열의 노래에 가까운 다른 「산유화」가 있었던 것 같으나 현
재로서는 알 수가 없다. 여기서 "저 꽃 피어 / 번화함을 자랑마
라."라고 한 것이나, "취령봉에 달 뜨고 / 사비강에 달진다."라
고 한 노랫말에서 지금의 충청남도 부여시 근처에서 불리었던
노래임이 분명하다. 이에 관하여 조재훈(趙載勳)이 "아마도 백
제시대에는 꽃이 상징하는바 사랑을 담은 남녀화답식의 집단
요로 불리었다가 백제가 망하면서 남녀상열의 정이 망국의 한

---

143 任東權, 『韓國民謠集』, 東國文化社, 1961.

으로 바뀌고 시간이 감에 따라 새 국가의 체재 속에 동화하여
당시의 주업인 농업에 밀착해서 농요로 전해왔을 것이다.”라
고 한 추론은 음미하여 볼 만하다.[144]

3. 2. 백제의 온빈글노래[完全借字歌] 마퉁노래[薯童謠]

이제까지의 우리나라 『국문학사』에는 백제의 문학으로 온
빈글노래[完全借字歌]가 없었다. 이제까지는 백제의 무왕(武
王)이 지은 노래라는 「서동요(薯童謠)」를 신라의 노래로 다루
면서 이른바 “향가(鄕歌)”로 취급하였다.

그러나 필자는 이 작품을 백제의 온빈글노래로 다룬다. 이
작품은 『삼국유사』권 2, 「기이(紀異)」제2, “무왕(武王)”조에
다음과 같이 실려 있다. 그 배경담과 함께 전문을 소개한다.[145]

제30대 무왕(武王)의 이름은 장(璋)이다. 어머니가 과
부(寡婦)로 서울[京師][146] 남쪽 못가에 집을 짓고 살면서 못에 있
는 용과 오가다가 이 무왕을 낳았다. 어렸을 때의 이름은 마퉁
[薯童]이었다. 사람의 몸과 마음씀씀이 헤아릴 수 없이 컸었다.
평소에 마를 캐어 팔아서 먹고 살았으므로 사람들이 그렇게 불

---

144 조재훈, 「백제가요의 연구」, 『백제문화』 5, 공주사대 백제문화연구소, 1971.
145 무왕(武王)에 관하여 “옛 책에 무강(武康)이라 함은 잘못이다. 백제에는 무강이 없
다.”는 원주가 있다.
146 『東國輿地勝覽』에서는 지금의 전라북도 익산시(益山市)라고 함.

렀다. 마퉁은 신라의 진평왕(眞平王)의 셋째 공주인 선화(善花, 혹은 善化라고도 함, 원주)가 아름답고 예쁘기가 으뜸이라는 소문을 듣고, 머리를 깎고 신라 서울(경주, 필자 주)로 왔다. 마를 가지고 마을의 여러 아이들을 배불리 먹이니, 아이들이 그를 가까이 따랐다. 이에 노래를 지어 여러 아이들을 꾀어 그 노래를 큰 소리로 부르게 하였으니, 그 노랫말은 이러하였다.

善化公主主隱	선화 공주님은
他密只嫁良置古	남 그으기 어러두고
薯童房乙夜矣	마퉁방을 밤에
卯乙抱遣去如	몰 안고 가다.
(의역) 선화 공주님은	
남 몰래 어러두고	
마퉁방을 밤에	
몰래 안고 갔다.	

이 아이들의 노래가 서울 안에 가득하여 궁궐 안에까지 알려지게 되었다. 온 벼슬아치들이 더할 수 없이 심하게 간하여 공주를 멀리 귀양 보내게 되었다. 공주가 떠나려 할 때에 왕후께서 순금 한 말[斗]을 주어 보냈다. 공주가 귀양 가는 길에 마퉁이 나와서 절을 하고, "모시고 가겠습니다." 하니, 공주는 그가 어디서 왔는지는 모르지만 짝이 된 것이 미더워 기뻤다. 인하여 따라가기로 하였다. 남 몰래 부부가 된 뒤에 마퉁의 이름을 알

고, 어린이들의 노래가 맞음을 믿고 함께 백제(百濟)로 갔다. 공
주는 어머니가 주신 금을 내어놓으며 앞으로 살아갈 계획을 세
우자고 하니, 마통이 크게 웃으며 말하기를, "이것이 무엇을 하
는 물건이오?" 하니, 공주는 "이것이 황금인데, 100년은 부자
로 살 수 있을 것이오." 하니, 마통이 말하기를, "내가 어려서부
터 마를 캐왔는데, 그곳에는 진흙덩이처럼 쌓여 있었소." 하였
다. 공주는 그 소리를 듣고 크게 놀라며 "이것은 천하에 더없는
보배요. 당신이 이제 금이 있는 곳을 알았으니, 이 보배를 부모
님이 계시는 궁전으로 보냄이 어떻겠소?" 하였다. 마통이 "그
럽시다." 하고는 금을 모으니, 산언덕처럼 쌓였다.

　용화산(龍華山) 사자사(獅子寺)의 지명법사(知命法師)가 계시
는 곳을 찾아가 인사를 드리고 금을 실어갈 방법을 문의하였다.
스님은 "내가 신의 힘으로 옮겨줄 것이니 금이나 가져와라." 하
매, 공주는 편지를 써서 금과 함께 스님 앞에 가져다 놓았다. 법
사는 신통력으로 하룻밤에 신라 궁중으로 실어다 놓았다. 진평
왕(眞平王)이 그 신통한 변화를 이상히 여겨 더욱 존경하기를
심히 하여 항상 글을 보내어 안부를 물었다. 마통이 이로 인하
여 인심을 얻어 왕위에 오르게 되었다. 하루는 왕이 부인과 사
자사에 가려고 용화산 밑 큰 못가에 이르니, 미륵 삼존이 못에
서 나타는지라 수레를 멈추고 경의를 표하였다. 부인이 왕께 여
쭙기를, "반드시 여기에 큰 절을 짓는 것이 진정으로 바라는 바
입니다." 하니, 왕이 허락하시고 지명법사를 찾아뵙고 못 메울
일을 물으시니, 자명법사가 신통력으로 하룻밤에 산을 허물어

서 못을 메워 평지를 만들었다. 이에 미륵 삼존상을 그리어 법
상(法像)으로 하여 대웅전과 탑과 낭무(廊廡)를 각각 세 곳에 짓
고, 절 이름을 "미륵사(彌勒寺)"라고 간판을 달았다.(국사에는
왕흥사라 하였음, 원주) 진평왕은 온갖 장인들을 보내어 도왔
다. 지금도 그 절이 있다.(삼국사에는 법왕의 아들이라 하고, 여
기서는 혼자 사는 여자의 아들이라 하니 알 수 없다.)[147]

이 「마통노래」는 위에서 보듯이 미륵사 창건 이야기에 삽입
된 하나의 짧은 삽입가요임을 알 수가 있다. 이 「마통노래」가
들어있는 미륵사 창건 연기설화(緣起說話)는 아래와 같은 12개
항의 단락으로 그 내용이 짜여 있다.

첫째, 백제 30대 무왕(武王)의 이름과 출생 이야기.

둘째, 무왕은 어려서 이름이 마통인 이유.

---

147 "第30武王名璋母寡居築室於京師南池邊池龍交通而生小名薯童器量難測常掘薯
蕷賣爲活業國人因爲名新羅眞平王第三公主善花(一作善化)美艶無雙剃髮來京
師以薯蕷餉閭里群童群童親附之乃作謠羣童而唱之云(노래 중략)童謠滿京達於
宮禁百官極諫竄流公主於遠方將行王后以純金一斗贈公主將至竄所薯童出拜途
中將欲侍衛而行公主雖不識其從來偶爾信悅因此隨行潛通焉然後知薯童名乃信童
謠之驗同至百濟出王后所贈金將謀計活薯童大笑曰此何物也主曰此是黃金可致百
年之富薯童曰吾自小掘薯之地委積如泥土主聞大驚曰此是天下至寶君今知金之所
在則此寶輸送父母宮殿何如薯童曰可於是聚金積如丘陵詣龍華山師子寺知命法師
所問輸金之計師曰吾以神力可輸將金來矣主作書幷金置於師子前師以神力一夜輸
置新羅宮中眞平王異其神變尊敬尤甚常馳書問安否薯童由此得人心卽王位一日王
與夫人欲幸師子寺至龍華山下大池邊彌勒三尊出現池中留駕致敬夫人謂王曰須創
大伽藍於此地固所願也王許之詣知命所問塡池事以神力一夜頹山塡池爲平地乃法
像彌勒三會殿塔廊廡各三所創之額曰彌勒寺(國史云王興寺)眞平王遣百工助之至
今存其寺(三國史云是法王之子而此傳之獨女之子未詳)."

셋째, 마동이 이 노래를 짓게 된 동기와 노랫말.

넷째, 신라 진평왕의 셋째 딸 선화공주를 꾀어 부부가 되어 백제로 옴.

다섯째, 황금을 주워 모음.

여섯째, 지명법사의 신통력으로 신라 진평왕께 황금을 보냄.

일곱째, 마동이 인심을 얻어 왕이 됨.

여덟째, 지명법사가 있는 용화산 밑 큰 못에서 미륵불 삼존상이 솟아 나옴.

아홉째, 선화공주가 그곳에 미륵사를 창건하고 싶다는 소망을 밝힘.

열째, 지명법사의 신통력으로 못을 하룻밤에 메우고 미륵사를 세움.

열한째, 진평왕이 온갖 장인들을 보내어 도와줌.

열두째, 그 미륵사는 고려 충렬왕 때까지도 있었음.

이다.

이 12개항의 내용들을 『삼국사기』의 역사 기록과 견주어 이 노래가 언제 지어졌는지를 추정하여 보기로 한다.

첫째, 무왕은 백제의 30대 임금인가? 단제기원 2567(234)년 구수왕(仇首王)이 승하하자, 그의 장자인 사반(沙伴)이 즉위하였으나 나이가 어리어 삼촌인 고이(古尔)가 바로 이어 즉위하여 왕이 되었는데, 이 사반왕까지를 치면 30대 왕이 맞다.

둘째, 『삼국유사』에서의 출생 이야기는 무왕이 지룡(池龍)의 아들이고, 어머니는 과부라는 사실과 그의 신분은 천한 사람이라는 것 이외에는 알 수가 없다. 그러나 『삼국사기』에는 무왕에 관하여 "이름은 장(璋)이요, 법왕(法王 : 재위 2932, 599)의 아들로 미남형에 기골이 장대하고, 의지와 기개가 웅혼하며 걸출하였다. 법왕이 즉위한 이듬해에 승하하매 아들로 대를 이어 즉위하였다.(하략)"[148]고 되어 있으니, 아무래도 사리로 보아서는 『삼국유사』의 이야기가 황당하다고 하겠다. 그것은 『삼국유사』의 무왕의 아버지 지룡(池龍)이 『삼국사기』의 법왕이기 때문이다. 이를 『삼국사기』의 기록에 맞추어 『삼국유사』의 이야기를 풀이한다면, 마통은 법왕의 정비(正妃)가 아닌 다른 여인의 몸을 통하여 사생아로 태어난 왕자로서 권력의 암투에서 죽임의 위협을 피하여 마통으로 숨어 살다가 당시의 백제와 신라의 국제 관계[149]로 볼 때에 신라와의 화친을 위한 정략결혼을 꾀하고, 마통이 마[薯蕷] 장수로 변장하고 신라의 수도 경주(慶州)에 잠입하여 이른바 「마통노래」를 지어 아이들

----

148 "名璋法王之子風儀英偉志氣豪傑法王卽位翌年薨子嗣位.(하략)"

149 『삼국사기』 권27, 「백제본기」 제5 "위덕왕(威德王 : 재위 2887- 2930, 554- 597)" 조의 8(2894, 561)년과 24(2910, 577)년에 신라와 백제가 싸워 두 번 다 백제가 패하였다는 기록이 보인다.

에게 부르게 하여 계략이 성공되어 백제로 귀국하니, 마통의
영특함을 돋보이려는 차원에서 당시로서는 밝히기 어려운 아
버지의 비밀을 지룡으로 상징하여 마통의 비범함을 은유한 것
이라고 보아야 할 것이다.

셋째, 마통이 「마통노래」를 짓게 된 동기는 당시 신라 진평
왕(眞平王 : 2905 ‒ 2964, 572 ‒ 631, 재위 2912 ‒ 2964, 579 ‒ 631)의
셋째 딸 선화(善化)공주가 예쁘고 아리땁다는 소문을 들었기에
그녀를 아내로 맞이하기 위함에 있는 것으로 일연스님은 기록
하고 있다. 그러나 뒤에 숨어 있는 깊은 의도는 신라와의 화친
과 자기 신분의 정당화에 있었을 것이다. 또 아이들이 부른 노
래의 노랫말은 구중궁궐 속의 선화공주가 마통방과 바람이 나
서 정을 통하였다는 요조숙녀(窈窕淑女)에게는 치명적인 누명
을 씌운 내용이었다.

넷째, 마통은 자기의 목적대로, 신라 진평왕의 셋째 딸 선화
공주를 꾀어 부부가 되어 백제로 돌아왔는데, 그때 이들 두 사
람의 나이는 얼마쯤이었으며, 이 「마통노래」는 언제 지어졌는
가가 궁금하다.

필자는 그 지어진 연대를 선화공주 15세경인 2931(598)년
을 넘지 아니할 것이며, 마통의 나이는 25세를 넘지 아니할 것
이라고 가정하고, 그 지어진 연대를 추정하여 보면, 진평왕
20(2931, 598)년이 되며, 백제 혜왕(惠王) 1(2931)년이 된다.

그리고 마퉁의 출생은 2906(573)년으로 추정이 된다.[150]

다섯째, 마퉁과 선화공주가 황금을 주워 모은 것은 마퉁과 선화공주가 백제로 돌아온 직후인 마퉁의 나이 25세경이고, 선화공주의 나이 15세경이라고 보인다.

여섯째, 지명법사의 신통력으로 신라 진평왕께 황금을 보낸 일은 『삼국사기』에는 보이지 아니하니, 이것은 아마도 신라와 백제 사이에 있었던 어떤 외교 행사를 은유한 것이라고 생각한다.

일곱째, 마퉁이 인심을 얻어 왕이 된 것은 『삼국사기』에는

───────────

150 진평왕은 『삼국사기』 권4, 「신라본기」 제4의 "진평왕" 조에 따르면, 진지왕(眞智王 : 재위 2909-2911, 576-578)의 뒤를 이어 단제기원 2912(579)년에 왕위에 올라 2964(631)년까지 나라를 다스리었다. 진흥왕의 장손으로, 진흥왕이 승하한 2908(575)년에 진평왕은 나이가 어려 삼촌인 진지왕이 대신 즉위하여 3년 만에 승하하매 비로소 왕위에 즉위하였으니, 그 당시 진평왕은 10대 소년이었을 것이다. 또 그는 딸만 셋이 있었는데, 맏이 선덕여왕(善德女王 : 재위 2965-2979, 632-646)이고, 둘째가 태종무열왕(太宗武烈王 : 2935-2994, 602-661 : 재위 2987-2994, 654-661)의 어머니인 천명부인(天明夫人)이고, 셋째가 선화공주(善化公主)이다. 여기서 진평왕이 어수(御壽) 18세(2912, 579)에 등극하고, 그 해에 선덕여왕을 낳고, 20세(2914, 581)에 천명부인을 낳고, 22세(2916, 583)에 선화공주를 낳았다고 하면, 선덕여왕은 2912-2979(579-646)년으로 67세를 살았으며, 천명부인은 2914-?(581-?)년이 되니, 그의 나이 26세에 태종무열왕을 낳았다는 것이 된다. 선화공주의 출생은 2918(583)년이 된다. 이를 백제 무왕과 연계시켜 비교하여 보면, 무왕은 2933(600)년에 등극하여 2974(641)년에 승하한 것으로 되어 있는 『삼국사기』의 기록에 따를 경우, 무왕이 등극할 때에 부인 선화공주는 나이가 겨우 17세가 된다. 또 일명 왕흥사(王興寺)라는 미륵사(彌勒寺) 창건이 법왕 2(2933, 600)년 봄 정월로 되어 있는 것까지를 겸하여 생각하면, 「마퉁노래」가 지어진 연대는 선화공주 15세 때인 2931(598)년을 넘지 아니할 것이며, 무왕의 나이는 25세를 넘지 아니할 것이니, 그의 출생년은 위덕왕 20(2906, 573)년경으로 추정된다.

익산 미륵사지 석탑(益山 彌勒寺址 石塔)
국보 제11호, 전라북도 익산시 금마면에 위치. 출처 : 문화재청

법왕의 아들이기 때문에 즉위하게 되었다고 하였으며, 왕위에
오르기 전인 법왕 2(2932, 600)년 정월에 왕흥사(미륵사)를 창
건한 것으로 되어 있다.[151]

....
151 金富軾, 『三國史記』 권 27, 「百濟本紀」 제5, "법왕"조.

여덟째, 지명법사가 있는 용화산 밑 큰 못에서 미륵불 삼존 상이 솟아 나온 이야기는 『삼국사기』에는 없다.

아홉째, 선화공주가 그곳에 미륵사를 창건하고 싶다는 소망을 밝힌 것과,

열째, 지명법사의 신통력으로 못을 하룻밤에 메우고 미륵사를 세웠다는 것은 설화이다.

열한째, 진평왕이 온갖 장인들을 보내어 도와주었다는 기록은 신라의 진평왕이 백제의 무왕을 사위로 인정하여 화평을 유지하려 한 것으로 풀이된다.

열두째, 그 미륵사는 고려 충렬왕 때까지도 있었다고 일연스님은 증언하고 있으나, 지금은 많이 퇴락하여 그 터에 탑 일부가 남아 있는 것을 4340(2007)년 현재 문화재청에서 재건하고자 계획하고 있다.

열셋째, 김부식의 『삼국사기』권 27, 「백제본기(百濟本紀)」 "무왕" 조를 보면, 무왕이 몇 살에 왕위에 올랐다는 기록은 없으나 "무왕의 이름은 장(璋)이고, 법왕의 아들이다. 풍채가 영특하고 위대하였으며, 포부와 기운이 호탕하고도 걸출하였다.[武王諱璋法王之子風儀英偉志氣豪傑.]"라고 한 것을 믿는다면, 무왕은 왕위에 오를 당시에 풍의(風儀)가 영위(英偉)하고 지기가 호걸(豪傑)하다고 한 것으로 보아 무왕이 왕위에 오를 때에는 기골이 장대한 20대 중반의 헌헌장부이었을 것이 명확하여진다.

열넷째, 4342(2009)년에는 문화재청에서 미륵사(彌勒寺)의 터를 발굴하다가 전혀 생각하지 못한 미륵사지 석탑 안에 장치되어 있는 사리장엄구의 순금판 지문(純金版誌文), 곧 금제 「사리 봉안기(舍利奉安記)」를 얻어서 이 절 창건의 비밀을 새로 알게 되었다.[152]

열다섯째, 이 「사리봉안기」의 내용에 따르면, 무왕 40(2972, 639, 기해)년 1월 29일에 사리를 봉안하면서 쓴 이 기록에는 무왕의 왕후가 선화공주가 아닌 좌평(佐平) 사탁적덕(沙乇積德)의 따님으로 되어 있어서 선화공주의 이야기는 거짓말[虛構]일 것이라고 논란이 분분하다.

열여섯째, 그러나 필자는 사리봉안기에 나오는 사탁적덕(沙乇積德)의 따님인 왕후는 계비(繼妃)로 풀이한다. 그 이유는 무왕 40년을 필자가 가정한 무왕의 나이로 보면, 67세가 된다. 그러므로 사리봉안기에서 사탁적덕(沙乇積德)의 따님인 왕후가 "삼가 정재를 희사하여 가람을 세웠다.[謹捨淨財造立伽藍]"는 증언은 미륵사의 창건을 뜻하는 것이 아니고, 중수(重修)이거나 미륵사 탑신의 건립과 사리봉안의 일을 이른 것으로 풀이되므로, 이미 서거한 전 왕비 선화공주에 관한 언급이 필요하지 아니였기 때문에 생략하였을 것으로 생각된다. 그 봉안

---

152 『東亞日報』 제27211호 참조.

기의 원문과 선화공주와의 관계에 관한 것은 백제의 뜻글문학
에서 다시 언급하기로 한다.

3. 3. 정읍사(井邑詞)

이 노래는 춤과 더불어 고려 때부터 조선시대까지 나라의
잔치에 정재(呈才)로 연주되었기 때문에 그 노랫말이 조선 성
종(成宗) 때에 이루어진 『악학궤범(樂學軌範)』에 실리어 전한
다. 그 전문을 소개하면, 아래와 같다.[153]

전강(前腔)	달아 높이곰 돋아서
	어기야 멀리곰 비치오시라.
	어기야 어강조리.
소엽(小葉)	아으 다롱디리.
후강(後腔)	전(全)저재 너러신고요.
	어기야 진 데를 디디올세라.
	어기야 어강조리.
과편(過篇)	어느이다. 놓고시라.
김선조(金善調)	어기야 내 가는데 저무실세라.
	어기야 어강조리.
소엽(小葉)	아으 다롱디리.

---

153 원문을 옮겨 적으면서 필자가 오늘날의 쓰기로 고쳤음을 밝히어 둔다.

이 작품에 관하여는 백제 노래인가? 고려 노래인가? 하는 소속 국적의 문제에 대한 논쟁이 있는가 하면, 조선시대 단가 (短歌:時調)의 원형이라는 설과 아니라는 설의 대립도 치열한 상태에 있다. 이 노래가 백제노래라는 이들은 『고려사』 「악지」나 『악학궤범』의 기록에 따른 것이고, 고려노래라고 하는 이는 지헌영(池憲英)이 고려 충렬왕(忠烈王) 때의 이혼(李混)과 그 아들 이이(李異)의 작이라고 주장한 데에서 비롯된다.[154] 그 이유는 위에 보인 작품은 남녀상열지사가 아닌데 비하여 조선 『중종실록(中宗實錄)』에서는 궁중가악(宮中歌樂)으로 알려진 「정읍사(井邑詞)」가 음사(淫詞)라고 하였기 때문에 이혼 부자가 무고(舞鼓)를 제작하였다는 기록을 찾아 증명하려 노력하였으나 학계에서는 아직 따르지 아니하고 있다.

또 이 작품의 형태는 매 2구에 조흥음(助興音)이 붙어나가는 분절형(分節形)이다. 이들 조흥음을 모두 빼고 다시 정리하여 적어 보면,

> 달아 높이곰 돋아서
> 멀리곰 비치오시라.
>
> 온[全]저재 너러신고요.

----

154 池憲英, 「井邑詞研究」, 『亞細亞研究』 7호, 고려대학교, 아세아문제연구소, 196?.

진 데를 디디올세라.

어느이다. 놓고시라.
내 가는데 저무실세라.

와 같이 된다. 이를 근거로 지헌영(池憲英)은 신라시대 "삼구
육명사뇌(三句六名詞腦)"와 "단사뇌(短詞腦)"의 존재와 "삼장
육구단가(三章六句短歌)"와 "「정읍사(井邑詞)」의 성립 연대(충
렬왕대 전후)와의 사이에 있는 600년의 공백을 보전하기 위하
여", "단가의 발생은 중고기(진성왕 – 충렬왕)에 있다."고 하였
다.[155] 그러나 이도 역시 잘못된 생각이다. 그 이유는 현재 우리
시가문학의 발전 양상은 "온빈글노래[三句六名]→가곡(5장 7
구형)→시조(3장 6구)"로 발달되어왔기 때문에 "온빈글노래
(3구 6명)→시조(3장 6구)"로 바로 발달 연결되었다는 주장
은 잘못된 주장이 된다.

이 작품의 내용을 감상하는데, 문제가 되는 것은 "온[全] 저재"
냐? "후강전(後腔全) 저재"냐?의 논란이다. 이병기(李秉岐)는
"후강전(後腔全) 저재"로 읽어야 한다고 주장하였는가 하면,[156]
최정여(崔正如)는 "전(全) 저재"를 "온 저재[市]"로 풀이하여 기

---

155 앞주의 같은 책, 같은 글.
156 李秉岐 · 白鐵, 『國文學全史』, 新丘文化社, 1982.

존의 "전주(全州)"로 감상하는 것을 부정하고 있다.[157] 필자는 이 작품을 아래와 같이 감상한다. 조흥사(助興詞)는 모두 줄이고 요어(要語)들만으로 풀이한다.

> 달아! 높이 높이 돋아서
> 멀리 멀리 비쳐 주셔요.
> 온 저자를 도시나요? 진 데를 밟겠네요.
> 어디에
> 놓고 파시죠? 내 가는데 날 저물겠어요.

이것은 가곡(歌曲) 형태로 옮겨본 것이다. 여기서 "내 가는데"는 "시냇물을 건너는데 해가 져서 어두워질 것 같다."로 풀이한다. 다만 현재로서는 이 작품의 지은이와 그 지어진 연대를 알 수 없는 것이 안타까울 뿐이다.

3. 4. 백제의 이야기 문학

3. 4. 1. 백제의 건국 이야기

김부식(金富軾)의 『삼국사기』 권 23, 「백제본기」 제 1 "시조(始祖)"조에는 백제의 건국에 관하여 아래와 같이 기록하고 있다.

---

157 崔正如, 『韓國古詩歌硏究』, 啓明大學出版部, 1989.

백제시조 온조왕(溫祚王)은 그의 아버지가 추모(鄒牟)이니, 혹은 주몽(朱蒙)이라고도 한다. 주몽이 북부여로부터 난을 피하여 졸본부여(卒本扶餘)에 이르렀더니, 부여왕은 아들은 없고 오직 딸만 셋이 있었는데, 주몽을 만나 보통 사람이 아닌 것을 알고, 둘째딸을 시집보내었다. 그 뒤 얼마 안 있어서 부여왕이 돌아가매 주몽이 그 왕위를 이어받고, 두 아들을 낳았다. 맏이는 비류(沸流)요, 둘째는 온조(溫祚)이다.(혹은 주몽이 졸본에 이르러 월군 여자에게 장가 가 두 아들을 낳았다고 함. 원주) 주몽이 북부여에서 낳은 아들이 와서 태자가 되매, 비류와 온조는 태자에게 용납되지 못할 것을 염려하고, 마침내 오간(烏干)·마려(馬黎) 등 열 명의 신하되려는 사람을 데리고 남쪽으로 떠나니 백성이 되려는 사람들도 많이 따라왔다. 마침내 한산(漢山)에 이르러 부아악(負兒嶽)에 올라 살만한 곳을 살펴보고, 비류는 바닷가에서 살고 싶다고 하였다. 10명의 신하될 사람들이 간하여 이르기를, "생각하옵건대, 이 하남의 땅은 북으로는 한수(漢水)가 띠처럼 둘려 있고, 동으로는 높은 바위산이 버티고 있으며, 남쪽으로는 기름진 들판이 바라보이고, 서쪽으로는 넓은 바다가 막고 있으니, 그 천험(天險)과 지리(地利)야말로 얻기 어려운 형세이니, 이곳에 도읍을 정함이 마땅하지 아니하겠습니까?" 하였으나 비류가 듣지 아니하고 따라온 백성이 되려는 사람들을 나누어 미추홀(彌鄒忽)로 가서 살았다. 온조는 하남위례성(河南慰禮城)에 도읍을 정하고, 10명의 신하될 사람들에게 각각 벼슬을 주고 나라 이름을 "십제(十濟)"라고 하니, 이때는 전한(前漢) 성제(成帝) 홍가(鴻嘉) 3(2316, 서력 전 18)년이었다.(중략) 처음 위례로 올 때에 백성이 되려는 사람들이 즐거운 마음으로 따라왔다 하여 백제(百濟)로 나라 이름을 고쳐 불렀다. 그 세계(世系)는 고구려와 같이 부여(扶餘)에서 나온 까닭으로 그 성을 부어씨(扶餘氏)라고 하였다.(하략)[158]

이 이야기에서 우리는 대한민국의 수도 서울이 수도(首都)로 정하여진 역사가 근세조선(近世朝鮮)의 도읍 이전에 백제(百濟)가 지금의 서울특별시 송파구 풍납동 일대에 도읍한 사실이 명확하기 때문에 서울의 역사는 2000년이 넘는다는 사실이 확인된다. 따라서 앞으로는 "서울 600년"이 아니라 "서울 2000년"으로 서울의 정도 연한을 제대로 인정하여야 한다.

3. 4. 2. 도미(都彌)의 아내

이 이야기는 『삼국사기』 권 48, 「열전」 제8에 실리어 있다. 그

---

158 "百濟始祖溫祚王其父鄒牟或云朱蒙自北扶餘逃難至卒本扶餘扶餘王無子只有三女子見朱蒙知非常人以第二女妻之未幾扶餘王薨朱蒙嗣位生二子長曰沸流次曰溫祚(或云朱蒙到卒本娶越郡女生二子)及朱蒙在北扶餘所生子來爲太子沸流溫祚恐爲太子所不容遂與烏干馬黎等十臣南行百姓從之者多遂至漢山登負兒嶽望可居之地沸流欲居於海濱十臣諫曰惟此河南之地北帶漢水東據高嶽南望沃澤西阻大海其天險地利難得之勢作都於斯不亦宜乎沸流不聽分其民歸彌鄒忽以居之溫祚都河南慰禮城以十臣爲輔翼國號十濟是前漢成帝鴻嘉三年也(중략)後以來百姓樂從改號百濟其世系與高句麗同出扶餘故以扶餘爲氏.(하략)"

전문은 아래와 같다.

백제 사람 도미(都彌)의 아내는 그의 성계(姓系)를 알지 못한다. 도미는 비록 오두막집의 가난한 백성이었으나 자못 의리를 지킬 줄 아는 사람이었다. 그의 아내는 아름답고도 고왔다. 게다가 절행이 있어서 당시의 사람들에게 칭송이 자자하였다. 개루왕(蓋婁王)이 그 소문을 듣고 도미를 불러 말씀하시기를, "무릇 부인의 덕은 비록 정조가 깨끗함을 첫째로 치나, 만약 사람이 없는 어둡고 으슥한 곳에서 교묘한 말로 유혹하면, 마음이 움직이지 아니할 사람이 거의 없을 것이다." 하시었다. 도미는 대답하기를, "사람의 정은 참으로 헤아릴 수가 없습니다. 그러나 만약 제 아내라면 비록 죽을지라도 두 마음을 가지지는 아니할 것입니다." 하였다. 왕은 그를 시험하고 싶어서 도미를 일을 주어 머물게 하고, 한 사람의 가까운 신하를 시켜서 거짓 왕의 복색과 말을 타고 밤에 그 집에 가서 먼저 사람을 시켜 임금님이 오신 것을 알리고, 그 부인에게 말하기를, "나는 네가 좋다는 말을 들은 지 오래이어서 네 남편 도미와 내기를 하여 너를 얻게 되었으니, 내일 너를 데려다가 궁인(宮人)을 삼겠다. 네 몸은 이후로는 나의 것이다." 하고 마침내 몸을 더럽히려 하였다. 도미의 아내는 말하기를, "나랏님께서는 망령된 말씀을 아니 하시니, 제가 감히 따르지 아니할 수 있겠습니까? 대왕께서 먼저 방에 드시오소서. 저는 옷을 갈아입고 나아가겠습니다." 하고 물러와 한 계집종을 잘 꾸며서 들여보냈다. 왕이 뒤에 속은 것을 알고 크게 성을 내어 일부러 도미에게 죄를 씌워 그의 두 눈알을 빼버리고 사람을 시켜 그를 잡아다 작은 배를 태워 강물에 띄웠다. 드디어 그 아내를 잡아다가 억지로 욕보이려 하매, 도미의 아내가 말하기를, "이제 남편을 잃고 외로운 홑몸이 되어 자력으로는 살아갈 수가 없는 터에, 하물며 임금님을 모실 수 있는데 어찌 감히 어기겠습니까? 지금은 달거리로 온몸이 땀에 젖어 더러우니, 바라옵건대 다른 날 목욕재계하온 후에 오도록 기다려 주오소서." 하였다. 왕은 믿고 허락하시었다. 도미의 아내는 갑자기 도망하여 강구(江口)에 이르니 건널 수가 없었다. 하늘을 부르며 통곡하니, 문득 작은 배 한 척이 물결을 따라 나타나 그 배를 타고 천성도(泉城島)에 이르러 아직 죽지 아니하고, 풀뿌리를 캐먹으면서 살고 있는 남편을 만나 마침내 같은 배를 타고 고구려의 마늘뫼[蒜山] 아래에 이르렀다. 고구려 사람들이 그들을 불쌍히 생각하였다. 옷과 먹을 것을 빌어서 구차한 삶을 살며 떠돌다가 마침내 생애를 마치었다.[159]

----

159 "百濟人都彌妻失其姓系都彌雖編戶小民而頗知義理其妻美麗亦有節行爲時人所稱蓋婁王聞之召都彌與語曰凡婦人之德雖以貞潔爲先若在幽昏無人之處誘之以巧言則不動心者鮮矣乎對曰人之情固不可測也而若臣之妻者雖死無貳者也王欲試之留都彌以事使一近臣假王衣服馬從夜抵其家使人先報王來謂其婦曰我久聞爾好與都彌博得之來日入爾爲宮人自此後爾身吾所有也遂將亂之婦曰國王無妄語吾敢不順請大王先入室吾更衣乃進退而粧飾一婢子薦之王後知見欺大怒誣都彌以罪矐其兩眸子使人牽出之置小船泛之河上遂引其婦强欲淫之婦曰今良人已失單獨一身不能自持況爲王御豈敢相違今以月經渾身汗穢請俟他日薰浴而後來王信許之婦便逃至江口不能渡呼天慟哭忽見孤舟隨波而至乘至泉城島遇其夫未死掘草根以喫遂與同舟至高句麗蒜山之下高句麗人哀之丐以衣食遂苟活終於羈旅."

이 이야기에서 당시 백제인들의 남녀의 정조관념(貞操觀念)을 엿볼 수가 있다. 예나 이제나 남녀 간의 깨끗한 정조를 지키는 것은 사람이 사는 사회에서 꼭 지켜져야 할 윤리(倫理)이기에 그러한 남녀의 정조관념이 깨끗한 사회는 신의가 있는 사회이므로 남녀의 관계뿐만이 아니라 모든 인간 생활 자체도 그만큼 살기 좋은 세상이 되는 것이다.

3.5. 백제의 뜻글문학[韓·漢文學]

백제(百濟)의 뜻글문학은 김부식(金富軾)의 『삼국사기』권24, 「백제본기」제2, "근초고왕" 30(2708, 375)년 조를 보면, 『고기(古記)』의 기록을 인용하여 "백제는 개국 이래로 문자와 기사(記事)가 없었는데, 근초고왕에 이르러 박사 고흥(高興)에 의하여 처음으로 『서기(書記)』가 이루어졌다."[160]고 하였다. 일본의 나라[奈良]에 있는 석산신궁(石山神宮 : 일본 음 이시야마 신궁)에서 보배로 간수하고 있는 백제의 칠지도(七支刀)라는 칼에 새겨져 있는 명문(銘文)에는 "태화(太和) 4(근초고왕 14, 2702, 369)년 5월 16일 병오(丙午)"라는 연기(年紀)가 있는 것으로 볼 때에 백제의 뜻글문학은 결코 고구려와 신라보다 그렇게 뒤떨어지지는 아니하였을 것으로 생각된다. 또 일본의

---

160 "(전략) 百濟開國已來未有以文字記事至王得博士高興始有書記."

『화한삼재도회(和漢三才圖會)』에는,

　　　왕인(王仁)은 백제 나라 사람이다.(중략) 여러 경전(經
典)에 달통하였다.(중략) 응신(應神) 15(2617, 284)년에 백제의
구소왕(久素王, 仇首王 : 재위 2547－2567, 214－234)이 아직기(阿
直岐)라는 사람을 보내어 왔다. 때에 아직기는 경전을 읽을 수
있어서 황자 토도아랑자(莵道雅郎子)의 스승이 되었다.(중략) 사
신을 백제에 보내어 왕인을 모셔 오니, 이듬해 2월에 왕인은
『천자문(千字文)』을 갖고 왔으며, 『효경(孝經)』과 『논어(論語)』
를 가져다 황자 토도아랑자에게 주고 그의 스승이 되었다. 여러
책들을 익히게 하여 통달하지 아니한 것이 없었다. 이에 왜국에
유교(儒敎)가 비로소 행하여졌다. 왕인은 「파진가(波津歌)」를
지어 읊어서 인덕(仁德)과 보조(寶祚)를 축하하매, 그를 “가부(歌
父)”라고 일컬었다.[161]

고 한 것으로 보면, 백제의 뜻글문학도 상당한 수준이었음을
알만 하고, 또 왕인(王仁)은 「파진가」라는 작품을 남기기도 한
듯하나 정작 백제에는 남아 있지 아니하니 안타깝기만 하다.
일본인 저들이 왕인을 “가부(歌父)”라고 일컬었다는 그들의 기

---

161 “王仁百濟國人(중략)通于諸典(중략)應神十五年百濟王久素王遣阿直岐者來時阿直
岐能讀經皇子莵道雅郎子師之(중략)遣使於百濟徵王仁翌年二月仁持千字文來朝
以孝經論語授皇子莵道雅郎子皇子以爲師習諸典籍莫不通達於是儒敎始行於本朝
仁且詠波津歌祝仁德寶祚祚之歌父.”

록에 따르면, 일본인들의 자랑인 『만엽집(萬葉集)』이라는 노래 모음의 귀중한 책을 있게 한 노래의 아버지가 바로 왕인이라는 뜻으로 풀이된다. 따라서 백제의 뜻글문학은 구수왕 이전 시대부터 매우 빛났을 터이나, 현재 전하는 금석(金石) 또는 문헌적 자료들이 없는 것이 애석하다.

3.5.1. 기문(記文)

신라와 당나라의 연합군에 의하여 패망한 백제는 그 문적도 또한 현재 전하는 것이 거의 없다. 다만 최근에 전라북도 익산시 금마면에 있는 미륵사지의 탑신에서 금제 「사리봉안기(舍利奉安記)」가 발굴되어 숨겨진 백제사의 몇 가지 비밀이 새로 밝혀지게 되었다.

여기에는 그 순금으로 만든 판에 새겨진 「사리봉안기」의 전문을 소개하여 백제인들의 뜻글문학 수준을 알아보기로 한다.

삼가 생각하옵건대, 부처님께서는 세상에 나오셔서 근기에 따라 사물에 감응하시어 몸을 드러내심이 물속에 달이 비치는 것과 같으시었다. 이러한 까닭으로 석가모니께서 왕궁에 태어나시어 사라쌍수 밑에서 열반에 드시어 8섬의 사리를 남기시어 삼천 대천 세계를 이익이 되게 하시었다. 마침내 오색으로 빛나는 사리를 일곱 번 오른쪽으로 돌면서 경의를 표하면,

그 신통 변화는 아무리 생각하여도 알 수가 없을 것이다. 우리 왕후께서는 좌평 사탁적덕의 따님으로 매우 오랜 세월 착한 인연을 심어 이승에서 뛰어난 승보를 받으시어 만백성을 어루만져 기르시고, 삼보의 기둥과 들보가 되시었으므로 깨끗한 재물을 조심스레 희사하여 가람을 세우시고, 기해(무왕 40, 2972, 639)년 정월 29일에 사리를 받들어 모시었다. 바라옵노니, 세세토록 공양하시어 무궁토록 다함이 없이 이 착한 근기를 자랑으로 써서 대왕 폐하의 수명이 산악과 같이 견고하시어 보력이 하늘과 땅처럼 영구하여 위로는 불법을 넓히시고, 아래로는 창생을 교화하게 하소서. 또 바라옵건대, 왕후의 심신은 맑은 물거울과 같으시어 법계를 비추시어 항상 밝게 하시며, 몸은 마치 금강 같이 단단하여 허공과 같이 불멸하시어 7세에 이르도록 오래오래 복리를 입게 하시고, 모든 중생들도 함께 불도를 이루게 하소서.[162]

라고 한 것이 현재 알려진 전문이다. 여기서 우리는 새로이 주목하여 이 글의 내용을 분석하여 보아야 할 것이 있다.

---

162 "竊以法王出世隨機赴感應物現身如水中月是以託生王宮示滅雙樹遺形八斛利益三千遂使光耀五色行遶七遍神通變化不可思議我百濟王后佐平沙乇積德女種善因於曠劫受勝報於今生撫育萬民棟梁三寶故能謹捨淨財造立伽藍以己亥年正月十九日奉迎舍利願使世世供養劫劫無盡用此善根仰資大王陛下年壽與山岳齊固寶歷共天地同久上弘正法下化蒼生又願王后身心同水鏡照法界而恒明身若金剛等虛空而不滅七世久遠並蒙福利凡是有心俱成佛道."(『동아일보』제27211호에서 재인용하였음.)

첫째, 이 글이 지어진 연대가 "계해(癸亥)"년으로 되어 있는
데, 이 해는 무왕 40(2972, 639)년이고, 사리를 봉안한 날은 정
월 29일이다.

둘째, 이 「사리봉안기」가 봉안된 불탑이 있는 가람(伽藍)이
창건된 시기는 『삼국사기』의 기록에 의하면, 무왕이 아직 왕위
에 오르기 전인 법왕 2(2932, 600)년 정월에 왕흥사(미륵사)를
창건한 것으로 되어 있다.[163]

셋째, 이 왕흥사 창건 시기와 사리를 봉안한 때와는 40년의
시간 차이가 있다. 이것은 곧 40년 전 미륵사 창건에 참여한
선화공주와 40년 뒤에 사리봉안의 시주가 같은 사람일 수도
있지만, 아닐 수도 있다고 생각할 수도 있다.

넷째, 같은 사람이라면, 선화공주와 좌평 사탁적덕의 따님
으로 왕후가 된 두 여인이 함께 참여한 것이 된다. 다만, 가람
을 처음 지을 당시에는 두 여인이 모두 왕비가 아닌 마퉁의 아
내인 선화공주와 백제 정계의 실력자인 좌평댁의 규수이었을
것이다.

다섯째, 미륵사가 창건된 그해에 마퉁이 무왕으로 왕위에
오르매 조정에서 왕의 배우자 간택의 문제가 정식으로 논의되
었을 것을 추상할 수도 있다. 이때에 신라와 백제의 불화한 국

---

163 金富軾, 『三國史記』 권 27, 「百濟本紀」 제5, "법왕" 조.

제 관계를 생각하여 볼 때에 선화공주와 좌평댁 규수와의 대결에서는 백제국 좌평의 딸이 신라에서 추방당하여 신원이 불분명한 마퉁의 내연의 처일 뿐인 선화공주가 불리할 수밖에 없었을 것이다. 마퉁도 선화를 진정 사랑하였더라도 왕위와 바꿀 만큼 강력히 좌평과 맞서 싸울 수가 없는 처지이었을 것을 생각하면, 좌평의 딸이 왕후가 되고 선화공주는 조선시대 왕실의 빈(嬪)과 같은 신분으로 궁중의 삶을 같이 보냈을 것으로 추정할 수도 있다.

여섯째, 그럴 경우, 위의 「사리봉안기」에서 왕후가 "매우 오랜 세월 착한 인연을 심어 이승에서 뛰어난 승보를 받으시어 만백성을 어루만져 기르시고"라고 한 내용과 부합된다.

일곱째, 이 「사리봉안기」에서 가장 중요한 내용인 "대왕 폐하의 수명이 산악과 같이 견고하시어 보력이 하늘과 땅처럼 영구하여 위로는 불법을 넓히시고, 아래로는 창생을 교화하게 하소서."와 "왕후의 심신은 맑은 물거울과 같으시어 법계를 비추시어 항상 밝게 하시며, 몸은 마치 금강 같이 단단하여 허공과 같이 불멸하시기"를 기원한 부분이다. 이것은 어찌 보면, 당시의 평균 수명이 40세 전후이었을 것을 전제로 하고, 무왕과 왕비의 나이를 생각하면, 아마도 「사리봉안기」의 날짜는 왕이나 왕후 두 사람 중의 회갑 탄신일이었을 것으로 추상된다.

여덟째, 이 「사리봉안기」에서의 "사리"가 누구의 것인가도

이 작품을 이해하는데 영향한다. 부처님의 "진신사리"인가? 어느 신불자의 "사리"인가?에 따라 지은이가 달라지며 피전자도 달라질 것이다.

아홉째, 앞으로의 연구 대상이지만 신라·백제 사이의 정치적 갈등관계에서 이미 승하한 무왕의 장인인 진평왕의 사후 시호를 "좌평사탁"이라고 하였다면, 좌평사탁댁 따님은 "선화공주"가 될 것이다.

이러한 뜻이 있는 행사는 역시 평범한 날이 아닌 특별한 날에 하는 것이 이제까지 이어져 오는 관습이기 때문이다. 특히 가리는 날이 많은 불사(佛事)에서는 더욱 그러하다.

이 기록으로 인하여 기존의 「마퉁노래[薯童謠]」에 딸린 이야기의 선화공주와 마퉁의 이야기는 허구적 문학 작품이고, 이 기문은 역사적 기록으로 구분하여 다루어야 한다는 주장도 있을 수 있으나, 필자는 수긍하지 아니한다. 그 첫째 이유는 『삼국유사』의 저자 일연스님은 소설 작가가 아니어서 모든 기록을 실증적으로 인용한 곳을 밝혀주거나 자기의 글과 남의 글임을 명확히 구분하여 밝히고 있기 때문이다. 둘째 이유는 이미 바로 앞에서 이 「사리봉안기」의 분석을 통하여 언급한 사실들 때문이다.

아무튼 이 글의 출현은 당시 백제의 뜻글문학 실력의 수준을 이해할 수 있게 하여 준다.

무령왕릉(武寧王陵)
사적 13호, 충청남도 공주시 금성동에 위치. 출처 : 위키피디아

3. 5. 2. 비지문(碑誌文)

현재로서는 무령왕릉(武寧王陵)에서 발굴된 무령왕 부부의
묘지(墓誌)가 유일하다. 이제 그 전문을 소개한다.

　　영동대장군(寧東大將軍)이신 백제 사마왕(百濟斯麻王)
은 나이 62세로 계묘년 5월 병술삭 7일 임진에 돌아가셨다. 을
사년 8월 계유삭 12일 갑신에 이르러 들올갓[조등관(厝登冠)] 큰
묘에 모시고, 위와 같은 묘지를 묻는다.[164]

----
164 "寧東大將軍百濟斯麻王年六十二歲癸卯年五月丙戌朔七日壬辰崩到乙巳年八月
癸酉朔十二日甲申安厝登冠大墓立志如左."

라는 짧은 글이다. 여기서 "계묘년(癸卯年)"은 단제기원 2856 (523)년이고, "을사년(乙巳年)"은 성왕(聖王) 3(2858, 525)년이다. 그러니까 무령왕(武寧王)은 백제 개로왕 8(2801, 462)년에 탄생하여 무령왕 23(2856, 523)년에 승하하여 2년 뒤인 성왕 3(2858, 525)년에 안장된 것을 알겠다. 무령왕은 백제 제25대왕으로 재위는 23년이었으며, 이름은 사마(斯摩) 또는 융(隆)이라고 하였는데, 이 지석(誌石)의 출현으로 그 이름이 "사마(斯麻)"임을 확인할 수 있게 되었다. 동성왕(東城王 : 재위 2812 - 2833, 479 - 500)의 둘째 아들 또는 개로왕(蓋鹵王 : 재위 2788 - 2807, 455 - 474)의 동생인 혼지(混支), 또는 곤지(昆支)라고 하는 이의 아들로 동성왕의 배다른 형[이모형(異母兄)]이라고 하는 이설이 있었으나 동성왕의 둘째 아들인 것도 명확하여졌다. 무령왕은 재위 중 백제의 수도를 공주(公州)로 옮긴 뒤에 고구려와 말갈과 신라 등의 여러 나라들이 백제를 여러 번 침공하였을 때마다 잘 지켜낸 현명하고도 용감한 군주(君主)로 평가되고 있다.

3. 5. 3. 주의문(奏議文)

3. 5. 3. 1. 백제가 위주께 고구려 토벌을 청한 표[百濟上魏主 請伐高句麗表]

이 작품은 현재로서는 그 지은이를 알 수 없고, 민족적 주체

의식의 측면에서 볼 때에는 대단히 불쾌한 글이지만, 당시로서는 어쩔 수 없는 약소국가 통치자의 불안한 심리를 이해하는데 귀중한 자료가 된다. 이제 그 전문을 소개하여 당시의 우리 조상들이 지니었던 심상(心想)의 단면을 파악하는 자료가 되게 한다.

현재 크지도 아니한 조국의 강토가 남북으로 나누어지고 세계 대전에 맞먹는 동족상잔의 피비린내 나는 전쟁을 겪고도 휴전의 상태에서 100년을 바라보게 되는 오늘날 우리나라 현실과 연계시켜 거울로 삼아야 한다.

여기에 소개하는 글은 김부식의 『삼국사기』 권 25, 백제본기 제3, "개로왕(蓋鹵王) 18(2805, 472)년" 조에 소개된 것이다.

신은 동쪽 변방에 나라를 세우고 있는데, 시랑 같은 고구려가 길을 가로막고 있으니, 비록 대대로 신령스러운 교화를 받았으나 변방의 작은 나라로서의 예를 올릴 길이 없기로, 멀리 높은 대궐을 바라보며 망극한 정을 급히 전합니다. 서늘한 바람이 살랑대는 이때에 엎드려 생각하옵건대, 황제께서는 하늘이 주신 아름다움에 우러르는 정을 이길 수 없습니다. 삼가 사사로이 임명한 관군장군 부마도위 불사후 장사(冠軍將軍駙馬都尉弗斯候長史) 여례(餘禮)와 용양장군 대방태수(龍驤將軍帶方太守) 사마 장무(司馬張茂) 등을 바다에 배를 띄워 보내어 아득하고 캄캄한 물길을 찾아 운명을 자연에 맡기고, 만 리(약 4,000km)의 먼

길에 신명이 감동하고, 황령(皇靈)이 돌보시어 조정에 이르러 신의 뜻이 시원히 통하게 되면 비록 아침에 듣고 저녁에 죽어도 길이 한이 없겠습니다.(중략) 신은 고구려와 더불어 근원이 부여(扶餘)에서 나왔으므로 선왕들의 때에는 옛정을 두텁게 존중하여 왔으나 그 조상 쇠(釗 : 고국원왕)가 이웃의 우호관계를 가볍게 저버리고, 친히 군사를 인솔하여 신의 국경을 침범하므로, 신의 조상 수(須 : 근초고왕)가 군사를 이끌고 번개같이 나가 기회에 따라 들이쳐서 화살과 돌로 싸우는 싸움이 어울리자 쇠(釗)의 머리를 베게 되었습니다. 그 뒤부터는 감히 남쪽을 침범하지 못하더니, 풍씨[馮氏 : 연(燕)]의 운수가 끝나게 되므로, 남은 놈들이 도망하여 들어가서 더러운 것들이 점점 세력이 커지자, 마침내 다시 침략하여 원망이 맺히고 전쟁의 화가 이어져 30여 년을 지나니, 재물은 없어지고 힘도 다 되어 갈수록 군색하여졌습니다. 만약 천자께서 자애로운 마음으로 깊이 동정하시어 가없이 멀리까지 한 장수를 빨리 보내시어 신의 나라를 구하여 주시면, 마땅히 신의 딸을 바치어 후궁에서 살림이나 하게 하시고, 아울러 자제들도 보내어 마구간에서 말을 먹이게 할 것이며, 자(30여cm)투리의 땅과 한 사람의 백성도 감히 제 것으로 생각하지 아니하겠습니다.(중략) 지금 연(璉 : 장수왕)이 죄가 있어 나라는 저절로 짓밟혀 결딴이 나고, 대신과 힘이 있는 벌족(閥族)들은 살육만 일삼아 죄가 가득 차고 악이 싸여서 백성들이 흩어지고 있으니, 이야말로 멸망할 때이오라 손을 빌려 무찌를 때가 되었습니다. 또 풍(馮)의 연(燕)나라 말과 군사들이 모

두 고향을 그리워하고 있으며, 낙랑(樂浪)의 여러 고을들도 고향
을 그리워하는 마음을 가졌으므로 천자께서 위엄을 한번 떨치
시면 토벌이 있을 뿐 싸움은 없을 것입니다. 신도 비록 불민하
오나, 있는 힘을 다하여 마땅히 군사를 통솔하고 그 바람을 따
라 향응(響應)하겠습니다. 또 고구려는 불의와 하늘을 거역하며
속임이 한 둘이 아니어서 밖으로 후미진 곳에서 들레고, 변방의
천한 인사를 사모하는 척하며, 속으로 흉측한 생각과 멧돼지 뛰
는 행동을 하며, 때로는 남으로 유씨(劉氏 : 前趙)와 통하며, 때로
는 북으로 굼틀대는 벌레들과 약속하고, 이빨과 입술 같은 사이
가 되어 왕정을 업신여길 꾀를 내고 있습니다. 옛날 요임금은 지
극한 성인이오나 그 아들 단주(丹朱)에게 벌을 내리었고, 맹상군
(孟嘗君)은 어진 사람이라고 일컬어져도 도리(途戾)를 놓아주지
아니하였습니다. 한 방울이라도 새는 물은 마땅히 일찍 막아야
하매 지금 만약 취하지 아니하면 앞으로 후회하게 될 것입니다.

　지난 경진년(庚辰年 : 비류왕 14, 2773, 440)에 신의 나라 서쪽
경계인 소석산(小石山) 북쪽의 바다에서 시체 10구와 함께 의복
과 기구와 말안장 등이 발견되었기로 살펴보니, 고구려의 물건
은 아니었습니다. 뒤에 들으니, 바로 임금님의 사신이 신의 나
라에 올 때에 고구려가 길을 가로막고 바다로 몰아넣었다는 것
입니다. 비록 직접 당한 것은 아니오나 분함을 깊이 품고 있습
니다. 옛날 송(宋)나라가 신주(申舟)를 죽이매 초장왕(楚莊王)이
맨발 벗고 나섰으며, 매가 잡았다 놓친 비둘기를 신릉군(信陵
君)은 먹지 아니하였습니다. 그들은 적을 이기고 이름을 세워

아름답게 높이 됨이 다함이 없으니, 무릇 변변하지 못한 후미진 곳의 저도 오히려 만대의 신의를 사모하거늘, 하물며 폐하께서는 기운이 하늘과 땅에 합하고, 기세는 산과 바다를 기울일 수 있는데, 어찌 조그만 아이가 귀국으로 가는 길을 막고 있는 것을 보고만 계시려 합니까? 그때에 주웠던 안장 하나를 바치니, 실제로 살펴보소서.[165]

라고 한 데에서 백제의 개로왕(蓋鹵王)은 위주(魏主) 현조(顯祖)에게 철저히 황제(皇帝)의 예우를 하였는가 하면, 고구려에 대하여는 엄격히 징벌(懲罰)할 것을 요청하고 있다. 이 표문(表文)은 그 지은이는 누구인지 알 수 없지만 그 지어진 연대는 단제

---

165 "臣立國東極豺狼隔路雖世承靈化莫由瞻望雲闕馳情罔極涼風微應伏惟皇帝陛下協和天休不勝係仰之情謹遣私署冠軍將軍駙馬都尉弗斯候長史餘禮龍驤將軍帶方太守司馬張茂等投舫波阻捜經玄津托命自然之運遣津萬里之誠冀神祇垂感皇靈洪覆克達天庭宣暢臣志雖朝聞夕沒永無餘恨又云臣與高句麗源出扶餘先世之時篤崇舊款其祖釗輕廢隣好親率士衆凌踐臣境臣祖須整旅電邁應機馳擊矢石智交梟斬釗首自爾已來莫敢南顧自馮氏數終餘燼奔竄醜類漸盛遂見凌逼搆怨連禍三十餘載財殫力竭轉自孱踧若天慈曲矜遠及無外速遣茂將來救臣國當奉送鄙女執箒後宮竝遣子弟牧圉外廐尺壤匹夫不敢自有 (중략) 今璉有罪國自魚肉大臣彊旅戮殺無已罪盈惡積民庶崩離是滅亡之期假手之秋也且馬族士馬有鳥畜之戀樂浪諸郡懷首丘之心天威一舉有征無戰臣雖不敏志效畢力當率所統承風響應且高句麗不義逆詐非一外慕隗囂藩卑之辭內懷凶禍豕突之行或南通劉氏或北約蠕蠕共相脣齒謀凌王略昔唐堯至聖致罰丹水孟嘗君稱仁不捨途詈涓流之水宜早壅塞今若不取將貽後悔去庚辰年後臣西界小石山北國海中見屍十餘并得衣器鞍勒視之非高句麗之物後聞乃是王人來降臣國長蛇隔路以沉于海雖未委當深懷憤志昔宋戮申舟楚莊徒跣鵁攝放鳩信陵不食克敵立名美隆無已夫以區區偏鄙猶慕萬代之信況陛下合氣天地勢傾山海豈令小竪跨塞天達今上所得鞍一以實驗." 이 글은 『魏書』권 100, 「列傳」88 "백제" 조에도 소개되어 있다.

기원 2805(472)년임을 알 수 있다. 이 작품은 비록 김부식(金富軾)에 의하여 손질되기는 하였으나 백제 당시의 문풍(文風)을 이해하는 데에는 충분하다고 평가된다.[166]

3.5.3.2. 옥중에서 의자왕께 올린 글[獄中上義慈王書]

이 글은 신하가 왕께 올린 글이므로 주의수필(奏議隨筆)로 다룬다. 이 작품은 백제의 충신 좌평(佐平) 성충(成忠 : ? 2989, ? 656) 의자왕(義慈王)이 술과 여자에 빠져 정치를 제대로 보살피지 아니하여 나라의 명운이 위태하여지자 여러 번 극간하니, 왕이 노여워 그를 잡아 감옥에 가두었다. 옥에 갇힌 성충은 먹고 마시는 일을 끊어 단식으로 그의 뜻을 보였으나 왕은 전혀 뉘우침이 없으므로 성공은 자기의 죽음이 임박한 것을 알고 마지막으로 글을 지어 간(諫)한 것이다. 『삼국사기』 권 28, 「백제본기」 제6. "의자왕 16(2989, 656)년" 조에서 그 전문을 인용 소개한다.

"충신은 죽어도 임금을 잊지 아니한다."고 하였으니, 바라옵건대, 한 말씀을 올리고 죽겠습니다. 신은 언제나 때의 변화를 살펴 왔사온데, 반드시 난리가 있을 것 같습니다. 무릇 군사를 사용하는 법이 반드시 그 지리(地利)를 잘 살피어 가려서 싸워야 합니다. 강의 상류에 처하여 적의 형세를 늦춰야만

166 鄭寅普, 『薝園鄭寅普全集』 1.(延世大出版部, 1983) 308 – 309.

나라를 온전하게 지킬 수 있을 것입니다. 만일 다른 나라 군사
들이 들어오거든 육로로는 침현(沉峴 : 炭峴)을 넘지 못하게 하
고, 수군은 기벌포(伎伐浦 : 지금의 금강의 하류)의 험한 언덕을
의지하여 그들을 막으십시오. 그렇게 하여야만 나라를 지킬 수
있을 것입니다.[167]

라고 하여 임전의 구체적 방어 방법까지 제시하였으나 의자왕
은 이를 무시하여 마침내 나라를 멸망의 길로 들게 하였다. 이
작품은 매우 짧지만, 한 사람의 충신이 나라를 얼마나 사랑하
는 지를 보여주는 뜨거운 애국 충정을 잘 드러내고 있다.

3. 5. 4. 잠명(箴銘)

3. 5. 4. 1. 백제 칠성검 명문(七星劍銘文)

이 명문에 관하여 조희승은 그의 『일본에서 조선 소국의 형
성과 발전』이라는 글에서 다음과 같이 소개하고 있다.

『진대』(塵袋, 3597 - 3620, 1264 - 1287)라는 책에 다음
과 같은 흥미 있는 기록이 있다.
천덕(天德) 4(단제기원 3293, 960)년 9월 24일에 왕궁이 화

---

167 "忠臣死不忘君願一言而死臣常觀時察變必有兵革之事凡用兵必審擇其地處上流
以延敵然後可以保全若異國兵來陸路不使過沉峴水軍不使入伎伐浦之岸據其險隘
以禦之然後可也."

제로 폐허 속에서 찾아낸데도 48자루 속에는 영검 2자루가 있는데, 다 같이 백제국에서 보내온 것이라고 한다.

그 한 자루에는 다음과 같은 명문이 있었다 한다.[168]

歲在 庚申正月百濟所造 三七鍊刀 南斗北斗

左靑龍 右白虎 前朱雀 後玄武 避深不祥

白福會勅 年齡延長 萬歲無極

여기서 말하는 경신년이란 300년, 360, 420년의 어느 것에 해당될 것이다.[169]

라고 소개한 뜻글로 된 원문을 우리말로 옮겨보면, 아래와 같다.

경신년 정월 백제에서 만들었는데, 21번 쇠를 불려서 만든 칼이다. 남두칠성과 북두칠성과 동쪽의 청룡과 서쪽의 백호와 앞쪽의 주작과 뒤쪽의 현무라는 수호신들이 있으니 상서롭지 아니한 것들을 피하게 하라. 복이 모이라고 새겼으니, 나이가 길어져 만세까지 이르도록 더할 수 없이 되기를 알린다.

로 이해된다. 여기서는 백제인들의 무속사상(巫俗思想)을 엿볼 수가 있다. 이도 또한 당시의 일본 문화보다는 백제 문화가 한 차원 높았음을 인식시켜 주는 예라고 하겠다.

....
168 『나라유문』 하권, (도꾜당출판, 1965.) 쪽 991.(원주임, 필자)
169 조희승, 『일본에서 조선 소국의 형성과 발전』, 백과사전출판사, 1990.

3.5.4.2. 백제 칠지도 명문(七支刀銘文)

오늘날 백제의 문학 유산도 전하는 것이 그리 많지 아니한 데, 현재 일본의 국보로 지정되어 귀중한 대접을 받고 있는 나 량현 천리시 석상신궁(奈良縣天理市石上神宮)의 칠지도(七支刀) 라는 일곱 가닥의 날이 있

는 보기 드문 모양의 칼에 새겨져 있는 60여 글자의 짧 은 명문이 한·일 두 나라의 옛 역사 연구에 귀중한 자료 로 논란이 분분하다. 보관상 에 문제가 있어서 판독이 불 가능한 글자들이 여러 글자 가 있을 뿐 아니라 명확하지 아니한 몇 글자는 학자들에 따라 그 판독이 가변적이어 서 해석에 차이를 보이고 있 기 때문이다. 이제 그 칼의 앞뒷면에 있는 전문을 소개 하여 백제인들의 뜻글문학 실력을 짐작하여 보기로 한 다.

칠지도(七支刀)
모조백제칠지도(模造百濟七支刀), 길이 74.5cm, 출처 : 국립중앙박물관

일본의 칠지도(七支刀)
출처 : 구주국립박물관 (九州國立博物館)
http://dl.ndl.go.jp/info: ndljp/pid/10964369)

태화(泰和) 4(근초고왕 24, 2702, 369)년 5월 16일 병오(丙午)일 한낮에 백 번 단련한 쇠로 칠지도(七支刀)를 만들었다. 이것은 대대로 모든 무기들을 물리칠 것이니, 후왕(侯王)에게 주려고 △△△△이 만들었다.(이상 앞쪽) 선대부터 이와 견줄 만한 칼은 없었는데, 백제왕이 수명의 연장과 관련하여 성지를 내리셨기에 후왕을 위하여 만든 것이니, 후세에 전하여 잃지 않게 하라!(이상 뒷면)[170]

이것을 일본인 학자들은 달리 해석하고 있다.[171] 우리는 당시의 백제와 일본과의 국제관계를 모자국(母子國)으로 생각하여 백제가 일본 땅에 새로운 소국의 백제국을 세워서 다스린 것으로 보고 있는데 반하여 일본 쪽에서는 오히려 일본이 큰 나라이기에 백제가 조공한 것으로 보려는 데에 같은 역사 자료를 보는 시각에 큰 차이가 있다. 이에 대한 진실 증명은 무문자(無文字) 집단에 지나지 아니하던 일본에『천자문(千字文)』을 비롯한 많은 유학 경전(儒學經典)을 가지고 일본에 건너가 무문자국의 지도자들에게 교육시켜 준 나라 간의 교섭에서 어

---

170 "泰和四季五月十三日丙午正陽/造百鍊鋧七支刀世辟百兵宜侯/供侯王△△△△作/先世以來未有此刀百慈王由益/壽出聖旨故爲侯王△造傳不△世."(/은 줄 끊기임)(조희승,『일본에서 조선 소국의 형성과 발전』(민족문화사, 1996.) 쪽 379. 齊藤 忠,『古代朝鮮・日本金石文資料集成』,(吉川弘文館, 1983.) 쪽 23. 참조.
171 와나베 미즈토시,『日本天皇渡來史』,(知文社, 1995.) 쪽 224.

느 쪽이 선도국(先導國)인가를 충분히 헤아릴 수 있을 것이다.

지금 전하는 역사 자료가 넉넉하지 아니한 양국의 고대 문화와 문학세계의 현실에서는 독자의 지성(知性)에 따른 판단에 맡길 수밖에 없다.

또한 같은 사실이라도 기록을 자상하게 잘 남기어 후대에까지 영향을 주는 국민들과 그렇지 아니한 국민 간의 차별에서도 역사 의식은 많이달라지고 문학 유산도 빈풍(貧豊)이 갈리어진다.

3. 5. 5. 백제의 종교문학(宗敎文學)

도광순(都珖淳)의「韓國의 道敎」에 따르면, 백제(百濟)의 도교(道敎)는 우리나라의 문헌에는 일체 언급이 없으나, 일본(日本)의 『일본서기(日本書紀)』 추고천황(推古天皇) 10(2935, 602)년의 기록에 의하여 백제인(百濟人) 권륵(勸勒)이 일본에 갈 때에 전래 역사책과 천문서(天文書)와 둔갑(遁甲), 방술(方術)의 책을 가지고 갔다는 사실로 볼 때에 백제에는 이미 도교가 널리 신앙

금동반가사유상(金銅半跏思惟像)
국보 제83호, 출처 : 국립중앙박물관

되었을 것을 짐작할 수 있다는 것이다.[172] 다만 현재는 도교 신
자들이 남긴 문학 작품들이 전하지 아니함으로 여기서는 이만
줄이기로 한다.

4. 가야문학(伽倻文學)

이제까지의 우리 고전문학사에서는 대체로 가야문학(伽倻
文學)을 신라문학 속에 포함시켜서 겨우 「거북아 노래[龜何
歌]」, 「귀지가(龜旨歌)」, 「귀하가(龜何歌)」, 「영신가(迎神歌)」,
「영신군가(迎神君歌)」, 「귀지봉영신가(龜旨峰迎神歌)」라는 여
러 가지 이름으로 오직 한 작품만을 다양하게 일컬어 다루어
왔다. 뜻글로 뒤친 4언 절구 시 한 편인 이 작품은 일연(一然)
스님의 『삼국유사』 권 2, 「기이」 제2 "가락국기(駕洛國記)"에
서 인용 소개되어 왔다. 그것은 오조시대(五朝時代)에 가야국
이 두 번째로 늦게 건국하여 역시 두 번째로 먼저 망하고 보니,
남은 문학 자료들이 별로 없었기 때문이었다. 여기서는 뜻글
로 번역된 노래이지만 「거북아 노래」 1편과 이야기 문학 1편
을 소개하기로 한다.

---

172 都珖淳, 「韓國의 道教」, 『道教』 3, (上海古籍出版社, 1993.) 쪽 70 - 71.

4. 1. 거북아 노래[龜旨歌]

龜何龜何　　거북아! 거북아!

首其現也　　머리를 들어내라!

若不現也　　만약 안 들어내면

燔灼而喫也　구워서 먹을 테다.

　이 작품은 다음의 이야기 속에 들어 있는 일종의 주술적(呪術的) 성격이 있는 삽입가요이다. 그 표현과 성격에 있어서는 뒤에 설명할 통일 신라의 뜻글문학에서 언급할 「海歌(해가)」와 너무나 흡사하다. 이 작품의 주술성이 600년이 넘도록 이어져 신라 후기에까지 전승된 것으로 풀이된다.

　이제 이 노래가 들어있는 「駕洛國記(가락국기)」의 일부를 소개한다.

　🐜 천지가 개벽한 뒤로 이 나라에 이름이 없었으며, 또 군신의 칭호도 없었다. 이에 아도간(我刀干), 여도간(汝刀干), 피도간(彼刀干), 오도간(五刀干), 유수간(留水干), 유천간(留天干), 신천간(神天干), 오천간(五天干), 신귀간(神鬼干) 등 9간이 있어 이들 추장이 백성을 다스리었으니, 100호에 7만 5,000명이었다. 산이나 들에 수도(首都)를 정하고 우물을 파서 마시며, 밭을 일구어 먹고 살았다. 마침 후한(後漢) 세조(世祖) 광무제(光武帝) 건무 18(2375, 42)년 임인 3월 3일에 북쪽 귀지(이것은 산의 이

름인데 열 봉새가 엎드린 형태이므로 이름한 것이다. 원주)에 이상한 소리가 마치 사람을 부르는 것 같았다. 군중 200·300명이 모여들었다. 사람 소리가 있는 것 같으나 모습은 보이지 아니하고, 소리만 나면서 "여기에 사람이 있느냐?" 한다. 9간 등이 "우리들이 있습니다." 하니, 또 "내가 있는 곳이 어디냐?" 한다. "귀지입니다." 하니, 또 "하늘이 내게 명하여 '이곳에 나라를 세우고 임금이 되라.' 하시므로 여기에 왔으니, 너희는 이 봉우리의 흙을 한 줌씩 파 쥐면서 노래하되,

거북아! 거북아! 머리를 들어내라!
만약 안 들어내면 구워서 먹을 테다.

하면서 춤을 추면, 이것이 대왕을 맞이하여 기뻐 날뛰는 것이다." 한다. 9간들이 그 말대로 즐겁게 노래하며 춤추다가 얼마 후 우러러 보니, 하늘에서 붉은 줄이 늘어져 땅에까지 닿았다. 줄의 끝을 찾아보니, 붉은 보에 황금 상자를 싼 것이 있었다. 그 상자를 열어보니, 알 6개가 있고 태양처럼 황금빛으로 빛났다. 여러 사람들이 모두 놀라 기뻐하며 100번 절하고 다시 싸서 아도간의 집으로 돌아갔다. 탁상 위에 모셔두고 흩어졌다가 12일쯤 지나 그 다음날 아침에 무리들이 다시 모여 상자를 열어보니, 알 6개가 모두 남자로 화하였고 용모가 매우 거룩하였다. 이어 의자에 앉히고 공손히 하례하였다. 자라서 10여 일이 지나매 키 3m 가까이 자라 은(殷) 나라의 천을(天乙) 같고, 얼굴은 용과 같아서 한(漢)나라 고조(高祖) 같고, 눈썹의 여덟

가지 빛이 요(堯)임금 같고, 두 눈의 눈동자는 순(舜)임금 같았
다.

    그 달 보름날에 즉위하였고, "처음 나타났다" 하여 돌아가신
분의 이름을 "수로(首露), 혹은 수릉(首陵, 곧 돌아간 뒤의 시호이
다. 원주)"이라 하고, 국호를 "대가락(大駕洛)" 또는 "가야국(伽
倻國)"이라 하였으니, 곧 가야 중의 하나이고, 남은 다섯 사람들
도 각각 돌아가 5가야국의 임금이 되었다.(하략)[173]

    이상의 글에 삽입되어 있는 이 노래의 해석에 관하여는 여
러 가지 이설이 있다. 북귀지봉(北龜旨峰)에서의 이상한 소리
가 있어 주고받은 대화에 관하여 공창무(空唱巫)의 영관념(靈
觀念)을 바탕으로 한 무속행위(巫俗行爲)로 풀이하기도 하고,[174]

....

173 "開闢之後此地未有邦國之號亦無君臣之稱越有我刀干汝刀干彼刀干留水干留天
干神天干五天干神鬼干等九干者是酋長領總百姓凡一百戶七萬五千人多以自都山
野鑿井而飮耕田而食屬後漢世祖光武十八年壬寅三月禊浴之日所居北龜旨(是峰
巒之稱若干朋伏之狀故云也)有殊常聲氣呼喚衆庶二三百人集會於此有如人音隱其
形而發其音曰此有人否九干等云吾徒在又曰吾所在爲何對云龜旨也又曰皇天所以
命我者御是處維新家邦爲君后爲玆故降矣儞等須掘峰頂撮土歌之云龜何龜何首其
現也若不現也燔灼而喫也以之踏舞則是迎大王歡喜踊躍之也九干等如其言咸忻而
歌舞未幾仰而觀之唯紫繩自天垂而着也尋繩之下乃見紅幅裹金合子開而視之有黃
金卵六圓如日者衆人悉皆驚喜俱伸百拜尋還裹着抱持而歸我刀家寘榻上其衆各散
過浹辰翌日平明衆庶復相聚集開合而六卵化爲童子容貌甚偉仍坐於床衆庶拜賀盡
恭敬止日日而大踰十餘晨昏身長九尺則殷之天乙顔如龍焉則漢之高祖眉之八彩則
有唐之高眼之重瞳則有虞之舜其於月望日卽位也始現故諱首露或云首陵(首陵是
崩後諡也)國稱大駕洛又稱伽倻國卽六伽倻之一也餘吾人各歸爲五伽倻主.(하략)"

174 鄭鉒東, 「古代小說에 나타난 離魂再生」, 『語文學』 1, 1956.
    張籌根, 『韓國의 神話』, 成文閣, 1961.

추장(酋長) 또는 군주(君主)를 선출하면서 거북 껍질 점[龜甲占]을 치는 점책행사(占策行事)의 노래로 보는 견해가 있는가 하면,[175] 잡귀를 쫓는 주문(呪文)으로 보는 주장이 있고,[176] 거북[龜]과 머리[首]를 생명의 근원인 남성 성기를 상징한 것으로 보고, "굽는다[燔灼]"를 불[火]과 관련하여 남성 성 상징의 일부와 여성 성기를 연관시켜 원시 사회에서 여성이 남성을 유혹하는 수단으로 풀이하면서 주술적 기능이 뒤에 건국신화에까지 연결되었다는 견해도 있으며,[177] 지도자의 대를 이을 아기를 낳을 때에 난산을 예방하기 위한 주술의 노래로 보는 주장[178] 등 다양하다.

그러나 필자는 좀 더 현실적이고도 과학적인 면으로 추론을 전개하여 보고 싶다.

필자는 서양 작가의 소설 『신밧드의 모험』에서 결론을 찾고자 한다. 필자는 김수로왕을 비롯한 6가야의 군주가 된 일행은 나라 밖에서 온 외래자들이 김해(金海) 앞 바다에 표착하여 지형 탐사를 위하여 김해에서 제일 높은 귀지봉으로 올라가 몸을 숨기고 주변 상황을 살피던 중 사람의 무리들이 있음을 목격하고 그들의 성향, 곧 함께 살아갈 수 있는 사람들인가? 자

175 劉昌惇,「上古文學에 나타난 巫覡思想」,『思想』4, 思想社, 1962.
176 朴智弘,「龜旨歌研究」,『국어국문학』16, 국어국문학회, 1957.
177 鄭炳昱,「韓國詩歌文學史」上,『韓國文化史大系』V, 고려대학교 민족문화연구소.
178 金學成,『韓國古典詩歌의 研究』, 원광대학교 출판부, 1980.
　　　진경환,『古典의 打作』, 月印, 2000.

기들이 구원을 받을 수 있는 선량한 사람들인가? 무리들이 원하는 바가 무엇인가? 6인의 일행들이 몸을 드러내었다가 어떤 화를 당하지는 아니할까? 등 여러 면으로 알아보기 위하여 수작을 한 것이 이 노래를 부르게 된 연유가 아닐까 생각한다. 토착인 9간의 무리들과 외래자 일행들은 언어의 불통에서 온 환상(幻想)과 오해 속에서 각심소해(各心所解)의 결과로 외래자들이 순박한 토착인들의 환심(歡心)을 얻어 지도자가 된 이야기가 오랜 세월을 두고 입에서 입으로 전하여지는 과정에서 변질에 변질을 더하여 마침내 고려 문종(文宗) 29(3408, 1075)년에서 36(3415, 1082)년 사이에 금관지주사(金官知州事)이던 문인 김양일(金良鎰)에 의하여 「駕洛國記(가락국기)」라는 작품으로 정착되는 과정에서 신화적 요소(神話的要素)와 소설적 요소들이 덧붙여져서 건국(建國)과 성씨(姓氏) 개창(開創)의 신성화(神聖化)로 이루어진 것이라고 풀이한다. "붉은 밧줄에 매달린 황금보의 상자들은 표착자(漂着者)들, 곧 김수로왕 일행들의 소지품의 일부 중에서 구간(九干)들에게 주어진 선물 보따리(아마도 무역용 상품일 수도 있음)로 보면 이야기의 내용은 훨씬 현실적인 감상(鑑賞)이 될 것이다.

이 작품을 감상하면서 제의 행사(祭儀行事) 중에서 불리어진 주사(呪詞)로 풀이하는 사람들은 대체로 "산꼭대기 흙을 파헤치고 긁어모아[峰頂撮土]" 제단을 만들던 행위라고도 풀이하

였는데,[179] 여기서 "촬토(撮土)"를 "흙을 쥐다"로 풀이하면, 주
사를 외워 노래하며 땅속에 묻혀 있는 것으로 비유된 거북에
게 "머리를 들어내라.[首其現也]"는 명령성의 주사(呪辭)로 이
노래를 부르면서 손으로는 땅을 파는 시늉을 한 것으로 풀이
하여야 더 그럴 듯하다.

또 하나 생각하여 볼 것은 이 노래가 들어 있는 「가락국기」
는 고려 초기에 지어진 일종의 역사 소설의 원형으로도 볼 수
있겠다는 점이다. 그것은 이 「가락국기」의 첫머리에서,

> 천지가 개벽한 뒤로 이 나라에 이름이 없었으며, 또 군
> 신의 칭호도 없었다. 이에 아도간(我刀干), 여도간(汝刀干), 피도
> 간(彼刀干), 오도간(五刀干), 유수간(留水干), 유천간(留天干), 신
> 천간(神天干), 오천간(五天干), 신귀간(神鬼干) 등 9간이 있어 이
> 들 추장이 백성을 다스리었으니, 100호에 7만 5,000명이었다.

고 한 것에서 지도자인 구간(九干)의 이름들이 재미있게 지어
져 빈글쓰기[借字表記]로 읽으면, "나도한[我刀干], 너도한[汝
刀干], 재도한[彼刀干], 다도한[五刀干], 머물한[留水干], 머늘한
[留天干], 신늘한[神天干], 다늘한[五天干], 신귀한[神鬼干]" 등 9
한으로 읽을 수도 있다. "한[干]"은 "추장(酋長)" 또는 "왕(王)"

....
179 朴晟義,『韓國詩歌文學論과 史』, 예그린출판사, 1978.
    金烈圭,「駕洛國記攷」,『國語國文學』3, 부산대, 1961.

을 뜻한다. 따라서 "군신의 칭호도 없다."고 한 것은 모순이다. 바로 뒤에서 그 9한이 "백성을 다스리었으니, 100호에 7만 5,000명이었다."고 밝혀주고 있기 때문이다. 또 이 규모는 오늘날로 볼 경우, 그리 크지 아니한 농촌 마을 한 곳에 지나지 아니한다.

그밖에 이어지는 이야기들도 다분히 꾸며낸 거짓말 같기 때문에 필자는 이를 소설의 초기 형태라고 보려는 것이다.

4.2. 가야의 이야기 문학

4.2.1. 魚山佛影(어산불영)

이 이야기는 『삼국유사』 권 3, 「탑상(塔像)」 제4 "어산불영(魚山佛影)" 조에 실리어 있다. 그 일부를 보이면 아래와 같다. 일연스님은 "「고기」에 이르기를[古記云]"이라고 전제한 뒤에,

만어사(萬魚寺)라는 곳은 옛날의 자성산(慈成山)이다. 또 아야사산(阿耶斯山 : 摩耶斯라야 한다. 이것은 물고기를 말한다. 원주)이니, 그 옆에 가라국(呵囉國)이 있었다.

옛날 하늘에서 알이 바닷가로 내려와 사람이 되어 나라를 다스리었으니 그가 곧 수로왕(首露王)이다. 이때에 그 영토 안에 옥지(玉池)라는 연못이 있었는데, 그 연못 속에는 독룡(毒龍)이

살고 있었다. 또 만어산(萬魚山)에는 다섯 명의 나찰녀(羅刹女)
가 있었는데, 독룡과 오가며 사귀었다. 그런 까닭에 때때로 번
개가 치고 비가 내려 4년 동안이나 오곡이 익지 아니하였다. 왕
은 주술(呪術)로써 이것을 금하여 보려 하였으나 금하지 못하고
부처를 청하여 설법하였더니, 그때서야 나찰녀는 오계(五戒)를
받아 그 후로는 재해가 없었다. 그 때문에 동해의 물고기와 용
이 화하여 고을 속에 돌이 가득 차서 각각 종과 경쇠 소리를 내
었다.(이상이 고기이다. 원주)[180]

이 이야기는 "① 만어사(자성산 또는 아야샤산)이라는 절과
② 가라국의 수로왕, ③ 연못과 독룡, ④ 5나찰녀, ⑤ 이상 기후
⑥ 곡식이 익지 아니함, ⑦ 5나찰녀들이 불법 수계(佛法受戒)
를 함, ⑧ 물고기와 용이 돌이 되었다가 다시 종경으로 변하여
소리를 냄" 등의 여덟 단락으로 되어 있다. 이것은 모두 불교
를 널리 세상에 펴려는 뜻을 드러내고 있다. 이에 관하여 이병
주(李丙疇)는,

(전략) 釋一然은 "萬魚山中의 기이한 일들이 北天쓰
訶羅國의 佛影 이야기와 서로 부합된 것이 세 가지가 있는데,

---

180 "(古記云)萬魚寺者古之慈成山也又阿耶斯山(當摩耶斯此云魚也)傍有呵囉國昔天
卵下于海邊作人御國卽首露王當此時境內有玉池池有毒龍焉萬魚山有五羅刹女往
來交通故時降電雨歷四年五穀不成呪禁不能稽首請佛說法然後羅刹受五戒而無後
害故東海魚龍遂化爲滿洞之石各有鐘磬之聲(已上古記)."

첫째는 그 산 가까운 곳 梁州 경계 玉池 속에 毒龍이 잠복한 곳
이요, 둘째는 가끔 江邊으로부터 구름 기운이 山頂에 이르면 은
은히 음악 소리가 들리는 것이요, 셋째는 佛影 西北에 盤石이
있고 늘 물을 저장하였는데, 이는 佛子들이 袈裟를 씻는 곳이라
이르는 것이다. 이상의 이야기는 모두 寶林의 말을 傳聞한 것이
다.(중략) 이처럼 〈어산불영〉은 불교의 신이한 영험을 전해주는
가야의 설화라고 할 수 있다.[181]

고 하였는데, 이는 고려 명종(明宗) 11(3513, 1183)년에 처음
으로 만어사(萬魚寺)를 창건한 연기담(緣起談)이다.

필자는 이를 가야의 이야기로 보지 아니하고, 『삼국유사』의
「탑상」 제4, "어산 불영(魚山佛影)"에서 일연스님이 인용 소개
하고 있는 "고기(古記)"의 기록만을 가야의 이야기 문학으로
다루어야 옳다는 것을 밝혀 둔다. 그리고 그 나머지 일연스님
이 소개하는 글은 사실상 고려시대 문학에서 다루어야 할 귀
한 자료임을 제의한다.

4. 2. 2. 수로왕(首露王)과 탈해(脫解)의 싸움

이 이야기는 『삼국유사』에 실리어 있는 「가락국기」의 김수
로왕 2(2376, 43)년 조에 나온다. 그 내용은 아래와 같다.

....
181 李丙疇 외, 『漢文學史』, (새문사, 1998.) 쪽 61.

수로왕릉(首露王陵)
사적 제73호, 경남 김해시 서상동에 위치. 출처 : 문화재청

완하국(琓夏國) 함달왕(含達王)의 부인이 갑자기 임신하여 달이 차서 알을 낳았더니, 알에서 사람이 나왔다. 사람들이 그 이름을 탈해(脫解)라고 하였다. 탈해는 바다에서 왔는데, 키는 1m쯤 되고, 머리통의 둘레는 33cm나 되었다. 기쁜 마음으로 대궐을 찾아와서 왕께 여쭙기를, "제가 왕의 자리를 빼앗고 싶어서 왔습니다." 하였다. 왕은 "하늘이 나에게 명하여 왕이 된 것이다. 앞으로 나라를 편히 하고, 백성을 복되게 하려 하니, 감히 하늘의 명을 어기면서 이 자리를 남에게 줄 수가 없다. 또 내 나라의 백성들을 너에게 맡길 수가 없다."고 하시었다. 탈해가 "만일 그렇다면 술법으로 겨루어 보는 것이 좋겠습니다." 하니, 왕도 "좋다."고 하시었다. 잠깐 사이에 탈해가 매가 되었다. 왕은 독수리가 되시었다, 탈해가 참새가 되니, 왕은

새매가 되시었다. 이렇게 변신하는 동안은 매우 짧았다. 탈해
가 본래의 모습으로 돌아오매 왕도 다시 사람이 되시었다. 탈해
가 엎드려 절하며 말하기를, "아까 술법을 겨루는 자리에서 제
가 매가 되면 독수리가 되시고, 제가 참새가 되면 매가 되시었
으니, 매는 독수리에게, 참새는 매에게 죽을 것을 면하였으니,
이것은 성인이 죽이기를 싫어하는 인자하심이 있었기 때문이
었습니다. 제가 왕과 왕위 자리로 싸우는 것은 어렵습니다." 하
고 인사를 한 뒤 나갔다. 탈해는 인교(麟郊) 나루로 가서 중국으
로 가는 배가 오가는 수로로 가려 하였다. 왕은 그가 머물면서
난을 꾸밀까 걱정되어 급히 군인들이 탄 배 500척을 내어 뒤쫓
았더니, 계림국(鷄林國) 땅으로 들어가므로 수군(水軍)은 그냥
돌아왔다.(하략)[182]

이 이야기에 관하여 일연스님은 스스로가 "이 기록은 신라
에 실려 있는 것과는 많이 다르다.[事記所載多異與新羅.]"라고
하였듯이 신라왕이 된 탈해 이야기와는 차이점이 많다. 그중
에 두드러진 것은 탈해의 외모가 거의 기형에 가까운 점이다.

----

182 "(전략)忽有琓夏國含達王之夫人姙娠彌月生卵卵化爲人名曰脫解從海而來身長三
尺頭圍一尺悅焉詣闕語於王云我欲奪王之位故來耳王答曰天命我俾卽于位將令安
中國而綏下民不敢違天之命以與之位又不敢以吾國吾民付囑於汝解云若爾可爭其
術王曰可也俄頃之間解化爲鷹王化爲鷲又解化爲雀王化爲鸇於此際也寸陰未移解
還本身王亦復然解乃伏膺曰僕也適於角術之場鷹之鷲雀之於鸇獲免焉此盖聖人惡
殺之仁而然乎僕之與王爭位良難便拜辭而出到麟郊外渡頭將中國朝來泊之水道而
行王竊恐滯留謀亂急發舟師五百艘而追之解奔入鷄林之界舟師盡還.(하략)"

키는 겨우 1m밖에 안되는데, 그 머리통은 비상히 커서 33cm 나 되었다는 것이다. 또 김수로왕에게 찾아와서 왕위를 내놓 으라는 당돌한 행동도 역시 다른 점이고, 김수로왕과 술법으 로 경쟁한 것도 또한 필자가 앞에서 말한 바와 같이 고려 문종 (文宗) 29(3408, 1075)년에서 36(3415, 1082)년 사이에 금관 지주사(金官知州事)이던 문인 김양일(金良鎰)에 의하여 지어진 「가락국기」라는 이름의 역사소설의 한 장으로 파악할 수가 있 겠다.

4. 2. 3. 허왕후(許王后) 이야기

『삼국유사』에서 이 이야기의 뒤에 이어지는 허황옥(許黃玉) 왕비의 이야기도 다분히 소설적이다. 그 전문을 소개한다.

건무(建武) 24(2381, 48)년 무신(戊申) 7월 27일에 9간 들이 조회하며 아뢰되, "대왕께서 강령(降靈)하신 뒤로 좋은 배 필을 얻지 못하셨으니, 청컨대 신들에게 있는 처녀 중에서 좋은 사람을 궁중으로 데려다가 아내로 삼으소서." 하니, 왕은 "짐이 이 땅에 내려온 것은 하늘의 명이니, 짐에게 배필이 되어 왕후 가 될 사람도 역시 하늘에서 명할 것이니, 경들은 염려하지 말 라!" 하고, 곧 머늘한[留天干]에게 명하시되, "빠른 매와 준마를 가지고 망산도(望山島)에 가서 기다리라!" 하시고, 다시 신귀한

수로왕비릉(首露王妃陵, 허황후)
사적 제74호, 경남 김해시 구산동에 위치. 출처 : 문화재청

[神鬼干]에게 명하시어 승재(乘岾 : 망산도는 서울 남쪽에 있는 섬이고, 승재는 연하의 나라이다. 원주)로 가게 하였다. 홀연히 바다 서남쪽에서 붉은 돛과 깃발을 단 배가 북쪽을 향하여 오는지라 머늘한[留天干] 등이 먼저 망산도에서 불을 들어주니 배에 탔던 사람들이 다투어 상륙하였다. 신귀한들이 바라보고 곧 대궐로 달려가서 아뢰니, 왕이 기뻐하여 9간들에게 좋은 배를 정돈시켜 맞이하게 하였다. 곧 궁중으로 모셔 들이려 하니, 왕후가 "내가 너희들과 평소에 알지도 못하는데 어찌 경솔하게 따라가겠느냐?" 한다. 머늘한 등이 궁중으로 돌아와 왕후의 말을 그대로 아뢰니, 왕도 그렇게 여겨 유사를 데리고 나가 대궐 밖 서남 1,200m쯤에 있는 산기슭에 장막을 치고 기다렸다. 왕후는 산

밖의 별진포(別津浦)에 배를 대고 상륙하여 고교(高嶠)에서 쉬면
서 입었던 비단옷을 벗어 그것을 폐백으로 산령(山靈)에게 보냈
다. 그때에 모시고 온 가까운 신하에 신보(申輔)와 조광(趙匡)이
라는 두 사람이 있었고, 또 그들의 아내로 모정(慕貞)과 모량(慕
良)이 있어 비복들까지 합하면 20여 명이 되었다. 가지고 온 비
단옷과 피륙과 주옥 유리그릇들은 이루 헤아릴 수가 없었다. 왕
후가 임금님 계신 곳으로 가까이 오매 왕이 나와 영접하여 함께
장막 궁전으로 들어가고, 신하들은 뜰아래에서 뵙고 물러갔다.
왕이 유사에게 명하여 모시고 온 신하의 부부들을 각각 한 방에
서 편히 쉬게 하고, 노비들은 각각 5-6명씩 한 방에 있게 하였
다. 좋은 술과 안주를 먹이고, 좋은 잠자리에 재우고, 가지고 온
옷이나 비단과 보화들은 군인들을 시켜 보호하게 하였다. 왕은
왕후와 함께 침전으로 드시었다. 왕후가 조용히 말하기를, "신
첩은 아유타국(阿踰陁國) 공주이온데 성은 허(許)가이고, 이름은
황옥(黃玉)이요, 나이는 16세입니다. 본국에 있을 때 5월에 부
왕과 모후께서 '가락국의 임금 수로는 하늘에서 내려 보냈는
데, 왕위를 얻은 신성한 사람이다. 새로 나라를 세우고 아직 배
필을 정하지 못하였으니, 경들이 공주를 보내어 배필로 삼으라!
하시고 하늘로 올라가시었다. 잠을 깬 뒤에도 하느님의 말씀이
귀에 쟁쟁하니, 너는 지금 곧 부모를 하직하고 가라!' 하시기에
신첩이 바다에서 증조과(蒸棗果)를 찾고, 하늘에서 반도회(蟠桃
會)에 참여하듯 매미 같은 이 얼굴로 용안(龍顏)을 가까이 하게
되었습니다." 하였다. 왕은 "짐이 나면서부터 자못 신성하여

공주가 멀리서 올 것을 미리 알았습니다. 그래서 신하들이 왕비
를 맞으라는 청이 있었지만 듣지 아니하였더니, 이제 현숙하신
용자(容姿)가 오시었으니 용렬한 이 몸이 다행입니다." 하고는
곧 왕후가 타고 온 배를 돌려보낼 때에 뱃사공 등 15명에게는
각각 쌀 10석, 베 30필씩을 주어 돌려보냈다. (하략)[183]

라고 한 이야기는 한 편의 훌륭한 소설이라고 할 만하다. 신하
들이 왕께 결혼을 채근할 때에 "왕후가 될 사람도 역시 하늘에
서 명할 것이니, 경들은 염려하지 말라!"고 김수로왕이 거부한
것은 소설에서 중요한 요건이 되는 일종의 갈등 양상이라고

---

183 "建武二十四年戊申七月二十七日九干等朝謁之次獻言曰大王降靈已來好仇未得
請臣等所有處女絶好者選入宮闥俾爲伉儷王曰朕降于玆天命也配朕而作后亦天之
命卿等無慮遂命留天干押輕舟持駿馬到望山島立待申命神鬼干就乘岾(望山島京
南島嶼也乘岾輦下國也)忽自海之西南隅掛緋帆張茜旗而指乎北留天等先擧火於島
上則競渡下陸爭奔而來神鬼望之走入闕奏之上聞欣欣尋遣九干等整蘭橈揚桂楫而
迎之旋欲陪入內王后乃曰我與等素昧平生焉敢輕忽相隨而去留天干等返達后之語
王然之率有司動蹕從闕下西南六十步許地山邊設幔殿祗候王后於山外別浦津頭維
舟登陸憩於高嶠解所著綾袴爲贄遺于山靈也其地侍從媵臣二員名曰申輔趙匡其妻
二人號慕貞慕良或臧獲竝計二十餘口所賫錦繡綾羅衣裳疋段金銀珠玉瓊玖服玩器
不可勝記王后漸近行在上出迎之同入帷宮媵臣已下衆人就階下而見之卽退上命有
司引媵臣夫妻曰人各以一房安置已下臧獲各一房五六人安置給之以蘭液蕙醑寢之
以文茵彩薦至於衣服疋段寶貨之類多以軍夫遴集而護之於是王與后共在御國寢從
容語王曰妾是阿踰陁國公主也姓許名黃玉年二八矣在本國時今年五月中父王與皇
后顧妾而語曰爺孃一昨夢中同見皇天上帝謂曰駕洛國元君首露者天所降而俾御大
寶乃神乃聖惟其人乎且以新苙家邦未定匹偶卿等須遣公主而配之言訖升天形開之
後上帝之言其猶在耳儞於此而忽辭親向彼乎往矣妾也浮海遐甚於蒸棗移天敻赴於
蟠桃蠓首敢叨叨龍顔之近王答曰朕生而頗聖先知公主自遠而屆下臣有納妃之請不敢
從焉今也淑質自臻眇躬多幸遂以合歡兩過淸宵一經白晝於是遂還來船篙工楫師共
十有五人各賜粮粳米十碩布三十匹令本國. (하략)"

하겠다. 또 허황옥이 왕께 고백한 내용의 일부인 꿈 이야기도 꽤나 소설적이기도 하다. 그러나 김수로왕이나 허황후의 대화 속에서 우리가 주목하여야 하는 것은 두 사람이 모두 천손족(天孫族)임을 강조하고 있다는 사실이다. 따라서 우리의 현재 상황에서도 남[金海]에서 북[중원 대륙]에 이르기까지 우리 겨레는 모두가 천손족(天孫族)의 후예임을 깨닫고 겨레얼의 긍지를 가져야 한다.

4. 2. 4. 황세장군과 여의낭자

가락국의 9대 숙왕(재위 2825 - 5854, 492 - 521) 때에 지금의 대성동에 황(黃) 정승이 살았는데, 이웃마을 출(出) 정승과 가까운 사이여서 장차 서로 아들이나 딸을 낳게 되면 사돈을 맺기로 굳게 언약하였다. 그런지 얼마 뒤 황 정승은 아들 세(洗)를 낳고, 출 정승은 딸 여의(如意)를 낳았다. 그러나 돈과 권력이 황정승보다 월등한 출 정승은 마음이 변하여 딸을 낳고도 아들을 낳았다고 속이고는 딸 여의를 남장하여 키웠다. 그러므로 그 둘은 자라서 글동무가 되었다. 점점 자라면서 여의가 여색이 짙어지자 황세는 수상히 여겨 황세바위로 여의를 유인하여 오줌발이 누가 더 멀리 나가는지 내기를 하자고도 하고, 뜀뛰기도 하자고 제안하였으나 모두 거절당하자 황세는 다시 거북내로 가 멱을 감자고 하였다. 이렇게 되니, 더 이상 자기가 여자임을 감출 수가 없게 된 여의는 스스로 여자임을 실토하였고, 그녀의 집에서도 황세의 인물됨이 출중함을 깨닫고 혼약을 허락하게 되었다.

그런지 얼마 안 되어 황세는 신라군을 토벌하러 출정하였고, 가는 곳마다 승전하여 임금으로부터 하늘 장수라는 칭호를 받게 되었다. 그뿐만 아니라 임금은 외동 딸인 유민공주(流民公主)를 황세장군에게 주어 부마로 삼았다. 물론 황세장군은 여의 낭자와 약혼한 사이임을 아뢰었으나, 임금은 "장군은 하늘이 내린 주석(柱石)이니 어명을 중히 여기시오."라고 하며 여의낭자와 파혼하고 공주를 맞아들이라는 어명을 내리었다. 황세가 어명을 어길 수 없어서 마침내 부마가 되었다. 출 정승 내외는 할 수 없이 딸 여의에게 다른 곳으로 시집갈 것을 권유하였으나, 여의는 끝까지 황세장군에게 이미 마음을 허락한 몸이라면서 혼자 살다가 25세의 젊은 나이에 세상을 떠나고 말았다. 이렇게 되자 정이 없이 공주와 살던 황세장군도 마음의 병을 얻어 출 여의의 뒤를 따라 세상을 떴다.

이러한 애끓는 사연을 안 사람들은 이 두 혼령을 위로하기 위하여 그들이 함께 놀던 황세바위에 작은 돌을 얹고, "여의돌 황세돌"이라고 이름하였으며, 매년 단오절이 되면, 성 안의 처녀들이 이곳에 모이어 위령제를 지냈다고 한다. 지금도 봉황대에는 여의낭자가 죽어 하늘로 올라갔다고 하는 하늘문[如意門]을 비롯하여 황세와 여의가 함께 책을 읽었다는 독서대(讀書臺), 소변터, 약혼터 등이 있다. 또 여의와 황세의 화신(化身)이라는 황세목(黃洗木), 여의목(如意木)과 비록 근세에 세워진 것이기는 하나 사당인 여의각(如意閣)도 있는데, 이곳 사람들이 여의각에 모이어 동제(洞祭)를 지내고 소원성취를 빈다고 한다. 이는 부마 황세가 여의낭자의 위를 따라 세상을 뜨자 크게 상심한 유민공주가 이 산으로 들어와 수도(修道)를 하였기 때문이라고 한다. 지금도 이곳에는 유민공주가 수도하였다는 성도굴(成道窟)이 있고, 그녀가 부처님께 치성을 올리었다는 치성단(致誠壇)이 있다. 가락국의 5백 년 왕도(王都)이었던 김해(金海)에는 이와 같이 숱한 유물 유적들이 널리어 있어서 가락의 숨결과 애틋한 설화가 서리어 있지 아니한 곳이 없다.(하략)[184]

가야국 사람들의 청순한 연애담인 동시에 남녀의 정조(貞操)와 약속을 중시한 신의(信義)가 두터운 교훈성이 강하다. 한편 이는 인문연기 설화이라고도 말할 수 있겠다.

4. 2. 5. 거등왕과 초현대(招賢臺)

단제기원 2532(199)년에 거등왕(居登王)이 즉위하였다. 지금의 경상남도 김해시 삼안동 685번지에는 초현대(招賢臺) 또는 초선대(招仙臺)라고 하는 명소가 있다. 거기에는 거등왕이 앉았다는 연회석과 참시선인과 바둑을 두었다는 기국석

---

184 김시우, 『가락국 천오백 년 잠 깨다』(가락국 사적개발연구원, 1994) 쪽 65-67.

(碁局席)이 있고 마애 석불도 조각되어 있는데, 일설에는 거등
왕상이라고도 한다.

세상에 이르기를, "거등왕이 이 초현대에 올라 칠점산(漆點
山)의 참시선인(旵始仙人)을 부르니 칠점선인이 배를 타고 왔기
때문에 초현대 또는 초선대라고 하였다. 참시선인은 거등왕에
게 나라를 다스리는 법을 가르치고 국정을 지도하였다고도 한
다. 참시선인은 칠점산에서 나왔다고 칠점선인이라고도 하며,
또는 그가 거문고를 늘 가지고 다니므로 금선(琴仙)이라고도 하
는데, 그 모습은 한옥(寒玉)과 같고, 그 말소리는 경을 읽는 소리
와 같았다고 한다. 거등왕이 그의 뛰어난 덕을 사모하여 초현대
를 지어 그를 초빙하였고, 참시선인은 거등왕의 초빙을 받고 배
를 타고 거문고를 안고 와서 초현대에서 왕을 만나 둘이서 즐거
운 시간을 보냈다는 것이다. 이 선인은 쇠고기 요리는 사절하
고, 단풍나무 진과 도라지를 요구하여 먹었다고 한다. 그리고
거등왕에게 '임금이 자연스럽게 다스리면, 백성들이 자연스럽
게 산다.'고 일러주었다고 한다. 왕의 초현대는 도성에서 7리
정도 되는 넓은 들 가운데에 있는데, 거등왕이 칠점선인의 이름
을 부르면, 선인이 배를 타고 거문고를 안고 와서 서로 기뻐하
며 즐거운 시간을 가졌다. 이곳에는 지금도 거등왕이 앉았던 돌
이 있어서 연화석이라 부르고 있는데, 돌 위에는 바둑판이 새겨
져 있고, 바위벽에는 석불이 새겨져 있는데, 이를 거등왕의 초
상이라고도 한다.[185]

....
185 앞주의 책.

가야국 제2대왕으로 김수로왕과 어머니 허황옥 왕후의 사이에서 태어난 거등왕의 영특함과 칠점선인과의 특별한 인연을 밝힌 이야기라고 하겠다.

4. 2. 6. 신왕(神王)과 용녀(傭女)

가야국 제5대왕인 신왕(神王)은 단제기원 2740(407)년에 즉위하였다. 신왕은 하녀 용녀(傭女)를 몹시 사랑하여 국정을 어지럽게 하였다. 용녀는 신왕의 총애를 빌미로 그의 척당들을 대거 등용시키어 국정이 어지러워지고, 기강이 문란하여졌다.

이웃나라 신라는 가야국의 내정이 문란하여진 틈을 이용하여 지금까지의 화친관계를 깨고 가야국을 공략하려 하였다. 이때에 가야국에는 박원도(朴元道)라는 충직한 신하가 있어서 왕에게 용녀의 방자함과 그 척당들의 횡포를 탄핵하면서 용녀 일당을 제거하여 국정을 바로잡을 것을 간청하였다. 박원도는 옛날의 여러 고사를 인용하면서 "조정에 종친이 몰려들어도 큰 난리가 일어날 듯 민심이 요란하겠거늘, 하물며 용녀의 척당이겠습니까? 만약 용녀 일당이 계속 발호하여 천하가 어지러우면 장차 백성들은 어느 곳에서 보존하오리까?"라고 직간하였다.

또 어느 날 신왕은 점술가를 불러 육효점(六爻占)을 쳤는데, 해괘(解卦)가 나왔다. 해괘는 『주역(周易)』의 64괘 중 우레와 비를 상징하는 괘이다. 이때에 박원도가 용녀를 빗대어 그 불길함을 극간(極諫)하자, 드디어 왕이 크게 뉘우치고 용녀를 지금의

고령군 우곡면 포동으로 추정되는 하산도(荷山島)로 귀양을 보
내는 한편 그 일당을 내쳐 국정을 바로잡아 백성들을 오래 편하
게 하며 선정을 베풀었다고 한다.[186]

나라가 위험할 때에는 훌륭한 재상이 나라를 구한다는 고사
를 연상하게 하는 이야기이다.

4. 2. 7. 장유화상과 허보옥(許寶玉)

성은 허(許), 이름은 보옥(寶玉)이며, 인디아 아유타국
왕자로 허왕후와 함께 가야국에 왔다고 한다. 부귀와 영화를 뜬
구름처럼 보고, 김해군 대청리 불모산에 들어가서 속세를 떠나
노닐며 돌아갈 줄을 몰랐다. 그래서 그를 세상 사람들은 장유화
상(長遊和尙)이라고 불렀다. 사실상 한국 불교는 이 사람에 의
하여 일찍 들어왔다고 주장하는 이들이 많다.

장유화상은 수로왕의 첫째로부터 일곱째까지 일곱 왕자를
데리고 가야산으로 들어가서 3년을 수도하다가 지금의 산청(山
淸)의 휴식 고개를 넘어 의령(宜靈)의 수도산(修道山)과 사천(泗
川)의 와룡사(臥龍寺)와 구룡사(九龍寺)를 전전하던 끝에 마침내
지리산(智異山)에 들어가 운상원(雲上院)을 지었다. 그리고 참선
을 전념한지 2년이 되던 해의 8월 대보름날 밤에 휘영청 밝은

---

186 앞주의 책.

달빛을 즐기다가 장유화상이 손에 잡고 있던 지팡이를 헛치니, 일곱 왕자들이 일곱 부처가 되었다고 한다. 그로부터 운상원을 칠불선원(七佛禪院)이라고 부르게 되었다는 것이 아자방(亞字房)으로 이름이 높은 지금의 하동군 화개면 칠불암(河東郡花開面七佛庵)에 전하여 오는 이야기이다.

 이 장유화상의 사리탑과 영정을 모신 장유암이 김해군 장유면 용지봉에 있는데, 장유면의 이름도 장유화상의 이름에서 비롯되었다고 한다. 김해 도처의 마을이나 산과 들에 장유화상에 얽힌 이름이나 설화들이 수로왕이나 허왕후에 못하지 아니하게 질펀하게 널리어 있다는 것이다.[187]

 이 이야기는 칠불암이 지어지게 된 사원 연기설화(寺院緣起說話)인 동시에 가야국에 불교 전파의 내력을 알려주는 중요한 가치가 있는 이야기이다.

 이제까지는 불교가 우리나라에 처음 전래된 것이 전진(前秦)의 순도(順道)가 고구려 소수림왕(小獸林王) 2(2705, 372)년에 불상과 경문을 가져온 것으로부터인 것으로 알려져 왔다. 그 뒤에 순도스님이 초문사(肖門寺)를 짓고, 아도화상(阿道和尙)이 이불란사(伊弗蘭寺)를 지었고, 백제는 13년 뒤인 침류왕(枕流王) 1(2717, 384)년에 인디아의 스님 마라난타가 동진(東쯤)에서 불교를 들여왔으며, 신라는 이보다도 훨씬 뒤인 법흥

---

187 앞주의 책.

왕(法興王) 14(2860, 527)년에 불교 신앙이 공인되었다고 교육
되어 왔다.

그러나 이 이야기와 고려 말엽의 유학자 민지(閔漬 : 3581 -
3659, 1248 - 1326)가 지은 「金剛山楡岾寺事蹟記(금강산 유점사
사적기)」의 기록에서 신라 남해왕(南解王) 원년(2337, 4)에 월
지국(月氏國)에서 53불이 쇠북을 타고 금강산 동해안의 懸鐘
巖(현종암)에 표착하여 우리나라의 불교 전래가 300여 년 앞당
겨진다. 이 이야기가 진실일 수도 있기 때문에 매우 중요한 전
설이 된다.

4. 2. 8. 우륵(于勒)과 가야금(伽倻琴)

🪲 (전략) 가야국에서는 음악이 성행하여 왕궁에 전속 악
사(樂士)를 두고 있었다. 우륵(于勒)은 음악을 좋아한 가실왕(嘉
悉王)을 가까이서 모시던 악사이었다. 그 무렵 궁중에서 즐기어
연주된 것은 쟁(箏)이라는 악기이었다. 우륵은 가실왕의 명을
받아 쟁을 변형하여 가야의 음악을 연주할 수 있는 새로운 악기
를 만들었는데, 이것이 가야금(伽倻琴)이다. 우륵은 다시 가실
왕의 명을 받아 가야금 곡 12곡을 새로 지었다. 이 곡들은 당시
의 지명(地名)에서 얻은 것으로 향토의 흙냄새가 스민 명곡이었
다. 신라 진흥왕 12(2884, 551)년에 대가야국의 국운이 기울게
되자, 우륵은 제자 이문(伊文)과 함께 가야금을 가지고 신라로

탄금대(彈琴臺) 전경
명승 제42호, 충북 충주시 칠금동에 위치. 출처 : 문화재청

건너갔다. 진흥왕은 그의 명성을 듣고 그를 왕궁으로 불러서 가
야금을 연주하게 하였다.

우륵은 진흥왕의 호의를 입어 지금의 충주시(忠州市)에 머물
러 살면서 왕이 가야금 전수를 위하여 그에게 보낸 계고(稽
古) · 법지(法知) · 만덕(萬德) 등 세 사람을 제자로 키웠다. 우륵
의 가야금은 머지 아니하여 온 나라에 퍼졌고, 마침내 일본에까
지 전하여져 신라금(新羅琴)이라고 일컬어졌다. 우륵의 넋은 가
야금의 가락과 함께 영원히 살아 있다. 충주의 탄금대(彈琴臺)
는 우륵이 가야금을 타며 망국의 한을 달래었다는 곳이라고 전
하여온다. 오늘날 우륵은 고구려의 왕산악(王山岳)과 신라의 옥
보고(玉寶高)와 함께 우리나라 3대 악성(樂聖)으로 꼽힌다.[188]

이 이야기는 전설이라기보다 역사적 사실로 널리 알려진 우

[188] 앞주의 책.

리나라 음악 창시자 우륵에 관한 공적담(功績談)이다. 이러한 사실들을 서양음악의 연주와 보급에 앞서 우리나라 안에서부터 시작하여 일본의 신라악까지를 보급하였던 산 역사를 미래로 발전시켜 계승하여 우리 것을 아끼어야 할 것이다.

4. 2. 9. 가야국 왕손(王孫)들

김수로왕(金首露王)은 아유타국(阿踰陀國) 공주로 배를 타고 지금의 김해시(金海市) 바닷가에 표착한 허황옥(許黃玉)을 아내로 맞이하여 왕후로 정한 뒤에 나라의 옛날 제도를 새롭게 고치고 나라를 잘 다스리어 백성을 자식처럼 사랑하여 교화가 엄하지 아니하면서도 위엄이 따르고, 그 다스림은 너그러우면서도 잘 이루어져서 나라가 두루 태평하였다.

또 왕과 왕후의 금슬은 하늘이 땅과 짝을 짓고, 해가 달과 짝이 되고, 밝음이 어둠과 조화를 이루듯이 너무도 잘 어울리었다고 한다. 그래서 허왕후는 태자 거등(居登)을 비롯하여 아들 10형제와 딸 자매를 얻고, 수로왕 147(2522, 189)년에 훙(薨)하니, 백성들은 땅이 꺼진 듯 크나큰 슬픔에 빠진 상태에서 지금의 김해시 구산동에 있는 귀지봉 동북쪽 언덕에 장례를 치렀다.

수로왕은 생전에 왕후가 늘 그의 성(姓)이 이 땅에 전하지 못하는 것을 슬퍼하매, 이를 가엽게 생각하고 10왕자 중에서 둘째 아들에게 허씨(許氏)로 사성(賜姓)하여 어머니의 성을 길이 전하게 하여 허왕후의 아름다운 내조를 보답하였다.

허씨로 사성 받은 왕자의 후손들이 뒤에 여러 개의 본으로
나누어졌다. 가야국이 신라에 병합된 뒤 신라의 사민 정책(徙民
政策)에 의하여 가야의 왕손이나 유민들은 여러 지방으로 이주
하게 되었는데, 이들 허씨의 후손들이 이주하여 집단으로 세거
한 다섯 곳의 지명을 따라 허씨는 5개의 본으로 나뉜다. 김해에
계속 머문 허씨 후손들은 김해허씨(金海許氏), 하양으로 옮겨 여
러 대를 산 후손들은 하양허씨(河陽許氏), 양천으로 옮겨 산 후
손들은 양천허씨(陽川許氏), 태인으로 옮겨 산 후손들은 태인허
씨(泰仁許氏), 함창으로 옮겨 살게 된 후손들은 함창허씨(咸昌許
氏) 등으로 분류된다.

한편 신라 35대 경덕왕(景德王) 때에 허씨의 후손 중에 아손
(阿飡)의 벼슬에 있던 허기(許奇)가 당(唐)나라에 사신으로 갔
다. 그때 당나라의 황제는 현종(玄宗)이었다. 현종은 즉위 초에
는 선정을 베풀더니, 양태진(楊太眞)을 후궁으로 맞이하여 귀비
(貴妃)를 삼은 뒤부터 정사를 어지럽혀 마침내 안록산(安祿山)의
난(亂)이 일어났고, 이 반란군이 당나라의 당시 서울인 장안(長
安)까지 쳐들어왔다. 이 난리 통에 현종이 파천하여 촉(蜀) 땅으
로 갈 때에 허기는 신라 사신이지만, 현종을 호종하여 같이 갔
다. 현종은 허기에게 자기의 성인 이(李)씨를 사성하고 소성백
(邵城伯)이라는 작위를 주고, 식읍(食邑) 1천5백 호도 내려 주었
다. 그러나 신라 조정에서는 허기가 당나라에 사신으로 들어가
4년 만에 돌아왔으므로 이를 허물하여 당나라 황제가 내린 작
위와 식읍을 주지 아니하였다. 그리고 허기의 10세손인 허겸

(許謙)에 이르기까지 이허(李許)라는 두 자 성[復姓]을 사용하게 하였다. 그 후 허겸의 아들 한(翰)에 이르러 허성은 쓰지 아니하고, 이씨 성 하나만을 쓰기로 하여 가야국 왕손은 또 한 갈래를 이루었으니, 고려 때에 크게 드러난 인천이씨(仁川李氏)들이 바로 이들이라고 한다.[189]

이 이야기는 김해허씨를 비롯한 허씨들의 분파 연기담(緣起談)과 인천이씨(仁川李氏)의 창씨 이야기이다. 특히 이 이야기에서 비록 잠시이기는 하지만, 신라시대에 "이허(李許)"라는 복성이 있었다는 것은 이제까지 잘 알려지지 아니한 새로운 사실이다.

구지봉석(龜旨峯石)
사적 제429호, 경남 김해시 구산동에 위치. 출처 : 문화재청

---

189 앞주의 책.

5. 탐라국(耽羅國)의 문학

탐라국(耽羅國)은 지금의 제주도(濟州道)에 있었던 옛날 나라의 이름이다. 일명 담라(儋羅)·담모라국(聃牟羅國)·섭라(涉羅)·탁라(乇羅)·탐모라국(耽牟羅國)·탐부라국(耽浮羅國)이라고도 하였다.

『당서(唐書)』권 220, 「열전(列傳)」제145, "동이전"의 '유귀(流鬼)'항 속에서는 탐라에 관하여 이렇게 말하고 있다.

 용삭(龍朔 : 2994, 661) 초년에 담라(儋羅)라는 나라가 있어서 그 나라 임금 유리도라(儒李都羅)가 사신을 보내어 조회에 참석하게 하였다. 그 나라는 신라의 무주(武州) 남쪽 섬 위에 있다. 풍속은 소박하고 누추하여 개나 돼지의 가죽으로 지은 옷을 입고 산다. 여름에는 가죽으로 하늘을 덮은 가죽집에서 살고, 겨울에는 굴방에서 살았다. 땅에서는 오곡이 나지만 농사를 지을 때에 소를 부릴 줄을 알지 못하여 쇠스랑을 만들어 땅을 판다. 그 나라는 처음에 백제에 딸리었다가 인덕(麟德 : 2997 - 2998, 664 - 665)년 중에 그 추장이 조회에 참석하여 당나라 고종을 따라 태산에까지 갔다. 뒤에 신라에 딸리게 되었다.[190]

---

190 "龍朔初有儋羅者其王儒李都羅遣使入朝國居新羅武州南島上俗朴陋衣犬豕皮夏居革屋冬窟室地生五穀耕不知用牛以鐵齒杷土初附百濟麟德中酋長來朝從帝至太山後附新羅."
李律坤, 『百濟史의 秘密』, 上古史學會, 2006.

탐라지도(耽羅地圖) 및 지도병서(地圖竝書)
시도유형문화재 제13호, 제주 제주시 문연로에 위치. 출처 : 문화재청

고 하여 통일신라 이전의 탐라국에 관한 실상을 엿볼 수 있게 한다.

그러나 『수서(隋書)』 권81, 「열전(列傳)」 제46. "백제(百濟)" 조에는 아래와 같이 기록되어 있어서 백제의 소속으로 되어 있는데, 이것은 『수서』와 『당서』의 편집 시기에 따른 차이이다.

(전략) 그 나라 남쪽 바다로 석 달을 가면, 담모라국(聃牟羅國)이 있는데, 남북의 길이가 1천여 리(400km)이고, 동서의 거리가 수백 리(약 80 - 120km)이다. 그곳에는 사슴과 노루가 많다. 그들은 백제에 붙어 살아간다. 백제에서 서쪽으로 3일 동안을 가면, 맥국(貊國)에 도착한다고 한다.[191]

----

191 "(전략) 其南海行三月有聃牟羅國南北千餘里東西數百里土多麞鹿附庸於百濟百濟自西行三日至貊國云."

고 하여 탐라국과 백제의 관계를 증명하여 주고 있다.

또 『위지(魏志)』 「동이전(東夷傳)」 "한(韓)"조에는,

또 주호(州胡)라는 땅이 있으니, 마한(馬韓)의 서쪽 바다 가운데에 큰 섬 위에 있다. 그곳의 사람들은 키가 조금 작고, 말도 한(韓)과는 다르다. 모두 머리를 깎아서 마치 선비족(鮮卑族)과 같다. 다만 옷을 입고, 가죽 띠를 매고, 소와 돼지 기르기를 좋아하였다. 그들이 입는 옷은 웃옷만 있고, 아랫도리는 없어서 마치 벗고 다니는 것 같다. 배를 타고 한(韓)나라에 오가면서 장사를 한다.[『삼국지(三國志)』 「위지(魏志)」]

고 한 기록으로 보면, 지금도 유명한 "제주도의 흑돼지"는 옛날부터 유명하였음을 알려 준다. 한편 옛날에는 제주도에서 소[牛]도 많이 길렀던 모양인데, 지금은 그렇지 아니한 것이 시대의 변화라고 하겠다.

탐라국의 역사와 문학에 관하여는 현재 우리가 읽을 수 있는 『고려사』 권 57, 「지리지(地理志)」 제11, "지리 2"의 '탐라(耽羅)' 조에 다음과 같은 지금의 제주도(濟州道)에 전하는 세 성씨(姓氏)들의 기원설화를 통하여 간접적으로 엿볼 수가 있다.

탐라현은 전라도 남쪽 바다 가운데에 있다. 고기(古

記)에 이르기를, 태초에 인물이 없었는데, 세 신인들이 땅속에서 솟아나오니, 맏이 양을나(良乙那), 버금을 고을나(高乙那), 셋째를 부을나(夫乙那)라고 하였다.

세 사람은 거칠고 궁벽한 곳에서 수렵을 하여 짐승의 가죽으로 옷을 만들어 입으며 고기를 먹고 살았다. 하루는 붉은 진흙으로 싸 바른 나무함이 동해 바닷가로 떠오는 것을 발견하고 나아가서 그 나무함을 열어보니, 그 나무함 안에 또 돌함이 있었고, 붉은 허리띠에 자줏빛 옷을 입은 사자도 한 사람이 따라와 있었다. 돌함을 열어보니, 푸른 옷을 입은 처녀 세 사람과 여러 마리의 망아지와 송아지와 다섯 가지 곡식의 종자들이 나왔다. 이어 사자가 말하기를, "나는 일본국 사신입니다. 우리 임금이 이 세 딸을 낳고 이르기를, '서해 가운데 있는 산에 신의 아들 셋이 강생하여 나라를 세우려 하는데, 배필이 없다.' 하시고, 이에 신에게 명하여 이 왕녀를 모시고 왔습니다. 어른들께서는 마땅히 배필을 삼아 대업을 이루소서." 하고는 갑자기 사자가 구름을 타고 가버리었다.

양을나와 고을나와 부을나의 세 사람들은 나이차에 따라 세 여인과 각각 결혼을 하였다. 샘물이 달고 땅이 기름진 곳으로 가서 활을 쏘아 터를 정하니, 양을나가 사는 곳을 제일도(第一都), 고을나가 사는 곳을 제이도, 부을나가 사는 곳은 제삼도라 하고, 비로소 다섯 가지 곡식을 파종하고, 또 망아지와 송아지를 기르니 날로 부유하여졌다. 15대 손자에 이르러서 고청(高淸) 형제들 세 사람이 배를 만들고 바다를 건너서 탐진(耽津)에

배를 대니, 그때가 대체로 신라가 융성한 때이었다.(하략)[192]

이 글에서 제주도의 이른바 삼성혈(三姓穴)의 전설과 함께 세 성씨의 차례가 명확하게 밝혀진다.

맏이가 양을나(良乙那), 둘째가 고을나(高乙那), 셋째가 부을나(夫乙那)임을 확인하고 따르면 세 성씨의 문중 간의 서열 싸움은 의미가 없는 것이다. 양을나의 후손들은 뒤에 그 성인 양(良)을 양(梁)으로 바꾸었다.[193]

5. 1. 무가(巫歌)

무가(巫歌)는 글자의 뜻만으로 풀이하면, 무당(巫堂)이 굿을 하며 부르는 노래를 이른다. 무당은 일명 "만신(滿神)"이라고 부르는 여무(女巫)를 가리키고, 남무(男巫)는 "박수(무당)" 또는 "화랭이[花郞]"이라고 구별하여 일컫는다. 그러나 일반적으

---

192 "耽羅縣在全羅道南海中其古記云太初無人物三神人從地聳出長曰良乙那次曰高乙那三曰夫乙那三人遊獵荒僻皮衣肉食一日見紫泥封藏木函浮至于東海濱就而開之函內又有石函有一紅帶紫衣使者隨來開石函出現靑衣處女三及諸駒犢五穀種乃曰我是日本國使也吾王生此三女云西海中嶽降神子三人將欲開國而無配匹於是命臣是三女以來爾宜配以成大業使者忽乘雲而去三人以年次分娶之就泉甘土肥處射矢卜地良乙那所居曰第一都高乙那所居曰第二都夫乙那所居曰第三都始播五穀且牧駒犢日就富庶至十五代孫高淸昆弟三人造舟渡海至于耽津盖新羅盛時也.(하략)"(『고려사』 권 57, 「지」 권 11.)

193 梁太一, 『乇羅遺事』, 梁氏宗會總本部, 1987.

로는 남녀의 성별에 관계없이 "무당"이라 하기도 하고, 무당(여자)과 박수(남자)로 구별하여 이르기도 한다.

상고시대는 미분화된 점복(占卜)의 시대로 정교불이(政敎不二) 때문에 최고 통치자가 무격(巫覡)으로 치민(治民)·치병(治病)·치재(治災)·기복(祈福)·기자(祈子)의 역할을 수행하는 사제자(司祭者)이거나 의무(醫巫), 또는 점복무(占卜巫)로서의 기능을 실천하였었다.

이제까지 전하여 오는 탐라국의 대표적 무속가요(巫俗歌謠)인 「세경본풀이」는 자충비(慈充妃=慈充姬)라고 일컬어지는 "무녀(巫女)의 인간성과 삶을 통하여 전형적인 제주 여정상(濟州女丁像)을 그려내고 있다. 일체의 사회·문화적인 가식 따위에 관계없이 인간의 원초적인 삶을 진솔하게 묘사한 것이기 때문에 어떤 문화적 척도(尺度)에서 평가될 성질의 것이 아니라는 점을 미리 말하여 둔다."고 『韓國 濟州 歷史·文化 뿌리학(上)』의 지은이 김인호는 전제하고, 「세경본풀이」에서 "자충비가 여성이면서도 중무장을 하고 백마에 올라타 적진으로 돌진해 나가 적을 산산히 무찌르고 개선장군이 되어 돌아오는 장면"의 일부를 소개하고 있다. 필자는 이 무가가 훈민정음이 창제된 이후인 조선왕조 때에 채록되었다고 하더라도 그 내용은 아주 오랜 옛날 탐라 여인들이 스스로의 나라와 생활 터전을 지키기 위하여 해녀(海女) 특유의 집단성(集團性)과 강인성

(强靭性)이 있는 기질과 가정(家庭) 지킴이로서의 여정(女丁)·
여군(女軍) 같은 생활 습성이 이 무가(巫歌) 속에 녹아들어 있
다. 오늘날까지 계속 이어져온 이 무가는 일종의 신가(神歌)로
서의 존경의 대상인 동시에 연희가(演戲歌=劇歌)로서의 즐김
의 대상으로 탐라 국민의 가슴에서 가슴으로 연면히 이어져
온 구송문학(口誦文學) 작품으로 판단하여 김인호가 소개한 부
분을 재인용하여 여기에 소개한다.

5. 1. 1. 자충희(慈充嬉)의 기지(奇智)

두 석 달이 되여 가난 소장(師長)이 자청빌 부르고,
"짐도령은(金도령은) 글로 봐도 절로 봐도 앉은 시늉을 봐도
(그리 보나 저리 보나 앉은 자세를 보나) 걸음 걷는 자부생일 봐
도 예청으로 나타난다.(걸음 걷는 모습을 보아도 여자로 보인
다.)"

하룻날은(하루는) 師長이 말을 ᄒ되(말하기를),
"짐도령아, 넌 글로 보나 절로 보나 예청으로 나타난다.(김도
령아, 너는 그리 보나 저리 보나 여자로만 보이는구나.) 어떵ᄒ
난(어찌하여) 넌 젖가심이(너는 젖가슴이) 높아지느냐?"
"소장님하 소장님하(師長님이시여 사장님이시여). 우리 부
미님 적엔(우리 부모님 적에는) 젖이 무릎에 떠났수다.(무릎에
까지 드리웠습니다.)"

"기영ᄒ건 이레 오라(그렇다면, 이리 다가오너라.)

몬지가 보자(만져 보자구나). 남재 젖은 딱딱ᄒ느니라(남자의 젖은 딱딱하느니라.)"

이젠(이제는) 짐도령은 사족을 발끈 씨명 가난(四足에 힘을 꾹 주고 가니) 몬지가 보니 딱딱ᄒ니(만져 보니 딱딱한지라)

"남재가 분명ᄒ다.(남자가 분명하구나)."

또 하루는 ᄉ장이 말을 ᄒ되,

"짐도령광 문두령이 숫을 우알로 홀랑 벗어 두엉(김도령과 문도령이 옷을 위아래로 홀랑 벗어버리고) 달음박질을 젖겨 보라.(견주어 보아라.)"

짐도령이 말을 ᄒ되,

"걸랑 기영 ᄒ오리다마는(그것은 그렇게 하겠습니다만 그러나) 이댁 법은 기영 홈네까?(이댁, 선생님댁 법은 그러하옵니까?) 우리 댁 법은 아방 몸에(우리집 법은 아버지 몸에) 꽝(骨)을 빌고, 어멍 몸에 살을 빌어(어머니 몸에서 살을 받아) 어멍 배안이셔(어머니 뱃속에서) 찬삭 차고(10개월 만삭 채우고) 팔 대문을 열안(열고서), 밝은 세상, 양 주먹 볼끈 죄면(두 주목 꽉 쥐어서) 낳고(태어났고…)"(중략)

짐도령이 ᄀ라가난(김도령이 일러가니) 師長이 땅을 치고(사장이 땅을 치고),

"기영ᄒ거들랑(그러하다면), 옷이랑 벗질 말앙(옷이랑 벗지 말고) 끅베(칡베, 葛布) 중이(여름 홑바지 · 中衣) 적삼(웃통에 입은 홑옷) 지서 입엉(지어 입고서) 달음박질 젖겨 보라.(달음박질을 견주어 보아라.)"

"걸랑 기영 ᄒ오리다.(그것은 그렇게 하오리다.)"

짐도령은 청대왓(푸른 대밭)델(에를) 들어가고 왕대를 비어 눅져(베어 눕혀) ᄒ 모작(한 미디) 동을 잘라 참씰(眞絲)로 꾀여 놓고(꿰고서는) 수두릿딱지(소라껍질) 두 개를 봉가다가(주어 다가) 왕대마작에(왕대미디에) 훈데(함께) 참씰로 꾀연(꿰어) 강알에(가랑이 아래) 사슬질을 메여 놓완(꿰어 매달아 놓고서는) 끅베중이 적삼 입고 달음질을 ᄒ는디(달음박질을 하는데) 문두령이 떨어지연(문두령이 뒤지므로) 이젠(이제는) 소장이 말을 홈을(말하기를),

"짐도령광 문두령이 씨름이나 해보라."

예청이명 남재명을(여자인지 남자인지를) 알아보젠 씨름을 시기난(시키니) 문두령이 멧번(씨름할 적마다) 지영(지므로) 기영헤도(그럼에도 불구하고) 예청으로 나타난다.(여자로만 보인 다.)

"것도 이상ᄒ다(그것 참 이상도 하다). 기영 말랑(그러질 말 고) 오좀이나 끄ㄹ길락ᄒ영(오줌 갈기기를 해서) 심벡(경쟁)이 나 ᄒ여 보라(해보아라)."

짐도령이 먼저 말을 ᄒ되,

"걸랑 기영 ᄒ오리다."

짐도령은 대불통(큰 붓자루)을 하문(下門)에 꼭기 질런 (꾹 꽂아) 장석 치명(끙하니 힘주어 소리치면서) (내싸니까) 열두 방축방을(집채를) 솔랑 낸겨(가볍게 넘겨), 문두령은 오줌을 장

석치멍 굴기난(꿍하니 힘주어 소리치면서 갈기니) ᄋᆞ돕(여덟)
방축방을(집채를) 제우 낸겨(겨우 넘겨) 이제는 소장이 상금을
주는구나…[194]

와 같은 내용으로 되어 있는 이「세경본풀이」는 오랫동안 제주
도민들의 입을 통하여 전하여 오면서 농사의 풍등(豐登)과 가
축의 번성 등을 입으로 외워서 비는 큰 굿의 본풀이 중 대표적
인 노래가 되었다.

이 작품의 내용은 김진국과 조진국이 결혼하여 부부가 된
뒤 30년이 되어도 자손이 없어서 불공을 올리어 자청비라는
딸을 얻는다. 자청비가 잘 자라서 바닷가로 빨래를 하러 나갔
다가 천상국의 문도령을 만나 사랑을 싹틔워 천신만고 끝에
부부가 되지만 불행은 계속 이어져서 자청비는 끝내 과부가
되고, 그 남편을 죽인 원수를 찾아 남장 여인으로 활동하여 문
도령을 환생시키고, 옥황 상제인 문선왕으로부터 자청비는 상
세경, 문도령은 중세경에 각각 봉함 받는다는 줄거리이다.

이 노래는 함경도의「문굿무가」와 그 줄거리가 비슷하다는
데, 이는 김인호의 말에 따르면, 탐라인들의 먼 조상들은 몽골
계인으로 부여(夫餘)·고구려(高句麗)계라는 주장에 수긍이 간
다.

---

194 김인호,『韓國 濟州 歷史·文化 뿌리학(上)』(宇鏞出版社 1997.) 쪽 291 - 292.

현재 이 작품은 일제 암흑기 시대인 4264(1931)년에 일본인 학자 적송지성(赤松智城)과 추엽융(秋葉隆)에 의하여 관심의 대상이 되었다가, 4301(1968)년 진성기(秦聖麒)에 의하여 일부 채록되어 학계의 주목을 끌었는데, 현재는 장주근(張籌根)의 『한국의 민간신앙』(4300, 고대중 구연본), 진성기의 『남국의 무속서사시』(4313, 강일생 구연본), 현용준(玄容駿)의 『제주도 무속자료사전』(4313, 안사인 구연본) 등 3종의 이본이 전하고 있다.

5. 1. 2. 자냥 노래

"자냥"이라는 말은 제주도 말로 우리 표준어 "자잘[細·小]"에서 변형된 그림씨이다. 앞에서 소개한 바 있는 김인호의 말에 따르면, "자냥"은 제주도 생활 주민의 특별한 철학이 속에 담겨 있는 특별한 의미의 낱말이라고 한다. 제주도에 전하는 아래와 같은 민요를 소개하여 제주도민들의 생활 속에 깊이 뿌리박혀 있는 근검 정신을 엿보기로 한다.

> 영할멍 살아도(이렇게까지 하여 살아도) 우리 제주 엄멍들(제주 어머니들) 경ᄒ난(그렇기 때문에) 갈중이 입엄 나상 뎅겨도(감물 올린 褐잠방이를 입고 나다녀도)
> ᄒ나도 부치럽지 안ᄒ다.(전혀 부끄럽지 않다.)

경호난 검질메곡(그러기에 농사 지은 밭에 잡초를 뽑고), 물
질호멍(바다에서 해녀 작업을 하면서) 살아도
호나토 설지 아니호다.(조금도 슬프지 않다.)
아! 女人의 당. 섬 제주여
제주를 지켜 온 女人이여![195]

라는 것인데, 김인호의 말에 따르면, 제주도민들 특히 서민 가
정의 여자들은 "자냥 단지"라는 작은 항아리를 집집이 장만하
여 두고 그 항아리에 매 끼니마다 밥쌀이나 곡식들의 일부를
저축하여 부(富)를 축적하는 삶을 살았다고 한다.

5.2. 탐라국 이야기 문학

5.2.1. 천지개벽 이야기

김영돈(金榮敦)·현용준(玄容駿)·현길언(玄吉彦)들이 수집하
여 출판한 『제주설화집성(濟州說話集成)』(I)에는 제주도 한림
읍 명월리 중동에 사는 당시 나이 79세의 오정생 할머니의 "천
지개벽 이야기"가 단제기원 4317(1984)년 8월 3일 김영돈이
김지홍과 같이 채집한 것으로 실려 있는데, 제주 방언이 너무

---

195 앞주의 김인호 책. 쪽 329-330.

심하여 채집자가 현대어로 소개한 줄거리를 옮겨 보면 아래와
같다.

천지개벽이 있기 전에는 하늘과 땅이 서로 맞붙어 있
었고, 온 누리가 깜깜하였었다. 그런데 하늘로부터 청이슬이 내
리고, 땅으로부터 흑이슬이 솟아나면서 하늘과 땅이 갈라지고
하늘의 별들도 생겨났다. 하늘의 닭과 땅의 닭과 사람의 닭이
울면서 개벽을 알렸다. 그러나 해도 둘이고, 달도 둘이 있어서
낮에는 사람들이 뜨거워서 죽어갔고, 밤에는 사람들이 얼어서
죽어갔다. 이에 옥황상제(玉皇上帝)가 활을 쏘는 사람으로 하여
금 해와 달을 하나씩 쏘아 떨어뜨리게 하였다. 아직도 편안한
세상은 이루어지지 아니하였다. 귀신이며 동물들과 사람들이
서로 구분됨이 없이 혼돈 속에 있었다. 이 혼돈을 정종 화장녀
가 나와서 정리하였고, 그 후로는 이승과 저승이 나뉘어졌고,
또 동물은 사람의 말을 하지 못하게 되었다. 천황씨는 불을 지
피는 법을 알려주었고, 신농씨는 농사짓는 법을 가르쳐 주었다.
이때부터 비로소 우리의 인간 세상이 모습을 제대로 갖추게 되
었던 것이다.[196]

라고 요약되어 있는데, 여기서 천황씨(天皇氏)와 신농씨(神農
氏)가 등장하는 것은 지금의 차이나 대륙이 곧 우리들의 조상

---

196 金榮敦 외, 『濟州說話集成』(1), (濟州大學校耽羅文化研究所, 1985) 쪽 211 – 213.

들이 살다가 쫓겨온 곳임을 암시하는 것이라고 하겠다.

5. 2. 2. 개벽 무가(開闢巫歌)

태초(太初), 천지(天地)가 혼합되어 있었는데, 갑자년 갑자월 갑자시(甲子年甲子月甲子時)에 하늘의 머리가 자방(子方)으로 열리고, 을축년 을축월 을축시(乙丑年乙丑月乙丑時)에 땅의 머리가 축방(丑方)으로 열리고, 인방(寅方)으로 사람이 태어나 천지는 개벽하였다. 그 모습은 천지가 캄캄하여 한 덩어리가 되었던 것이 시루떡의 징처럼 금이 나서 떨어지는 것이다. 그래서 하늘로는 청이슬이 내려오고, 땅으로는 흑이슬이 솟아나 서로 합수(合水)가 되어 만물이 생겨났다.

먼저 별이 생기고 아직 해가 아니 생겼을 때, 천황(天皇) 닭이 목을 들고, 지황(地皇) 닭이 날개를 치고, 인황(人皇) 닭이 꼬리를 치니 먼동이 트고 해가 솟아나 천지가 밝아졌는데, 해와 달이 두 개씩 나타났다. 그래서 낮에는 온 백성이 더워 죽게 되고, 밤에는 추워서 죽게 될 지경이었다.

어느 날, 하늘의 천지왕이 수명장자를 벌주기 위하여 지상에 내려왔다가 총맹부인[197]과 동침하고 돌아갔는데, 부인은 대별

----

197 원주로 ( )속에 "혹은 바구왕의 딸이라 하기도 하고, 바지왕이라 하기도 한다." 는 秦聖麒의 「南國의 巫歌」(1968. 유인본, p.292)과 赤松智城·秋葉隆의 『朝鮮巫俗の 硏究』(1937. 상권, p.369)의 주가 있다.

왕과 소별왕 형제를 낳았다. 성장한 형제가 후에 아버지를 찾아
가니, 아버지는 형인 대별왕에게 이승을, 아우인 소별왕에게 저
승을 차지하도록 하였다. 그러나 욕심 센 소별왕은 이승이 탐나
서 형에게 쑤께끼, 꽃 가꾸기 등 경쟁을 하여 이기는 자가 이승
을 차지하자고 제안하고 속임수로 이겨서 이승을 차지하게 되
었다. 소별왕이 이승엘 오고 보니, 이승엔 해도 둘, 달도 둘이
뜨고, 초목 금수(草木禽獸)가 다 말을 하고, 인간의 불화(不和) ·
도둑 · 간음이 성행하고, 사람이 불러 귀신이 대답하고, 귀신이
불러 사람이 대답하는 판이었다. 할 수 없이 소별왕은 형에게
이 혼란을 바로잡아주도록 부탁하니, 형은 천근 활에 천근 살을
가지고 해 하나 달 하나씩을 쏘아 없애고, 송피(松皮)가루 닷 말
닷 되를 뿌려서 금수 초목(禽獸草木)의 말을 못하게 하고, 귀신
과 인간은 저울로 달아서 백 근이 넘는 것은 인간으로, 못한 것
은 귀신으로 보내어 구별 지어 주었다. 그러나 자잘한 질서는
바로잡아주지 않았기 때문에 인간의 불화 · 도둑 · 간음 등 죄
악은 오늘도 남아 있는 것이다.[198]

이 작품은 북제주의 조천면(朝天面) 조천리(朝天里)에 살던
남무(男巫) 정주병(鄭周炳)이 창(唱)한 "천지본풀이"의 일부이
다. 제주도 전역에 널리 흩어져 있는데, 큰 줄거리는 같으나 부
분적으로 조금씩 다르게 전하여지고 있다.

....

198 玄容駿, 『濟州島巫俗資料事典』, 新丘文化社, 1980.

5. 2. 3. 삼성혈(三姓穴) 이야기

탐라현(耽羅縣)은 전라도 남해(南海) 가운데에 있다. 그에 관하여 고기(古記)에 이렇게 기록되어 있다.

태초에 사람과 물건이 없을 때에 세 사람의 신인(神人)이 땅에서 솟구쳐 나왔다.(그 주산의 북쪽 기슭에 굴이 있는데, '모흥(毛興)'이라는 땅이 바로 그곳이다. 원주) 맏이는 양을나(良乙那)라 하고, 둘째는 고을나(高乙那)라 하며, 셋째는 부을나(夫乙那)라고 하였다. 세 사람은 거칠고 궁벽한 곳에서 사냥을 하여 얻은 고기로 식량을 삼고, 그 가죽으로 옷을 만들어 입고 살았다.

하루는 자주색 칠한 봉하여진 나무상자가 동쪽 바닷가로 떠왔다. 세 사람이 가서 그 상자를 열어 보니, 그 나무상자 안에는 또 돌함이 있고, 붉은 띠에 자줏빛 옷을 입은 한 사람의 사자도 따라 왔다. 그 돌상자를 열어보니, 푸른 옷을 입은 처녀 세 사람과 여러 필의 망아지와 송아지와 오곡의 씨들도 나왔다. 이어 사자가 말하기를, "나는 일본국 사신입니다. 우리 왕이 이 세 따님을 낳으시고 이르시기를, '서쪽 바다 가운데에 있는 산에 신의 아들 세 사람이 내려와서 앞으로 나라를 세우고자 하는데, 배우자가 없다.'고 하신 뒤 신에게 명하시어 세 따님들을 모시고 왔습니다. 이제부터 당신들은 결혼하여 왕업을 이루도록 하십시오." 하고는 갑자기 구름을 타고 가버리었다.

세 사람은 나이 순서대로 아내를 맞이하여 샘물이 좋고, 땅

이 기름진 곳으로 가서 활을 쏘아 살 곳을 정하니, 양을나가 사
는 곳을 제일도(第一都)라 하고, 고을나가 사는 곳을 제이도(第
二都)라 하고, 부을나가 사는 곳을 제삼도(第三都)라 하였다. 비
로소 오곡을 씨 뿌리어 농사짓고 망아지와 송아지를 기르니, 날
로 재산이 늘고 자손이 번창하게 되었다.(하략)[199]

　　필자는 이 기록을 탐라국의 이야기 문학으로 이해한다. 그
리고 이 이야기는 『조선왕조실록』의 『세종실록』 권 151, 「지
리지」 "제주목" 조와 『동국여지승람』 권 제38, 「제주목」조에
도 실려서 전하여 오고 있다. 여기에서는 땅에서 솟구쳐 올라
온 신인(神人)이 오늘날의 제주 양씨(梁氏)와 제주 고씨(高氏)
및 제주 부씨(夫氏)의 조상이 된 것을 알 수가 있다. 이 이야기
를 일부 학자들은 성씨 개창의 시조신화(始祖神話)라고도 한
다.
　　근래에 조예구(趙禮九)는 그의 『시원지사』에서 제주도 한라
산 월평동 삼천단에는 아래와 같은 그림문자[形體文字]가 그려

----

199 "耽羅縣在全羅道南海中其古記云大初無人物三神人從地聳出(其主山北麓有穴日
毛興是其地也)長日良乙那次日高乙那三日夫乙那三人遊獵荒僻皮衣肉食一日見紫
泥封藏木函浮至于東海濱就而開之函內又有石函有一紅帶紫衣者隨來開石函出
現青衣處女三及諸駒犢五穀種乃日我是日本國使也吾王生此三女云西海中嶽降神
子三人將欲開國而無配匹於是命臣侍三女以來爾宜作配以成大業使者忽乘雲而去
三人以年次分娶之泉甘土肥處射矢卜地良乙那所居日第一都高乙那所居日第二都
夫乙那所居日第三都始播五穀且牧駒犢日就富庶(하략)"

제주목 관아(濟州牧 官衙)
사적 제380호, 제주 제주시 삼도 2동에 위치. 출처 : 문화재청

져 있다고 소개하고 있다. 그리고 그 뜻은 지은이 자신이 연구
하여 얻은 결론으로 다음과 같이 설명하고 있다. 참고로 소개
한다.

울타리를 만들어 삼천신 앞으로 짐승을 모아 봉헌 제
물로 바치고 엎드려 간구하오니 둥그런 형상으로 용암의 열기
와 조상의 밝은 얼과 함께 한라산 정상으로부터 불꽃 기둥의 모
습으로 하늘에 올라 하나 되어 대 광명을 이룩한 태양신께서는

제주 삼성혈(濟州 三姓穴)
사적 제134호, 제주 제주시 삼성로에 위치. 출처 : 문화재청

하늘에서 따뜻함과 밝음으로 우리를 언제나 보호하여 주시고,
삼신 일체의 조화로 뜻을 기울여 재난을 거두어 주소서.

라고 하였다.[200] 앞으로의 연구가 주목된다.

---

200 趙禮九, 『시원지사』, 어진소리, 2002.

Ⅶ. 여섯째 시대
남북조(南北朝)의 문학

이 시대의 문학은 신라 문무왕 3(2996, 663)년에 백제가 멸망하고, 문무왕 8(3001, 668)년에는 고구려가 멸망되어 신라는 이른바 통일 신라의 시대가 열리게 되었다. 이 신라 왕조를 필자는 남조(南朝)라고 부른다. 그리고 약 30년 뒤인 신라 효소왕 8(3032, 699)년에 발해국(渤海國)이 건국되니, 이 발해국을 필자는 북조(北朝)라고 일컬으면서 이 두 나라가 함께 있었던 시대부터 발해가 멸망하는 애왕(哀王) 26(3259, 926)년과 그 뒤 9년을 더 있었던 신라의 경순왕 9(3268, 935)년 신라가 멸망되기까지의 약 236년 동안의 신라와 발해국의 문학을 "남북조 시대의 문학"이라고 일컬어 살펴보기로 한다.

그러나 이는 필자의 천손족들의 나라라는 끈끈한 핏줄 때문에 엮어 본 것일 뿐이다. 실제로 그 당시에 신라와 발해 간의 국제 교류는 아주 멀었다. 단제기원 3066(신라 성덕왕 32, 발해 무왕 15, 서기 733)년에는 당(唐)

나라의 요청을 받아 신라가 발해를 침공하였다가 큰 눈으로 인하여 공을 이루지 못하고 돌아온 일이 있었으며, 신라는 당나라와의 접촉을 끊임없이 이어가는 반면, 발해국은 일본과 밀접하게 국교를 유지하였다.

이는 지금의 우리 대한민국과 북한과의 관계와 아주 비슷한 상황이었다고 하겠다. 그것은 발해를 건국한 대조영(大祚榮) 태조가 고구려 유민이다 보니, 신라에 대한 나쁜 감정 때문에 바다 건너 일본과는 밀접한 외교관계를 유지하면서도 신라와는 소원하게 지냈던 역사적 사실을 생각하여 보아야 할 것이다. 지금의 남북한 관계도 우리의 이웃나라 어디보다도 가깝게 지내면서 남북한 통합을 이루어야 하지만, 현실은 남북이 서로 이 지구상에서 가장 멀리 거리를 두고 경계하여야 하는 적대국의 상태에 있는 것과 유사한 상황으로 풀이된다.

따라서 외교 교류가 소원하므로 문화 교류는 물론 더욱 있을 수가 없었던 것이 오늘의 후세인이 보기에는 몹시 안타깝기만 하다.

더욱 섭섭한 것은 필자 개인의 생각이지만, 당시 국제 사회에서의 문화 교류의 고독이 얼마나 심하였으면, "해동성국(海東盛國)"이라는 이름의 발해국(渤海國) 사신들이 일본에 가서 일본을 천자국으로 대접하면서 스스로를 제후국의 조공(租貢)발이로 깎아내려서 시작(詩作) 교류를 한 것을 보면, 한 나라의 국세와 외교의 힘이 얼마나 큰 것인가를 짐작할 수가 있다.

Ⅶ. 여섯째 시대 남북조(南北朝)의 문학

1. 통일신라(統一新羅)의 문학

이제까지는 우리나라 국
문학사 책들이 거의가 통일
신라 시대 전후 문학을 그
냥 단순히 "삼국시대 문학"
으로 묶어서 다루어 왔다.

그러나 필자는 이 책에
서 "남북조시대 문학"으로
논술하는 과정에서 통일 이
전의 신라 문학과 통일 이
후의 문학으로 나누어 언급

감은사지 삼층석탑(感恩寺址 三層石塔)
국보 제112호, 경북 경주시 양북면 용당
리에 위치. 출처 : 문화재청

하는 것이다.

그것은 오늘의 남북한이 정치적 외교 접촉은 물론 민간적 문학 접촉은 없어도 민족적 동질성의 유지는 우리들 자신은 말할 것이 없고, 세계의 모든 외국인들까지도 언젠가는 평화적으로 통합되어야 할 하나의 겨레임을 인정하듯이 과거의 신라와 발해의 관계도 같은 겨레의 문학으로 묶어서 다룰 당위성 때문에 필자는 많은 저항을 예상하면서도 용기를 내어 시도하여 본다.

1. 1. 이름만 전하는 노래

1. 1. 1. 散花歌(산화가)

이 작품에 관한 기록은 『삼국유사』 권 5, 「感通(감통)」 제7 "月明師兜率歌(월명사 도솔가)"조에 보인다.

> (전략) 지금 세상에서 이것을 "산화가(散花歌)"라고 하나 잘못이고, 마땅히 "도솔가(兜率歌)"라고 하여야 할 것이다. "산화가(散花歌)"는 따로 있으나 글이 길어서 싣지 아니한다.(하략)[1]

---

1 "(전략) 今俗所謂此爲散花歌誤矣宜云兜率歌別有散花歌文多不載.(하략)"

여기서 월명사(月明師)가 지은 "도솔가(兜率歌)"와 전혀 다른 "산화가(散花歌)"가 있었음을 알 수가 있다. 이 "산화가(散花歌)"는 그 분량이 길어서 일연스님이 그의 『삼국유사』에 싣지 아니한 것도 알 수가 있다. 특히 홍재휴(洪在烋)는 이 "산화가(散花歌)"를 조선시대 문학의 꽃이었던 가사문학(歌辭文學)의 기원이라고 주장한 바도 있다.[2] 구체적인 증거가 부족한 것이 흠이지만, 탁견이라고 하겠다.

1. 1. 2. 신공사뇌가(身空詞腦歌)

이 작품에 관한 기록은 『삼국유사』 권 2, 「기이(紀異)」 1, "원성대왕(元聖大王)" 조에 있다.

> (전략) 대왕은 진실로 인생의 곤궁과 영달의 이치를 알았으므로 신공사뇌가(身空詞腦歌)[3]를 지었다.[4]

고 한 데에서 이 작품의 지은이는 원성대왕(元聖大王)이고, 그 주제는 그 제목에서 인생무상(人生無常)일 것을 유추할 수가 있다. 또 지어진 연대는 원성대왕의 즉위년(2418, 785)으로 추정된다.

---

2 洪在烋, 「가사(歌辭)」, 『國文學新講(국문학신강)』, (새문社, 1985), 쪽 175.
3 "노래는 없어져 알 수 없다.[歌亡未詳]"는 원주가 있음.
4 (전략) 大王誠知窮達之變故有身空詞腦歌.(하략)

1. 1. 3. 앵무가(鸚鵡歌)

이 작품에 관한 기록은 『삼국유사』 권 2, 「기이(紀異)」 제2, "흥덕왕 앵무(興德王鸚鵡)"조에 보인다.

제42대 흥덕대왕은 보력(寶曆) 2(3159, 826)년 병오에 즉위하였다. 얼마 아니 되어 당(唐)나라에 사신을 갔던 사람이 앵무새 한 쌍을 가지고 왔다. 오래지 아니하여 암놈이 죽으니, 외로워진 수놈이 슬피 우는지라 왕이 사람을 시켜 거울을 수놈의 앞에 걸어 놓게 하였더니, 거울 속의 그림자를 보고 짝을 얻은 줄 알고 거울을 쪼다가 그림자임을 알자 슬피 울다가 지쳐서 죽었다. 왕이 노래를 지었다고 하나 노랫말은 알 수가 없다.[5]

여기서 신라인들의 인정미를 엿볼 수 있는가 하면, 이 작품의 내용은 앵무새 부부들의 죽음에 대한 애도의 뜻과 그 앵무새 암수 간의 애정이 지극함을 찬미한 것이라고 하겠다. 또 지어진 연대는 흥덕왕이 즉위한 지 얼마 안 되어서라고 하니, 3159(826)년일 것임도 짐작할 수가 있다.

---

5 "第四十二興德大王寶曆二年丙午卽位未幾有人奉使於唐將鸚鵡一雙而至不久雌死而孤雄哀鳴不已王使人掛鏡於前鳥見鏡中影擬其得偶乃啄其鏡而知其影乃哀鳴而死王作歌云未詳."

1.2. 온빈글노래[完全借字歌]

1.2.1. 극락에 살고픈 노래[願往生歌]

이 작품에 관하여는 『삼국유사』 권 5, 「감통(感通)」 제7, "광덕 엄장(廣德嚴莊)" 조에 다음과 같은 기록과 함께 실리어 있다.

> 문무왕(文武王) 때에 스님이 있었으니, 그 이름은 광덕(廣德)과 엄장(嚴莊)인데, 두 사람은 서로 친하여 밤낮으로 약속하기를, "먼저 극락으로 돌아가는 사람은 반드시 서로 알리자."고 하였다.
>
> 광덕은 분황사(芬皇寺) 서쪽 마을[6]에 숨어 살며 신 삼기를 업으로 하면서 처자와 함께 살았으며, 엄장은 남악(南岳)에 암자를 짓고 크게 농사를 지으며 살았다.
>
> 하루는 해 그림자가 붉게 노을 지고 솔 그늘이 조용히 저무는데, 창밖에서 소리가 들리었다. "아무개는 이미 극락으로 가니, 그대는 잘 지내다가 속히 나를 따라 오게."라고 하는 소리이었다.
>
> 엄장이 문을 열고 나가서 살펴보니, 구름 밖에서 하늘의 음악 소리가 들려오고, 밝은 빛이 땅에까지 드리워 있었다.

---

6 "혹은 황룡사에 서거방이 있다고 하므로 어느 것이 옳은 지 알 수 없다."는 원주가 있음.

불국사(佛國寺)
국보 제22호, 경북 경주시 불국로에 위치. 출처 : 문화재청

　이튿날 엄장이 광덕이 살던 집을 찾아가니, 광덕이 과연 죽어
있었다. 이에 그의 아내와 함께 광덕의 시신을 거두어 장사를
지냈다. 장례가 끝난 뒤 광덕의 아내에게 말하기를, "남편이 돌
아갔으니, 함께 사는 것이 어떻겠소?" 하니, 광덕의 아내가 "좋
습니다." 하여 마침내 그 집에 머물게 되었다. 밤에 자면서 관계
하려 하니, 그 부인은 그를 밀치면서 말하기를, "스님께서 정토
(淨土)를 구하는 것은 마치 나무에 올라가 물고기를 잡으려는 것
과 같습니다." 하였다. 엄장이 놀라며 이상하게 생각하고 묻기

를, "광덕은 이미 갔고, 당신과 나뿐인데 무엇을 꺼리시오?" 하니, 광덕의 아내가 말하기를, "남편은 나와 10여 년을 같이 살았지만, 일찍이 하룻밤도 한 침상에서 자지 아니하였는데, 하물며 몸을 더럽히겠습니까? 다만 밤마다 단정히 앉아서 한결같은 목소리로 아미타불(阿彌陀佛)을 불렀고, 때로는 16관(觀)을 지어 이미 관(觀)이 익숙하여졌을 때에 밝은 달빛이 창문에 비치면 때때로 그 빛을 타고 올라 가부좌(跏趺坐)를 하고 정성을 쏟음이 이와 같았으니, 비록 서방 정토에 가지 아니하려 한들 어찌 가지 아니하겠습니까? 대체로 천 리 길을 가고자 하는 사람은 그 첫걸음부터 알 수가 있는 것인데, 지금 스님이 하는 짓은 동으로 가는 것이지 서방으로 간다고는 할 수 없습니다." 엄장은 이 말을 듣고 몹시 부끄러워하며 물러 나왔다.(중략) 그 부인은 바로 분황사의 여종이니, 대개 관음보살(觀音菩薩) 19응신(應身) 가운데 하나이었다. 광덕은 일찍이 부르는 노래가 있었는데, 다음과 같다.[7]

---

[7] "文武王代有沙門名廣德嚴莊二人友善日夕約日先歸安養者須告之德隱居芬皇西里蒲鞋爲業挾妻子而居莊庵栖南岳火種力耕一日日影拖紅松陰靜暮窓外有聲報云某已西往矣惟君好住速從吾來莊排闥而出顧之雲外有天樂聲光明屬地明日歸訪其居德果亡矣於是乃與其婦收骸同營萬里旣事乃謂婦曰夫子逝矣偕處何如婦曰可逡留夜將宿欲通焉婦靳之曰師求淨土可謂求魚緣木莊驚怪問曰德旣乃爾予又何妨婦曰夫子與我同居十餘載未嘗一夕同床而枕況觸汚乎但每夜端身正坐一聲念阿彌陀佛號或作十六觀觀旣熟明月入戶時昇其光跏趺於上竭誠若此雖欲勿西奚往夫適千里者一步可規今師之觀可去東矣西則未可知也莊愧赧而退(중략)其婦乃芬皇寺之婢盖十九應身之一德嘗有歌云.(하략)"

月下伊底亦 西方念丁 去賜里遣

달하! 이저여 서방 스져 가시리고

無量壽佛前乃 惱叱古音[8]多可支 白遣賜立

무량수불 앞에 닏곰다가리 삷고사리.

誓音深史隱 尊衣希仰支 兩手集刀花乎白良

다짐 깊사온 존의게 우러리 두 손 모도골오 삷아

願往生願往生 慕人有如白遣賜立

극락에 살고파. 극락에 살고파. 그릴 사람 있다 삷고사리.

阿邪 아야!

此身遣也置遣 四十八大願成遣賜去

이 몸 남겨 두고, 사십 팔 큰 바람 일고사가.

(의역) 달님이시여! 이제야 서방 가까이 가십니까?

　　　　무량수불 앞에 알려드리러 여쭈오리.

　　　　다짐 깊사온 존에게 우러러 두 손 모으고서 사뢰어

　　　　극락에 살고파. 극락에 살고파.

　　　　그리는 이 있다 여쭈오리.

　　　　아야!

　　　　이 몸 남겨두고 48 큰 소망 이루실까?

먼저, 이 작품의 제목을 이제까지 뜻글말 그대로 인정하여 "원왕생가(願往生歌)"라고 하거나 "가고파 노래"(김선기)라고

---

8 "경주 말로 말을 알린다는 뜻이다.[鄕言云報言也]"라는 원주가 있음.

하였으나, 앞으로는 뜻글자의 뜻과 음을 빌어서 표기한 온빈글말[完全借字語]로 보고, "극락에 살고픈 노래[願往生歌]"라고 풀어서 읽어야 할 것이다.

둘째, 이 작품의 지은이는 이 작품이 광덕(廣德)스님의 아미타불을 염호(念號)하며 정성을 다하여 수행하면서 부른 염원가(念願歌)로 볼 때에 광덕(廣德)스님이 분명하다.

셋째, 이 작품이 지어진 연대는 엄장(嚴莊)스님이 광덕(廣德)스님의 부인으로 표현된 분황사(芬皇寺)의 여자 종에게 창피당한 뒤 원효(元曉 : 2950-3019, 617-686)스님을 찾아가 극락으로 가는 묘리(妙理)를 배워 극락왕생(極樂往生)하게 되었다는 점에서 보면, 문무왕(文武王 : 재위 2994-3014, 661-681) 말년 이전으로 추정할 수가 있다.

넷째, 이 작품의 주제는 신라인들의 불교 신앙심과 사생관(死生觀)을 엿볼 수 있는 귀중한 자료의 하나로, 극락에 가서 새 삶을 염원한 기원가(祈願歌)라고 하겠다.

다섯째, 이 작품을 통하여 후생인 오늘날의 우리들에게 신라인들의 여성의 정조관념이 얼마나 깨끗하였는가를 간접적으로 증명하여 주고 있다.

1. 2. 2. 죽지랑을 그린 노래[慕竹旨郎歌]

이 작품에 관한 기록은 『삼국유사』 권 2, 「효소왕대 죽지랑 (孝昭王代 竹旨郎)[9]」조에 다음과 같이 소개되어 있다.

제32대 효소왕 때에 죽만이라는 화랑의 무리 중에 득오(得烏)[10] 급간(級干)이 있었다. 풍류황권(風流黃卷)에 이름을 올려놓아 날마다 출근하더니, 10일 동안 보이지 아니하였다. 죽만랑이 그의 어머니를 불러 묻기를, "자네 아들이 어디 있는가?" 하니, 그 어머니가 답하기를, "당전(幢典) 모량부(牟梁部) 익선아간(益宣阿干)이 제 아들을 부산성(富山城)의 창직(倉直)으로 데려갔는데, 너무 급히 가느라 죽만랑께 인사 드릴 겨를이 없었습니다." 하매, 죽만랑이 말하기를, "자네 아들이 만약 사사로이 거기를 갔다면 찾아볼 필요가 없지만 공적으로 갔다니 마땅히 찾아가서 대접을 하여야 하겠다." 하고, 이어 설병(舌餅) 한 합과 술 한 항아리를 가지고 좌인(左人)[11]을 거느리고 가니 죽만랑의 무리 137인이 예의를 갖추고 뒤따랐다. 부산성에 도착하여 문지기에게 "득오실(得烏失)이 어디에 있느냐?" 물으니, 문지기가 대답하기를, "지금 익선의 밭에서 전예에 따라 부역을 하고 있습니다." 하였다. 죽만랑이 밭으로 찾아가서 가지고

---

9 "또한 죽만(竹曼)이라고도 하고, 또 지관(智官)이라고도 이름한다."는 원주가 있음.
10 "실(谷)이라고도 한다."
11 "경주 말로 갯지라고 하니, 이는 곧 남자 종놈을 말한다."는 원주가 있음.

간 술과 떡을 배불리 먹이고 익선(益宣)에게 휴가를 청하여 함
께 돌아오고자 하였으나 익선은 허락하지 아니하였다.(중략) 처
음에 술종공(述宗公)이 삭주도독사(朔州都督使)가 되어 임지로
부임하러 가는데, 이때에 삼한(三韓)에 병란이 있었으므로 기병
(騎兵) 3,000명으로 그를 호송하게 하였다. 행렬이 죽지령(竹旨
嶺 : 댓마루)에 이르자 한 거사(居士)가 길을 잘 닦고 있었다. 술
종공이 그것을 보고 매우 탄미하자 거사도 또한 공의 위세가 매
우 놀라운 것을 보고 존대하여 서로가 마음으로 존경하게 되었
다.

술종공이 고을의 임소에 부임한 지 한 달이 되어 꿈에 거사
가 방에 들어오는 것을 보았다. 부부가 같은 꿈을 꾸었으므로
더욱 놀라고 괴이하게 여겨 다음날 사람을 보내어 그 거사의 안
부를 물었다. 사람이 말하기를, "거사가 돌아가신지 며칠이 되
었습니다."고 하였다. 심부름꾼이 돌아와서 그 사실을 고하니,
그날이 꿈꾸었던 날과 같은지라 공이 말하기를, "아마 거사가
우리 집에 태어날 것 같소."라고 하였다. 다시 군사를 보내어
고개 위 북쪽 봉오리에 장례를 지내고, 돌로 미륵불을 새겨 무
덤 앞에 세우게 하였다. 공의 아내는 꿈을 꾼 날부터 태기가 있
어 이 아이를 낳았는데, 이러한 이유로 죽지(竹旨)라고 이름 지
었다. 이 죽지랑이 커서 벼슬을 하게 되니, 김유신(金庾信)을 따
라 부수(副帥)가 되어 삼국(三國)을 통일하였다. 진덕(眞德), 태
종(太宗), 문무(文武), 신문(神文)의 4대에 걸쳐 재상이 되어 나라
를 안정시켰다.

처음에 득오실[得烏谷]이 낭을 사모하여 노래를 지어 부르니,
다음과 같다.[12]

去隱春皆理米毛冬居叱沙哭屋尸以憂音

간 봄 그리매 모도 것사 울올 이 시름

阿冬音乃叱好支賜烏隱兒史年數就音墮支行齊

아돔 낯 좋기 주시온 짓 나수 들음 떠기니져

目煙廻於尸七史伊衣逢烏支惡知作乎下是

눈내돌올칠 사이에만 오기 어찌 지오 하리?

郎也 낭여!

慕理尸心未行乎尸道尸蓬次叱巷中宿尸夜音有叱下是

그릴 마음에 니올 길 다봇굴헝 잘 밤 있내리.

(의역) 간 봄을 그리매 모든 것이 울게 하는 이 시름.

　　　　고운 얼굴로 좋게 살펴주신 모습 나이들며 잊혀가네.

　　　　눈을 돌릴 사이에라도 만나 뵙기 어찌 이루리오?

　　　　죽지랑이시여!

---

12 "第三十二代孝昭王代竹曼郞之徒有得烏(一云谷)級干隷名於風流黃卷追日仕進隔
旬日不見郞喚其母問爾子何在每日幢典车梁益宣阿干以我子差富山城倉直馳去行
急未暇告辭於郞郞曰汝子若私事適彼則不須尋訪今以公事進去須歸享矣乃以舌餠
一合酒一缸率左人而行郞徒百三十七人亦具儀侍從到富山城問閽人得烏失奚在人
曰今在益宣田隨例赴役郞歸以所將酒餠饗之請暇於益宣將欲借還益宣固禁不許
(중략)初述宗公爲朔州都督使將歸理所時三韓兵亂以騎兵三千護送之行至竹旨嶺有
一居士平理其嶺路公見之嘆美居士亦善公之威勢赫甚相感於心公赴州理隔一朔夢
見居士入于房中室家同夢驚怪尤甚翌日使人問其居士安否人曰居士死有日矣使來
還告其死與夢同日矣公曰殆居士誕於吾家爾更發卒修葬於嶺上北峰造石彌勒一軀
安於塚前妻氏自夢之日有娠旣誕因名竹旨壯而出仕與庚信公爲副帥統三韓眞德太
宗文武神文四代爲冢宰安定闕邦初得烏谷慕郞而作歌曰. (하략)"

그리운 마음에 가올 길 쑥밭 골짜기에서 잘 밤 있으리.

여기서 우리가 함께 생각하여 볼 일은 작품의 이름, 지은이, 지어진 연대, 특히 이 작품이 지어진 때가 죽지랑이 살았을 때인가 아니면 돌아간 뒤인가의 문제이다.

첫째, 일본인 소창진평(小倉進平)은 "득오곡모랑가(得烏谷慕郎歌)", 김사엽(金思燁)은 "대마로가", 김선기는 "다기마로 노래", 홍기문은 "죽지랑가" 등으로 불러왔으나, 나머지 많은 학자들은 양주동(梁柱東)의 "모죽지랑가"를 따르고 있다. 그러나 필자는 뜻글자 표기를 빌어쓰기로 보아 우리말로 풀어서 읽어야 옳다고 보아 "죽지랑을 그린 노래"라고 부를 것을 주장한다.

둘째, 지은이는 그 이름이 일연(一然)스님 스스로가 그의 『삼국유사』에서 "득오(得烏)"·"실[谷]"·"득오실(得烏失)"·"득오실[得烏谷]"의 네 형태로 불리어진 것을 알려주고 있다. 필자는 "득오실[得烏失·得烏谷]"이라고 통일할 필요가 있다고 주장한다.

셋째, 지어진 연대는 정확하지는 아니하나 이제까지 많은 학자들이 효소왕(孝昭王)이 왕위에 있던 기간인 3025–3035, 692–702의 10년 사이로 보아왔으나, 필자는 일연스님이 이 작품을 소개하는 바로 앞에서 "처음에[初]"라고 한 것을 윤영

옥(尹榮玉)의 주장과 같이 효소왕 초(孝昭王初)로 보아 3025
(692)년을 이 작품이 지어진 연대로 보고자 한다.[13]

넷째, 득오실이 죽지랑이 살아 있을 때에 이 노래를 지어 불
렀는가? 죽지랑이 졸한 뒤에 지은 것인가? 에 대하여 여러 학
자들의 견해는 구구 각각이다. 대체로 4300(1967)년대까지는
거의가 전자 일변도이었으나, 김동욱(金東旭)은 죽지랑이 타계
(他界)한 뒤의 작이라고 본 이후 조지훈(趙芝薰)은 이 노래의
"다복 굴헝[蓬次叱巷中]"을 "호리(蒿里=무덤)"로 풀이하면서
죽지랑의 사후 추도만가(死後追悼輓歌)로 보는 학자들이 많아
져서 김선기(金善琪)와 최철(崔喆)·양희철(楊熙喆) 같은 이들
이 동조하고 있다.[14]

다섯째, 필자가 추모가(追慕歌)나 애도가(哀悼歌), 또는 만가
류(輓歌類)가 아니고 생시의 사모가(思慕歌)로 보는 것은 "울올
[哭屋尸]"을 "방성대곡(放聲大哭)"으로 보아 애도(哀悼)로 해석
하기보다는 "울고 싶은"의 뜻으로 풀이하고, 또 "다복 굴헝[蓬
次叱巷中]"을 다복쑥이 우거진 굴헝으로 비유하여 득오실이

....
13 尹榮玉, 『新羅詩歌의 研究』, 螢雪出版社, 1979.
14 金東旭, 『韓國歌謠의 研究』, 乙酉文化社, 1961.
　　趙芝薰, 『韓國文化史序說』, 探求堂, 1964.
　　金善琪, 「다기마로 노래(竹旨歌)」, 『現代文學』146, 現代文學社, 1967.
　　崔喆, 『향가의 문학적연구』, 새문社, 1983.
　　楊熙喆, 『삼국유사 향가연구』, 태학사, 1997.
　　황패강, 『향가문학의 이론과 해석』, 일지사, 2001.

죽지랑을 뵙기 위하여 찾아가는 길이 그렇게 험할 수도 있겠으나 기쁜 마음으로 가겠다는 뜻으로 풀이하는 것은 지은이가 죽지랑을 사모하는 마음의 간절함을 강조한 것으로 풀이되기 때문이다.

여섯째, 위에 소개한 이야기의 내용은 크게 세 단락으로 엮어져 있다. 하나는 죽지랑과 득오실과의 이야기로 부하 낭도인 득오실의 공익근무의 어려움을 위로하러 찾아가 아간(阿干) 익선(益宣)에게 수모를 당하고 돌아온 이야기이고, 둘은 익선(益宣)의 나쁜 점들의 나열이고, 셋은 죽지랑의 출생담으로 죽지랑이 비범한 사람이라는 것을 드러내어 신라가 백제와 고구려를 정복하는데 큰 공을 세운 지난날의 용맹한 장군이며, 명재상이었던 죽지랑이 나이 젊은 익선(益宣) 아간에게 괄시 받을 사람이 아니라는 점을 부각시킨 것이다. 이러한 점에서 득오실을 만나러 갔을 때의 죽지랑은 이미 "이 빠진 늙은 호랑이" 같은 별볼일 없는 한 노인에 지나지 않음을 암시한 것이라고 풀이한다. 동시에 이러한 사정을 잘 아는 득오실이 죽지랑에 대한 사모의 정을 느껴, 이 노래로 득오실이 자기 때문에 익선에게 창피 당한 죽지랑께 그 일이 있은 이듬 해 봄에 자기의 진심을 전하여 죽지랑을 위로하려는 사모의 노래로 필자는 이 작품을 감상한다.

1.2.3. 꽃 바친 노래[獻花歌]

이 작품에 관한 기록은 『삼국유사』 권 2, 「기이(紀異)」 제2. "수로부인(水路夫人)"조에 다음과 같이 실려 있다.

성덕왕(聖德王 : 재위 3035-3070, 702-737) 때에 순정공(純貞公)이 강릉태수(江陵太守=지금 溟州)로 부임하는 도중의 바닷가에서 점심을 먹으려 하는데, 곁에 돌산 봉우리가 있어 병풍처럼 바다를 둘러싸고 있었다. 높이가 천 길은 되겠고, 그 위에는 철쭉꽃이 활짝 피어 있었다. 순정공의 부인 수로(水路)가 보고 옆에 있는 사람들에게 "누가 저 꽃을 꺾어 오겠느냐?" 하니, 시종들이 대답하기를, "사람이 발을 붙일 수가 없는 곳입니다." 하면서 모두 응하지 아니하였다. 곁에 있던 한 늙은이가 암소를 몰고 지나가다가 부인의 말을 듣고 그 꽃을 꺾어 가사를 지어 함께 바치었다. 그 노인은 어떤 사람인지 알 수 없었다.(중략) 노인의 "꽃 바친 노래"는 이러하다.[15]

紫布巖乎邊希	딛베 바호 가헤
執音乎手母牛放敎遣	자브온 손 어미쇼 놓이시고,
吾肹不喩慚肹伊賜等	나흘 아니 부끄리샤든
花肹折叱可獻乎理音如	곶을 꺾어 바치오림다.

----

15 "聖德王代純貞公赴江陵太守(今溟州)行次海汀晝饍傍有石嶂如屛臨海高千丈上有躑躅花盛開公之夫人水路見之謂左右曰折花獻者其誰從者曰非人跡所到皆辭不能傍有老翁牽牸牛而過者聞夫人言折其花亦作歌詞獻之其翁不知何許人也(중략)老人獻花歌曰.(하략)"

(의역) 붉은 바위 가에

　　　 잡은 손 어미 소를 놓게 하시고,

　　　 나를 부끄럽게 생각 않으시면,

　　　 꽃을 꺾어 바치오리다.

　이 작품의 지은이에 관하여는 다음과 같은 여러 가지 서로 다른 주장들이 있다.

　첫째, 이 노래의 지은이인 노인을 신적(神的)인 인물로 보는 경우,[16]

　둘째, 불교적 수도자(修道者 ＝ 禪僧)로 보는 경우,[17]

　셋째, 무속적 주술가(呪術家)로 보는 경우,[18]

　넷째, 강릉지방 토착 농부로 보는 경우들이 그 예이다.[19]

　필자는 윤영옥(尹榮玉)·박노준(朴魯埻)과 같은 의견으로 강릉지방 토착의 주민으로 보고자 한다.[20] 다만 늙은 사람을 등장시킨 것은 인생의 경험이 풍부할 뿐만 아니라 나이가 많은 노인은 그 당시 지방의 어른이기 때문에 신라인들의 경로 의식의 발로로 해석한다.

16 金善琪, 「곶받틴 노래」, 『現代文學』 153, 現代文學社, 1967.

17 金鐘雨, 『鄕歌文學硏究』, 宣明文化社, 1974.

18 尹敬洙, 『鄕歌·麗謠의 現代性 硏究』 집문당, 1993.

19 金東旭, 『韓國歌謠의 硏究』, 乙酉文化社, 1961.

20 尹榮玉, 『新羅詩歌의 硏究』, 螢雪出版社, 1980.
　　 朴魯埻, 『新羅歌謠의 硏究』, 悅話堂, 1982.

다섯째, 이 작품의 이름에 관하여 일본인 소창진평은 "노인
헌화가", 김사엽은 "참꽃노래", 김선기는 "곶받틴노래", 홍기
문은 "꽃흘가"라고 하였으나, 필자의 소견으로는 "꽃 바친 노
래"가 가장 무난하다고 생각한다.

1. 2. 4. 원가(怨歌)

이 작품에 관한 기록은 『삼국유사』권 5,「피은(避隱)」제8,
"信忠掛冠(신충괘관)"조에 있다.

> 효성왕(孝成王 : 재위 3070–3075, 737–742)이 왕위에 오
> 르기 전에 어진 선비 신충(信忠)과 더불어 궁정의 잣나무 밑에서
> 바둑을 두었는데, 어느 날 말하기를, "훗날 내가 만일 그대를 잊
> 는다면 저 잣나무와 같을 것이다." 하매, 신충이 일어나 절하였
> 다. 두어 달 뒤에 왕위에 올라 공신들에게 상을 주되, 신충을 잊
> 고 차례에 넣지 아니하였다. 충이 원망하여 노래를 지어 잣나무
> 에 붙였더니 나무가 갑자기 말라버렸다. 왕이 이상히 여겨 사람
> 을 시켜 조사하게 하였던 바 노래를 얻어 바쳤다. 왕이 크게 놀
> 라서 말하기를, "만사를 장악함에 거의 각궁(角弓)을 잊을 뻔하
> 였다." 하고, 그를 불러 작록(爵祿)을 주니 잣나무가 다시 살아
> 났다. 그 노래는 아래와 같다.[21]

---

21 "孝成王潛邸時與賢士信忠圍碁於宮庭栢樹下嘗曰他日若忘卿有如栢樹信忠興拜隔
數月王卽位賞功臣忘忠而不第之忠怨而作歌帖於栢樹樹忽黃悴王怪使審之得歌獻
之大驚曰萬機鞅掌幾忘乎角弓乃召之賜爵祿栢樹乃蘇歌曰.(하략)"

物叱好支栢史秋察尸不冬爾屋支墮米

갓 좋히 잣시 가을 안달 이옥히 디매

汝於多支行齊教因隱

너 어다히 니저 가라치신

仰頓隱面矣改衣賜乎隱冬矣也

우럴던 낯에 고치사온다에야

月羅理影支古理因淵之叱

다라리 그르기 내리인 못엣

行尸浪	닐 물결
阿叱沙矣以支如支	앗모래 이기다히
兒史沙叱望阿乃	즛시삿 바라아나
世理都	누리도
之叱逸烏隱第也	값 숨온 제야.
後句亡[22]	뒷말은 잃음

(의역) 물(物) 좋게 잣나무가 가을에도 안 시들어지매,

　　　너를 어떻게 잊어 말씀하신

　　　우러러 보던 얼굴 고치시었구나야.

　　　달 아래 그림자 비치는 못에

　　　이는 물결

　　　부서진 모래 이기듯이

　　　짓이야 바라지만,

---

22 이 끊어쓰기는 『삼국유사』 고려대학교 도서관 소장 만송(晩松) 김완섭(金完燮)본에
따른 것임.

세상도
갈 길은 숨는 것뿐이네.
후구는 잃었음.

　이 작품에서 독자들이 관심하여야 할 것은 이 작품의 이름
과 지은이와 지어진 연대 및 이 작품을 통하여 본 일연(一然)스
님의 언령관(言靈觀 : 사람의 말에는 신령스런 힘이 있다고 믿는
생각)이다.

　첫째, 이 작품의 이름에 관하여는 오늘날의 많은 학자들이
"원가(怨歌)라고 일컫는데, 그 근거는 『삼국유사』에서 일연(一
然)스님이 이 작품을 소개하면서 "충(忠)이 원망하며 노래를
지어 불렀다.[忠怨而作歌]"라고 한 데에 있다. 그러나 일부 문
헌과 학자들은 "궁정백(宮庭栢)"이라고 표기한 문헌이 있는가
하면,[23] "궁정백가(宮庭栢歌)"라고도 부르고,[24] "백수가(栢樹
歌)"라고도 하며,[25] "세도탄"이라고도 하며,[26] "신충백수가(信忠
栢樹歌)"라고도 하고,[27] "원수가(怨樹歌)"라고도 하며,[28] "잣나
무가"라고도 하고,[29] "잣나무 노래"라고 한 이도 있다.[30] 이들

　23 『增補文獻備考』, 권 106, 「樂考」 17, "俗部樂"의 新羅樂 조.
　24 姜吉云, 『鄕歌新解讀硏究』, 學文社, 1995.
　25 金尙憶, 『鄕歌』, 한국자유교육협회, 1974.
　26 정렬모, 『향가연구』, 사회과학원, 1965.
　27 小倉進平, 『鄕歌及吏讀의 硏究』, 京城帝國大學, 1929.
　28 趙潤濟, 『國文學史』, 東國文化社.
　29 金思燁, 『鄕歌의 文學的 硏究』, 啓明大學校出版部, 1979.
　30 김선기, 「잣나무 노래」, 『現代文學』, 現代文學社, 1967.

모두가 그럴 듯한 이유가 있기는 하지만, 앞으로는 현재 가장 많은 사람들이 부르고 있는 "원가(怨歌)"로 통일하는 것이 좋겠다.

둘째, 이 작품의 지은이 신충(信忠)은 어떠한 사람인가? 이에 대하여는『삼국사기(三國史記)』에 의하면, "효성왕 3(3072, 739)년 봄 정월에 이찬(伊飡) 신충(信忠)으로 중시(中侍)를 삼았다."[31]는 기록이 보이고, 또 "경덕왕 16(3090, 757)년 봄 정월에는 이찬(伊飡) 신충(信忠)으로 상대등(上大等)을 삼았다."[32]는 기록과 "경덕왕 22(3096, 763)년 8월에 상대등 신충과 시중(侍中) 김옹(金邕)이 퇴임하였다."[33]는 기록이 있다. 그리고『삼국유사』의 이 노래에 관한 배경담에 이어진 기록에서는 "경덕왕(왕은 곧 효성왕의 아우) 22년 계묘(癸卯)에 충(忠)이 두 벗과 서로 약속하여 벼슬을 버리고, 남악(지리산)에 들어가서 다시 불러도 나오지 아니하고, 머리를 깎고 중이 되어 왕을 위하여 단속사(斷俗寺)를 세우고 일생을 산속에서 살면서 대왕의 복을 빌고자 원하므로 왕이 허락하셨다. 금당(金堂)의 뒷벽에 진영(眞影)을 두었으니, 이것이 그것이다."[34] 라고 한 것으

---

31 『삼국사기』권9,「신라본기」9, 효성왕 조.
32 『삼국사기』권9,「신라본기」9, 경덕왕 조.
33 위와 같은 책, 같은 곳.
34 "景德王(王卽孝成之弟)二十二年癸卯忠與二友相約掛冠入南岳再徵不就落髮爲沙門爲王創斷俗寺居焉願終身入壑以奉福大王王許之留眞在金堂後壁是也."

로 미루어 보면, 신충은 이 노래를 짓기 이전, 곧 효성왕이 왕
위에 오르기 전에 바둑을 두며 가까이 지낼 때에도 벼슬살이
를 하고 있었음을 짐작할 수가 있다. 그리고 역사학자 이기백
(李基白)에 의하여 신충이 효성왕 당시의 왕당파(王黨派) 거두
의 한 사람이었다는 사실이 알려져 있을 뿐이다.[35] 그러니까
현재로서는 신충이 신라 왕족일 가능성과 효성·경덕 두 대왕
의 총애를 받았던 사람이며, 정치적 어려운 일을 여러 번 겪었
던 사람이라는 사실만을 알 수가 있다.

셋째, 이 작품이 지어진 연대에 관하여는 효성왕 초(3069,
736)년이라는 설[36]과 동왕 3(3072, 739)년설[37]과 경덕왕
22(3096, 763)년이라는 설[38]이 있다. 필자는 여러 가지 배경담
의 정황으로 볼 때에 효성왕 초년에 이 작품이 지어졌다고 본
다.

넷째, 일연스님이 『삼국유사』에서 "신충괘관(信忠掛冠)"이
라고 제목을 붙이고 서술한 글의 내용을 보면, 왕의 총애를 받
았던 신충도 우여곡절이 많더니 결국 벼슬을 그만두고 단속사
(斷俗寺)를 창건하고, 그곳에서 머물러 살며 경덕왕의 복을 빌
었다는 내용을 소개하는 것으로 보아 이 작품의 배경담은 단

....

35 李基白, 『新羅政治社會史研究』, 民衆書館, 1974.
36 黃浿江, 『향가문학의 이론과 해석』, 일지사, 2001.
37 朴魯埻, 『新羅歌謠의 研究』, 悅話堂, 1982.
38 앞주 76) 참조.

속사의 사원 창건 연기설을 널리 알리어 신충의 신불성(信佛性)을 강조한 것으로 풀이된다. 그리고, 이 「원가」를 소개하면서 신충과 잠저시의 효성왕과의 서약(誓約)을 맺을 때의 증거물인 궁(宮) 뜰의 잣나무와 효성왕의 약속 위반과 원망스런 마음이 쌓인 신충이 그 원가(怨歌)를 지어 잣나무에 붙이었더니 잣나무가 시들었고, 시든 잣나무와 노래를 보고 효성왕이 뉘우쳐 해원(解怨)하니 잣나무가 다시 살아났다는 이적(異蹟)을 소개하고, 그 이적의 주인공인 신충은 33년 뒤에는 다시 벼슬을 그만두고 지금의 지리산으로 들어가 "단속사(斷俗寺)"를 창건하고 스님이 되어 불법 전파에 공헌하였음을 밝히고 있다.

여기서 우리는 일연스님이 사람의 말이 싱싱한 잣나무도 시들게도 만들고, 다시 살아나게도 할 수 있는 무서운 힘이 있다는 언령관(言靈觀)을 지니고 있었음을 확인할 수가 있다. 이러한 일연스님의 언령관은 이 작품 이외에도, 「신군을 맞은 노래[迎神君歌]」, 「살별 노래[彗星歌]」, 「도솔가(兜率歌)」, 「눈먼 아이 눈뜬 노래[盲兒得眼歌]」, 「해가(海歌)」 등에서도 엿볼 수가 있다. 일연스님은 말[言語] 속에 주술적 기능(呪術的機能)이 있다고 믿었던 듯하다. 그것을 필자는 "언령관(言靈觀)"이라고 한다.

1. 2. 5. 제망매가(祭亡妹歌)

이 작품에 관한 기록은 『삼국유사』 권 5, 「감통」 제7, "월명사 도솔가(月明師兜率歌)"조의 끝 부분에 이어서 아래와 같이 실리어 있다.

(전략) 월명(月明)은 또 일찍이 죽은 누이를 위하여 재를 올리었는데, 우리말 노래를 지어 제사를 지냈다. 그러자 문득 회오리바람이 일더니, 지전(紙錢)을 날리어 서쪽으로 사라졌다. 우리말 노래는 이러하였다.[39]

生死路隱此矣有阿米次盻伊遣
죽살이 길은 이에 잇아매 저히고,
吾隱去內如辭叱都毛如云遣去內尼叱古
나는 가나다 맔도 모다 니르고 가나닛고?
於內秋察早隱風未此矣彼矣浮良落尸葉如
어내 가을 이른 바람에 이에 저에 떠러질 닙같이
一等隱枝良出古去奴隱處毛冬乎丁
하단 가지에 나고, 가노은 곳 모라오정.
阿也 아야!
彌陀刹良逢乎吾道修良待是古如
미타찰에 맛보올 나 길 닦아 기다리고다.

---

39 "明又嘗爲亡妹營齋作鄉歌祭之忽有驚飇吹紙錢飛擧向西而沒歌曰.(생략)"

(의역) 죽살이 길 예 있으매 주저하고,

　　　나는 간다 말조차 못하고 가십니까?

　　　어느 가을 이른 바람에 이리저리 떨어질 잎처럼

　　　한 가지에 나고 가는 곳 모르겠네.

　　　아야!

　　　미타찰서 맞보올 나 길 닦아 기다리리.

　이로써 월명사는 신라시대 온빈글노래[完全借字歌]로 『삼국유사』에 실려 현재까지 전하여오는 14수 중에서 충담(忠談)과 함께 한 사람의 지은이가 두 편을 지은 작자가 되었다. 그리고 지어진 연대를 보면, 이 작품이 "도솔가(兜率歌)"보다 먼저 지어졌음을 알 수가 있다.

　이 작품은 현재 전하는 『삼국유사』 소재 14수의 온빈글노래 중에서 유일하게 제문성(祭文性)이 짙은 노래이다. 따라서 이 작품이야말로 조선시대 불교에 유행하던 화청(和請)의 기원이라고 하겠다.

　또 이 작품을 통하여 신라인들의 당시 불교적 윤회사상(輪廻思想)도 엿볼 수가 있다. "미타찰에 가서 만나보기 위하여 수행을 하면서 기다리겠다."고 한데서 확인이 가능하다.

　또 이 작품의 이름에 관하여 일본인 소창진평은 "월명사위망매영재가(月明師爲亡妹營齋歌)", 김사엽과 홍기문은 "누이제가", 양주동은 "제망매가(祭亡妹歌)"라고 하여 지금은 거의가 이 이름으로 통일되어가고 있다. 필자도 양 박사의 호칭을 따른다.

1. 2. 6. 도솔가(兜率歌)

今日此矣散花唱良	오늘 이에 산화 불어
巴寶白乎隱花良汝隱	바보 살본 곳아 너는
直等隱心音矣命叱使以惡只	고든 마음에 명 브리오기
彌勒座主陪立羅良	미륵좌주 뫼셔라어.

(의역)　오늘 이에 산화가를 불러서
　　　　뽑아 여쭌 꽃아! 너는
　　　　곧은 마음에 명 부리오기
　　　　미륵좌주 모셔라이.

이 작품에 관한 기록은 『삼국유사』 권 5, 「감통(感通)」 제7, "월명사 도솔가(月明師兜率歌)" 조에서 아래와 같이 언급되어 있다.

경덕왕(景德王) 19(3093, 760)년 경자(庚子) 4월 1일 두 개의 해가 함께 나타나서 10일이 되도록 사라지지 아니하였다. 천문 관측사가 임금님께 아뢰기를, "인연이 있는 스님을 모셔다가 산화공덕의 행사를 행하면 물리칠 수가 있겠습니다." 하였다. 이에 조원전(朝元殿)에 제단을 깨끗이 만들어 놓고, 임금님께서 직접 청양루(青陽樓)에 나오셔서 인연이 있는 스님을

기다리고 계셨는데, 마침 월명사(月明師)라는 스님이 논둑 밭둑
길로 남쪽에서 걸어오고 있어서 사람을 시켜 불러다가 단을 열
고 기도하는 글을 짓게 하니, 월명스님이 왕께 여쭙기를, "신하
인 이 중은 다만 국선(國仙)의 무리로 오직 우리말 노래만을 이
해할 뿐 성문(聲聞)이나 범패(梵唄)는 전혀 알지 못합니다." 하
니, 왕이 말씀하시기를, "이미 인연 있는 스님으로 뽑혔으니, 비
록 우리말 노래라도 좋다." 하시니, 월명스님이 즉시 "도솔가
(兜率歌)"를 지어 노래 부르니, 그 노랫말은 이러하다.(중략) 이
노래를 풀이하면,

> 용루에서 오늘 산화가를 불러
> 한 송이 꽃 푸른 구름에 뿌려 보내니,
> 은근하고 정중한 곧은 마음 부림은
> 멀리 도솔천의 미륵보살 맞음이네.

이다.
　지금 세간에서 이를 산화가(散花歌)라고 하지만, 잘못이다.
마땅히 도솔가(兜率歌)라고 하여야 할 것이다. 산화가는 달리
또 있는데, 그 글은 길어서 싣지 아니한다. 조금 후에 이내 해의
변괴가 사라졌다.(하략)[40]

....

40 "景德王十九年庚子四月朔二日竝現挾旬不滅日官奏請緣僧作散花功德則可禳於是
潔壇於朝元殿駕幸青陽樓望緣僧時有月明師行于阡陌時之南路王使召之命開壇作
啓明奏云臣僧但屬於國仙之徒只解鄕歌不閑聲梵王曰旣卜緣僧雖用鄕歌可也明乃
作兜率歌賦之其詞曰(중략)解曰龍樓此日散花歌挑送青雲一片花殷重直心之所使遠
遙兜率大儒家今俗謂此爲散花歌誤矣宜云兜率歌別有散花歌文多不載旣而日怪卽
滅.(하략)"

여기서 지은이 월명스님은 그 신분이 스님이면서 국선도(國仙徒＝花郞)이고, 경덕왕(景德王)의 연승(緣僧)으로 왕명에 의하여 "도솔가(兜率歌)"를 지었음을 알 수가 있다. 그리고 이 작품은 한 하늘에 두 개의 해가 동시에 나타나는 변괴가 일어서 그 변괴를 물리치기 위하여 지어진 주술성(呪術性)이 있었음도 확인하게 되었다. 또 일연스님은 이 작품이 "산화가(散花歌)" 또는 "산화공덕가(散花功德歌)"라고 일컬어지나 그것은 잘못이라고 지적하고 있다. 일연스님은 이 작품의 이름은 "도솔가(兜率歌)"라고 하여야 옳고, "산화가"는 노랫말이 너무 길어서 싣지 아니한다고 하여 "도솔가"는 짧은 노래이고, "산화가"는 분량이 긴 노래임을 밝혀주고 있다. 이 작품이 지어진 연대는 경덕왕 19(3093, 760)년이다.

또 이 작품의 이름에 관하여는 소창진평이 "월명사 도솔가", 김사엽이 "도솔 노래", 김선기의 "두시다 노래" 등으로 불렀는데, 현재 학계에서는 양주동의 주장을 많이 따라서 "도솔가"로 통일되고 있다.

1. 2. 7. 기파랑을 기린 노래[讚耆婆郞歌]

이 작품에 관한 기록은 『삼국유사』 권 2, "경덕왕(景德王)·충담사(忠談師)·표훈대덕(表訓大德)"조에 아래와 같이 소개되어 있다.

(전략) 왕이 나라를 다스린 지 24(3098, 765)년에 오악 삼산(五岳三山)의 신(神)들이 간혹 모습을 드러내어 대궐의 뜰에서 왕을 모시었다. 3월 3일에 왕은 귀정문(歸正門)의 누상에 나아가 좌우의 사람들에게 이르기를, "누가 길에서 능력이 있는 스님 한 사람을 모셔올 수 있겠는가?" 하니, 이때 마침 큰 스님이 위의(威儀)를 갖추고 지나가고 있었다. 좌우의 신하가 바라보고 그를 데려와 왕께 뵈웠다. 왕이 말씀하셨다. "내가 말하는 위의를 갖춘 스님이 아니다."라고 물리쳤다. 다시 한 사람의 스님이 가사를 입고 앵통(櫻筒)[41]을 걸머지고 남쪽에서 왔다. 왕이 그를 보고 기뻐하며 누상으로 모시어 그 통 속을 보니, 다구(茶具)만이 가득하여 왕이 물으시기를, "스님은 누구이신가?" 하니, 스님은 "충담(忠談)"입니다." 왕이 묻기를, "어디서 오시는가?" 하니, 스님이 "저는 3월 삼짇날과 9월 중양절이면 차를 다려서 남산 삼화령(南山三花嶺)의 미륵세존(彌勒世尊)께 드립니다. 오늘도 차를 드리고 오는 길입니다." 하였다. 왕이 "나에게도 차 한 잔을 주실 여분이 있는가?" 스님이 "그러겠습니다." 하고는 차를 다려 왕께 드리었는데, 차의 맛이 이상하고 그릇 속에 향기가 그윽하였다. 왕이 말씀하시기를, "내가 듣기에 스님께서 기파랑(耆婆郎)을 찬미한 우리말 노래가 그 뜻이 매우

---

41 "일작 삼태기[一作荷簣]'라는 원주가 있음.

높다고 하던데, 과연 그러신가?" 하니, 스님이 "그렇습니다."
하였다.(중략) 기파랑을 찬미한 노래는 이러하다.[42]

咽鳴爾處米	울워리처매
露曉邪隱月羅理	낟효사은 달라리
白雲音逐于浮去隱安支下	흰구름 조추 떠가는 안디하
沙是八陵隱汀理也中	새파른 나리여해
耆郎矣兒史藪邪	기랑의 즈시 이수라.
逸烏川理叱磧惡希	일오 내릿 재벽헤
郎也持以支如賜烏隱	랑여 디니이디 다사온
心未際叱肹逐內良齊	마음믜 갓흘 좇누어져.
阿耶	아야!
栢史叱枝次高支好	자싯 가지 높디호.
雪是毛冬乃乎尸花判也[43]	눈이 모도 내올 곳판여!

(의역) 우러러 보매

　　　나타나신 달이

　　　흰 구름 좇아 떠가는 안식처

42　"(전략) 王御國二十四年五嶽三山神等時或現侍於殿庭三月三日王御歸正門樓上謂
　　左右曰誰能途中得一員榮服僧來於是適宇一大德威儀鮮潔徜徉而行左右望而引見
　　之王曰非吾所謂榮僧也退之更有一僧被衲衣負櫻筒(一作荷簣)從南而來王喜見之邀
　　致樓上視其筒中盛茶具已曰汝爲誰耶僧曰忠談曰何所歸來僧曰僧每重三重九之日
　　烹茶饗南山三花嶺彌勒世尊今玆旣獻而還矣王曰寡人亦一甌茶有分乎僧乃煎茶獻
　　之茶之氣味異常甌中異香郁烈王曰朕嘗聞師讚耆婆郎詞腦歌其意甚高是其果乎對
　　曰然(중략)讚耆婆郎歌曰.(하략)"
43　끊어쓰기는 만송본『삼국유사』에 따랐음.

새파란 시내에
기랑의 모습이 있구나.
이리내(銀河)의 조약별에
랑이 지니신 따뜻한
마음의 가를 좇고 싶네.
아야!
잣나무 가지 높지요.
눈이 모두 견뎌낼 곳판이여!

이 작품의 지은이는 충담(忠談)스님이고, 그 지어진 연대는
경덕왕(景德王) 24(3098, 765)년에 지어진 "安民歌(안민가)"보
다 먼저 이루진 것이 확실하나 그 지어진 연대는 정확하지 아
니하며, 다만 경덕왕 때에 지어진 것은 분명하다고 본다. 또 이
작품의 주제는 고인이 된 기파랑(耆婆郎)을 찬미한 송찬가이
다.

이 작품의 이름에 관하여는 일본인 소창진평과 양주동은
"찬기파랑가", 김선기는 "찌이빠 노래", 홍기문은 "기파랑가",
김종우와 윤영옥은 "찬기파랑사뇌가" 등으로 일컫고 있다. 그
러나 필자는 "기파랑을 기린 노래"라고 일컬을 것을 주장한
다.

1. 2. 8. 안민가(安民歌)

이 작품에 관한 기록은 『삼국유사』 권 2, "경덕왕(景德王)·
충담사(忠談師)·표훈대덕(表訓大德)" 조에 아래와 같이 소개되
어 있다.

> (전략) 왕이 "그렇다면 나를 위하여 백성을 편안하게
> 다스릴 노래를 지어 주시오." 하였다. 스님은 즉시 왕의 명을
> 받들어 노래를 지어 바치었다. 왕은 그를 좋게 보아 왕사(王師)
> 로 받드니, 스님은 두 번 거듭 절을 하며 굳이 사양하고 받아들
> 이지 아니하였다. 안민가의 내용은 이러하다.[44]

> 君隱父也　　　　　　　군은 아비야
>
> 臣隱愛賜尸母史也　　　신은 다사살 어미시야
>
> 民焉狂尸恨阿孩古爲賜尸知民是愛尸知古如
>
> 민안 얼한 아이고 하샬디 민이 다살 알고다.
>
> 窟理叱大肹生以支所音物生此肹喰惡支治良羅
>
> 구믌다히 살손 물생 이흘 머기 다사러라.
>
> 此地肹捨遣只於冬是去於丁
>
> 이 따흘 바라곡 어대 갈어져
>
> 爲尸只國惡支持以　　　홀기 나라 악디 디니이
>
> 支知右如　　　　　　　기 알우다.

------

[44] "(전략) 王曰然則爲朕作理安民歌僧應時奉勅歌呈之王佳之封王師焉僧再拜固辭不
受安民歌曰.(하략)"

後句   후구

君如臣多支民隱如   군다 신다기 민은다

爲內尸等焉國惡大平恨音叱如

하날들언 나라악 태평하니잇다.[45]

(의역) 임금은 아버지요,

　　　　신하는 사랑하실 어미시요,

　　　　백성은 어린아이(라)고 하실 때 백성이 사랑 알겝니다.

　　　　꾸물대며 사는 물생 이를 먹여 다스리소.

　　　　이 땅을 버리고 어데 가리오?

　　　　한다면 나라 어찌 지니리?

　　　　버티며 알립니다.

　　　　후구

　　　　임금답게 신하답게 백성답게

　　　　하는 날에는 나라가 태평하니이다.

　이 작품의 지은이는 앞의 「기파랑을 기린 노래[讚耆婆郎歌]」
를 지은 충담(忠談)스님이다. 지어진 연대는 경덕왕(景德王)
24(3098, 765)년 4월이다. 경덕왕은 이 작품이 지어진 2개월
뒤에 승하하셨다.

　이 노래의 주제는 유학적(儒學的) 성격이 짙은 직분론(職分

---

45 띄어쓰기는 "후구(後句)"만을 제하고는 모두 만송본 『삼국유사』의 원문대로 하였
　　다.

論)을 바탕으로 군신과 백성이 모두 맡은 바 그 직분에 충실하면 나라가 태평할 것이라고 주장한 일종의 충고가(忠告歌)이기도 하며 동시에 교훈가(教訓歌)이기도 하다.

이 작품의 이름에 관하여도 학자들에 따라 김사엽과 홍기문은 "백성가", 김선기는 "알간 노래", 최철은 "이안민가(理安民歌)" 등으로 부르고 있으나 절대 다수의 학자들은 "안민가"라고 일컫고 있다.

1. 2. 9. 소경 아이 눈뜬 노래[盲兒得眼歌]

이 작품에 관한 기록은 『삼국유사』 권 3, 「탑상(塔像)」 제4, "분황사 천수대비 맹아 득안(芬皇寺千手大悲盲兒得眼)" 조에 아래와 같이 실려 있다.

경덕왕(景德王) 때에 한기리(漢岐里)에 희명(希明)이라는 여자가 살고 있었다. 그녀의 아이는 태어난 지 5년 만에 갑자기 눈이 멀게 되었다. 어느 날 그 어머니가 아이를 안고 분황사(芬皇寺) 왼쪽 전각 북쪽 벽에 그려져 있는 천수관음보살(千手觀音菩薩) 앞에 나아가서 노래를 지어 아이를 시켜 빌게 하였더니, 멀었던 눈이 마침내 볼 수 있게 되었다. 그 노래는 이러하다.[46]

....
46 "景德王代漢岐里女希明之兒生五稔而忽盲一日其母抱兒詣芬皇寺左殿北壁畵千手大悲前令兒作歌禱之逐得明其詞曰肟.(하략)"

膝肣古召旀	무릎흘 고브르며
二尸掌音毛乎攴內良	둘 손바듬 모호기들어
千手觀音叱前良中	천수관음ㅅ 알파해
祈以攴白屋尸置內乎多	빌이기 살볼두 들오다
千隱手	즈믄 손
叱千隱目肣	꾸질 즈믄 눈흘
一等下叱放一等肣除惡支	하단 아랫 노하 하단흘 덜압기
二于萬隱吾羅	둘우 만은 내라
一等沙隱賜以古只內乎叱等邪	하단 모른 사이 고디니홋다라.
阿邪也	아야야!
吾良遣知支賜尸等焉	나에 기치기 줄들안
放冬矣用屋尸慈悲也根古[47]	노호대 쓰올 자비여! 불휘고.

(의역) 무릎을 꾸부리며

　　　두 손바닥을 뭉으고 들어

　　　천수관음 앞에

　　　빌어 사룀도 드립니다.

　　　천 개의 손

　　　꿔 줄 천 개의 눈을

　　　하나를 내려놓아 하나를 덜어서

　　　둘이 먼 내게

　　　하나도 모르는 사이 고치셨더라.

---

47 끊어쓰기는 "阿邪也"만을 제하고는 모두 만송본 『삼국유사』에 따랐음.

아야야!
나에게 끼치어 주신다면,
놓아 둬도 쓰일 자비여 뿌리이다.
임금답게 신하답게 백성답게
하는 날에는 나라가 태평하니이다.

여기서 우리가 주의하여야 할 것은, 이 작품의 이름과 지은
이와 지어진 연대와 주제에 관한 것이다.

첫째, 이 작품의 이름에 관하여는 현재 학계에서 "盲兒得眼
歌[눈먼 아이 눈뜬 노래]"와 "禱千手觀音歌(도천수관음가)"가
팽팽하다. 전자의 경우는 『삼국유사』권 3, 「塔像(탑상)」제4,
"芬皇寺千手大悲盲兒得眼(분황사 천수대비 맹아 득안)"이라는
제목에서 취한 것이고, 후자의 경우는 분황사 북쪽 벽에 그린
천수대비 관음보살께 기도하여 눈을 뜨게 되었다는 노래의 배
경담에서 따온 것이다. 둘 다 일리가 있는 이름들이지만, 이 노
래의 주제와 관련하여 생각하여 본다면, "禱千手大悲歌[천수대
비께 빈 노래]"라는 막연한 이름보다는 앞의 "盲兒得眼歌[눈먼
아이 눈뜬 노래]"라는 이름이 좀 더 근사하다고 풀이된다. 따라
서 앞으로는 이 "눈먼 아이 눈뜬 노래[盲兒得眼歌]"로 통일하여
부를 것을 강조한다. 일본인 소창진평은 "맹아득안가", 양주동
은 "도천수관음가", 김사엽은 "천수안관음가", 김선기는 "눈밝
안 노래", 최철은 "득안가", 홍기문은 "관음가"라고 다양하게

부르고 있는 실정이다.

둘째, 이 작품의 지은이가 눈뜬 어린아이인가? 그 아이에게 노래를 지어 부르게 한 눈먼 어린이의 어머니인가?로 설왕설래(說往說來)한다. 이에 관하여 필자는 후자 곧 희명(希明)이라는 눈먼 어린이의 어머니를 지은이로 본다. 천수대비께 이 노래를 부르며 빌어서 눈을 새로 뜨게 된 어린이의 나이가 다섯 살밖에 아니 되니, 스스로 지었다고 볼 수 없기도 하려니와 일연(一然)스님이 "어머니 희명이 아이에게 노래를 지어 그 노래를 부르며 기도하게 시켰다.[令兒作歌禱之.]"고 하였기 때문이다. 이 말은 어머니인 희명이 이 노래를 지어 어린이에게 따라 부르며 천수대비께 기도한 것으로 풀이하여야 하기 때문이다. 또 눈먼 아이의 어머니가 희명(希明)이라고 이름한 것을 보면, 어머니가 지은 이 노래를 따라 부르며 관음보살님께 기도하여 눈을 뜨게 된 어린이의 어머니도 또한 눈먼 여인이었음을 짐작할 수가 있다. 이 노래의 지은이인 어머니 자신도 눈이 멀어 괴로운데 사랑스런 어린아이까지 갑자기 소경이 되니 그 충격은 여느 사람보다 훨씬 더 컸을 것이다. 그 안타까운 마음을 풀기 위하여 온갖 일을 다하여 보았을 것이다. 마지막으로 분황사 북벽의 천수대비 관음보살의 영험한 소식을 듣고, 어린 눈먼 아이를 안고 한걸음에 분황사로 달려가서 자기의 간절한 소망을 노래로 지어 아이와 함께 기도하여 어린아이의 눈이 떠지게 되는 영험을 얻었다는 것으로 풀이된다. 여기서 이 작품의 지은이는 눈먼 아이의 어머니인 희명이 분명하다. 그리고 여기서 일연스님은 천수대비관음보살의 영험력을 과시하여 불교 홍보에 진력하고 있음도 역시 짐작할 수 있을 뿐 아니라, 일연스님의 언령관(言靈觀)도 엿볼 수가 있다.

셋째, 이 작품이 지어진 연대는 정확히는 알 수 없지만, 대체로 경덕왕(景德王) 재위 중인 3075 – 3098(742 – 765)년 중에 지어진 것으로 짐작된다.[48]

넷째, 이 작품의 주제는 대자대비(大慈大悲)한 천수천안(千手千眼)의 관음보살(觀音菩薩)님께서 두 눈이 없는 나를 위하여 한 눈만이라도 달라는 간절한 소망을 간절히 기원한 축원가(祝願歌)라고 보아야 할 것이다.

1. 2. 10. 도둑 만난 노래[遇賊歌]

이 작품에 관한 기록은 『삼국유사』 권5, 「避隱(피은)」 제8, "永才遇賊(영재우적)"조에 아래와 같이 전한다.

스님 영재(永才)는 천성이 익살스럽고 재물에 구애되지 아니하였으며, 우리말 노래를 잘하였다. 만년에 장차 남악

----

48 3098(765)년은 경덕왕 24년에 해당하나, 6월에 승하하고 효공왕(孝恭王)이 즉위한 해로 효공왕 1년이 된다.

(南岳 : 지금의 지리산, 역자 주)에 숨어살려고 대현령(大峴嶺)에 이르렀을 때에 60여 명의 도둑떼를 만났다. 도둑들이 해하려 하였으나 오히려 영재스님은 칼날 앞에서도 겁내는 기색이 없이 화기로운 태도로 그들을 대하였다. 평소 도둑들이 그의 이름을 묻자, "영재"라고 대답하였다. 평소에 도둑들도 익히 들어서 알고 있었으므로 이에 노래를 짓게 하였는데, 그 가사는 이러하였다.(중략) 도둑들은 이 노래에 감동하여 비단 2끝을 주자 영재는 웃으며 이를 사양하며 말하기를, "재물이 지옥으로 가는 근본임을 알고 바야흐로 깊은 산속으로 피해 가서 여생을 마치려 하는데, 어찌 감히 이것을 받겠는가?" 하며 비단을 땅바닥에 던졌다. 도둑들은 그 말에 다시 감동되어 가졌던 칼과 창을 모두 버리고 머리를 깎고 영재의 제자가 되어 함께 지리산으로 들어가 숨어서 다시는 세상에 나오지 아니하였다. 영재의 나이가 거의 90이었으니, 원성대왕(元聖大王) 때이었다.(하략)[49]

自矣心米　　　　　　　저의 마음에
兒史毛達只將來呑隱日遠鳥逸〇〇過出知遣
즈시 모다 기려단 날 머리 새 숨은 〇〇허물 나 알고.
今呑藪未去遣省如　　　이제단 수페 가고쇼다.

....
49 "釋永才性滑稽不累於物善鄕歌暮歲將隱于南岳至大峴嶺遇賊六十餘人將加害才臨刃無懼色怡然當之賊怪而問其名曰永才賊素聞其名乃命〇〇〇作歌其辭曰(중략)賊感其意贈之綾二端才笑而前謝曰知財賄之爲地獄根本將避於窮山以餞一生何敢受焉乃投之地賊又感其言皆釋劒投戈落髮爲徒同隱地異不復蹈世才年僅九十矣在元聖大王之世.(하략)"

但非乎隱焉破○主次弗○史內於都還於尸朗也

다만 외오난 헐은 ○님 자비○ 시들어도 돌올 낭야!

此兵物叱沙過乎好尸日沙也內乎呑尼

이 잠갓사 허물오홀 둏을 날 새누오단니

阿耶!   아야!

唯只伊吾音之叱恨隱善陵隱安支尙宅都乎隱以多[50]

오직 이 내 소리앳 한은 아슬란 안디 바라는 집 다온이다.

(의역) 저의 마음에

      모습 모두 칭찬하려던 날 멀리 새 숨은 ○○(뒤에?)
허물 들어남 알고,

      다만 잘못된 헐은 ○님(파계주?) 자비○ 시들어도
도로 올 낭이여!

      이 병기들이야 허물할 좋을 날 밝아 오리니,

      아야!

      오직 이내 소리의 한은 아득히 아니 바라는 집다운
것이다.

이 작품의 지은이는 영재(永才)스님임을 알겠고, 그 지어진
연대는 영재스님이 원성왕(元聖王 : 재위 3118-3131, 785-798)
때 사람으로 이 노래를 지어 부를 때에는 나이가 거의 90세라
고 하였으니, 현재 전하는 신라시대 온빈글노래[完全借字歌]

---

50 원문의 끊어쓰기는 만송본 『삼국유사』를 따랐다.

14수 중에서는 끝에서 두 번째 작품이요, 가장 나이가 많은 스님의 작품이 된다.[51]

또 이 작품의 이름에 관하여도 학자들에 따라 서로 다르게 일컬어지고 있다. 소창진평은 “영재우적”, 김선기는 “도둑 만난 노래”, 홍기문은 “도적가” 등으로 부르고 있는데, 그 나머지 많은 학자들은 “우적가”라고 일컫고 있으나, 이는 뜻글말이라기보다 당시 신라인들이 쓰는 입말을 뜻글자의 뜻을 빌어서 표기한 것으로 보아 “도둑 만난 노래”라고 하는 것이 더 나을 듯하다.

그리고 여기에 덧붙여 생각하여 볼 것은 이 노래를 지어서 도둑들 앞에서 영재스님이 노래하였다는데, 그때의 노래 가락이 어떤 것이었을까 궁금하다.

『齊書(제서)』의 「장융전(張融傳)」에 보면, 다음과 같은 기록이 있다.

(전략) 오랑캐 도둑들이 장융을 잡아 그 고기를 먹으려고 죽이려 하는데, 장융이 조금도 두려워하지 아니하고 낙생영(洛生詠)을 지어 읊었다. 도둑들은 이상히 생각하고 장융(張融)을 그대로 살려 보냈다. (하략)[52]

51 ‘마뚱이 노래[薯童謠]’는 지은이를 백제의 무왕(武王)으로 보고, 백제 노래로 다룬다.
52 『남제서(南齊書)』 권 41, 「열전(列傳)」 22.

는 것이다. 이것은 바로 이 「도둑 만난 노래[遇賊歌]」의 뒷이야
기와 너무도 흡사하다. 이 낙생영이라는 것은 동진(東晉 :
2650-2752, 317-419) 때에 낙양(洛陽)에서 선비들이 시나 노
래를 길게 소리 내어 즐겨 읊은 영가(詠歌)의 일종이다. 차이나
와의 교섭이 잦았던 신라시대에는 영재스님 때에 이 낙생영이
보편화되어 읊어지지 아니하였을까 추측하여 본다. 그리고 그
소리의 율조가 바로 오늘날 우리들이 천자문(千字文) 같은 뜻
글시문을 읽을 때에 내는 특이한 율성(律聲)이 아닌가 생각하
여 본다. 이 낙생영에 관하여는 현전『고려사(高麗史)』의 「열전
(列傳)」 "최충(崔冲 : 3317-3401, 984-1068)" 조에도 보인다.[53]

구재학당(九齋學堂)의 학생들이 여름이면 귀법사(歸法寺)에
서 여름 공부를 하고, 저녁때가 되면 낙생영(洛生詠)을 짓고 파
하는데, 이를 보는 사람들은 감탄하지 아니하는 이가 없다고
하였으니, 이 낙생영은 아마도 영재스님 때부터 우리나라에
보편화되어 고려시대에까지 이어진 것으로 추정된다. 이것은
오늘날의 뜻글시 영송(詠誦)의 특이한 율성(律聲)일지도 모르
기 때문에 관심을 가지고 앞으로 깊이 있게 연구할 필요가 있
다고 필자는 감히 소견을 밝혀 본다.

....
53 『고려사』 권 95, 「열전」 8.

1. 2. 11. 처용가(處容歌)

이 작품에 관한 기록은 『삼국유사』 권 2, 「처용랑 망해사(處容郎望海寺)」조에 다음과 같이 전한다.

제49대 헌강대왕(憲康大王 : 재위 3208 - 3218, 875 - 885) 때에는 서울(지금의 경주)에서 지방에 이르기까지 집과 집, 담과 담이 연이어져 있었으며, 초가는 하나도 없었다. 풍악과 노랫소리가 길거리에서 끊이지 아니하였다. 바람과 비는 철마다 순조로웠다. 마침 대왕이 개운포(開雲浦)[54]에 놀러 왔다가 돌아가려고 물가에서 쉬고 있었는데, 문득 구름과 안개가 자욱하여져 길을 잃게 되었다. 왕이 괴이하게 여겨 좌우 신하들에게 물으니, 일관(日官)이 아뢰었다. "이것은 동해 용왕(東海龍王)의 조화이오니, 마땅히 좋은 일을 하여 풀어주어야 할 것입니다." 하니, 이에 왕은 일을 맡은 관리에게 말하여 용을 위하여 근처에 절을 짓게 하였다. 왕이 명령을 내리자 구름과 안개가 걷히었다. 이로 말미암아 그곳을 "개운포"라 이름하였다.

동해 용왕은 기뻐하며 아들 일곱을 데리고 왕 앞에 나타나 왕의 덕을 찬양하며 춤을 추고 음악을 연주하였다. 그중에서 일곱째 아들이 왕을 따라 서라벌로 들어와 왕의 정사를 도왔는데, 그의 이름을 "처용(處容)"이라고 하였다. 왕은 아름다운 여인을 그의 아내로 삼게 하여 그를 치하하였으며, 또한 급간(級干)이

---

54 "학성(鶴城) 서남쪽에 있으니, 지금의 울주(蔚州)이다."라는 원주가 있음.

라는 관직을 주었다. 그런데 처용의 아내가 무척 아름다웠으므로 역신(疫神)이 그녀를 흠모하여 밤이면 사람으로 변하여 그 집에 가서 몰래 그녀와 동침하였다. 처용이 밖에서 돌아와 보니, 아내가 다른 남자와 잠자리를 같이하고 있는 것을 보고는 노래를 부르며 춤을 추며 물러나왔다. 그 노래는 이러하다.(노래는 따로 다루어 줄임)

이때에 역신은 본래 모습을 드러내어 처용 앞에 꿇어앉아 말하였다. "제가 공의 아내를 사모하여 이렇게 잘못을 저질렀으나, 공이 노여워하지 아니하시니 감동하여 칭송합니다. 맹세하건대, 앞으로는 공의 모습이 그려진 것만 보아도 그 문 안에 들어가지 아니하겠습니다." 하였다. 인하여 신라 사람들은 처용의 형상을 그려 문에 붙여서 사특한 귀신들을 물리치고 경사로운 일을 맞아들이었다.

왕이 서울로 돌아오자, 곧 영취산(靈鷲山) 동쪽 산기슭에 경치가 좋은 곳을 골라 절을 짓고 망해사(望海寺)라 불렀다. 또한 신방사(新房寺)라고도 이름하였는데, 용을 위하여 지은 것이었다.[55]

----

55 "第四十九憲康大王之代自京師至於海內比屋連墻無一草屋笙歌不絶道路風雨調於四時於是大王遊開雲浦(在鶴城西南今蔚州)王將還駕晝歇於汀邊忽雲霧冥曀迷失道路怪問左右日官奏云此東海龍所變也宜行勝事以解之於是勅有司爲龍創佛寺近境施令已出雲開霧散因名開雲浦東海龍喜乃率七子現於駕前讚德獻舞奏樂其一子隨駕入京輔佐王政名曰處容王以美女妻之欲留其意又賜級干職其妻甚美疫神欽慕之變爲人夜至其家竊與之宿處容自外至其家見寢有二人乃唱歌作舞而退歌曰(중략)時神現形跪於前曰吾羨公之妻今犯之矣公不見怒感而美之誓今已後見畵公之形容不入其門矣因此國人門帖處容之形以辟邪進慶王旣還乃卜靈鷲山東麓勝地置寺曰望海寺亦名新房寺乃爲龍而置也.(하략)"

東京明期月良夜入伊遊行如可

동경 발기 달에 밤 들이 노니다가

入良沙寢矣見昆脚烏伊四是良羅

들어사 자리에 보곤 갈오이 네이어라.

二肹隱吾下於叱古二肹隱誰支下焉古

둘흔 내해엇고 둘흔 누기해언고?

本矣 본에

吾下是如馬於隱奪叱良乙何如爲理古

내해이다마는 앗어늘 엇디하리고?

(의역) 동경 밝은 달에 밤 깊이 노닐다가

들어와 자리를 보니 가랑이가 넷이구나.

둘은 내해었고, 둘은 누구 것인가?

본래

내 것이었다마는 앗아가니 어찌할까?

이것이 처용이 불렀다는 노래의 전부이다. 여기서 우리가
주의 깊게 살피지 아니하면 안 될 일이 몇 가지 있다.

첫째는, 이 작품의 이름이다.

둘째는, 처용의 정체를 밝히는 일이다.

셋째는, 이 노래의 지은이이다.

넷째는, 처용의 아내인 미녀의 정체를 살펴보는 일이다.

다섯째는, 역신(疫神)의 정체를 밝혀내는 일이다.

첫째, 이 작품의 이름에 관하여는 김선기가 "곶얼굴 노래"라고 뜻글자를 풀어서 읽은 것이 예외일 뿐 절대 다수의 많은 학자들은 모두가 "처용가"라고 일컫는다. 필자도 이름만은 "처용가"라고 함이 좋다고 보는 한편 김선기의 "곶얼굴 노래"는 잘못된 것이라고 본다. 그 이유는 "처용"이 신라 당시로서는 최초의 신라 영주권(永住權)을 받은 아라비아 사람이라는 뜻으로 필자는 생각하기 때문이다.[56]

둘째, 이 작품에서 "처용"의 정체는 어떤 인물인가? 그리고 왜 그의 이름이 "처용"인가? 하는 의문을 해결하는 것은 매우 중요한 일이다. 먼저 필자는 처용이 아라비아 장사꾼이라는 주장에 동의한다.[57] 위에 소개한 일화에 의하면, "처용"은 동해 용왕의 일곱 아들 중 일곱째의 아들이다. 이를 개운포(開雲浦)의 지명 연기 설화와 결합하여 살펴보면, 이들이야말로 난파선(難破船)의 선원들임을 직감할 수가 있다. 용왕(龍王)은 곧 난파선의 선장이거나 아니면 제일 나이가 많은 선원이었을 것이고, 나머지 일곱 아들은 7명의 젊은 난파선원일 것이다. 이들 중 "처용"만이 헌강왕을 따라 경주로 들어오고 나머지 일행

----

56 "처(處)"자는 "머물다"의 뜻이고, "용(容)"자는 "받아들이다"의 뜻이다. 이는 곧 머물러 삶이 받아들여져 용허(容許)된 사람이라는 뜻으로 풀이된다. 그러니까 "처용"은 곧 현전 문헌에서의 "처용"은 영주권을 허가 받은 최초의 아라비아 사람이라는 뜻으로 지어진 이름이라고 보아야 할 것이다.

57 李龍範, 「處容說話의 一考察」, 『國文學論文選』 1, 民衆書館, 1977.

들은 망해사(望海寺)에 두었다고 하였다. 이는 난파선의 선원
들이 표착하여 상륙한 뒤에 얼마 안 있다가 죽었기 때문에 그
들의 위패 또는 화상을 그리어 오늘날의 극락전(極樂殿), 또는
명부전(冥府殿) 같은 곳일 신방사(神房寺 : 망해사의 다른 이름으
로 新房寺라고 도 하였음)에 안치(安置)한 것을 뜻한다고 필자는
본다. 그리고 위의 배경담에 따르면, 이들이 상륙하여 헌강왕
의 어전에 나타나 헌강왕의 덕을 기리며 춤을 추고 음악을 연
주하였다고 한 것은 난파선원들이 부상을 당하여 죽기 직전의
괴로움을 언어가 불통하는 상황에서 갖가지 몸짓으로 살려달
라고 간절히 애원한 동작을 음악 연주와 춤추는 것으로 잘못
이해한 것으로 본다. 또 헌강왕은 왕의 정사를 도와 "보좌왕정
(輔佐王政)"한 처용에게 급간(級干)에 임명하고, 미녀로서 아내
를 삼게 하였다고 한다. 이것도 용의 아들과 사람과 결혼한다
는 것은 사리에 맞지 아니한다. 그러므로 여기서의 용자인 처
용은 역시 아라비아 상인 중에서 유일하게 살아남은 사람이기
에 나머지 사상자(死傷者)들을 어떻게 처리하여야 하는가를 몸
동작으로 알려주어 무사히 장례를 치를 수 있게 된 것을 "보좌
왕정(輔佐王政)"으로 표현한 것이고, 갑자기 나타난 기인(奇人)
또는 괴인(怪人)인 처용을 살리기 위하여 집과 음식과 의복을
제공하여야 하므로, 특정 보직이 없는 급간이라는 직을 주고
아울러 그 보호자로 "천관녀(天官女)"와 같은 부류의 신라 여

인을 가려 뽑아서 왕명으로 처용의 도우미(원문에는 아내)로 임명한 것이라고 본다.

　셋째, 이 노래의 지은이를 이제까지는 모든 학자들이 처용으로 인정하고 있다. 그러나 사실 처용이 아라비아 상인이든, 용자(龍子)이든 신라어로 이 작품을 지을 수 있겠는가 의심하지 아니할 수 없다. 그러면 이 작품의 지은이는 누구인가? 필자는 역신(疫神)을 자처하는 이름 모를 신라인이라고 본다. 그 이유는 역신이라는 신라인은, 곧 처용의 아내라고 표현된 미녀의 애인이었을 것이다. 신라 당시에 우묵하게 쑥 들어간 눈, 높고 큰 코, 놀라울 만큼 큰 키에 온몸에 숭숭한 체모(體毛)가 많아서 마치 짐승처럼 보이는 생김새의 아라비아인의 아내로 살라는 왕명은 당시로서는 사형에 처하겠다는 엄벌에 못하지 아니한 중형(重刑)이었을 것이다. 처용이 비신라인(非新羅人)이며, 비동양인(非東洋人)인 세상에서 처음 보는 사람 같지 아니한 낯선 사람인 것은 헌강왕 이후 600여 년 뒤에 간행된 조선의 『악학궤범(樂學軌範)』에 삽입된 처용의 얼굴 모습이 증명하여 주고 있다. 따라서 마음 둘 곳 없이 불안히 지내는 미녀에게 신라인 애인은 안식처요, 도피처가 되었을 것이다. 한편 처용은 말이 안 통하는데다 아내가 함께 있기를 싫어하므로 기회만 있으면 집 밖으로 나가 돌아다니며 귀국의 길을 모색하였을 것이다. 그러던 어느 날 차마 보아서는 안 될 불륜의 장면

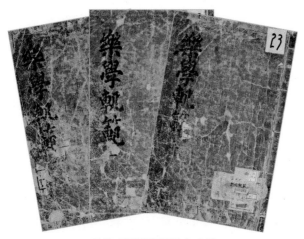

악학궤범(樂學軌範) 1~3책
성현(成俔, 1439~1504), 국립국악원 소장. 출처 : e뮤지엄

이 발각되자, 죄를 지은 역신(疫神)이라는 신라인은 "도둑이
제 발 저리다"는 속담 그대로 처용과 나라에서 받을 어떤 보복
에 불안하여 불륜의 부끄러운 죄가 나라에까지 알려지기 이전
에 당사자인 처용에게 역신(疫神)이 현영(現影)한 것으로 변명
하며 용서를 빈 것이다. 불륜의 장면이 발각될 당시의 위기를
당한 역신이라는 신라인은 불륜의 현장을 목도하고도 문을 닫
고 물러가며 무어라고 알아들을 수 없는 아라비아어로 중얼대
며 유유히 사라지는 처용의 행동에서 이 노래를 환청(幻聽)한
것으로 보아야 할 것이다. 그러니까 조선시대 우리 조상들의
문집에서 쉽게 볼 수 있는 "꿈을 씀[記夢]"이라는 제목 아래 꿈

속에서 얻은 뜻글시들을 옮겨 적어놓는 것과 같은 것이라고
풀이한다.

따라서 필자는 처용과 관계된 노래이므로 이 작품의 이름은
"처용가"로 부르되, 지은이는 이름을 잃은 신라인인 역신(疫
神)으로 보아야 옳다고 생각한다.

넷째, 처용의 아내라는 미녀는 누구인가? 필자는 현대어로
표현하면 처용의 삶을 돌보아주는 미모의 여자 도우미라고 풀
이한다. 신라시대에 왕명으로 선발된 처용의 미녀 도우미는
분명 안락한 가정의 요조숙녀(窈窕淑女)는 아닐 것이 분명하
다. 아마도 김유신(金庾信) 장군이 소시에 사귀었던 천관녀(天
官女)와 같은 유의 인물이었을 것으로 추측된다.

다섯째, 최근까지도 존속되어온 음력 정월 보름 아침에 한
량(閑良)이나 어린이들이 돈이나 맛있는 음식이라도 나올만한
집들을 두루 돌며 "제웅팔기"를 하는 민속은 바로 이 처용가에
얽힌 배경담의 역신(疫神)의 말에서부터 비롯된 것이다. 자기
의 잘못이 발각된 죄인인 신라인 역신은 처용의 큰 몸과 무서
울 정도로 험상궂게 생긴 이상한 사람에게 무조건 용서를 빌
면서 "앞으로는 당신의 형상을 그림으로라도 그려 붙인 집은
절대로 들어가지 아니하겠습니다." 통사정을 한 것이 의술(醫
術)이 발달되지 아니하였던 당시의 국민들은 그 말대로 집집
이 그 기이한 인물화를 그려서 문에 붙이어 역신(疫神)의 침입

을 예방하여 전염병을 피하려는 민속으로 연희와 함께 발전되
어 오랜 세월을 두고 이어져 왔다고 본다.

　여섯째, 그 민속이 연희화(演戲化)하여 오랜 세월 이어져 오
는 과정에서 고려시대에 이르러서는 이른바 「잡처용(雜處容)」
이라는 또 다른 새로운 노래가 불리워지게 되었다. 이 고려시
대 노래에 관하여는 고려시대 속요 항에서 언급하기로 한다.

1.3. 통일신라의 이야기 문학

1.3.1. 萬波息笛(만파식적) 이야기

　이 이야기도 『삼국유사』 권 2, 「紀異(기이)」 제2(하), "만파
식적(萬波息笛)" 조에 아래와 같이 실려 있다.

　　(전략) 이듬해 임오(壬午 : 3919, 682)년 5월 초하룻날[58]
해관(海官) 파진손(波珍飡) 박숙청(朴夙淸)이 아뢰었다. "동해
가운데 있던 작은 산이 감은사(感恩寺)를 향하여 떠내려 오면서
물결을 따라 오가고는 한답니다." 하니, 왕이 이상히 생각하고
일관(日官) 김춘질(金春質)[59]에게 명하여 점을 치게 하니, 춘질
이 여쭙기를, "성고(聖考 : 문무왕)께서 이제 바다의 용이 되어

58　"다른 데서는 '천수 원년(天授元年)'이라 하였으나 잘못이다."는 원주가 있음.
59　"다른 데는 김춘일(金春日)이라 하였다."는 원주가 있음.

월성해자(月城垓子)
사적 제16호, 경상북도 경주시 인왕동에 위치. 출처 : 문화재청

삼한(三韓)을 수호하시고, 또 김공 유신(金公庾信)은 곧 삼십삼
천(三十三天)의 한 아들로 하강하여 대신이 되었사옵니다. 두
성인이 덕을 같이하여 성을 지킬 보물을 내리고자 하시니, 만일
폐하께서 바닷길을 순행하신다면, 반드시 무가(無價)의 큰 보물
을 얻게 되실 것입니다." 하여 왕이 기뻐 그 달 7일에 이견대(利
見臺)로 거동하여 그 산을 바라보면서 사자를 보내어 살펴보았
더니, "산세(山勢)가 거북의 머리 같고, 그 위에 한 줄기 대나무
가 있는데, 낮이면 둘이 되고, 밤이면 합하여 하나가 되는 것이
었습니다."[60]라고 사자가 돌아와 아뢰었다. 왕께서 감은사로 옮
아 주무시었다. 이튿날 낮 12시에 그 대나무가 합하여 하나가

----

60 "다른 책에는 산이 또한 낮이면 갈라지고, 밤이면 합쳐지기를 대나무와 같았다."
는 원주가 있음.

되더니, 천지가 진동하고 풍우가 쳐 캄캄하기를 7일 동안 계속
되었다. 그 달 16일에 바람이 자고 물결이 평온하여졌다. 왕이
바다에 배를 타고 그 산에 들어가시니, 어떤 용이 검은 옥띠를
가져다 바치거늘, 맞이하여 같이 앉아 물었다. "이 산과 대나무
가 때로는 갈라졌다가 때로는 합하여지니, 무슨 까닭인가?" 하
시니, 용이 아뢰기를, "비유하건대, 한 손바닥을 치면 소리가 없
으나 두 손으로 치면 소리가 나는 것과 같습니다. 대나무의 물
건 됨이 합한 연후에 소리가 나는 것입니다. 성왕(聖王)은 그 소
리로써 천하를 상서롭게 다스리는 것입니다. 왕께서는 이 대나
무를 가져다 피리를 만들어 불면 천하가 화평할 것입니다. 이제
왕의 아버지께서 바다의 큰 용이 되시고, 유신이 다시 천신(天
神)이 되어 두 성인(聖人)께서 마음을 같이 하여 이와 같이 헤아
릴 수 없는 값어치의 큰 보물을 저로 하여금 드리게 하셨습니
다." 하니, 왕께서 놀라고 기뻐서 오색찬란한 비단과 금옥으로
써 보답하고 사자를 보내어 대를 베어 바다를 나왔다. 그때 산
과 용은 별안간 숨어버리고 나타나지 아니하였다. 왕께서는 감
은사에서 주무시고, 17일 지림사(祇林寺) 서편 시냇가에 이르러
수레를 멎고 점심을 드실 때에 태자 이공(理恭)[61]이 대궐을 지키
다가 이 소식을 듣고, 말을 타고 달려와 하례하며 자세히 살펴
보고 왕께 아뢰었다. "이 옥띠의 여러 쪽이 모두 진룡이 살고
있사옵니다." 왕께서 "네가 어떻게 알았느냐?" 하고 물으셨다.
태자는 "쪽 하나를 따서 물에 넣어 보소서."라고 답하였다. 즉

---

61 "곧 효소대왕(孝昭大王)이다."라는 원주가 있음.

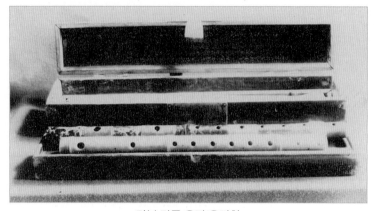

경북 경주 옥적 옥적함
가로 16.4cm, 세로 12.0cm, 소장품 번호 : 건판 29530, 25431,
국립중앙박물관 소장. 출처 : 문화재청

시 왼쪽 둘째 쪽을 따서 물에 넣었더니, 곧 용으로 화하여 하늘
로 오르고, 그곳은 깊은 못이 되었으므로 "용연(龍淵)"이라고
불렀다. 왕께서 대궐로 돌아와 그 대나무로 피리를 만들어 월성
(月城)의 천존고(天尊庫)에 간직하였다. 이 피리를 불면 적들이
물러가고 병이 나으며, 가물 때에는 비가 내리고, 장마 질 때에
는 개이며, 바람이 그치고 물결이 잠자므로 이름하여 "만파식
적(萬波息笛)"이라 하고 국보로 다루었다. (하략)[62]

---

62 "(전략) 明年壬午五月朔(一本云天授元年誤矣)海官波珍喰朴夙淸奏曰東海中有小山
浮來向感恩寺隨波往來王異之命日官金春質(一作春日)占之曰聖考今爲海龍鎭護三
韓抑又金公庾信乃三十三天之一子今降爲大臣二聖同德欲出守城之寶若陛下行幸
海邊必得無價大寶王喜以其月七日駕幸利見臺望其山遣使審之山勢如龜頭上有一
竿竹晝位二夜合一(一云山亦晝夜開合如竹)使來奏之王御感恩寺宿明日午時竹合爲
一天地振動風雨晦暗七日至其月十六日風霽波平王泛海入其山有龍奉黑玉帶來獻
迎接共坐問曰此山與竹或判或合如何龍曰比如一手拍之無聲二手拍則有聲此竹之
爲物合之然後有聲聖王以聲理天下之瑞也王取此波息笛稱爲國寶.(하략)"

이 이야기에서도 용연(龍淵)이라는 지명에 관한 연기담(緣起談)과 신라인과 일연스님이 지니고 있었던 용신사상(龍神思想)의 편모(片貌)가 확연하게 드러나 있다.

1. 3. 2. 경덕왕(景德王) 이야기

이 이야기도 『삼국유사』 권 2, 「紀異(기이)」 제2(하), "경덕왕(景德王)·충담사(忠談師)·표훈대덕(表訓大德)" 조에 아래와 같이 실려 전한다.

(전략) 왕의 옥경(玉莖)의 길이는 26.4cm(8촌)이었다. 아들이 없으므로 왕비를 폐하여 "사량부인(沙梁夫人)"이라 하고, 후비를 맞으니 만월부인(滿月夫人)이며, 그의 시호는 영수태후(景垂太后)로 각간(角干) 의충(依忠)의 따님이다. 왕께서 어느 날 표훈대덕(表訓大德)에게 명을 내리시어 "짐(朕)이 복이 없어 후사를 얻지 못하였으니, 바라건대 대덕은 상제(上帝)께 청하여 아들을 두게 하여 주시오." 하였다. 표훈이 곧 천제께 고하고 돌아와 아뢰었다. "천제께서 말씀하시기를, '딸을 구한다면 좋지만 아들은 마땅하지 않다.' 하시더이다." 하였다. 왕은 "딸을 아들로 바꾸어 태어나게 하여 주심이 소원이오." 하시었다. 표훈이 다시 하늘에 올라가 청하였더니, 천제께서 말씀하시기를, "그렇게 할 수 없음은 아니로되, 아들이 되면 나라가 위태하리라." 하시매, 표훈이 곧 돌아오려 할 때에 천제께서 다시 불러

경계하시기를, "하늘과 사람의 사이는 어지럽게 못할 것이거늘 이제 선사가 이웃 동네 나들이하듯 하며 천기를 누설하니, 이제 부터는 마땅히 오가지 못할 것이니라." 하시었다. 표훈이 돌아 와 천제의 말씀으로써 깨우쳐 드렸더니, 왕께서 말씀하시기를, "나라가 비록 위태하더라도 아들을 두어 후사를 잇는다면 족한 것이니라." 하셨다. 이에 달이 차서 왕후가 태자를 낳으니, 왕 이 심히 기뻐하시었다. 여덟 살에 왕께서 붕하시고 태자가 즉위 하니, 그가 곧 혜공대왕(惠恭大王)이시다. 나이가 어리므로 태 후가 섭정하셨다. 정치가 다스려지지 못하여 도적이 벌떼처럼 일어나 방어하기에 겨를이 없었다. 표훈의 말이 이에 맞았다. 소제(小帝)는 여자가 남자로 변하였으므로 돌날로부터 왕위에 오르기까지 늘 여자의 놀이를 일삼아 비단 주머니 차기를 좋아 하고, 도류(道流)로 더불어 유희(遊戲)를 즐기었었다. 그러므로 나라에 큰 난리가 일어나 마침내 선덕(宣德)과 김양상(金良相)에 게 시해를 당하였다.(하략)[63]

여기서는 표훈스님의 천상왕래와 천제와의 자유로운 독대

---

63 "(전략) 王玉莖長八無子廢之封沙梁夫人後妃滿月夫人諡景垂太后依忠角干之女也
王一日詔表訓大德曰朕無祐不獲其嗣願大德請於上帝而有之訓上告於天帝還來奏
云帝有言求女卽可男卽不宜王曰願轉女成男訓再上天請之帝曰可卽可矣然爲男卽
國殆矣訓欲下時帝又召曰天與人不可亂今師往來如隣里漏洩天機今後宜更不通訓
來以天語諭之王曰國雖殆得男而爲嗣足矣於是滿月王后生太子王喜甚至八歲王崩
太子卽位是爲惠恭大王幼沖故太后臨朝政條不理盜賊蜂起不遑備禦訓師之說驗矣
小帝旣女爲男故自期晬至於登位常爲婦女之戲好佩錦囊與道流爲歲故國有大亂修
爲宣德與金良相所弑自表訓後聖人不生於新羅云.(하략)"

(獨對) 등 뛰어난 능력을 엿볼 수 있다.

또 경덕왕의 대 잇기 욕심이 나라의 안위와 맞바꾸어지고, 그 결과는 용렬한 혜공대왕의 실정으로 인하여 신라의 멸망을 불러오게 되었다. 결국 하늘의 뜻을 거역한 잘못에서 비롯된 것임을 강조하여 통치자인 왕의 나라 다스림의 바른 자세가 얼마나 중요한 것인가를 교훈하고 있다.

1. 3. 3. 손순(孫順)의 매아(埋兒)

이 이야기는 『삼국유사』 권 5, 「孝善(효선)」 제9, "孫順(손순) 埋兒(매아) 흥덕왕대(興德王代)" 조에 아래와 같이 전한다.

손순(孫順)이라는 이는[64] 모량리(牟梁里) 사람이다. 아버지는 학산(鶴山)이니, 아버지가 돌아간 뒤 아내와 같이 남의 집 머슴살이를 하여 곡식을 얻어 늙은 어머니를 봉양하였는데, 어머니의 이름은 운오(運烏)이었다. 손순에게는 어린 아들이 있었는데, 늘 어머니의 음식을 빼앗아 먹으므로 손순이 언짢게 생각하여 아내에게 일러 말하기를, "아들은 다시 얻을 수 있지만 어머님은 두 번 구할 수 없는데, 이 아이가 어머님께서 잡수실 것을 빼앗아 먹으니, 어머님께서 얼마나 시장하시겠소? 나는 곧 이 아이를 땅에 묻어 어머님의 배를 채워 드리려 하오." 하

---

64 "고본에는 '손순(孫舜)' 이라 하였다."는 원주가 있음.

고는 곧 아이를 업고 취산(醉山)⁶⁵ 북편의 들로 가서 땅을 팠더
니, 갑자기 심히 기이한 석종(石鐘)을 얻게 되었다. 부부가 놀랍
고도 이상히 여겨 잠시 나무 위에 매달고 쳐서 시험하였더니,
소리가 은은하여 사랑스러웠다. 아내는 말하기를, "이런 이상
한 물건을 얻었으니, 이는 아마 아이의 복인 듯하니 묻어 버릴
수는 없지 않소?" 하였다. 남편 또한 그렇게 생각하고, 곧 아이
를 업고 석종과 함께 집으로 돌아와 종을 들보에 달고 치니, 그
소리가 대궐까지 들리었다. 흥덕왕이 들으시고 좌우에 일러 말
씀하시기를, "서녘 거리에 이상한 종소리가 맑게 멀리까지 들
리니, 범상한 것이 아닐 것이다. 빨리 가서 그것을 살펴보라!"
하시었다. 왕이 보낸 사람이 가서 그 집을 점검하고, 그 일을 갖
추어 여쭈었더니, 왕께서는 "옛날 곽거(郭巨)가 아들을 묻었을
때에 하늘에서 황금 대엿 되를 내렸다더니, 이제 손순이 아이를
묻으려 할 때에는 땅에서 석종이 솟았으니, 옛날의 효자와 오늘
의 효자를 하늘과 땅이 함께 굽어보는구나." 하시고, 곧 집 한
채와 해마다 멥쌀 50석을 주어 그의 순수한 효심을 높이셨다.
손순은 그의 옛집을 희사하여 "홍효사(弘孝寺)"라 하고, 석종을
안치시켰다. (하략)⁶⁶

<hr>

65 "이 산은 모량리 서북에 있다."는 원주가 있음.
66 "孫順者(古本作孫舜)牟梁里人父鶴山父沒與妻同傭人家得米穀養老孃孃名運烏
順有小兒每奪孃食順之謂其妻曰兒可得母難再求而奪其食母飢何甚且埋此兒以
圖母腹之盈乃負兒歸醉山(山在牟梁西北)北郊堀地忽得石鐘甚奇夫婦驚怪乍懸林木
上試擊之舂容可愛妻曰得異物殆兒之福不可埋也夫亦以爲然乃負兒與鐘而還家懸
鐘於梁扣之聲聞淸遠不類速檢之王人來檢其家具事奏王王曰昔郭巨痤子天賜金釜
今孫順埋兒地湧石鐘前孝後孝覆載同鑑乃賜屋一區歲給粳五十碩以尙純孝焉順捨
舊居爲寺號弘孝寺安置石鐘.(하략)"

고 한 이 이야기에서는 홍효사(弘孝寺)의 사원 연기담(緣起談) 과 함께 신라인들의 효심의 단면을 살펴볼 수가 있다. 특히 홍 덕왕(興德王 : 재위 3159 – 3168, 826 – 835)의 말씀 중에 인용된 "곽거(郭巨)"는 진(晉)나라 24효의 1인인데, 늙은 홀어머니를 모시고 가난하게 살 때에 어머니께서 늘 당신의 밥을 덜어서 그의 아들에게 주는지라, 아들 때문에 어머니께서 배곯음이 안타까워 아들을 죽이기로 부인과 작정하고 구덩이를 팠더니, 난데없이 황금이 대엿 되가 나와 아들을 묻지 못하였다는 이 야기가 전한다. 그 이야기의 양식이 땅에서 나온 물건이 황금 과 석종이라는 차이가 있을 뿐 전혀 동일하다. 여기서 비록 약 500년의 시차는 있지만 차이나 문화에 관한 신라인들의 정확 한 지식을 알아볼 수가 있다. 홍덕왕의 지적 수준이 높음도 함 께 짐작할 수 있다.

1. 3. 4. 경문왕의 귀는 길다

『삼국유사』 권 2, 「기이」 제2의 "경문대왕" 조에는 아래와 같은 이야기가 전한다.

(전략) 경문왕의 침전에 날이 저물면 항상 무수한 뱀들 이 모여드니, 궁인들이 두려워서 쫓으려 하면 왕은, "과인이 만 일 뱀이 없으면 편히 자지 못하니 금하지 말라." 잘 때마다 혀

가 나와 가슴을 덮어주었다. 즉위하여서는 왕의 귀가 갑자기 길
어서 나귀의 귀 같으나 왕후나 궁인들은 모두 몰랐고 오직 복두
장(幞頭匠) 한 사람만이 알고 있었다. 그러나 평생 남에게 이야
기하지 아니하다가 죽게 되자 도림사(道林寺) 대숲에 가 사람이
없는 곳에서 대나무를 향하여 "우리 임금님의 귀는 당나귀 귀
같다."고 외쳤다. 그 뒤로는 바람이 불면, 대나무 소리가 "우리
임금의 귀는 당나귀 귀 같다."고 하였다. 왕이 그 소리가 듣기
싫어서 대나무를 베고 산수유를 심었더니, 바람이 불면 다만,
"우리 임금의 귀는 길다."라는 소리만 났다.(원주 약)(하략)[67]

이 이야기는 "우리 임금님의 귀는 당나귀 귀"라는 전설로
매우 유명한 것이다.

1.3.5. 정수(正秀)스님의 착한 일

『삼국유사』 권 5, 「感通(감통)」 제7, "正秀師救氷女(정수사구
빙녀)" 조에 다음과 같은 이야기가 소개되어 있다.

 제40대 애장왕 때에 정수(正秀)스님이 황룡사(皇龍寺)

---

67 "(전략) 王之寢殿每日暮無數衆蛇俱集宮人驚怖將驅遣之王曰寡人若無蛇不得安寢
宜無禁每寢吐舌滿胸鋪之乃登位王耳忽長如驢耳王后乃宮人皆未知唯幞頭匠一人
知之然生平不向人說其人將死入道林寺竹林中無人處向竹唱云吾君如驢耳其後風
吹則竹聲云吾君耳如驢耳王惡之乃伐竹而植山茱萸風吹則但聲云吾君耳長.(원주
약)(하략)"

에 살고 있었다. 겨울에 눈이 쌓이고 밤은 깊었다. 정수스님이 삼랑사(三郞寺)에서 돌아오는 길에 천엄사(天嚴寺) 문 밖을 지나는데, 어느 거지 여인이 아기를 낳고 얼어 죽어 가는 것을 보았다. 정수스님은 불쌍히 여겨 한참동안 안고 있었다. 그녀는 생기가 돌기 시작하였다. 이에 자기의 옷을 벗어 덮어주고 알몸으로 본사에 와서 거적을 덮고 밤을 보냈다. 밤중에 왕궁의 안마당에 하늘이 외치는 소리가 "황룡사의 스님 정수가 왕사가 되게 봉하라." 하였다. 급히 사람을 보내어 살펴보고 그 사실을 갖추어 아뢰게 하였다. 애장왕은 위의를 갖추어 정수스님을 대궐 안으로 맞아들이어 국사(國師)로 책봉하여 국사가 되었다.[68]

애장왕 당시의 신라는 불교의 나라이었지만, 스님이 죽어가는 사람을 살려낸 활인불(活人佛)을 왕의 스승이요, 나라의 스승으로 모시게 되었다는 이야기이다.

신라의 이야기 문학에는 비교적 자료가 넉넉하지만, 여기서는 이만 줄인다.

---

68 第四十哀莊王代有沙門正秀寓止皇龍寺冬日雪深旣暮自三郞寺還經由天嚴寺門外見一乞女産兒凍臥濱死師見而憫之就抱良久氣蘇乃脫衣以覆之裸走本寺苫草覆身過夜夜半有天唱於王庭曰皇龍寺沙門正秀宜封王師急使人檢之具事升聞上備威儀迎入大內册爲國師.

1. 4. 뜻글문학[韓·漢文學]

신라시대 뜻글문학은 현재 전하는 자료로 보면, 사국(四國) 중에서 가장 화려하다. 박혁거세 38(2313, 기원전 20)년에 지어진 것으로 알려진 「호공상마한왕서(瓠公上馬韓王書)」를 비롯하여 지증왕(智證王) 4(2837, 504)년에 지어진 「청개국왕호(請開國王號)」와 진흥왕(眞興王) 10(2878, 545)년에는 거칠부(居漆夫) 등이 『국사(國史)』를 지어 왕께 올렸다는 기록으로 보아도 당시의 문학 수준을 대략 짐작할 수가 있다. 특히 『삼국사기』 권 4, 「신라본기」 4, "진흥왕(眞興王) 6(2878, 545)년" 조에 의하면, 이사부(異斯夫)의 상주(上奏)에 의하여 거칠부(居漆夫) 등이 찬진한 『국사(國史)』는 말할 것도 없고, 『신라고기(新羅古記)』 와 『신라별기(新羅別記)』 등의 역사서가 많이 편찬된 것을 미루어 알 수가 있다. 이들에 의하면, 신라시대 뜻글 문학의 수준도 상당히 높았을 것을 짐작할 수가 있으며, 또 『삼국사기』 권 46, 「열전」 제6, "강수(强首)" 조에는 김부식이 『신라고기(新羅古記)』에서 인용한 "문장으로는 강수·제문(帝文)·수진(守眞)·양도(良圖)·풍훈(風訓)·골번(骨番) 등이 있다.[新羅古記曰文章則强首帝文守眞良圖風訓骨番.]"고 한 기록을 통하여 신라의 뜻글문학은 상당한 수준에 이르렀던 것을 헤아릴 수가 있다.

특히 신라 후기에 이르면, 김가기(金可紀), 김운경(金雲卿), 김대문(金大問), 김인문(金仁問), 김입지(金立之), 박인범(朴仁

範), 설총(薛聰), 최치원(崔致遠), 최승로(崔承老), 경흥(憬興)스님, 심지(心志)스님들의 문명(文名)과 저술들이 신라 당시의 문학 수준을 짐작하게 한다.

1.4.1. 뜻글시[韓·漢詩]와 뒤친 노래[漢譯歌]

1.4.1.1. 번화곡(繁花曲)

이 작품은 『증보문헌비고(增補文獻備考)』권 106, 「악고(樂考)」17 "속부악(俗部樂) 1"조에 보면, 신라 제55대 경애왕(景哀王 : 재위 3257-3260, 924-927) 때에 왕이 포석정(鮑石亭) 놀이에서 미인(美人)에게 이 곡을 연주하게 하였다고 하나, 그 지은이와 지어진 연대와 노랫말은 현재 알 수 없고, 다만 그 노랫말을 뜻글로 뒤친 내용이 다음과 같이 전하여지고 있다.

> 祇園實際兮二寺東　기원과 꼭 같은 두 절 동편에
> 兩松相依兮蓬蘿中　두 그루 소나무가 쑥밭에 서 있네.
> 回首一望兮花滿塢　한 번 돌아보니 꽃이 가득 피어
> 細霧輕雲兮並濛濃　짙고 엷은 안개구름 흐리게 얼려있네.

이 작품의 내용으로 보면, 경애왕이 직접 미녀들에게 부르도록 명하여 즐긴 것이 아니고, 정사는 멀리하고 질탕하게 술과 미녀들 속에서 나날을 보내는 경애왕의 놀이를 못마땅하게

포석정(鮑石亭)
사적 제1호, 경북 경주시 배동에 위치. 출처 : 문화재청

생각한 어떤 선비가 그때에 미녀들에 의하여 불리어진 신라 말의 노래를 뜻글시 형태로 풍자한 것인 듯하다. 첫째, 둘째 구는 당시 포석정의 분위기를 그리었고, 셋째 구는 미녀들이 놀이하는 광경을 그린 것이고, 끝구는 신라의 장래가 아리송함을 풍자한 것으로 풀이되기 때문이다.

1.4.1.2. 혜초(慧超)의 사향(思鄕) 1·2

이 작품은 혜초(慧超 : 3037-3120, 704-787)스님의 『왕오천축국전(往五天竺國傳)』에 나오는 오언율시(五言律詩)의 뜻글시

2수이다. 원래 제목이 없던 것을 필자가 주제를 빌어 "사향(思
鄕)"이라고 제목을 붙였다. "「사향」 1"은 남천축국(南天竺國)
에서 지은 것이고, "「사향」 2"는 신두고라국(新頭故羅國,
Sindhi-Gujja-ra)에서 지은 것이다.

月夜瞻鄕路	달 밝은 밤에 고향 길 바라보니,
浮雲颯颯歸	뜬구름은 살랑살랑 고향으로 날아가네.
緘書參去便	내 소식 구름 편에 가져가게 하렸더니,
風急不聽廻	바람은 모르는 척 바삐도 달아나네.
我國天岸北	내 나라는 하늘 끝 북쪽에 있고,
他邦地角西	남의 나라는 땅 끝 서쪽에 있네.
日南[69]無有雁	베트남의 일남에는 기러기도 없으니,
誰爲向林飛[70]	뉘라서 계림으로 내 소식 전해 줄까?

(「사향」1)

이 시가 프랑스의 탐험가 P. Pelliot에 의하여 4238(1905)년
에 감숙성 돈황(甘肅省敦煌)의 막고굴(莫高窟)에서 발굴되어 학
계에 보고된 뒤, 처음에는 차이나와 일본인 학자들은 당(唐)나

---

69 日南 = 지명. 張毅, 『往五天竺國傳箋釋』, (中華書局, 1994) 쪽 47에 의하면, 지금의
베트남 중부에 있는 항구라고 함. 그러나 이 책의 역주자인 차이나 사람 장의(張毅)
는 혜초(慧超)스님을 당(唐)나라 사람으로 보고, 또 당시의 당(唐)나라 수도 장안(長
安)에서 출생하였다고 한다.

70 向林飛 = 일본인 藤田豊八이 주석하고, 차이나 사람 錢稻孫이 중화민국 20(1931)
년에 간행한 『慧超往五天竺國傳箋釋』에는 "향상비(向床飛)"로 잘못되어 있음.

라 스님 "혜림(慧琳)"으로 오인하기도 하고, "혜초(慧超)"라고
도 하였다. 뒤에 이 시는 혜초(慧超)스님이 신라인(新羅人)임을
증명하는 증거가 되었다.

故里燈無主	고향에는 전할 등불 주인이 없는데,
他方寶樹摧	타방에는 극락 나무 보리수가 꺾이었네.
神靈去何處	신령한 부처님은 어디로 가시었나?
玉貌已成灰	옛날의 스님들은 이미 모두 재 되었네.
憶想哀情切	지난날을 생각하니 슬픔이 간절하고,
悲君願不隨	그대의 큰 서원 못 이룸을 슬퍼하라!
孰知鄉國路	고국으로 가는 길을 아는 이 누구인가?
空見白雲歸	하늘에는 흰 구름만 두둥실 돌아가네.

(「사향」2)

이 작품의 지은이인 혜초(慧超)스님은 어려서 당(唐)나라에
들어가 16세 때인 당(唐)나라 현종(玄宗) 개원(開元) 7(3052,
719)년에 광주(廣州)에서 남인디아의 밀교승(密教僧)인 금강지
(金剛智 : Vajrabodhi, 3003 - 3074, 671 - 741)의 문하에서 공부하
다가 20세 때인 현종 개원 11(3056, 723)년에 지금의 인디아
의 여러 나라를 순회하러 떠나 4년만인 신라 성덕왕 26(3060,
727)년 11월 상순에 차이나의 안서(安西)에 도착한 뒤 장안(長
安)의 대천복사(大薦福寺)에 머물고 있는 금강지의 문하에서

수학하다가 금강지가 입적한 뒤에는 지금의 중화인민공화국 산서성 오대산 풍경명승구(山西省五臺山風景名勝區)에 있는 오대산(五臺山)으로 들어가 54년을 머물면서 많은 불경들을 번역하였다.

1.4.1.3. 석상왜송(石上矮松)

이 작품은 고운(孤雲) 최치원(崔致遠 : 3190 - ?, 857 - ?)이 지은 『계원필경(桂苑筆耕)』권 20에 실려 전하는 7언 율시이다.

不材終得老煙霞	못난 재목 안개와 놀 속에서 늙어가니,
澗底何如在海涯	산골 작은 시내 어찌 바닷가와 같으랴?
日引暮陰齊島樹	저무는 해 그림자 섬 나무와 같은데,
風敲夜子落潮沙	밤바람은 솔방울을 모래밭에 털어놓네.
自能盤石根長固	반석에 절로 박혀 뿌리가 단단하니,
豈恨凌雲路尙賖	높은 산 험한 길 아직 머나 맘 기쁘네.
莫訝低顔無所愧	키 작다고 부끄릴 것 없음을 의심 말라!
棟樑堪入晏嬰家	안영[71]의 집 동량이 되고도 남을 거네.

라고 한 난쟁이 소나무는 바로 지은이 자신을 은유한 것으로 볼 수도 있다. 소나무의 키가 작다고는 하나, 여우 갖옷 한 벌

----

71 안영=안자(晏子)를 이름. 춘추 전국시대 제(齊)나라 재상으로 검소한 삶을 살아서 "안영지호구(晏嬰之狐裘)"라는 말로도 유명하다.

로 30년을 살았다는 제나라 재상 안영처럼 가난한 나라의 기둥이나 서까래 감으로는 충분한 자기를 알아주지 아니하고 오히려 멸시하는 것을 풍자한 시라고 풀이된다.

이 작품의 지은이의 성은 최(崔), 이름은 치원(致遠)이며, 고운(孤雲)과 해운(海雲)은 호이고, 시호는 문창후(文昌侯)이다. 12세에 당(唐)나라에 유학하여 17세에 빈공과(賓貢科)에 급제하여 선주 율수현위(宣州溧水縣尉)를 거쳐 승무랑시어사내공봉(承務郎侍御史內供奉)이 되어 자금어대(紫金御袋)를 하사받았다. 황소(黃巢)의 난이 일어나매 고병(高駢)의 종사관으로「討黃巢檄文(토황소격문)」을 지어 문명을 떨치었다. 28세 때인 헌강왕(憲康王) 10(3217, 884)년에 귀국하여 여러 고을 원을 지내고, 진성왕 7(3226, 893)년에 견당사(遣唐使)가 되었으나 도둑들에 길이 막혀 가지 못하고, 이듬해에 時務十策(시무 십책)을 상주(上奏)하여 아찬(阿湌)이 되었으나 신라의 국운이 다한 것을 알고 가야산으로 들어가 종생하였다. 저술로는『桂苑筆耕(계원필경)』과『中山覆櫃集(중산부궤집)』등이 있다.

1.4.1.4. 鄕樂雜詠(향악잡영)

이 작품은『삼국사기』권 32,「雜志(잡지)」제1 "祭祀樂(제사악)" 조의 끝에 실려 전하는 고운 최치원의 7언 절구 5수로 된 뜻글시이다. 그 전부를 소개하면 아래와 같다.

1. 금환(金丸)

廻身掉臂弄金丸　몸 돌리고 팔 휘둘러 공을 돌리니,
月轉星浮滿眼看　달이 돌고 별이 뜨듯 눈에 가득 빛나네.
縱有宜僚那勝此　멋대로 산다지만 이보다는 못하리라.
定知鯨海息波瀾　넓은 바다 험한 파도 금방 잠자겠네.

2. 월전(月顚)

肩高項縮髮崔嵬　어깨 으쓱 자라목 다리꼭지 우뚝한데,
攘臂羣儒鬪酒盃　여러 꼽추 팔 비비며 술내기 싸우누나.
聽得歌聲人盡笑　노랫소리 들으면서 사람들 웃어대니,
夜頭旗幟曉頭催　초저녁 깃발들이 새벽까지 드날리네.

3. 대면(大面)

黃金面色是其人　샛노란 얼굴의 탈을 쓴 그 사람이
手抱珠鞭役鬼神　손에는 채찍 들고 귀신을 조종하네.
疾步徐趍呈雅舞　장단 맞춰 걸음걸이 완급 춤을 추니,
宛如丹鳳舞堯春　고운 봉새 날아 너울너울 멋스럽네.

4. 속독(束毒)

蓬頭藍面異人間　더벅머리 파란 얼굴 이상한 사람들이
押隊來庭學舞鸞　떼 지어 뜰에서 난새춤을 추어 뵈네.
打鼓冬冬風瑟瑟　북소리 둥둥둥둥 바람은 살랑살랑
南奔北躍也無端　남북으로 납뛰다 까닭 없이 경중이네.

5. 산예(狻猊)

遠涉流沙萬里來　유사에서 만 리 길을 산 넘고 물 건너와

毛衣破盡着塵埃　털옷은 떨어지고 온몸은 먼지이네.

搖頭掉尾馴仁德　인덕에 길들여져 온갖 놀이 다하니,

雄氣寧同百獸才　힘찬 기운 재주 백수 중에 제일이네.

이 작품은 단순한 한 편의 시문학 작품이 아니라 신라 당시의 연희 문화(演戲文化)의 수준과 국제적 문화교류의 정도를 알수 있게 하여 줌과 동시에 조선시대까지 연면히 이어져온 우리의 전통 연희 문화의 맥을 이해시켜 주는 매우 귀중한 자료이기도 하다.

특히 위에 인용한 끝 작품의 "산예(狻猊)"는 사자(獅子)의 탈을 쓰고 놀이하는 지금의 「북청(北靑) 사자 탈놀이」의 원형이라고 생각되는 가면무희(假面舞戲)를 노래한 것이라는 점에서 신라시대의 국제적 문화교류가 매우 폭이 넓었다는 증거가 된다. 사자는 원래 우리나라에는 생장하지 아니하는 희귀 동물임에도 놀이의 도구로 활용된 것은 다른 나라의 문화가 신라에까지 이입된 것임을 증명하는 것이기 때문이다.

1. 4. 1. 5. 왕거인(王居仁)의 옥중시(獄中詩)

이 작품은 『삼국유사』 권 2, 「紀異(기이)」 2(하) "진성여대왕

(眞聖女大王)·거타지(居陀知)"조에 다음과 같이 실리어 전한다.

　제51 진성여왕(眞聖女王 : 재위 3220 - 3229, 887 - 896)이 조회(朝會)에 임한 지 몇 해가 되었을 때에 젖어미 부호부인(鳧好夫人)이 그의 남편 위홍(魏弘) 잡간(匝干) 등 서너 총신(寵臣)과 어울려 권세를 잡고 정치를 흔들었으므로 도적이 벌떼처럼 일어났다. 나라 사람들이 근심하여 타라니(陀羅尼) 은어를 지어 글로 써서 한길 위에 던졌다. 왕이 권신들과 함께 보고 말하기를, "이것은 왕거인(王居仁)이 아니면 누가 능히 이 글을 지을 수 있겠느냐?" 하고, 왕거인을 옥중에 가두었다. 왕거인은 시를 지어 하늘에 하소연을 하였더니, 하늘에서 벼락이 감옥을 내려쳐 옥에서 나올 수 있었다. 그 시는 이러하였다.[72]

燕丹泣血虹穿日　연단의 피울음에 무지개 해를 꿰고,
皺衍含悲夏落霜　추연이 슬픔 품자 여름에 서리 치네.
今我失途還似舊　지금 나는 예로 갈 길 잃고 있는데,
皇天何事不垂祥　황천은 어인 일로 상서로움 안 주시나?

이 시에서 "연단(燕丹)"이라고 한 것은 춘추전국시대(春秋戰

---

[72] "第五十一眞聖女王臨朝有年乳母鳧好夫人與其夫魏弘匝干等三四寵臣擅權撓政盜賊蜂起國人患之乃作多羅尼隱語書投路上王與權臣等得之謂曰此非王居仁誰作此文乃囚居仁於獄居仁作詩訴于天乃震其獄囚以免之詩曰.(하략)"

國時代) 연(燕)나라 왕 희(喜)의 태자(太子) 단(丹)을 가리킨 것
이다. 연나라 태자 단은 형가(荊軻)를 시켜 진시황(秦始皇)을
죽이려다가 실패하자, 진시황이 연나라를 침공하매 부득이 연
왕 희가 아들 태자 단의 목을 베어 진나라에 바친 고사를 인용
하여 "연단의 피 울음"이라고 한 것이다. 또 "추연(皺衍)"이라
고 한 것은 역시 춘추시대(春秋時代) 제(齊)나라의 음양오행설
(陰陽五行說)을 주장한 이론가의 이름을 일컬은 것이다. 추연
은 제(齊)나라 소왕(昭王)이 갈석궁(碣石宮)을 지어 스승으로
모시매 종시오덕설(終始五德說)을 가르치어 뒤에 한대(漢代)의
참위학(讖緯學)의 기초를 이루었다. 여기서 오늘의 우리들은
단제기원 3200년대(서력 9세기)의 신라인 선비들이 이미 공자
(孔子)의 『춘추(春秋)』와 같은 고학(古學)을 통달하였음을 알 수
있게 된다.

　또 하나 이 작품을 감상하면서 그냥 놓쳐버러서는 아니 될
것이 있으니, 그것은 역시 이 시의 지은이 왕거인이 옥 속에서
그 억울함을 알리기 위하여 이 시를 지어 하늘에 호소하니, 즉
시 하늘에서 벼락이 옥에 떨어져 지은이가 살아날 수 있었다
는 사실과 함께 이 시를 소개하는 것으로 보아 일연스님이 지
니고 있는 시라는 말[言語]의 신령스러움을 믿는 "언령관(言靈
觀)"을 중요시한 것을 알 수 있다.

1. 4. 2. 기행문(紀行文)

현재로서는 세계에서도 1000년의 긴 역사를 유지한 신라에서는 혜초(慧超 : 3040 – 3120, 704 – 787)스님이 불법(佛法)을 배우고자 지금의 인디아(India)에 가서 당시의 오천축국(五天竺國)을 순례하고 지은 『往五天竺國傳(왕오천축국전)』이 유일하다. 그 글의 일부를 소개하면, 아래와 같다.

　　(전략) 곧 중천국(中天國)으로부터 남쪽으로 석 달 남짓 가면, 남천축국(南天竺國) 왕이 사는 곳에 이른다. 왕은 8백 마리의 코끼리를 가지고 있다. 영토가 매우 넓어서 남쪽으로는 남해에 이르고, 동편으로는 동해에 이르고, 서쪽으로는 서해에 닿고, 북쪽으로는 중천축국 · 서천축국 · 동천축국 등의 국경과 닿아 있다. 의복과 음식의 풍속은 중천축국과 비슷하나 오직 말소리는 조금 다르다. 토지는 중천축국보다 덥고, 토산품은 전포(氈布) · 코끼리 · 물소 · 황소가 있다. 양(羊)도 조금 있으나 낙타 · 노새 · 당나귀 등은 없다. 벼를 심은 밭은 있으나 기장이나 조 등은 없다. 심지어 무명과 비단은 오천축국 어디에도 없다. 왕과 수령과 백성들은 부처님 · 불경 · 스님 등 삼보(三寶)를 대단히 공경하여 절도 많고 스님도 많으며, 대승불교와 소승불교가 모두 행하여진다.

　　그곳 산속에 하나의 큰 절이 있는데, 이것은 용수보살(龍樹菩薩)이 야차신(夜叉神)을 시켜 지은 것이고, 사람이 지은 것이 아니다. 그래서 산을 뚫어 기둥을 세우고 삼층으로 누각을 세웠는

데, 사방의 방원이 600여m(300여 보)나 된다. 용수가 살아 있
을 때에는 그 절에 3,000명이나 되는 스님들이 있었고, 이들을
혼자서 2,400kg(15섬)의 쌀로 공양(供養)하였는데, 매일 3,000
명이 먹어도 쌀이 모자라지 아니하였으니, 쌀이 다 없어지면 또
생기고 하여 원상태에서 적어지는 일이 없었다고 한다. 그러나
지금은 이 절도 황폐되고 스님들도 없다. 용수는 나이가 700세
나 되어 세상을 떠났다고 한다.(하략)[73]

이 작품이 지어진 시기는 정확하지는 아니하나, 혜초(慧超)
스님의 만년으로 추정하여 3100년(767)대로 보고 있다. 지금
차이나인들은 혜초스님을 당(唐)나라 사람으로 다루고 있다.[74]
원래 이 작품은 4241(1908)년 3월에 프랑스의 탐험가 펠리오
(P.Pelliot)에 의하여 차이나의 감숙성 돈황 천불동(甘肅省敦煌
千佛洞)의 토굴에서 발굴되어 세상에 소개되면서부터 세계적
이목이 집중되어 4242(1909)년에는 차이나인 나진옥(羅振玉),
4252(1911)년에는 일본인 등전풍팔(藤田豊八)이 거듭 이 작품

---

73 "(전략) 即從中天竺國南行三箇餘月至南天竺國王所住王有八百頭象境土極寬南至
南海東至東海西至西海北至中天西天東天等國接界衣著飮食人風與中天相似唯言
音稍別土地熱於中天土地所出氈布象水牛黃牛亦少有羊無駝騾驢等有稻田無黍粟
等至於綿絹之屬五天總無王及首領百姓等極敬三寶足寺足僧大小乘俱行於彼山中
有一大寺是龍樹菩薩使夜叉神造非人所作斲山爲柱三重作樓四面方圓三百餘步
龍樹在日寺有三千僧獨供養以十五石米每日供三千僧其米不竭取却還生元不減少
然今此寺廢無僧也龍樹壽年七百方始亡也.(하략)"
74 張毅,『往五天竺國傳箋釋』, 中華書局, 1994.

왕오천축국전(往五天竺國傳)
파리 국립도서관 소장

이 『왕오천축국전(往五天竺國傳)』임을 확인하였고, 지은이에 관하여는 일본인 학자 고남순차랑(高楠順次郎)이 그의 「혜초전고(慧超傳考)」에서 비로소 혜초스님이 차이나인이 아니고 신라인(新羅人)이라는 사실이 고증되었다. 또 4271(1938)년에는 도이치의 동양학자 푸슈(W. Fuchs)에 의하여 도이치어로 번역 출간되기도 하였다. 우리나라에서는 4279(1946)년에 육당(六堂) 최남선(崔南善)이 처음으로 그 전문을 해제와 함께 소개하였다.

이 『왕오천축국전』은 차이나의 남쪽 광주(廣州)에서 바다로 배를 타고 북인디아해를 거쳐 동부 인디아에 상륙하여 벌거숭이 나체(裸體)의 나라를 지나 석가모니가 입멸한 구시나국(拘尸那國) → 파라나사국(波羅㮈斯國) → 사란다라국(闍蘭達羅國)

→가시미라국(迦葉彌羅國) →간다라국(建馱羅國) →투카라국
(吐火羅國) →쿠자국(龜茲國) 등지를 거쳐 당(唐)나라로 돌아온
견문을 담고 있다.

이 작품은 현재 우리나라에 전하는 기행문학 작품으로는 가
장 오래된 것이고, 그만큼 문학적 가치와 역사적 가치도 크다.

1. 4. 3. 비지문(碑誌文)

1.4.3.1. 四山碑銘(사산비명)

"사산비명(四山碑銘)"은 독립된 하나의 작품이 아니다. 「有
唐新羅國兩朝國師教諡大郎慧和尙白月葆光之塔碑銘幷序(유
당 신라국 양조국사 교시 대낭혜화상 백월 보광지탑 비명 병서)」・
「有唐新羅國故康州智異山雙溪寺教諡眞鑑禪師大空塔碑銘幷
序(유당 신라국 고강주 지리산 쌍계사 교시 진감선사 대공탑 비명
병서)」・「新羅國初月山大崇福寺碑銘幷序(신라국 초월산 대숭복
사 비명 병서)」・「有唐新羅國故鳳巖寺教諡智證大師寂照之塔
碑銘幷序(유당 신라국 고봉암사 교시 지증대사 적조지탑 비명 병
서)」 등 네 기(基)의 탑비명(塔碑銘)을 묶어서 이르는 말이다.
사산(四山)은 대낭혜화상(大郎慧和尙) 백월보광(白月葆光)의 탑
비가 있는 현 충청남도 보령군(保寧郡) 미산(嵋山)과 진감선사
(眞鑑禪師) 대공탑비(大空塔碑)가 있는 지리산(智異山)과 대숭

복사(大崇福寺)가 있는 초월산(初月山)과 지증대사(智證大師)
적조(寂照)스님의 탑비가 있는 현 경상북도 문경군(聞慶郡)의
희양산(曦陽山)을 가리킨다.

여기서는 「新羅國初月山大崇福寺碑銘幷序(신라국 초월산
대숭복사 비명 병서)」의 앞부분 일부를 소개한다.

　　　신이 듣자오니, "임금이 되신 분은 선조의 덕을 바탕으
로 하여 후손에게 본을 높이 보여주는 것이옵니다. 정치는 어짊
[仁]으로써 근본을 삼으며, 예법은 효도로써 으뜸을 삼는다."고
하옵니다. 그 어짊으로는 많은 무리들을 건져주는 정성을 다하
는 것이고, 효도로는 어버이를 존경하는 법도를 세우는 것이옵
니다. 그 치우침이 없는 것을 기자(箕子)의 「홍범(洪範)」에서 본
을 받고, 그 법이 끊어지지 아니함은 주(周)나라 시(詩)를 따라야
하옵니다. 조상의 덕을 이어받아 닦음에는 피알[秕稗] 만큼의 비
방도 받지 않도록 닦아야 하며, 제사를 올리는 것은 마름풀[蘋蘩]
같은 제수일지라도 깨끗이 올리는 것이옵니다. 은혜로운 덕택
을 많은 사람들에게 고루 미치게 하고, 덕의 향기는 높은 하늘에
까지 멀리 사무치게도 하옵나이다. 마음을 여러 모로 수고롭게
하면서 더위 먹은 사람에게는 부채질을 하며, 죄인을 보고 우는
것이 어찌 뭇 중생을 크게 미혹시킨 데에서 건져주는 것만 하겠
으며, 힘을 다하여 하늘의 짝이 되시어 상제(上帝)께 제사 올리
는 것이 어찌 높으신 혼령을 항상 즐거운 곳에 모시는 것만 못하
겠사옵니까? 구족의 가까운 가족[九親]과 잘 화목함이 실은 불보

와 법보와 승보[三寶]를 받들고 높이는 데에 있는가 하옵니다. 하물며 이 옥호(玉毫)의 빛이 비추는 것과 부처님의 입[金口]에서 게송이 흘러 퍼지는 것이 서역의 생령에만 한하지 아니하고, 이 동방 세계에까지 미치었습니다. 곧 우리의 태평 승지는 성질이 유순하고, 기운은 펴져 남과 꼭 들어맞사옵나이다. 산과 숲에는 고요히 도를 닦는 무리들이 많아서 어짊으로써 벗을 모으니, 여러 강들이 바다에 모여들고 싶어 함과 같아서 착함에 순종하는 것이 물의 흐름과 같사옵니다. 그러므로 군자의 풍도를 드높이고 부처님의 도덕에 젖는 것이 마치 진흙이 옥새를 만들게 하고 금이 불리는 틀에서 만들어짐과 같사옵나이다. 임금님과 신하는 뜻을 부처님과 불법과 스님에게 귀의함을 밝히고 관료와 서민들은 정성을 여섯 가지 도피안에 기울이며 나아가서는 나라의 성들까지도 아낌없이 탑과 사당을 많이 세우시었사옵니다. 비록 사주(四洲)의 하나인 남섬부주(南贍部洲)의 바닷가에 있으나 어찌 도솔타(兜率陀=都史多) 천상에 부끄럽겠사옵니까? 여러 가지 미묘하고도 미묘한 것을 무엇으로 다 이름하겠사옵니까? 금성(金城)의 남쪽 일관(日觀)의 산기슭에 숭복(嵩福)이라고 하는 절이 있사오니, 곧 옛 임금님이신 경문왕(景文王)께서 왕위를 계승하신 첫 해(3194, 861)에 열조(烈祖) 원성대왕(元聖大王)의 원릉(園陵)을 받들고 명복을 빌기 위하여 세워진 것입니다. (하략)[75]

....

75 "臣聞王者之基祖德而峻孫謀也政以仁爲本禮以孝爲先仁以推濟衆之誠孝以擧尊親之典莫不體無偏於夏範遵不匱於周詩聿修秕稑之議克祀潔蘋藻之薦俾惠遲均濡於庶彙德馨高達於穹旻勞心而扇暍泣辜莫非拯群品於大迷之域竭力而配天饗帝莫

라고 한 글에서 지금은 없어져 버린 숭복사(嵩福寺)가 신라 원성대왕(元聖大王)의 능원(陵園)을 수호하기 위하여 지어진 것임을 후세인인 우리들이 알 수가 있다.

1.4.3.2. 난랑비서(鸞郎碑序)

이 작품은 김부식(金富軾)의 『삼국사기』 권 4, 「신라본기」 4, "진흥왕 37(2908, 575)년" 조에 비문의 일부가 인용 소개되어 있다. 그 전문은 아래와 같다.

나라에는 현묘한 도(道)가 있으니, "풍류(風流)"라 한다. 이교(敎)를 만든 내력은 『선사(仙史)』에 자세히 실리어 있으니, 실은 삼교(三敎 : 유·불·선)를 포함하여 군생(群生)을 교화하는 것이다. 또 마치 집에 들면 효도하고, 벼슬길에 나가서는 나라에 충성하는 것이니 노사구(魯司寇 : 공자)의 뜻이요, 아무것도 하는 일이 없이 말 없는 교훈을 실천하는 것은 주주사(周柱史 : 노자)의 종지(宗旨)요, 모든 악한 일은 행하지 아니하고 여러 가지 착한 일들만을 정성으로 실천하는 것은 축건태자(竺乾太子 :

非尊靈於常樂之鄉是知敦睦九親實惟紹隆三寶矧乃玉毫光所燭照金口偈所流傳靡私
於西土生靈爰及於東方世界則我太平勝地也性玆柔順氣合發生山林多靜默之徒以
仁會友江海協朝宗之勢從善如流故激揚君子之風薰漬梵王之道猶若泥從璽金在鎔
而得君臣鏡志於三歸士庶翹誠於六度至乃國城無惜能令塔廟相望雖在瞻部洲海邊
寧慚都史多天上衆妙之妙何名可名金城之坴日觀之麓有伽藍號嵩福者乃先朝嗣位
之初載奉爲烈祖元聖大王園陵追福之所建也.(하략)"(『孤雲先生文集』하)

석가)의 교화이니, 이와 같은 것들이다.[76]

이 작품의 지은이는 고운(孤雲) 최치원(崔致遠)이며, 지어진 연대는 고운의 생존 시인 신라 헌안왕(憲安王) 2(3191, 858)년 이후 효공왕(孝恭王) 말년(3244, 911) 이전이겠으나, 『삼국사기』의 「신라본기」 진흥왕 37(2909, 576)년 조에 이 글이 실리어 있는 것은 김부식(金富軾)이 화랑(花郞)의 전신인 원화(源花)가 창설된 사실을 기록하면서 고운이 쓴 난랑(鸞郞)이라는 화랑도(花郞徒)의 비(碑)에 기록된 화랑의 정신을 인용 소개하였기 때문이다.

1. 4. 4. 서간문(書簡文)

신라시대 편지글은 헌덕왕(憲德王 : 재위 3142－3158, 809－825) 때 녹진(祿眞)이 쓴 「상각간김충공서(上角干金忠恭書)」, 최고운(崔孤雲)이 쓴 「답절서주사공서(答折西周司空書)」 등 32통의 서간문이 유명하다. 여기서는 녹진(祿眞)이 쓴 글 1편과 최고운의 격서(檄書)인 「격황소서(檄黃巢書)」만을 소개한다.

---

76 "國有玄妙之道曰風流設敎之源備詳仙史實乃包含三敎接化群生且如入則孝於家出則忠於國魯司寇之旨也處無爲之事行不言之敎周柱史之宗也諸惡莫作諸善奉行竺乾太子之化也." (『삼국사기』 권 4)

1.4.4.1. 上角干金忠恭書[각간 김충공께 올리는 글]

녹진이 듣자오니, 상대등(上大等)께서 정사당(政事堂)에 앉아 안팎의 벼슬을 살피고 헤아리다가 물러나 병이 들어 명의(名醫)를 불러 진맥하니 말하기를, "병이 심장에 있사온즉 모름지기 용치탕(龍齒湯)을 잡수시어야 하겠습니다." 하므로, 마침내 "21일의 휴가를 얻어 문을 닫고 손님을 만나지 아니하신다." 하기에 녹진이 가서 뵙고자 하였더니, 문지기가 막았습니다. 녹진이 상공(相公)께서 병을 얻어 손을 사절하시는 줄 모름이 아니오나, 반드시 한 말씀을 좌우에 들려서 답답한 심려를 열고자 하나이다.

녹진이 엎드려 듣자오니, "보체(寶體)가 편안하지 못하다." 하오니, 아마 일찍 조회에 들고 늦게 파하시어 바람과 이슬을 맞아서 영양(榮養)의 조화를 잃으시어 몸이 불편하신 것이 아니온지요? 그렇다면 공의 병은 약석(藥石)과 침구(鍼灸)가 필요하지 아니하고, 지극한 말씀과 고상한 논의로 단번에 고칠 수 있사오니, 공은 저의 말씀을 들으시겠습니까?

저 목수가 집을 지을 때에 큰 재목은 들보와 기둥을 만들고, 작은 재목은 서까래와 추녀를 만들어 눕히고 세움이 각기 제자리에 안전하게 된 뒤에 큰 집이 이루어지는 것입니다. 옛날에 어진 재상이 정사를 함이 이와 무엇이 다르겠습니까? 재주가 많은 이는 높은 자리에 두고, 재주가 적은 자는 작은 소임을 맡겨서 안으로는 여섯 벼슬과 백집사에서 밖으로는 방백 도솔(方

伯道率)과 군수 현령(郡守縣令)에 이르기까지 조정에 빈자리가 없고, 자리마다 적당한 재목 아닌 사람이 없어 아래 위가 정하여지고, 어질고 못남이 나누어진 뒤에 왕정을 이루었나이다. 그런데 지금은 그렇지 아니하여 사사로움으로 공(公)을 멸하고 사람을 위하여 벼슬을 택하니, 사랑하는 자는 재주꾼이 아니라도 하늘에 닿을 높은 자리에 보내려 하고, 미워하는 자는 재능이 있어도 구렁텅이로 빠트리려 꾀하니, 취하고 버림이 그 마음을 혼란하게 하고 옳고 그름이 그 뜻을 어지럽게 하매, 나라의 일이 흐리고 더럽혀질 뿐만이 아니며, 정사를 보는 사람도 또한 수고롭고 병들게 됩니다. 만일 그 벼슬에 당함이 맑고 깨끗하며, 일을 맡아봄이 성실하여 뇌물의 길을 막고 청탁의 허물을 멀리하며, 들이고 내침을 오직 밝고 어두음으로써 하며, 주고 빼앗음을 사랑과 미움으로써 하지 않아 저울대처럼 가볍고 무거움을 속일 수 없고, 노끈과 같이 굽음과 곧음을 속일 수 없이 한다면 형벌과 정사가 골고루 잘 되고, 나라가 화평하여 비록 날마다 공손홍(公孫弘)의 집을 개방하고, 조삼(曹參)의 술을 차려 벗들과 어울려 웃고 이야기하며 스스로 즐김이 좋을 것입니다. 하필 구구히 약을 드시며 음식을 삼가서 날짜를 허송하며 정사를 폐하겠습니까?[77]

----

77 "祿眞聞上大等坐政事堂注擬內外官退公感疾召國醫診脈曰病在心臟須服龍齒湯遂告暇三七日杜門不見賓客祿眞造而請見門者拒焉祿眞非不知相公移疾謝客須獻一言於左右以開鬱悒之慮祿眞伏聞寶體不調得非早朝晚罷蒙犯風露以傷榮衛之和失支體之安乎然則公之病不須藥石不須針砭可之至言高論一攻而破之也公將聞之乎彼倅人之爲室也材大者爲樑柱小者爲椽榱偃者植者各安所施然後大廈成焉古者賢

이 작품의 지은이인 녹진(祿眞)은 헌덕왕(憲德王) 10(3151, 818)년에 집사시랑(執事侍郎)을 지낸 무장(武將)이다. 당시의 실권자이던 상대등(上大等) 김충공(金忠恭)이 병으로 벼슬을 그만두려 하매 이 편지를 보내어 다시 정치를 하게 하였고, 웅천도독(熊川都督) 헌창(憲昌)이 반역하매 관군을 이끌고 나아가 평정하여 대아찬(大阿湌)의 벼슬이 주어졌으나 받지 아니한 충신이다.

1.4.4.2. 檄黃巢書[황소에게 주는 격서]

이 작품은 당 희종(唐僖宗) 건부 1년(3207, 874)에 왕선지(王仙芝)가 난을 일으켜 여러 고을을 점령하여 그 형세가 자못 강하다가 건부 5(3211, 878)년에 왕선지가 피살되고, 황소가 득세하여 희종 광명 2(3213, 880)년에는 장안(長安)에 쳐들어가 스스로 제제(齊帝)라 참칭(僭稱)하매, 나라에서는 고병(高騈)을 도통사(都統師)를 삼고 이를 토벌하게 하자, 고병의 종사관이던 최고운이 도통사의 이름으로 희종 8(3215, 882)년에 황소에게 보낸 격서이다.

宰相之爲政也又何異焉才巨者置之高位小者授之薄任內則六官百執事外則方伯連率郡守縣令朝無闕位位無非人上下定矣不肖分矣然後王政成焉今則不然徇私而滅公爲人而擇官愛之則雖不材擬送於雲宵憎之則雖有能圖陷於溝壑取捨混其心是非亂其志則不獨國事昏濁而爲之者亦勞且病矣若其當官淸白蒞事恪恭杜貨賂之門遠請託之累黜陟以幽明予奪不以愛憎如衡焉不可枉以輕重如繩焉不可欺以曲直如是則刑政允穆國家和平雖曰開孫弘之閣置曹參之酒與朋友故舊談笑自樂可也又何必區區於服餌之間徒自費日廢事爲哉."

광명 2(881)년 7월 8일에 제도 도통 검교 태위(諸道都統檢校太尉) 아무개는 황소(黃巢)에게 고한다. 무릇 바른 것을 지키고 떳떳함을 행하는 것을 도(道)라 하고, 위험한 때를 당하여 변통하는 것을 권(權)이라 한다. 지혜가 있는 사람은 때에 순응하여 성공하게 되고, 어리석은 자는 이치를 거슬러 패하게 된다. 비록 백 년의 목숨이라도 죽고 삶은 기약할 수 없으나, 모든 일은 마음이 주장하는 것이므로 옳고 그름을 분별할 수 있게 된다. 이제 나는 임금님의 군대를 거느렸으니, 정벌이 있을 뿐 싸움은 없다. 군정(軍政)은 은덕을 앞세우고, 목 베어 죽이는 것을 뒤로 한다. 앞으로 수도(首都)를 수복하고, 큰 신의를 펴고자 공경하는 임금의 명을 받들어서 간사한 꾀를 부수려 한다. 또 너는 본시 먼 시골의 백성으로 갑자기 억센 도둑이 되어 우연히 시세를 타 문득 감히 강상(綱常)을 어지럽히더니, 마침내 발칙한 마음을 가지고 높은 자리를 노려보며 도성(都城)을 침노하고 궁궐을 더럽혔으니, 이미 네 죄는 하늘에 닿을 만큼 극에 다다랐다. 반드시 멸망하게 됨을 보게 될 것이다. 아! 요순(堯舜) 때로부터 내려오면서 묘(苗)나 호(扈) 따위가 복종하지 아니하였으니, 양심이 없는 무리와 불의 불충(不義不忠)한 너 같은 무리의 하는 짓이 어느 시대인들 없었겠느냐? 먼 옛적에는 유요(劉耀)와 왕돈(王敦)이 진(晉)나라를 엿보았고, 가까운 시대에는 녹산(祿山)과 주자(朱泚)가 당나라 조정을 개 짖듯 하였다. 그것들은 모두 손에 강성한 병권을 잡았었고, 또한 몸이 중요한 지위에 있었다. 호령만 떨어지면 우레와 번개 치듯 하고, 시끄럽게 떠들면 안개와 연기처럼 자욱하게 막히게도 하였다. 그러나 오히려 잠깐 동안 못된 짓을 하다가 필경에는 더러운 종자들이 섬멸되었다. 햇빛이 활짝 퍼지니, 어찌 요망한 기운을 그대로 두겠으며, 하늘의 그물이 높이 처졌으니 반드시 흉한 족속들은 없어지고 만다. 하물며 너는 평민의 천한 것으로 태어났고, 농촌에서 일어나 불 지르고 겁탈하는 것을 좋은 꾀로 알고, 살상하는 것을 급한 임무로 생각하여 헤아릴 수 없는 큰 죄만 있고, 속죄될 조그만 착함도 없으니, 천하 사람들이 모두 너를 죽이려고 생각할 뿐 아니라 아마 땅속의 귀신들까지도 몰래 죽이자고 의논하였을 것이다.[78] 비록 잠시 목숨이 붙어는 있으나 벌써 정신은 달아나 넋이 빠졌을 것이다. 무릇 사람의 일이란 제가 저를 아는 것이 제일이다. 내가 헛말을 하는 것이 아니니, 너는 모름지기 살펴 들거라! 요즈음 우리나라에서 덕이 깊어 더러운 것도 참아주고, 은혜가 중하여 결점을 따지지 아니하여 너에게 장령(將領)으로 임명하고 너에게 지방 병권(兵權)을 주었거늘, 너는 오히려 짐새와 같은 독심만을 품고 올빼미의 소리를 거두지 아니하여 움직이면 사람을 물어뜯고, 하는 짓이 개가 주인을 짖듯이 하여 필경에는 몸이 임금의 덕화를 등지고, 군사가 궁궐에까지 몰려들어 공후들은 위태로운 길로 달아나고, 임금의 행차는 먼 지방으로 떠나게 되었다. 너는 일찍 덕의에 돌아올 줄을 알지 못하고, 다만 완악하고 흉악한 짓만 길러간다. 이에 임금께

---

78 이 대목을 안녹산이 침상에 누워서 읽다가 저도 모르게 놀라 땅바닥에 굴러 떨어졌다는 이야기가 전함.

서는 너에게 죄를 용서하는 은혜가 있었는데, 너는 나라에 은혜를 저버린 죄를 범하였다. 반드시 얼마 아니면 죽고 망하게 될 것이니, 어찌 하늘을 무서워하지 아니하는가? 하물며 주(周)나라 솥을 물어볼 것도 없거니와 한(漢)나라 궁궐이 어찌 네가 머물 곳이랴? 너의 생각은 끝내 어떻게 하려는 것인지 알지 못하겠다. 너는 듣지 못하였느냐? 『도덕경(道德經)』에 이르기를, "회오리바람은 하루아침을 가지 못하고, 소낙비는 하루를 채우지 못한다." 하였으니, 하늘도 오히려 오래 가지 못하거늘 하물며 사람이랴? 또 듣지 못하였느냐? 『춘추전(春秋傳)』에서는 "하늘이 잠깐 나쁜 자를 도와주는 것은 복이 되게 하려는 것이 아니라 그의 흉악함을 쌓게 하여 벌을 내리려는 것이다." 하였으니, 이제 너는 간사한 것도 감추고 사나운 것을 숨겨서 악이 쌓이고 앙화가 가득하였는데도 위험한 줄 모르고 스스로 편하게 여기며 미혹하여 뉘우칠 줄 모르니, 옛말에 이른바 "제비가 장막 위에다 집을 지어놓고 불이 막을 태우는데도 방자히 날아드는 것이나, 물고기가 솥 안에서 너울거린들 바로 삶아지는 꼴을 보는 격이다. 나는 웅장한 군략을 가지고 여러 군대를 모았으니, 날랜 장수는 구름처럼 날아들고, 용맹스러운 군사들은 비 쏟아지듯 모여들고, 높고 큰 깃발은 초새(楚塞)의 바람을 에워싸고, 군함은 오강(吳江)의 물결을 막아 끊었다. (하략)[79]

---

79 "廣明二年七月八日諸道都統檢校太尉某告黃巢夫守正修常曰道臨危制變曰權智者成之於順時愚者敗之於逆理然則雖百年繫命生死難期而萬事主心是非可辨今我以王師則有征無戰軍政則先惠後誅將期剋復上京固且敷陳大信敬承嘉諭用戢奸謀且

라는 글은 당시 당(唐)나라에서도 놀라운 명문으로 높이 평가
되었다.

1. 4. 5. 잡기문(雜記文)

최고운(崔孤雲)이 지은 「海印寺妙吉祥塔記(해인사 묘길상탑
기)」를 비롯한 3편과 『삼국유사』에 실려 있는 「五臺山寶叱徒
太子傳記(오대산 보질도태자 전기)」등 몇 편이 있다. 여기서는
잘 알려지지 아니한 작품 몇 편을 소개하여 감상하기로 한다.

1. 4. 5. 1. 補安南錄異圖記(보안남록이도기)

교지의 사방 경계는 지도에 자세히 드러나 있다. 그러
나 관내 서남쪽 미개 부족이 자주 출몰하는 곳은 여러 번족들과

汝素是遐氓驟爲勍寇偶因乘勢輒敢亂常遂乃包藏禍心竊弄神器侵凌城闕穢黷宮闈
旣當罪極滔天必見敗深塗地噫唐虞已降苗扈弗賓無良無賴之徒不義不忠之輩尒曹
所作何代而無遠則有劉曜王敦覬晉室近則有祿山朱泚吠凸皇家彼皆或手握强兵
或身居重任叱咤則雷奔電走喧呼則霧塞煙橫然猶暫逞奸圖終殲醜類日輪闔輾豈縱
妖氛天網高懸必除兇族況汝出自閭閻之末起於壟畝之間以焚劫爲良謀以殺傷爲急
務有大愆可以擢髮無小善可以贖身不唯天下之人皆思顯戮抑亦地中之鬼已議陰誅
縱饒暇氣遊魂早合亡神奪魄凡爲人事莫若自知吾不妄言汝須審聽比者我國家德深
含垢恩重弃瑕授爾節旄寄爾方鎭爾猶自懷鴆毒不斂梟聲動則醫人行唪吠主乃至身
負玄化兵纏紫薇公侯則奔竄危途警驛則巡遊遠地不能早歸德義但養頑兇斯則聖上
於汝有赦罪之恩汝則於國有辜恩之罪必當死亡無旦何不畏懼于天況周鼎非發問之
端漢宮豈偸安之所不知爾意終欲奚爲汝不聽乎道德經云飄風不終朝驟雨不終日天
也尙不能久而況於人乎又不聽乎春秋傳曰天之假助不善非祚之也厚其凶惡而降之
罰今汝藏奸匿暴惡積禍盈危以自安迷而不復所謂鷰巢幕上漫忝竊飛魚戲鼎中卽看
燋爛我緝熙雄略糾合諸軍將雲飛勇夫雨集高旌大旆圍將楚塞之風戰艦樓船塞斷
吳江之浪. (하략)"

가깝다. 개략적이지만 그 고장에 떠도는 이야기를 모아 지방지에 기록한다. 안남(安南)의 부(府)는 돌아가면서 12군(봉환, 연애, 육장, 악량, 무정, 무안, 소무, 우림)에 속하며, 58개 주를 관리한다. 부의 성은 동쪽에서 남쪽 바다까지 400여 리이다. 산이 가로로 1,000리나 뻗어져 있어서 먼데, 그윽한 굴과 깊은 바위는 요족들의 소굴이 되었다. 미개한 무리들 6종이 널려져 있어서 여러 번족들이 21개 구역과 이웃이 되어 요족들 21개 부족들을 관활하며 산다. 물의 서남쪽은 사바[闍婆]와 대식국(大食國)으로 통하고, 육지의 서북쪽은 여국(女國)과 오만(烏蠻)으로 가는 길에 닿는다. 전에는 정후(亭堠)가 없어서 갈 길을 알 수가 없었다. 걸어 다니는 사람들은 날짜를 헤아리어 기한을 정하고, 배를 타고 다니는 사람들은 바람을 살펴서 약속을 정한다. 21개의 작은 나라들에는 닭과 개들의 소리가 서로 들리며, 의복과 음식들도 서로가 비슷비슷하다. 관내에 사는 요족들은 흔히 산제(山蹄)라고 부르는데, 그중의 어떤 것들은 머리를 풀어헤치고 몸에 문신을 하고, 어떤 것들은 가슴에 구멍을 내기도 하고 이빨을 파내기도 하며, 이상한 소리로 말을 하기도 하고 간교한 태도로 흘겨보기도 한다. 그중에도 더욱 이상한 것은 누워서는 머리로 마실 것을 날려서 코로 받아 마시는 것이다. 표범 가죽으로 몸을 싸고 거북의 껍질로 몸을 가리기도 하며, 나무를 다듬이질하여 솜을 만들어 겉옷을 짓고(요족들은 나무를 다듬이질하듯 두들겨서 솜을 만들어서 많이 입는다.), 대나무 껍질을 엮어서 날개를 만든다. 아이를 낳아 기를 때에는 남편과 아내가 함께 걱정하며, 자라난 뒤에는 아버지와 자식이 두목 싸움을 한다. 때로는 말을 전하여 주거나 통역[傳譯]을 하여 주는 사람이 있어서 통할 수도 있다. 또한 풍속은 누에를 길러서 비단을 짜는 일을 하지 아니하고, 오직 여러 가지 무늬를 넣은 베를 짜는데, 폭이 좁아서 짧은 얼룩무늬가 있는 옷을 때로는 바느질을 하지 아니한 채로 입는다. 낟알 곡식을 먹지 아니하며, 사람이 죽어서 초상을 치를 때에도 복을 입지 아니하고, 시집가고 장가들 때에는 중매하는 사람이 없으며, 싸울 때에는 칼을 쓰고, 병이 들었을 때에도 약을 쓰지 아니한다. 진실로 지리적으로 험한 것만을 믿고 모두들 추장이라고 일컫는다. 멀리 한(漢)나라 때부터 수(隋)나라 말기에 이르기까지 자주 변경에서 난을 일으키어 상당히 멀리까지 토벌하는 전쟁이 벌어졌다. 마장군(馬將軍)이 기둥을 세웠고, 돌아올 때에는 다만 토지의 경계만을 나누어 놓았고, 사총관(史摠管)이 비석을 넘어트리며 지나온 뒤로는 대부분의 바닷가 지역이 안정되었다. 함통(咸通) 초년(初年 : 당 의종 1, 3193, 860)에 이르러서 표은(驃猌)이 난을 일으키니 원수(元帥)가 군율을 잃어버리게 되었다. 독수리가 도사린 곳에 솔개들이 모여들고, 말을 묶어 뇌물로 바쳐야 겨우 지나갈 수 있는 그런 험한 길에 돼지들이 모여 꿀꿀대니, 목을 찔러 시원하게 흉악한 것들을 죽이는 것처럼 통쾌하게 무찔러야 하고, 물에 빠진 사람을 구하여 낼 것만을 생각하고 빨리 손을 내밀어야 하였다. 돌아가신 전 임금은 "지금의 회해태위(淮海太尉)인 연공(燕公)의 위엄은 큰 사막에 떨쳐졌으며, 정치력은 서울에까지도 널리 알려졌다."고 하시며[이때에 연공은 진성(秦城)을 방어하고 오랑캐를 무찔러 서울로 돌아왔다가 안남을 진압하러 나갔다.] 이에 용편(龍編)을 진압하러 나갈 것을 청하였다. 출정한 연공은 전략을 세워 공을 이루기를 새알 부수 듯하고, 백성들을 살려내어 잘 살게 하였으며, 한번 휘둘러서 잃었던 진지를 회복하고, 만 리 밖의 영토를 빼앗아간 좀도둑놈들을 모조리 없애버리고 억울한 것을 모두 펴게 하였다.[주도고(朱道古)는 밖에서 간악한 짓을 하고, 두존릉(杜存陵)은 안에서 포학을 자행하여 모두 안남에 있어서 큰 걱정거리가 되었다. 연공은 마침내 다쳐 죽이어 남김없이 하고, 전에 저령공 수량(褚令公遂良)이 일남(日南)에 귀양 갔다가 그 자손이 몰락하여 있었으므로 공은 특별히 그 억울함을 씻어주었다.] 그런 뒤에 번개와 우레처럼 짧은 기간에 황제께 조회하는 길을 열었고, 산신령과 물귀신은 큰 바다에서 해를 목욕하는 물결을 잔잔하게 하였다.(안남으로 통하는 길이 좁았는데, 하늘의 위력과 신의 힘으로 트이게 되어 하늘의 문이 열리고 가까운 지역에 퍼졌다.) 마침내 만족(蠻族)의 첩자들이 북쪽을 엿보는 길을 끊었고, 한(漢)나라의 경비병이 남방에 머물고 있는 힘을 덜어놓았다. 이에 황제의 조서를 받들고 돌아가는 배를 띄우니, 굴속의 요족(獠族)과 바닷가의 만족까지가 모두 은혜에 감격하고 정의에 복종하지 아니하는 자가 없었다. 멀리 황제의 대궐로 글을 보내어 생사당(生祠堂)을 세우기로 청하였다. 선정을 베풀면 풍속이 다른 지방도 감화됨을 알게 되었다. 말이 양처럼 유순한 것을 보고도 취하지 아니하니, 가령 개미가 코끼리 노릇을 한들 무엇이 염려되겠는가? 사방의 다른 종족들이 간혹 복종하지 아니하는 것은 9주의 지방장관이 책임을 수행하지 못한 데에서 기인하였음을 증명할 수 있다. 유원군종사(柔遠軍從事)인 오강(吳降)이 일찍이 이 지도를 모아서 "녹이(錄異)"라고 하였다. 서문에서 이르기를, "오랫동안 멀리 떨어져 있는 번족을 관찰하여 눈으로 직접 본 이상한 모양을 적어서 책으로 만들었다. 그러므로 믿음직하여 믿을 수 있게 전한다."고 하였으니, 이 사람이 아니면, 어떻게 이런 것을 만들 수 있겠는가? 이에 나는 그 내용을 읽어보고 물러나와 탄식하기를, "내가 이상하다고 하는 것은 일반에서 이상히 여기는 것과는 다르다."고 하였다. 나는 생각하기를, "우주 안에는 무슨 물건도 버릴 것이 없다. 쥐고기가 만근이나 되는 수도 있고, 새우의 수염이 10척이나 되기도 한다. 이미 남북의 특산물을 이미 알고 있으니, 오랜 옛날부터 지금까지의 의문이 풀리었다. 곧 저 짐승 같은 무리들이 떼를 지어 나뉘어 새들이 짹짹이듯 말하는 것들이 끼리끼리 모여 있는 것은 그렇게 이상할 것이 없다. 그동안 태위 연공(燕公)은 임금의 남다른 신임을 받고 기발한 계략을 써서 사나운 무리들조차 감복시켰고 변경이 안정되었다. 지금 임금께서 지방을 살피시는데, 몽고의 왕도 충성을 받치어 감히 임금을 배반하는 태도를 갖지 못하고 영원히 하(夏)나라 땅을 침략할 생각을 버린 것은 모두 연공(燕公)이 교주(交州)를 수복하고, 촉군(蜀郡)을 진압하여 달아나는 도깨비 같은 무리에게 위엄을 떨쳤고 견고한 요새에서 공을 세웠으니, 이

른바 선견지명이 있어 미래의 일을 내다본 것이다. 숨 쉴 동안조
차 천지조화를 알 길이 없는데, 추적할 것을 지시하면 귀신도 서
로 달려갔다. 사실상 하늘이 하는 일인데, 사람이 이를 대신 행
한 것이다. 이것이야말로 이상하다고 할 수 있다. 여기에 부족함
을 보충하여 감히 오는 세대에 전한다. 이때는 임금께서 촉(蜀)
에 가신 뒤 3년째 되는 해(당희종 중화 3, 3216, 883)이다."[80]

---

80 "交趾四封圖經詳矣然而管多生獠境邇諸蕃略採俚譚用標方誌安南之爲府也巡屬一
十二郡(峯龐演愛陸長鄂諒武定武安蘇茂虞林)羈縻五十八州府城東至南溟四百餘里
有山橫亘千里而遙邃穴深巖爲獠窟蠻蜒之衆六種星居隣諸蕃二十一區管生獠二
十一輩水之西南則通闍婆大食之國陸之西北則接女國烏蠻之路曾無亭堠莫審塗程
跋履者計日指期沉浮者占風定信二十一國鷄犬傳聲獠食所宜大較相類管內生獠多
號山蹄或被髮鏤身或穿胸鑿齒詭音嘲哳姦態睢盱其中尤異者臥使頭飛飲於鼻受豹
皮窠體龜殼蔽形擣木絮而爲裘(獠子多衣木皮熟擣有如織纊)編竹苫而作翅生養則夫
妻代患長成則父子爭雄縱始有傳譯可通亦俗無桑蠶之業唯織雜彩狹布多披短襟交
衫或有不縫而衣不粒而食死喪無服嫁娶不媒戰有排刀病無藥餌固恃險阻各稱酋豪
遠自漢朝迄于隋季荐興邊患頗役遐征馬將軍標柱歸時分地界史擿管倒碑過後略
靜海隅洎咸通初驃猖挺災元戎喪律鴟嘯於跕鳶之地豕隧於束馬之塗摧兇欲快於撘
喉拯溺唯思於援手先帝以今淮海太尉燕公威宣大漠政洽上都(時公防禦秦城劉平醜
虜才歸輦下出鎮安南)乃請出鎮龍編立身豹略劓雕題而卵碎活黔首以肌豊復壁壘於
一麾拔封疆於萬里有蠹皆削無冤不伸(朱道古稔姦於外杜存恣虐於內皆爲安南巨
患公乃誅滅無道故褚令公遂良竄歿日南子孫彫零公特表洗雪)然後使電母雷公鑿外
域朝天之路山靈水若俊大洋沃日之波(安南徑岜口天威神助所開播在遠邇)遂得絶蠻
諜之北窺紆漢軍之南戍乃鳳傳留詔鶉泛歸程至於洞獠海蠻莫不醉恩飽義遠投聖關
請建生祠則知善政所行殊方可誘旣見馬如羊而不取縱令若蟻象而何處足以險四夷
之時或不賓九牧之任不得所也有柔遠軍從事吳降嘗集是圖名曰錄異叙云久觀遐蕃
目擊殊形手題本事然則信以傳信斯焉取斯旣閱前詞退而歎曰愚之所以爲異者其諸
異乎人之所異曰六合之內何物則棄至如鼠肉萬斤蝦鬚一丈旣知南北所産永釋古今
之疑則彼獸性群分鳥言類聚誠不足異也頃太尉燕公受三顧恩用六奇計使獷悍歸服
邊陲晏然聖上省方蒙王獻款不敢弄吠堯之口永能除滑夏之心皆由燕公收交州鎭蜀
郡威振於奔魑走魅功成於金壘湯池所謂蘊先見之能察未來之事呼吸而陰陽不測指
蹤而神鬼交馳實爲天工其代之斯實可爲異矣聊補所闕敢貽將來時翠華幸蜀之三
載也."(『桂苑筆耕』권 16.)

이 글은 최고운이 당나라에 있을 때에 지은 작품이다. 황소
(黃巢)의 난으로 당나라 전국이 시끄럽고, 희종(僖宗)이 촉(蜀)
땅으로 파천하였을 때에 유원군종사(柔遠軍從事)인 오강(吳降)
이 안남(安南) 지역의 풍속 습관이 다른 것을 보고 기록한 『安
南錄異圖(안남녹이도)』에 빠진 부분을 기워서 쓴 안남 민속지
(安南民俗誌)이다. 당시에 최고운은 당나라의 벼슬아치, 곧 도
통사(都統使) 고병(高騈)의 종사관(從事官)이었기 때문에 당나
라를 중심으로 모든 어휘를 구사하고 있다. 이 글에서 "한(漢)"
또는 "하(夏)"라고 한 것은 모두 당나라를 가리킨 것이다. 또
"사이(四夷)"라고 한 것도 당나라의 처지에서 당나라를 둘러싸
고 있는 사방의 주변 나라와 그 지역의 사람들을 일컬은 것이
다. 이 역시 사대사상의 남은 찌꺼기로 이해된다. 또 이 글은
고운이 고병(高騈)의 종사관(從事官)으로 고병을 대신하여서
쓴 「賀通和南蠻表[남만과 통하여 강화하게 된 것을 하례하는
표문]」과 연계하여 읽으면 이해가 쉬울 것이다.

1.4.5.2. 新羅伽倻山海印寺結界場記(신라 가야산 해인사 결계장기)

이 작품은 최치원(崔致遠)이 신라 효공왕(孝恭王) 2(3231, 898)
년에 지은 것이다.

일찍이 들으니, 대일산(大一山)의 석씨(釋氏)는 귀중한 말을 이끌어 불교 신자들에게 경계하기를, "큰 땅에 가서 나아서 자라 머물러 버티라!" 하였으니, 대개 마음의 업을 펴려는 뜻이다. 큰 경에 이르기를, "속세에서나 출가를 하여서나 모든 선근(善根)은 모두가 가장 좋은 곳인 시라(尸羅)의 땅에 의지하라!" 하였다. 그러니까 땅의 이름이 서로 들어맞아야 하늘의 말씀도 찾을 수 있다. 나라의 이름을 시라라 한 것은 실로 파라제(波羅提)가 법을 일으킨 곳이며, 산을 가야(伽倻)라 한 것은 석가문(釋迦文)이 도를 이룬 곳과 같다. 하물며 경내는 이실(二室)보다 훌륭하며 산봉우리는 오대산(五臺山)보다 높이 솟아 있다. 엄연히 이곳은 높은 지역으로 기이하며 맑고 시원하면서도 수려한 곳이다. 문에 "해인(海印)"이라고 써 붙였으니, 구름은 정의를 보호하는 용처럼 뭉게뭉게 일어나고 깊은 산의 산신령을 기대었으니, 바람은 계율을 지키는 범처럼 무섭구나. 좋은 경지에서 불법을 일으키었으니 자리 잡은 것은 겨우 1백 년에 지나지 아니한다. 다만 절터가 원체 험하기에 창건한 것이 규모가 작았다. 다시 짓기를 여론으로 합의하여 나라에서 확장할 것을 허락하였다. 마침내 건녕(乾寧) 4(3230, 897)년 가을에 90일 동안 참선한 끝에 땅을 넓히고 절 짓기를 기다리었다. 땅의 신이 마음으로 정성을 드리며, 하늘의 신도 눈으로 기뻐하지 아니하는 이가 없었다. 하물며 산중에 있는 좋은 경지가 정말 해외(海外)의 복받는 도량이 될 것임에랴!

그러나 부처님의 사원을 세우기는 쉬우나 도를 밝히기는 매우 어렵다. 만일 마음에는 있으나 거두어 드리지 아니한다면, 날개가 없이 날려 하는 것과 무엇이 다르겠는가? 몸이란 잎이 바람에 날리는 것과 마찬가지로 산다는 것을 어떻게 보장할 수 있으며, 계(戒)를 지키는 것은 달이 바다에서 나오는 것과는 달라서 이울어지면 반드시 둥글어지기 어려운 것이다. 하물며 지금 불법은 앞으로 쇠퇴하려 하며 마귀의 군대는 다투어 일어난다. 볼수록 날은 저물고 갈 길은 먼데, 염려되는 것은 연기가 짙다가 불이 타오르는 것이다.

도가(道家)의 교훈에 이르기를, '그것은 편안하여야 유지하기가 쉽다.' 하였고, 유가(儒家)의 글에 이르기를, "조심하지 아니하는 것을 사나운 것이라 이른다." 하였다. 제약(制約)하는 것이 오직 사람이 행할 도리이니, 노력하지 아니하면 되겠는가?(하략)[81]

이 글은 최고운이 신라의 헌강왕(憲康王) 11(3218, 885)년에 귀국한 뒤에 지은 작품이다. 우리는 이 작품을 통하여 최고운

....

81 "嘗聞大一山釋氏援金言而警沙界云戒如大地生成住持盖發心業之謂也故大經日世及出世諸善根皆依最勝尸羅地然則地名相協天語可尋國號尸羅實波羅提興法之處山稱伽倻同釋迦文成道之所而況境超二室峰聳五臺儼玆隆崛之奇宛是淸凉之秀由是門標海印而雲蔚義龍道倚山王而風嚴律虎卜興三於勝暨年僅百於和居而顧結界崟嶔權興齷齪議諧改作律許開張遂於乾寧四載之秋宴坐九旬之杪爰謀拓土尌俟布金莫不地塭齋心天神悅目矧在山中仙境眞爲海外福場然金界易標珠輪難塈如或有心不斂其猶無翅欲飛身同乎玉葉隨風生何可保戒異乎金波出海虧必難圓況今象法將衰魔軍競起觀日暮而途邈慮煙深而火燔道訓曰其安易持儒書云不戒謂暴制唯人道可不勗歟.(하략)" 『동문선』 권 64, 기(記)].

최고운(崔孤雲, 최치원) 초상
가로 75.5cm, 세로 116cm, 소장품 번호 신수 18148,
국립중앙박물관 소장. 출처 : e뮤지엄

은 스스로 유가(儒家)라고 하지만, 심오한 불교의 교리에도 그
앎이 매우 두터웠음을 짐작할 수가 있다.

1.4.6. 주의문(奏議文)

1.4.6.1. 풍왕서(諷王書)

여기에 소개하려는 「풍왕서(諷王書)」는 일명 "화왕계(花王戒)"로 더 유명한 작품이다. 그러나 이 "화왕계(花王戒)"라는 이름은 옳지 아니하다. 그 이유는 이 작품의 내용과 제목이 일치하지 아니한 것이 첫째 이유이고, 둘째 이유는 이 작품의 내용과 일치하게 제목을 붙인다면, "계화왕(戒花王)"이라고 하여야하기 때문이다. "화왕계"라는 제목의 뜻은 뜻글 문법상 "화왕이 경계함" 또는 "화왕의 경계"라고 풀이되는데, 실제 이 작품의 내용은 화왕의 호색(好色)을 백두옹이 간하고 있기 때문에 제목과 내용이 어긋나서 올바른 명칭이 아니다. 여기서 "풍왕서"라고 함은 『동문선(東文選)』 권 52, 「주의(奏議)」에 실으면서 그 편찬자가 붙인 이름으로 작품의 내용과 제목이 옳기 때문에 여기서는 그 이름을 취한다. 이 작품은 원래 문서로 지어진 것이 아니고, 신문왕(神文王 : 재위 3014 - 3024, 681 - 691)과 설총이 독대(獨對)하여 주고받은 이야기를 김부식(金富軾)이 그의 『삼국사기』 권 46, 「열전(列傳)」 제 6 "설총(薛聰)"조에 제목 없이 소개한 글이다.

 (전략) 신이 듣자오니, "예전에 화왕[牡丹]이 처음으로

이곳에 왔을 때에 향기로운 동산에 심고 푸른 장막으로 보호
하였더니, 늦은 봄에 곱게 피어 온갖 꽃들 중에서 홀로 빼어났
답니다. 그러자 가까운 곳에서부터 먼 곳에 이르기까지 곱고
도 아리따운 꽃들이 모두 달려와서 화왕을 뵙되, 오직 뒤처질
까 두려워하였답니다. 갑자기 한 아리따운 아가씨가 불그레한
얼굴과 하얀 이빨에 밝은 치장과 고운 옷차림으로 사뿐사뿐
예쁘게 걸어 와서 아뢰기를, '저는 눈처럼 흰 모래 물가를 밟
고 거울처럼 맑은 바다 위를 마주보면서 봄비에 목욕하여 때
를 씻고 맑은 바람을 쏘여 스스로 노닐었사옵니다. 저의 이름
은 장미라 하옵니다. 대왕의 훌륭하신 덕망을 들잡고, 저 향내
풍기는 휘장 안에서 잠자리를 모시고자 하오니, 대왕께오서는
저를 받아 주시겠습니까?' 하였답니다. 또 어떤 사내가 베옷
에 가죽 띠를 띠고 흰머리에 지팡이를 짚고 불편한 걸음으로
절뚝절뚝 걸어와서 아뢰기를, '저는 서울 성 밖 큰길가에 살고
있사옵니다. 아래로는 아득한 들 경치를 굽어보고, 위로는 높
이 솟아 있는 산세에 의지하여 사옵니다. 가만히 생각하옵건
대, 대왕께서는 좌우의 공급이 넉넉하시어 비록 기름진 쌀과
고기로써 배를 불리고 아름다운 차와 술로써 정신을 맑게 하
시며, 상자나 통 속에 깊이 간직한 좋은 약으로써 기운을 돕기
도 하시고, 악석을 가지고 독을 제거하셔야 할 것이옵니다. 그
러므로 옛말에, '비록 실과 삼으로 만든 의복이 있더라도 갈대
나 풀도 버리지 말라! 모든 군자는 버릴 것이 없다.' 하였사옵
니다. 알지 못하겠사오나, 대왕께오서는 제 뜻과 같으신지

요?" 하였답니다. 어떤 자가 아뢰기를, '이 둘이 함께 왔다면 어떤 것을 취하고, 어떤 것을 버리시겠습니까?' 하니, 화왕이 말씀하시기를, '저 사내의 말도 일리는 있지마는 아름다운 아가씨야말로 얻기 어려우니, 장차 어떻게 하면 좋겠는가?' 하셨답니다. 그러자 그 사내가 앞으로 나아가 아뢰기를, '저는 대왕께서 총명하시고 의리를 아시는 분으로 알고 왔습니다. 이제 보니 틀렸습니다. 대개 임금 된 분들은 간사하고 아첨하는 자를 좋아하고, 곧고 올바른 사람을 싫어하지 아니하는 이가 드물었기 때문에 맹가(孟軻 : 맹자)는 불우하게 일생을 마치었고, 풍당(馮唐 : 漢 安陵 사람)은 말단 벼슬 낭관(郎官)으로 늙었습니다. 예로부터 이러하니, 전들 어찌하겠습니까?' 하매, 화왕은 곧 '내가 잘못하였네. 내가 잘못하였네.' 하였답니다. (하략)"[82]

이 작품의 지은이는 설총(薛聰)이고, 그 지어진 연대는 신문

----

82 "(전략) 臣聞昔花王之始來也植之以香園護之以翠幕當三春而發艷凌百花而獨出於是自邇及遐艷艷之靈夭夭之英無不奔走上謁唯恐不及忽有一佳人朱顏玉齒鮮粧靚服伶俜而來綽約而前曰妾履雪白之沙汀對鏡淸之海而沐春雨以去垢快淸風而自適其名曰薔薇聞王之令德期薦枕於香帷王其容我乎又有一丈夫布衣韋帶戴白持杖龍鐘而步傴僂而來曰僕在京城之外居大道之旁下臨蒼茫之野景上倚嵯峨之山色其名曰白頭翁竊謂左右供給雖足膏粱以充腸茶酒以淸神巾衍儲藏須有良藥以補氣惡石以蠲毒故曰雖有絲麻無棄菅蒯凡百君子無不代匱不識王亦有意乎或曰二者之來何取何捨花王曰丈夫之言亦有道理而佳人難得將如之何丈夫進而言曰吾謂王聰明識理義故來焉耳今則非也凡爲君者鮮不親近邪佞疎遠正直是以孟軻不遇以終身馮唐郞潛而皓首自古如此吾其奈何花王曰吾過矣吾過矣.(하략)"『삼국사기』권 46,「열전」제6, "설총(薛聰)"조.

왕(神文王 : 재위 3014-3024, 681-691)이 붕어하신 신문왕 11 (3024, 691)년 이전의 어느 해인 것만을 알 수 있다. 지은이 설총은 그 생몰 연대를 정확히 알 수 없으나 그의 아버지인 원효 (元曉 : 2950-3019, 617-686)스님의 세수(歲壽)를 근거로 추정하면, 원효스님이 29세에 스님이 되었고, 34세인 진덕여왕 태화(太和) 4(2983, 650)년에 당(唐)나라에 들어가려다가 실패하고 국내에서 수도하였으며, 태종무열왕(太宗武烈王 : 재위 2987-2993, 654-660) 때에 남편을 잃고 홀로 사는 요석공주 (瑤石公主)와의 사이에서 설총이 태어났다고 하니, 만약 무열왕 5(2991, 658)년에 출생하였다고 가정한다면, 신문왕 5 (3018, 685)년에 신문왕과 독대(獨對)하였을 경우, 설총의 나이는 28세에 불과하나, 필자는 이때에 이 작품이 지어졌다고 본다. 『삼국사기』의 「열전」 "설총(薛聰)" 조에 따르면, 설총은 "태어나면서 도술(道術)을 알았으며, 신라인들의 입말로 구경(九經)을 읽게 하여 후생을 가르치었으며, 지금까지 학자들이 그를 유종(儒宗)으로 삼고 있다.[生知道術以方言讀九經訓導後生至今學者宗之.]"라고 하였다. 이것을 필자는 현재 우리가 읽을 수 있는 온빈글노래[完全借字歌]를 짓는 표기체계(表記體系)를 확립하여 구경(九經)을 옮긴 것으로 풀이하면서 전란으로 인하여 많은 전적(典籍)들이 없어진 것을 비통(悲痛)하게 생각한다.

현재 전하는 고가집(古歌集) 『악학습령(樂學拾零)』에는 40번째 노래로 아래와 같은 작품을 설총의 작으로 소개하고 있다.

> 정일(貞一) 집중(執中)함은
> 요인(堯仁)과 순덕(舜德)이요,
> 활달대도(豁達大度)는 태조의 여풍(餘風)이라.
> 중도(中途)에
> 영안 천붕(永安天崩)을 못내 슬퍼하노라.[83]

그러나 필자는 이 단가는 설총의 작이라고 보지 아니함을 밝혀 둔다. 3구의 "활달대도(豁達大度)는 태조의 여풍(餘風)이라."가 후세인의 입내가 나기 때문이다. 또 마지막 구의 "영안 천붕(永安天崩)을 못내 슬퍼하노라."도 설총의 시대에 있었던 어느 왕의 승하를 슬퍼한다는 뜻으로 풀이되지 아니하기 때문이다.

또 박노춘(朴魯春)은 이 「풍왕서(諷王書)」 작품을 가전체 소설(假傳體小說)의 효시 작품으로 보았다. 그러나 필자는 이 작품을 현재의 국문학 소설 영역의 뜻으로 보기에는 그 구성이 너무 단순하고 갈등구조가 심화되어 있지 아니하기 때문에 교

---

[83] 원문을 필자가 현대 쓰기로 고쳐 인용하였음. 앞으로 단가의 인용은 이하 같음. 그리고 필자는 이 작품을 "시조(時調)"로 보지 아니하며 가곡(歌曲) 형태의 짧은 노래로 인정한다.

훈성이 강한 짧은 이야기이나 신하가 임금께 고한 말씀이므로
뜻글 문학의 주의 수필(奏議隨筆)로 다룬다.[84]

1.4.6.2. 賀殺黃巢徒狀[황소의 도둑떼를 죽인 것을 하례하는 글]

제가 진주원(進奏院)의 첩보를 보오니, "정난군(定難軍)의 탁발(拓跋) 상공과 보대군(保大軍)의 동방규(東方逵) 상서들이 의군현(宜君縣) 남쪽에서 도둑의 무리를 죽여버리고, 아울러 도둑놈의 장수를 사로잡았다는 것을 임금님께 아뢰었으며, 또 봉상현(鳳翔縣)의 이상공(李相公)도 서울 안에 있던 도둑의 무리들이 패하여 흩어져 달아난 것을 확실하게 알았음을 임금님께 아뢰었으므로, 6월 13일에 성상께서 선정전(宣政殿)에 납시어 의장을 갖추시고 축하를 받으시었다."는 내용이었습니다. 조심스레 생각하여보면, 역적 황소(黃巢)가 죄악을 쌓은 것이 너무 많아서 벌을 받을 날이 오래지 아니할 것이니, 감히 오합지졸을 이끌고 여러 차례 매처럼 날랜 임금님의 군대에 저항하여 왔습니다. 탁발 상공과 동방상서가 어떤 이는 후위(後魏)의 시조인 역미(力微)의 후예이고, 어떤 이는 동방삭(東方朔)의 자손으로 모두 신비한 계략을 베풀어서 함께 흉측한 무리들을 무

---

84 朴魯春, 『韓國文學雜稿』, 시인사, 1987.
　　崔康賢, 『韓國古典隨筆講讀』, 고려원, 1983.

찔러 버리고 천벌을 받을 수 있게 하여 마침내 다달이 승첩의 소식을 아뢰었으므로 그 군대의 이름을 정난(定難)이라고 하였으니, 관우(關羽)와 장비(張飛)의 명성이어서 고을 이름을 의군(宜君)이라고 하였으니 요순(堯舜)의 덕에 맞먹을 수 있습니다. 이런 까닭으로 성상께서는 임금의 자리를 높이 오르시어 임금의 위엄을 멀리까지 빛나게 하시니, 백관들이 기립하여 환호하는 소리가 우레 치는 것 같아서 촉나라를 깜짝 놀라게 하고, 육군(六軍)의 용맹은 번개처럼 싸워서 진천(秦川)을 깨끗이 쓸어내니, 곧 음침한 기운이 사라져 고요하게 되었습니다. 길이 사라지지 아니할 큰 은택을 베푸시었습니다. 이는 모두 상공들이 나라의 일들을 잘 처리하며 거느린 병갑들을 잘 지휘하여 오른손으로는 북채를 들고 전공을 쌓았고, 왼손으로는 군율을 쥐고 원흉을 잡아 바치었기 때문입니다. 훈공이 계속되는 것은 어찌 말로써 다하겠습니까?

저는 오랫동안 회이(淮夷 : 지금의 호남성의 회수와 이수의 땅, 동이의 한 부족 이름이기도 함)에 막히어 아직까지도 바닷가에 머물러 있으면서 멀리서 크게 이기었다는 소식을 듣고 오직 기쁜 마음만 간절하옵니다. 그러나 반드시 바라옵는 것은 칼을 힘차게 휘둘러 도둑떼가 날뛴다는 낭성(狼星)을 쓸어버리고 깃발을 날리며, 임금님을 맞이하여 마침내 장비가 뒤를 막아내던 일을 본받고 섭숙(聶叔)이 군사를 바치던 일에 부끄럽지 아니하게 하는 것입니다. 저는 변방의 진영을 수호한 일에 제한되어 나아가 하례할 수가 없사오나, 제 마음만은 맡은 일이 없어도 뛸 듯이

기뻐서 삼가 장문을 올리어 하례하옵니다.[85]

이 글은 고운(孤雲) 최치원(崔致遠 : 3190-?, 857-?)이 당(唐)
나라에서 벼슬하고 있을 때에 당나라 임금에게 역적 황소(黃
巢)를 잡아 죽이어 반란을 마무리하게 된 것을 치하한 글이다.
당시 제도 도통 검교 태위(諸道都統檢校太尉)인 고병(高騈)의
종사관으로 고병의 처지에서 쓴 진하 주문(陳賀奏文)이다.

1.5. 통일신라의 종교문학(宗教文學)

1.5.1. 도교문학(道教文學)

도광순(都珖淳)은 신라 말기의 도교를 방술(方術), 둔갑(遁甲)
등의 기술을 도교적 색채(色彩)가 짙다고 보고, 김암(金巖)의
"둔갑입성(遁甲立成)"이라든가 "육강병법(六降兵法)"과 분향

---

85 右得進奏院狀報定難軍拓跋相公保大軍東方逵尙書奏於宜君縣南殺戮賊徒竝生檎
賊將又鳳翔李相公奏探知京中賊潰散六月十三日聖上御宣政殿排仗受賀者竊以逆
賊黃巢稔惡旣多就刑非久敢驅烏合之衆屢拒鷹揚之師拓跋相公東方尙書或力微裒
孫或曼倩餘慶皆申秘略共彌兇徒能順天誅逮陳月捷軍名定難雅稱關張之聲縣號宜
君克符堯舜之德是以聖上高臨紫極遠耀皇威睹百辟之歡呼雷驚蜀國想六師之勇戰
電掃秦川卽當靜滅氛霾永見均施澤此皆相公調鼎中之味運掌上之兵右援枹而得
功太執律而至獻勳功相繼稱慶何窮某久阻淮夷尙淹海徼遠聆捷語但切歡聲然必願
劍拂狼星旗迎聖日終繼張飛之拒後不慙曩叔之致師限守戎藩未由陳賀下情無任踊
躍之至謹奉狀陳賀謹錄狀上.[崔致遠,『계원필경(桂苑筆耕)』권6]

(焚香)과 기도(祈禱)의 방법을 써서 보회 황충(補灰蝗蟲)의 도술을 부린다고 하면서 당(唐)나라 문종(文宗) 연간에 신라의 최승우(崔承祐) · 김가기(金可紀) · 자혜(慈惠)스님 등 세 사람이 당나라에 들어가서 종이권(鍾离權) 장군을 따라 도교의 경전들과 구결(口訣)을 익히어 3년을 수련한 뒤 마침내 득도하였으며, 뒤에 당나라에 들어온 최치원(崔致遠), 이정(李靖)들이 김가기에게서 전수받아 이정은 신선이 되어 갔고, 최승우와 자혜스님이 귀국하여 신라에 그 법을 전하니, 그 일들이 『氷淵齋輯(빙연재집)』과 『海東傳道錄(해동전도록)』에 자세히 기록되어 있다고 하였다. 김가기를 따라 도교의 법을 전수받은 최치원이 귀국하여 신라에 그 도를 널리 전하니, 후세인들이 최치원을 한국 도교의 비조로 모시었다고 한다.[86]

1. 5. 1. 1. 고운(孤雲)의 응천절(應天節) (2)

도사 누구는 엎드려 말씀 드립니다. 하늘과 땅을 부모로 하는 까닭으로, 임금님의 도가 존귀한 것입니다. 달을 꿰고 별들을 에워싸고 있는 신령스러운 부적이 여기에 있게 된 것입니다. 하물며 한 사람의 경사스러운 일을 보오매, 진실로 만수무강하심을 알겠나이다. 삼가 엎드려 생각하옵건대, 황제 폐하

86 都珖淳, 「韓國의 道敎」, 『道敎』 3, (上海古籍出版社, 1993.) 쪽 70－71.

께오서는 왕자로서의 큰 계획을 가지시고 어진 재상들을 시켜
성스러운 정치를 하소서. 그리고 아름다운 칭송의 소리가 마을
의 수호신을 모시는 곳에까지 베푸소서. 천자의 아들을 점지하
는 신 고매(高祺)에게 예의를 성대히 베푸소서. 지금은 바람 소
리는 조화로워 순(舜)임금님의 거문고 소리 같고, 햇볕은 희씨
(羲氏)의 말고삐[87]를 따라 따뜻하며, 명협(蓂莢)은 여덟 잎이 향
기롭게 피었고, 단릉(丹陵)은 서조(瑞兆)를 일천 세에 내렸기에
삼가 신선의 재(齋)를 베풀고 우러러 정성을 다하여 축수합니
다. 엎드려 바라옵노니, 인간 세계의 온 천하 먼지를 없이하고,
사해(四海)의 물결을 잠재우시고 빨리 서쪽으로 가신 거둥을 돌
이키서 동쪽의 태산(泰山)에 봉선(封禪)하는 예식을 베푸시어
일천 년의 아름다운 운세로 무공(武功)을 높이 세우시어 30세
(世)에 걸쳐 번창하여 복조를 배로 늘이어 서로 화합하여 크게
안정시키어 길이 중흥을 축하하소서.[88]

이 작품은 고운(孤雲) 최치원(崔致遠 : 3190 - ?, 857 - ?)이 당
(唐)나라에 있을 때에 지은 「응천절재사(應天節齋詞)」 3수 중의
제2수의 전문이다.

....

87 희씨(羲氏)의 말고삐 = 상고시대 태양을 실은 마차를 부린다는 희씨.
88 道士某乙言伏以父天母地帝道所以爲尊貫月繞星靈符於是乎在況覩一人有慶固知
萬壽無疆伏惟皇帝陛下龍握丕圖鳳資聖紀播休聲於里社標盛禮於高祺今者風調舜
琴日暖羲轡曆草舒芳於八葉丹陵降瑞於千齡謹設仙齋仰陳善祝伏願塵鎮九野波息
四溟早廻西行之儀便擧東封之禮一千年之休運高建武功三十世之昌期倍延福祚允
諧大定永賀中興.(『桂苑筆耕』권 15)

1.5.1.2. 고운(孤雲)의 응천절(應天節) (3)

엎드려 생각하옵건대, 뇌향(瀨鄕)의 흰 사슴은 이미 신선의 발자취를 이었고, 함곡(函谷)의 붉은 구름[89]은 과연 임금의 기운을 띠었으므로 경사스러운 일은 하늘과 땅이 오래오래 쌓으시고, 황업은 성자와 신손에게 유전할 것이며, 옥경이 찬란하기에 우리 오얏나무[90]는 늘 봄입니다. 황금으로 된 미래기를 펴보니, 장자(莊子)의 참죽나무가 길이 무성합니다.

엎드려 생각하옵건대, 황제 폐하께서는 삼무(三無)[91]의 덕을 이으셨고, 만유의 은혜를 뻗히시어 별과 해의 상서로움을 감응하였고, 사유(四乳)[92]와 팔미(八眉)[93]의 상서로움을 받으시었으며, 높으신 하느님께서 성인을 내리시매 이에 해온(解慍)[94]하는 바람을 타시었고, 강토가 재를 올려 축수하며 하물며 해가 길어지는 4월까지 되었사옵니다.

엎드려 바라옵건대, 신선들이 산다는 공동산(崆峒山)이 궤도

---

89 함곡(函谷)의 붉은 구름 = 도교의 교조인 노자(老子)가 벼슬을 그만두고 소를 타고 서쪽으로 가다가 함곡관에 이르자 관문을 지키던 윤희(尹喜)가 동쪽 하늘에 붉은 구름이 덮이더니 노자가 이른 것을 보고 매우 이상하게 생각하고 노자를 선생으로 모시매, 노자가 도덕경 5천언을 지어 윤희에게 주었다는 고사가 있음.

90 오얏나무 = 당(唐)나라 황실의 성이 이씨(李氏)이므로 이른 것임.

91 삼무(三無) = 하늘은 사사로이 보호함이 없고, 땅은 사사로이 만상을 살게 함이 없으며, 해와 달은 사사로이 빛을 내려쬐지 아니한다는 "천무사부(天無私覆), 지무사재(地無私載), 일월무사조(日月無私照)의 삼무사(三無私)"를 이름.

92 사유(四乳) = 주(周)나라 문왕(文王)은 태어나면서부터 젖이 네 개이었다는 고사.

93 팔미(八眉) = 요(堯)임금의 눈썹이 팔색(八色)이었다는 고사.

94 해온(解慍) = 4월이 되면 훈훈한 바람이 불어 백성들의 근심을 풀어지게 한다는 뜻.

를 따르고, 분수(汾水)의 어가를 돌리시어 만세의 환성을 받으
시며 구중궁궐로 돌아오시니, 7백 년의 아름다운 운수를 누리
시어 나라를 중흥하시고, 5천 글자의 격언[95]을 지키어 전쟁이
평정되게 명철하신 신위께서 길이 황실을 보호하여 주시기를
우러러 비나이다.[96]

이 작품은 최고운의 「응천절(應天節)」 재사 3수 중의 끝 작
품의 전문이다.

지은이 최고운은 그의 저서 『桂苑筆耕(계원필경)』에 재사(齋
詞) 15편을 수록하고 있으나, 여기서는 줄인다.

고운은 후세인들에 의하여 한국 도교문학의 비조로 추앙되
고 있다.[97]

1.5.2. 불교문학(佛敎文學)

신라가 이른바 삼국통일을 이룬 뒤인 경덕왕(景德王 : 재위
3075 - 3098, 742 - 765)에서 국망(3268, 935)에 이르기까지 약

----

95 5천 글자의 격언＝노자의 도덕경(道德經)을 이름.

96 伏以瀨鄕白鹿旣掛仙蹤函谷紫雲果資王氣積慶於天長地久傳華於聖子神孫耀玉京
而我李長春演金鑠而莊椿永茂伏惟皇帝陛下三無禀德萬有覃恩叶感星夢日之祥掩
四乳八眉之瑞上天降聖爰乘解慍之風列土修齋況値晏陰之月伏願峒山順軌汾水廻
鑾迎萬歲之巖音歸九重之天闕享七百年之休運寰宇中興守五千字之格言兵戈大定
仰祈玄鑒永護皇居.

97 都珖淳,「道教」3, 上海古籍出版社, 1993.

200여 년간은 신라 불교의 침체 또는 선법(禪法) 전래의 시대라고 한다.

우정상(禹貞相) · 김영태(金煐泰)들의 『한국불교사(韓國佛教史)』에 따르면, 이 시기의 이름난 스님들 중에는 다음과 같은 저술들이 있음을 알려주고 있다.

효소왕(孝昭王 : 3028 - 3035, 692 - 702) 때의 고승인 가귀(可歸)스님은 승전법사(勝詮法師)의 수제자로 『화엄경의강(華嚴經義綱)』1권, 『심원장(心源章)』1권 등을 남겼다고 하였다.

또 무염(無染 : 3134 - 3221, 801 - 888)스님은 속성이 김씨(金氏)인데, 13세에 스님이 되어 헌덕왕(憲德王) 14(3155, 822)년에 당(唐)나라에 들어가 지상사(至相寺)에서 金剛經(금강경)을 공부하고, 문성왕(文聖王) 7(3178, 845)년에 귀국하여 성주산문(聖住山門)의 개조(開祖)가 되어 호를 무주(無住), 시호를 대낭혜(大朗慧), 탑호를 백월보광(白月葆光)이라고 하며, 저술로 『無舌土論(무설토론)』을 남겼다고 하였다.

또 순지(順之)스님은 속성이 박씨이고, 시호는 요오선사(了悟禪師)이고, 탑호는 진원(眞原)인데, 20세경에 오관산(五冠山)에서 스님이 되어 헌안왕(憲安王) 3(3192, 859)년에 당(唐)으로 들어가서 헌강왕(憲康王) 초년(3208, 875)에 귀국하여 『三遍成佛論(삼편성불론)』을 저술하였다고 밝혀주고 있다.

또 원성왕(元聖王) 3(3120, 787)년에 승직(僧職)으로 소년서

성(少年書省)을 두어 두 사람을 뽑을 때에 발탁된 범여(梵如)스님은 『화엄경요결(華嚴經要訣)』6권을 찬술하였다고 한다.[98]

이들 이외에도 애장왕(哀莊王) 5(3137, 804)년에 배를 타고 당(唐)나라에 들어가 창주(滄州)에서 신감(神鑑)에게 중이 되어 불법을 공부하고, 흥덕왕(興德王) 5(3163, 830)년에 귀국하여 민애왕(閔哀王) 1(3171, 838)년 왕이 입궐하라는 청을 거절하니, 혜조(慧照)라는 호를 내려 주고 법랍 41세에 입적하니, 헌강왕(憲康王)이 시호를 진감선사(眞鑑禪師)라고 하고, 탑호를 대공영탑(大空靈塔)이라고 하였다. 지금의 지리산 쌍계사(雙溪寺)에 국보 228호로 모셔진 진감국사비의 주인공인 혜소(慧昭 : 3107 - 3183, 774 - 850)스님 같은 이도, 지금은 그의 저술이 전하지 아니하지만 원래 없었던 것은 아닐 것으로 생각된다.

또 자를 휴공(休空)이라고 하며 15세에 중이 되어 헌덕왕(憲德王) 6(3147, 814)년에 당나라에 들어가 불법을 배우고 문성왕(文聖王) 1(3172, 819)년에 귀국하여 동리산파(桐裏山派)의 개조(開祖)가 된 혜철(惠哲 : 3118 - 3194, 785 - 861)스님은 시호가 인적(忍寂)이고, 탑호가 조륜청정(照輪淸淨)인 것을 보면, 역시 문학 작품도 있을 법하지만 현재 전하는 것이 없음은 역시 안타까운 일이다.

----

98 禹貞相 외, 『韓國佛敎史』, (進修堂, 1968) 쪽 48 - 80.

또 진경(眞鏡 : 3187 - 3256, 854 - 923)스님도 9세에 혜목산 원감(圓鑑)스님에게 중이 되어 도를 배우고, 19세 구족계를 받았으며, 송화·설악산 등지에서 교화와 선수행(禪修行)을 힘써서 진성왕(眞聖王)의 부름을 거절하고 수행에 정진하다가 경명왕(景明王) 2(3251, 918)년에 왕의 청으로 입궁하여 법응대사(法膺大師)의 호를 받고, 봉림산(鳳林山) 선당(禪堂)에서 입적하여 진경대사(眞鏡大師)라는 시호를 받은 것으로 보면, 이도 역시 분명히 문학 작품이 있었을 가능성은 있다.

이상의 여러 스님들이 남긴 행적이나 불법 홍포의 저술로 보아 시문(詩文)들도 더러 있을 만한데, 현재로는 이들의 시문을 찾기가 쉽지 아니한 것이 애석하기만 하다.

최고운 유적(崔孤雲 遺蹟)
문화재 자료 제145호, 충남 보령시 남포면 월전리에 위치. 출처 : 문화재청

2. 발해국(渤海國) 문학(文學)

이제까지 많은 역사책들에는 "발해(渤海)"라고 하였으나, 필자는 지금의 서해에 있는 발해만(渤海灣)의 바다 이름 "발해(渤海)"와 구별하기 위하여 나라라는 뜻을 말끝에 붙여서 "발해국(渤海國)"이라고 부른다.

발해국에 관하여는 우리나라 역사책에서는 고구려(高句麗)를 이어서 일어난 우리나라라고 가르쳐 왔으나 국문학사에서는 발해의 문학을 우리 문학으로 다루지 아니하다가 근래에 와서 조동일(趙東一)과 이가원(李家源)에 의하여 언급되기에 이르렀다.

후진(後晋)의 장소원(張昭遠)·가위(賈緯)·조희(趙熙) 등이 왕명을 받고 지은 『구당서(舊唐書)』 권 199, 「열전(列傳)」 "발해말갈(渤海靺鞨)"조에 따르면,

말갈(靺鞨)의 대조영(大祚榮)이라는 사람은 본래 고려(高麗)의 별종(別種)이다. 고려가 이미 멸망하매, 대조영은 식구들을 거느리고 영주(營州)로 옮겨 살았다. 칙천무후(則天武后)의 만세통천년(萬歲通天年 = 3029, 696)에 거란(契丹)의 이진충(李盡忠)이 반란을 일으키매, 대조영과 말갈의 걸사비우가 제각각 망명자들을 거느리고 동쪽으로 달아나 험한 지형을 지키어 스스로 굳건히 하였다. 이진충이 죽으매, 칙천무후(則天武后)가 우

정효공주묘 벽화(貞孝公主墓 壁畵)
중공 지린성 허룽현에 있는 룽터우 산에 위치. 출처 : 바이두 백과사전

옥검위대장군(右玉鈴衛大將軍) 이해고(李楷固)에게 군사를 거느리고 나가 이진충의 남은 무리들을 토벌하게 하니, 먼저 걸사비우를 목 베어 죽이고 천문령(天門嶺)을 넘어 대조영을 추격하였다. 대조영은 고려와 말갈의 무리와 연합하여 이해고에게 대항하니, 칙천무후의 군대는 크게 패하여 이해고는 겨우 제 몸만 도망하여 거란(契丹)의 진으로 돌아가 몸을 의지하려 하였으나 거란과 종들이 모두 돌궐(突厥)에 투항하니, 도로가 험하고 끊어져서 칙천무후가 대조영을 칠 수가 없었다. 이에 대조영이 그 무리들을 거느리고 동쪽으로 옮아 계루(桂婁)의 옛 땅을 지키어 냈다. 동모산(東牟山)에 의지하여 성을 쌓고 살았다. 대조영이 날래고 용감한데, 군사를 잘 부리어 말갈의 무리들과 고려의 유

민들이 점점 모여들어 그에게 의지하게 되었다. 신라 효소왕(孝昭王) 8(3032, 699)년에 스스로 왕이 되어 진국(振國)을 세웠다. 사신을 돌궐에 보내어 통하였다. 그들의 땅은 영주(營州)의 동쪽으로 2,000리(약 80,000m), 남쪽으로는 신라(新羅)와 국경이 닿았었다. 월희(越熹)와 말갈(靺鞨)은 동쪽으로 닿아 있었으며, 북으로는 흑수말갈(黑水靺鞨)에 이르렀다. 땅은 사방 2,000리(약 80,000㎡)인데, 호수(戶數)가 10여만 호이고, 날랜 군대가 수만 명이나 되었다. 풍속은 고려와 거란과 거의 비슷하였다. 문자(文字)가 따로 있고, 서기(書記)라는 역사책도 있었다.(하략)[99]

이 글을 분석하여 보면, 발해국의 건국자인 대조영(大祚榮)은 고구려의 옛 강토이었던 계루(桂婁)가 그의 고향땅이었음을 밝히고 있는 점에서 발해국은 결코 차이나의 한족(漢族) 국가가 아니고 고구려의 후손국임을 알 수가 있다. 그러므로 발해의 정치사와 문학사는 당연히 우리 천손족(天孫族)의 역사와

....

99 靺鞨大祚榮者本高麗別種也高麗旣滅祚榮率家屬徙居營州萬歲通天年契丹李盡忠反逆祚榮與靺鞨乞四比羽各領亡命東奔保阻以自固盡忠旣死則天命右玉鈐衛大將軍李楷固率兵討其餘黨先破斬乞四比羽又度天門嶺以迫祚榮祚榮合高麗靺鞨之衆以拒楷固王師大敗楷固脫身而還屬契丹及奚盡降突厥道路阻絶則天不能討祚榮逡率其衆東保桂婁之故地據東牟山築城以居之祚榮驍勇善用兵靺鞨之衆及高麗餘燼稍稍歸之聖曆中自立爲振國王遣使通于突厥其地在營州之東二千里南與新羅相接越熹靺鞨東北至黑水靺鞨地方二千里編戶十餘萬勝兵數萬人風俗與高麗及契丹同頗有文字及書記.(하략)『舊唐書』권 199 하)

문학 속에 함께 넣어서 다루어야 함이 너무도 당연하다.

2. 1. 발해국의 이야기 문학

지금 중화인민공화국에서는 고구려(高句麗)와 함께 발해국(渤海國)의 역사를 모두 저희 역사 속에 싸잡아 넣으려 획책하고 있다. 발해국이 고구려 후예들의 나라임을 고구려 망국 후 20년 만에 지어진 『구당서(舊唐書)』에서는 "발해 말갈(渤海靺鞨)"이라고 일컬으며, "대조영(大祚榮)이라는 사람은 본래 고려와는 다른 종족이다.[大祚榮者本高麗別種也.]"라고 하여 부정하려는 음모를 드러내고 있다. 이 기록이 음모임을 증명하는 증거는 바로 뒤에 나타난다. 모든 음모의 단초는 "양두구육(羊頭狗肉)"이라는 말과 비슷한 거짓으로 시작된다. 이 『구당서(舊唐書)』가 바로 그러하다. "대조영은 고려인이 아니다."라고 전제한 뒤에는 "대조영"이라는 사람은 고려와 말갈의 무리들을 모아 발해국을 세웠음을 밝히고 있기 때문이다.[100] 한편 김부식(金富軾)의 『삼국사기』에서는 『구당서(舊唐書)』의 잘못된 기록을 그대로 습용하여 "발해 말갈" 운운하기도 하였는가

---

100 楊家駱, 『中國學術類編』(舊唐書) 2, (鼎文書局, 1985.) 쪽 5360~5366.

하면,[101] 같은 책의 원성왕(元聖王)과 헌덕왕(憲德王)조에서는 "북국(北國)"이라고 표현하여 동족의 감을 느끼게 하고 있다.[102]

또 일연스님의 『삼국유사』 권 1, 「기이(紀異)」 제1, "말갈(靺鞨) · 발해(渤海)"조에서는 『통전(通典)』의 기록이라면서,

발해는 본래 속말 말갈(粟末靺鞨)인데, 그 추장 조영에 이르러 나라를 세워 진단(震旦)이라 하더니, 선천 중(先天中, 唐 玄宗 壬子, 신라 성덕대왕 11, 3045, 712)에 비로소 말갈이란 이름을 버리고 오직 발해(渤海)라고만 일컬었다.[103]

고 한 뒤 "마침내 해동성국이 되었다.[遂爲海東盛國.]"라는 말로 결론을 내리었다.

여기서는 발해국을 우리의 옛 조상의 나라로 인정하고, 그들의 입을 통하여 오래도록 전하여 온다는 이야기 문학 몇 편을 소개한다.[104]

---

101 『삼국사기』 권 8, 「신라본기」 8, "성덕여왕 32년 가을 7월" 조.
102 『삼국사기』 권 10, 「신라본기」 10, "원성왕 6년 3월" 조와 "헌덕왕 4년 가을 9월" 조.
103 "通典云渤海本粟末靺鞨至其酋祚榮立國自號震旦先天中(玄宗壬子)始去靺鞨號專稱渤海.(하략)"
104 이것은 송덕윤이 짓고, 최태길이 옮기어 소개한 「발해의 속담과 전설」에서 인용한 것이다.

2. 1. 1. 살다라(薩多羅) 이야기

의종 함통(毅宗咸通) 초(3193, 860)년 발해에 살다라 (薩多羅)라고 하는 중이 있었는데, 서명정사(西明精舍)에 살고 있었다. 그는 새와 짐승의 말을 알아들을 수 있었는데, 늘 새, 까치, 제비, 참새들이 지저귀는 소리를 듣고 상서로운 일과 나쁜 일, 마을에서 있은 일들을 눈으로 본 것처럼 말하곤 하였다. 불도징(佛圖澄)이 풍령(風鈴)을 잘 들은 것도 이보다 낫지 아니 하였다. 어느 날 하루 날씨가 무더웠는데, 몇 명의 조정의 관리 들이 말을 타고 성 서쪽 별장으로 바람을 쐬러 떠났다. 길에서 암돼지(원문에는 수돼지로 되어 있으나, 잘못이 분명하여 고 침. 필자 주)를 만났는데, 새끼 돼지들을 이끌고 가면서 꿀꿀거 렸다. 한 관리가 장난삼아 "이 돼지는 지금 말을 하느라고 꿀꿀 거리는가?" 하고 물었다. 살다라는 "그렇사옵니다. 사람은 물 론 알아들을 수 없지요."라고 하였다. 그 관리가 "무슨 말을 하 는가?" 하고 물었다. 살다라는 말하기를, "큰 돼지는 새끼들을 돌아다보며 '어서어서 앞으로 가자! 저 나무 그늘 밑에 가서 젖 이나 먹자꾸나.' 라고 말하고 있습니다. 저것들이 멀지 아니한 곳에 이르면 홰나무가 있을 것이니, 그곳에서 새끼들에게 젖을 먹일 것입니다."라고 대답하였다. 여러 관리들은 매우 이상하 게 생각하고 말고삐를 늦추고 천천히 따라가면서 살피기 시작 하였다. 과연 도랑을 건너 곧바로 나무 그늘 밑에 가더니, 어미 돼지가 가로누워 새끼들에게 젖을 빨리는 것이었다. 그 후 관리

들이 시험 삼아 여러 문제를 물었는데 틀리는 것이 없었다. 후
에 금위군을 책임진 군관이 그의 적을 군중의 절간에 옮겨 붙여
주었다. 다른 중들이 시기하여 좋아하지 아니하므로 석장을 들
고 서울에서 나와 어디로 갔는지 숨어버렸다.[105]

는 것이다. 이에 대하여 최태길은 "꿀꿀 소리내는 것[喀喀有
聲]"과 "어서어서 앞으로 가자.[行行行向前]"와 "나무 그늘에
서 젖을 먹었다.[樹陰下吃奶料]"와 같은 표현은 분명한 입말로
서의 뛰어난 맛을 나타내고 있어서 매우 소중한 문장이라고
극찬하면서 발해인들의 민간 전설의 우수성을 밝히고 있다.[106]

2. 1. 2. 홍라녀(紅羅女)의 이야기

이 이야기는 입으로 전하여 오는 발해 전설이라고 전제한
뒤에 아래와 같이 송덕윤은 소개하고 있다.

----

105 "毅宗咸通初有渤海僧薩多羅者寓于西明精舍云能通鳥獸之言往往聞鳥燕雀喧噪
則說咎及閭巷間事如目當者佛圖澄之聽鈴語不是過也一日秋暑方炎與小朝客數人
聯騎將納涼于城西別墅路遇諸豚而行喀喀有聲一朝士戲曰此猪有語否對曰有之人
自不能論也又問曰所語何對曰巨巋頤諸雛云行行行向前樹陰下歠奶料其不遠當遇
官槐槐而上且飼群子矣諸朝士頗奇之因緩轡以偵果越洶不沒過圈不奔直抵木陰距
乳諸子以後貴臣宦互迎問之无少差貳後中官主禁旅者將籍名于軍寺蕃僧不樂杖錫
出京不知所往."(『북몽쇄언(北夢瑣言)』)
106 송덕윤 저, 최태길 역, 「발해의 속담과 전설」, 『발해사 연구』 3, 연변대학출판사,
1993.

말갈(靺鞨) 경내에는 양 옆이 산에 막힌 큰 호수가 있었는데, 길이가 백 리나 되었다. 호수 물은 거울과 같이 맑았으므로 이름을 경박(鏡泊)이라 하였다. 이 경박호에는 한 어부의 딸이 살고 있었다. 그녀의 아버지는 생전에 우연히 길고 굵은 갈대 한 가지를 얻게 되었다. 그는 그것으로 사랑하는 딸에게 작고 깜찍한 퉁소 하나를 만들어 주었다. 어부의 딸은 그 갈대로 만든 퉁소를 자기의 생명처럼 사랑하였다. 매번 저녁 무렵이 되어 해가 지고 황혼이 깃들면, 그는 호숫가의 돌에 앉아 퉁소를 불기 시작하는데, 그 구성진 퉁소 소리는 은은히 수면에 울려 퍼지자 물속의 고기들이 모여왔고, 숲속의 새들도 지저귀며 화답하게 되었다. 이와 같이 달 밝은 밤중까지 불고서야 처녀는 퉁소 불기를 그치고 배에 돌아가 잠을 잤다. 그래서 홍라녀는 이 경박호에서 나서 경박호에서 자라고 일하며 살다가 죽어서도 이 경박호 가에 묻히었다.

는 것이다. 원래 이 경박호는 미타호(湄沱湖)로 발해국의 자랑이었다. 『신당서(新唐書)』의 「발해전(渤海傳)」에는,

세상에서 귀하게 여기는 것은 태백산(太白山)의 토끼와 남해(南海)의 곤포(昆布)와 책성(柵城)의 북과 부여(扶餘)의 사슴과 막힐(鄚頡)의 돼지와 솔빈(率賓)의 말과 현주(顯州)의 배와 옥주(沃州)의 비단과 금주(錦州)의 명주와 위성(位城)의 쇠와 노성(盧城)의 벼와 미타하(湄沱河)의 붕어이었다.

라고 하였다. 송덕윤은 이어서,

이 같은 특산물과 같이 '습속 중에서 소중히 여기는 것'으로 쳤다. 이로부터 당시 발해 사람들은 이 풍경이 아름다운 고산 호수에 대해 매우 중시하였다는 것을 알 수 있다. 민간 전설 중의 홍라녀가 활동한 장소는 경박호이고, 이 전설이 전해 내려온 중심지대도 경박호이다. 이 전설 지역과 발해민족과의 밀접한 관계는 쉽게 알아볼 수 있다.

라고 억지스런 평가를 하고 있다.[107]

2. 1. 3. 발해 여인(女人) 이야기

역시 송덕윤은 『松漠紀聞(송막기문)』에 있는 이야기라면서 아래와 같이 소개하고 있다.

(발해의) 부녀들은 모두 성미가 사납고 질투심이 세었다. 대씨(大氏)는 다른 성과 열 자매를 두어 자기들의 남편을 서로 살피게 하였으며 첩을 두지 못하게 하였다. 남편이 다른 여자를 보고 다니는 것을 알게 되면, 꼭 방법을 대어 그가 사랑하는 여자를 죽여버렸다. 한 남편이 잘못을 범하였는데도 그 아내

---

107 앞주와 같은 책의 같은 글, 쪽 120-121.

가 그것을 알아차리지 못하면 아홉 사람이 함께 모여 그 남편에 대하여 욕하며 다투어 그가 시기하고 질투하도록 서로 과장하여 말하였다. 그러므로 거란과 여진 등 여러 나라들에는 모두 창녀가 있었고, 평민들은 모두 첩과 시녀가 있었지만 오직 발해에만은 없었다.[108]

는 것이다. 이것은 어쩌면 오늘날 우리나라 부녀자들의 남편 지키기와 너무도 흡사하여 동족으로서의 전통이 오늘까지 이어져 오는 것이라고 하겠다.

2. 1. 4. 발해국의 황금소 이야기

역시 송덕윤은 위에서 소개한 같은 글에서 민간 전설의 하나로, 다음과 같은 이야기를 전하여 주고 있다.

예전에 한 어부가 홍토장자(紅土墻子) 일대의 모란강(牡丹江)에서 고기잡이를 하였다. 그가 아침 일찍 일어나 강변으로 나가니, 동녘 하늘에서 해가 서서히 솟아오르면서 강을 온통 붉은 빛으로 물들였다. 그가 매생이를 타고 강심에 가서 그

---

108 "(渤海)婦人皆悍妬大氏與他姓相結爲十秭妹選几察其夫不容側室及他遊聞則必謀置毒死其所愛一夫所犯者九人則群聚而謳之爭以忌嫉相夸故契丹女眞諸國皆有女倡而其良人皆有小婦侍婢唯渤海无之."(앞주와 같은 책의 같은 글, 쪽 135).

물을 치려 하는데, 문득 강물 속의 아름다운 물건에 어리둥절하여졌다. 푸르고 맑은 물밑에는 금소 한 마리가 조용히 엎디어 있었는데, 굽은 뿔과 튀어나온 두 눈까지도 똑똑히 보였으며, 입으로는 마치 새김질을 하고 있는 듯하였다. 아침 햇빛에 소의 몸뚱이는 온통 찬란한 금빛을 뿌리고 있었다.

금소를 멍하니 내려다보는 어부는 보면 볼수록 이상하게 생각되었다. 이처럼 깊은 물속에 어떻게 소가 엎디어 있을 수 있단 말인가? 그가 한참 들여다보고 있노라니, 물밑의 소는 마치 움직이기 시작하는 것 같았다. 어부는 더럭 겁이 나서 정신없이 노를 저어 마을로 돌아왔다. 집에 돌아온 그는 이상한 일을 자기의 친구인 훈장에게 알려주었다가 깨어나니, 원래는 꿈이었다. 서당 훈장은 생각할수록 이상하게 느껴졌다. 이리하여 날이 새기를 기다려 급히 느릅나무 밑에 가서 돌부처의 말대로 땅을 1m쯤을 파니, 과연 돌부처가 나왔다. 그 돌부처의 눈은 벌겋게 충혈되어 있었다.

서당 훈장은 그 돌부처를 일본 상점에 갖다 팔았는데, 그날 저녁에 이상한 일이 발생하였다. 일본 상점에서 기편수단으로 수매해 들였던 발해 문물이 모두 온데간데 없이 사라졌던 것이다. 일본놈들은 이 일은 꼭 서당 훈장이 한 짓이라고 생각하고 사처로 싸다니며 그를 찾았지만, 서당 훈장은 얼른 피신하여 그림자도 볼 수 없었다.[109]

---

109 앞주의 책 같은 글, 쪽 141-144.

고 하였다. 그리고 이어서 "이 전설에는 매우 농후한 애국적
의식이 차 넘치고 있다."고 송덕윤은 평가하고 있으나, 필자의
소견에는 이 이야기가 입에서 입으로 전하여지면서 근대적 상
업주의와 배일 의식(排日意識)이 덧붙여져 정말 발해국 시대의
이야기일까 싶을 정도로 변질되어 있음을 직감할 수가 있다.
그것은 오늘날 중화인민공화국의 공산당식 정략적 애국의식
이 넘쳐 흐르고 있기 때문이다.

2.2. 발해국의 뜻글문학[韓·漢文學]

2.2.1. 뜻글시[韓·漢詩]

발해국의 역사와 문화를 평생 연구하여온 연변대학의 방학
봉의 주장에 따르면, 발해인들은 "한자와 한문을 통용하였
다."고 한다. 그 근거는,

첫째로, "『책부원구(册府元龜)』956 종족(種族)에는 '발해의
풍속은 고구려 및 거란(契丹)과 같고 자못 문자 및 서기가 있었
다.[風俗與高麗及契丹, 頗有文字及書記.]'라고 하였다."는 것이
다.

둘째로, "문자 기와, 문자 벽돌, 정혜공주와 정효공주의 비문
(碑文)을 통해 발해는 한자(漢字)와 한문(漢文)을 통용하였음을

알 수 있다."고 하면서 "여러 유적지에서 문자 기와[文字瓦], 문
자 벽돌[文字塼]이 많이 출토되었는데, 그 가운데서 70-80%는
한자이고, 나머지 20-30%는 자체(字體)가 특수하고 음(音)과
뜻[意]을 판독할 수 없는 이체자(異體字)와 부호(府號)[110]이다."라
고 밝히고 있다.[111]

2.2.1.1. 양태사(楊泰師)의 시

발해국의 문학도 고구려나 백제와 마찬가지로 그 문헌들이
전하는 것이 적어서 별로 살필만한 것이 없는 것이 안타깝기
만 하다.

여기서는 귀덕장군(歸德將軍)이라는 무관(武官)이면서도 시
문에 뛰어났었던 양태사(楊泰師)라는 분이 문왕(文王) 22(3091,
758)년에 일본에 가는 사신 양승경(楊承慶)의 부사(副使)로 따
라갔다가 일본 문인들과 시문을 주고받을 때에 지은 작품의
하나이다.[112] 귀한 자료이기에 그 전문을 소개하여 감상하여
보기로 한다.

---

110 "부호(府號)"는 "符號"의 잘못인 듯함.
111 방학봉, 『발해의 문화』 2, (정토출판, 2006) 쪽 14-29.
112 "楊泰師於文王時官歸德將軍與楊承慶等同聘日本爲副使日本授泰師從三位泰師
能詩及還諸文士賦詩送別泰師作詩和之."

2.2.1.2. 夜聽擣衣[밤에 다듬이소리를 들음]

霜天月照夜河明	늦가을 밝은 달에 은하수 맑은데,
客子思歸別有情	나그네 돌아갈 맘 별난 정 일어나네.
厭坐長宵愁欲死	긴 밤 뜬눈으로 앉았으니 애타는데,
忽聞隣女擣衣聲	이웃집 아낙네의 다듬이소리 나네.
聲來斷續因風至	바람결에 끊일 듯 이어 실려 오니,
夜久星低無暫止	온밤 별들과 벗하듯 쉼이 없네.
自從別國不相聞	고국 떠난 뒤로 소식 궁금 답답더니,
今在他鄕聽相似	이제 예서 듣는 소리 고향과 흡사하네.
不知綵杵重將輕	다듬이 방망이의 경중을 모르겠고,
不悉靑砧平不平	다듬잇돌 평평한지 그것도 모르겠네.
遙憐體弱多香汗	타향에서 약체 아내 땀내가 아련하고,
預識更深勞玉腕	고운 팔 힘 드는 것 나는 잘 아네.
爲當欲救客衣單	나그네의 단벌옷을 다듬질하는 아내
爲復先愁閨閣寒	나는 먼저 아내 방 찬 것을 근심하네.
雖忘容儀難可問	용모와 매무새가 잊혀져도 묻지 못해
不知遙意怨無端	나그네 속마음을 원망할까 모르겠네.
寄異土兮無新識	타국에서 머물며 사귄 사람 없건마는
想同心兮長歎息	아내 마음 내 안 같기 긴 한숨 절로 나네.
此時獨自閨中聞	때맞추어 여인의 신세 탄식 들려오니,
此夜誰知明眸縮	오늘밤 잠 못 잘 것 알 이 전혀 없네.
憶憶兮心已懸	꼬리 무는 생각이여! 마음에 걸려 있어
重聞兮不可穿	외로운 신음소리 거듭거듭 들려오네.

卽將因夢甚聲去   곧바로 꿈에 들면 그 신음 안 들겠지.
只爲愁多不得眠   근심이 너무 많아 잠들지 못하겠네.

이 작품은 『군서유종(群書類從)』의 「경국집(經國集)」에 실려
있다고 하나, 여기서는 김육불(金毓黻 : 4210 – 4295, 1877 – 1962)
이 4267(1934)년에 간행한 『발해국지장편(渤海國朝志長編)』
권 18에서 다시 인용한 것이다.

이 작품에서 지은이는 고국인 발해를 떠나 일본에 와서 머물
면서 주인집 이웃 아낙네의 다듬이질 소리를 한밤중에 홀로 듣
고, 고향에 두고 온 자기의 사랑스런 아내가 자기 옷을 손질하
며 두들이던 그 다듬이소리와 너무도 흡사하여 고향 생각이 점
점 깊어짐을 느끼며 객창의 외로움을 생생하게 표현하고 있다.

2.2.1.3. 기조신공이 눈 읊은 시에 답함[奉和紀朝臣公詠雪]

양태사(楊泰師)는 위에서 소개한 작품 이외에도 「기조신공
이 눈을 읊은 시에 답함[奉和紀朝臣公詠雪]」이라는 5언 율시 1
수가 더 전하고 있다.

昨夜龍雲上   간밤에는 용이 되어 하늘로 올랐는데,
今朝鶴雪新   오늘은 아침에 흰 눈 되어 내려왔네.
祇看花發樹   다만 나무에 핀 꽃들을 살펴보니,
不聽鳥驚春   새들은 간 데 없고 봄 경치가 조용하네.

廻影疑神女　돌고 도는 신녀의 그림자 흡사하고,
高歌似鄒人　고성방가 음란하기 초나라 가수 같네.
幽蘭難可繼　요조숙녀 만날 인연 얻기가 어려우니,
更欲效而嚬　나도 다시 음탕하게 놀아보고 싶어지네.

이 작품 역시 일본에 가서 그곳의 문사(文士)들과 어울려서 아름다운 여인들과 고성방가의 질탕한 유흥의 풍광을 보고 그 느낌을 나그네의 눈으로 본 대로, 느낀 대로 진솔하게 표현하면서 하얀 눈이 내리는 것으로 은유하고 있다

2.2.1.4. 왕효렴(王孝廉)의 시

왕효렴(王孝廉)은 희왕(僖王 : 재위 3145-3150, 813-817) 때에 벼슬이 태수(太守)로 주작(朱雀) 2(3147, 814)년 가을에 고경수(高景秀)를 부사(副使)로 삼아 일본에 사신으로 가서 정왕(定王 : 재위 3142-3145, 809-812)의 승하를 알리었다. 왕효렴은 시를 잘 지어 일본의 여러 신하들과 주고받은 시가 많이 있다고 한다. 이제 그의 시 몇 수를 감상하여 보기로 한다.

2.2.1.5. 出雲州書情寄兩勅使[운주를 떠나며 두 칙사께 드리는 글]

南風海路連歸思　남풍에 바다 건너 고국에 가고픈데,
北雁長天引旅情　북녘의 기러기에 먼 고국 그려지네.

賴有鏘鏘雙鳳伴　음악소리 쌍봉무와 어울려 즐거우니,
莫愁多日住邊亭　누정 옆에 사노라니 근심 않는 날 많네.

이 작품은 태수(太守) 왕효렴(王孝廉)이 희왕(僖王) 2(3147,
814)년에 일본에 사신으로 갔다가 지은 것이다. 왕공은 이 작
품 외에도 아래와 같은 작품들이 『文華秀麗集(문화수려집)』에
전하여지고 있다.[113]

2.2.1.6. 칙령을 받아 궁중 잔치에 배석함[奉勅陪內宴]

海國來朝自遠方　멀리 바다나라 보고 싶어 왔더니,
百年一醉謁天裳　평생에 처음으로 천황을 뵈웠네.
日官座外何攸見　일관의 자리 밖은 왜 저리 멀리 뵈나?
五色雲飛萬歲光　오색구름 두둥실 만세토록 빛이 나리.

이 작품은 일본을 황제의 나라로 떠받들어 아첨하는 기색이
짙다. 발해국이 예의의 나라라는 말을 이 작품으로도 짐작이
되기는 하나 조금은 지나친 듯하다. "칙령을 받들다(봉칙)"이
라는 표현은 제후국 사신이 천자국에다 쓰는 투어이기 때문에
이 시의 제목으로 발해국은 일본을 천자국으로 모셨음을 알아
야 하기 때문이다.

----

113 "王孝廉仕於僖王之世官太守朱雀二年秋奉使聘於日本高景秀爲之副告定王之喪
　(중략)孝廉能詩日本諸臣多與唱和."(『渤海國志長編』,「諸臣列傳」,"王孝廉"조).

2.2.1.7. 비 오는 봄날 정자 운으로 지음[春日對雨得情字]

主人開宴在邊廳　주인이 변청에서 잔치를 열었으니,
客醉如泥等上京　나그네로 취한 것이 상경서와 비슷하네.
疑是雨師知聖意　아마도 우사님도 왕의 뜻을 아시는가?
甘滋芳潤瀧羈情　단비가 촉촉하니 나그네 맘 울렁이네.

이 작품도 왕공이 일본에 사행으로 가서 남긴 것이다. 여기서 주인은 일본의 영접객들일 것이고, 상경은 발해국의 수도요, 자기가 사는 곳이기도 하다. 단비라고 한 것은 아마도 발해에서는 자주 접하지 못하던 비이기에 건기에 맞는 비처럼 촉촉하여 나그네의 마음까지 외로움과 서글픔으로 가슴 일렁임을 의미하는 듯하다.

2.2.1.8. 정자 가 산꽃을 보며 시를 지어 두 영객사와 자삼에게 줌[在邊亭賦得山花戱寄兩領客使並滋三]

芳樹春色色甚明　향기론 나무숲은 봄빛이 너무 곱고,
初開似笑聽無聲　처음 피며 웃는 꽃이 소리 없이 말하네.
主人每日專攀盡　주인만 매일 올라 혼자만 즐기려나?
殘片何時贈客情　지는 꽃 언제나 객정을 달래 줄까?

이 작품에 깔려 있는 주제는 아마도 당시의 주인 역을 맡은 일본 당국이 발해의 사신들을 매우 소홀하게 대접하여 그 섭섭한 자기의 속내를 은유하여 동행한 발해인과 함께 일본인 영접사 자삼이라는 자야정주(滋野貞主)에게 화답한 것으로 풀이된다.

2.2.1.9. 和坂領客對月思鄕之作[달을 보며 고향 생각에 시를 지어 판영객에 답함]

이 작품은 김육불의 『발해국지장편(渤海國志長編)』 권 19에 실려 있다. 최태길은 이 작품을 그의 논문 "『송막기문(松漠紀聞)』의 발해 무첩설을 논박함" 이라는 글에서 제목도 없이 자기의 글쓰기에 필요한 자료의 일부로 인용하며 그 출처를 밝히지 아니한 채로 소개하기도 하였다.[114]

寂寂朱明夜	쥐 죽은 듯 고요한 밤 달빛이 너무 밝아
團團月白輪	둥글 넓적 쟁반 같은 하얀 달이 굴러가네.
幾山明影澈	두어 산 그림자가 맑은 물에 비쳤으니,
萬象水天新	하늘과 물에 비친 만물이 새롭다네.
棄妾看生愴	버림받은 첩을 보니 나도 또한 슬퍼지고,
羈情對動神	나그네의 마음까지 산란하게 흔드네.
誰云千里隔	그 누가 우리들을 천리 밖 객이랄까?
能照兩鄕人	두 사람의 왜놈들도 똑같이 비쳐주네.

----

114 方學奉, 『발해사 연구』 4, (연변대학 출판사, 1993.) 쪽 182-191.

라고 한 것이다. 이 작품 속에 나오는 버려진 첩이 일본인의 첩
인가? 발해에 두고 온 자신의 첩인가? 최태길은 이 구절을 들
어 발해인의 무첩설(無妾說)을 반박하고 있다. 발해인의 무첩
설은 앞에서 밝힌 발해인들의 이야기 문학에서 소개하였다. 이
시는 왕효렴이 일본에 사행으로 가서 영접사인 일본인 판상금
웅(坂傷今雄)과 밝은 달을 보고 시를 지어 주고받은 작품이다.
수륙만리 타국에서 밝은 달을 보며 고향과 그리운 아내를 생
각하는 나그네의 속정을 진솔하게 표출하고 있다.

2. 2. 1. 10. 인정(仁貞)스님의 시

入朝貴國慙下客　귀국에 들어오자 사객이 부끄럽게
七日承恩作上賓　은혜를 칠일 입어 상객으로 모셔졌네.
更見鳳聲無妓態　다시 봐도 좋은 음악 기녀는 멋이 없고,
風流變動一園春　풍류만 봄 동산에 들썩들썩 때만 가네.

　이 작품은 인정(仁貞)스님의 「七日禁中陪宴[칠일 동안 대궐
잔치에 배석함]」의 전문이다. 인정(仁貞)스님은 태수(太守) 왕
효렴(王孝廉)을 따라 일본에 사행하면서 녹사(錄事)의 임무를
띠웠던 이로, 시에 능하여 일본의 여러 신하들과 창화한 작품
들이 많다고 한다.[115]

----

115 "釋仁貞亦隨王孝廉聘日本任錄事仁貞能詩日本諸臣多與唱和"(『渤海國志長編』,
「諸臣列傳」, "釋仁貞"조).

이 작품은 『발해지장편(渤海志長編)』 권 18에 실리어 전하는데, 역시 교활한 일본 정부가 발해국의 귀빈을 제대로 대접하지 아니하여 섭섭한 면이 많았던 듯 불평과 불만의 정서가 이 작품 속에 배어 있다.

2.2.1.11. 哭日本國內供奉大德靈仙和尙[정소(貞素)스님의 시 일본국 내공봉 대덕 영선화상을 곡함]

이 작품은 『발해지장편(渤海志長編)』 권 18에 실리어 전하는 정소(貞素)스님의 칠언 절구 한 수이다.

不體塵心淚自涓[116] 속인처럼 슬픈 눈물 저절로 흘러내려
情因法眼奄幽泉   법안으로 인연한 정 그윽한 샘이 되네.
明朝儻問滄波客   훗날 아침 바다 건넌 객에게 묻는다면,
歸說遺鞋白足還   열반게를 설하면서 맨발로 갔다 하게.

이 작품의 지은이 정소(貞素)스님은 선왕(宣王) 10(3171, 828)년 여름에 당(唐)나라 오대산(五臺山) 영경사(靈境寺)에서 그동안 사제의 인연을 맺었던 일본의 중 영선(靈仙)의 입적을 슬퍼하여 이 시를 지었다고 한다. 정소스님은 학승(學僧)으로 시문에 뛰어나 고승조(高承祖)가 사신으로 선왕 9(3158, 825)

----

116 『발해국지장편』에는 6자로 되어 있으나, 방학봉의 『발해의 문화』에는 "불체진심루자연"으로 되어 있어 여기서는 그것을 따랐다.

년 일본에 갈 때에 동행하여 일본인 중 영선(靈仙)을 만나 맺은 인연으로 영선이 당나라 오대산에 갔다는 소식을 듣고 그를 만나러 선왕 11(3161, 828)년 4월에 오대산으로 갔더니, 영선은 이미 다른 절 영경사(靈境寺)로 옮겨 가 있다가 독살당하여 입적한 뒤라서 만나지도 못하고 이 시를 지었다고 한다.

2. 2. 2. 비지(碑誌)
정효공주묘지명병서(貞孝公主墓誌銘幷序)

이 작품은 4312(1979)년 12월에 길림성 화룡현 용해촌(吉林省和龍縣龍海村)에서 발굴된 것으로 1000년 뒤의 우리들에게 "발해인"이라고 불리우는 우리 선조의 모습을 엿볼 수 있는 매우 정교한 벽화를 간직하고 있는 무덤에서 출토되었다. 일부 학자는 이를 "묘비(墓碑)", 또는 "묘탑비(墓塔碑)"라고도 하여 혼란을 가져오기도 하는데, 그 크기는 높이가 105cm, 폭은 85cm, 두께는 26cm로 발해 제3대 문왕의 넷째 딸 정효공주의 것이다.[117] 그 전문은 아래와 같다.

 일찍이 읽은 『상서(尙書)』「요전(堯典)」에는 요(堯)임금

---

117 방학봉, 『발해문화연구』, 이론과 실천, 1991.

의 두 딸이 출생한 규예(嬀汭)의 물가 이야기가 자세히 기록되어 있고, 좌구명(左丘明)의 『춘추전(春秋傳)』에는 노장왕(魯壯王)이 집을 짓고 주천자(周天子)의 딸 왕희(王姬)의 혼례식을 주관하여 주었다는 기록이 있으니, 이 어찌 남의 아내 된 부인이 가져야 할 덕이 밝고 밝지 아니한가? 후세에도 그 이름은 칭찬받을 것이며, 어머니로서의 위의가 아름답고 온화하니, 한없이 경사스러운 일들이 모일 것이고 조상의 복이 이어질 것이 이러한 것을 이름이라고 말하겠다.

정효공주는 우리 대흥보력 효감 금륜 성법대왕(大興寶曆孝感金輪聖法大王)의 넷째 따님이다. 할아버지와 부왕께서는 왕도를 일으키시어 쌓아놓은 위대한 업적과 무공은 그 누구와도 견줄 수가 없다. 마치 그들은 때를 장악하고 정사를 처리하듯 하여 그 밝기는 마치 해와 달처럼 온 천하를 비치었으며, 기강을 세워 나라를 다스리니, 그 어진 정치는 온 천하에 차고 넘치듯 그들이야말로 순(舜)임금과 짝할 만하니, 하(夏)나라 우(禹)임금보다 뛰어나고 은(殷)나라의 탕(湯)임금보다 훌륭하며, 주(周)나라 문왕(文王)을 숨게 할만하였다. 그들은 하느님이 보살펴 주시어 그 위업은 길이 길할 것이다. 공주는 무산(巫山)의 신령스러운 정기를 받고, 낙천(洛川) 신선의 감화를 받아 깊은 궁중에서 탄생하여 어려서는 온화 공손함으로 소문났으며, 용모와 자태도 견줄 짝이 없고, 아름다운 그 인물은 옥으로 새긴 나무에 핀 꽃처럼 고왔으며, 고결한 품성은 세상에서 뛰어나고, 온화함은 곤륜산(崑崙山)의 좋은 옥 조각과 흡사한데, 어려서부터 여자 스승님의 가르침을 받아 극기복례(克己復禮)로 생각과 실행이 같아서 조가(曹家)의 풍속을 늘 사모하고, 시 짓기를 도탑게 하며, 예절 지키기를 기쁜 마음으로 하였다. 공주님은 분별력과 슬기로움이 남보다 뛰어났으며 고매한 품성은 조금도 꾸밈이 없었다.

공주는 훌륭한 배필을 만나 결혼하였다. 결혼 수레를 같이 타고 한 집에 나타나 그 집에서 길이 정열(貞烈)을 지키었다. 공주는 유순하고 공손하며 행실 또한 겸손하고 단정하였으며, 소루에서 통소를 불면 그 가락이 마치 한 쌍의 봉황이 노래하는 듯하였고, 경대 앞에 서서 춤을 추면 두 마리의 난새 그림자가 비치는 듯하였고, 몸에 장식한 패옥들은 짤랑짤랑 소리를 내었으며, 의복 꾸밈새에 특별히 마음 쓰며 고운 말로 이치에 맞게 말하여 정갈한 절조가 있었다. 경무(敬武)공주를 이어 경치 좋은 곳에서 살았으며, 노원(魯元)공주처럼 훌륭한 가문에서 생활하였다.

부부의 정은 화기애애하고, 부부의 사랑은 향기로웠다. 남편이 먼저 돌아갈 줄을 그 누가 알았으며, 남편의 정사를 끝까지 돕지 못할 줄을 그 누가 알았으리오? 어린 딸도 너무 일찍 죽어 귀여운 딸아이가 소꿉놀이하는 것도 보지 못하셨다. 공주는 베를 짜던 방에서 나와 슬피 눈물을 흘리셨고, 빈 방을 바라보며 수심에 싸이기도 하셨다. 공주는 효우목인임휼(孝友睦婣任恤)의 여섯 가지 덕을 갖추고, 부모님과 남편과 자식의 말을 따르는 삼종(三從)의 도(道)를 지키시었다.

공주는 공백(恭伯)과 공강(共姜) 부부의 믿음과 맹세를 배웠으며, 기양(杞梁)의 아내가 서럽게 사는 것을 한 가슴에 품으셨다.

부왕께로부터 은혜를 입고 남의 아내가 지켜야 할 부덕(婦德)을 갖추셨다. 살아갈 긴 앞길에 절반까지는 세월이 너무도 빨라서 흐르는 물이 내를 이루어 계곡에 깊이 감추어 둔 배가 쉽게 움직이듯 하시었다.

지난 대흥 56(3125, 792)년 여름 6월 9일 임진에 대궐 밖 시댁에서 돌아가시니, 춘추가 36세이었다. 시호는 정효공주라고 하였다. 그 해 겨울 11월 28일 기묘에 염곡(染谷) 서쪽 언덕의 남편 옆에 합장하니, 예(禮)를 지킨 것이다.

황상(皇上)께서는 조회마저 폐하고 비통해하시며, 침식을 잊고 음악과 춤추는 일들을 모두 금하며, 상사(喪事)에 관한 위의를 잘 갖추도록 관가에 명하시었다. 상여꾼들도 목메게 울면서 밭두둑 길을 따라 어정이고, 영구차를 끄는 말도 슬피 울면서 들판을 돌며 뛰니, 은대(殷代)의 악장(鄂長)과 비유할 만하고 영예는 숭릉(崇陵)보다 뛰어났다. 평양공주(平陽公主)의 장례 방식으로 묘지를 정하여 모시고, 거친 산굽이에 소나무와 개오동나무를 줄을 지어 심고 금벌하여 무성하게 하고, 강물이 굽이치는 곳에는 샘을 파서 길이 보호하게 하셨다. 영별하기보다 천금이 더 애석하랴! 오래오래 기억하고자 비석을 세우고 비명을 새기게 하시었으니, 명문은 이러하다.

丕顯烈祖 功等一匡 혁혁한 선조의 공 천하를 통일했네.

明賞愼罰 奄有四方 상벌을 명확히 해 덕이 천할 덮었네.

爰及君父 壽考無疆 부왕께 이르러는 건강히 오래 사셔

對越三五 囊括成康 삼황오제 못지않고 성강치적 아울렀네.(其一)

惟主之生 幼而洵美 공주님 탄강하셔 어려부터 예쁘셨고,

聰慧非常 博聞高視 총명 지혜 뛰어나 앎이 많고 뜻이 높네.

北禁羽儀 東宮之姉 대궐 안의 의표시고, 동궁의 누님으로

如玉之顔 蕣華可比 백옥같이 하얀 얼굴 무궁화 흡사하네.(其二)

漢上之靈 高唐之精 한강의 영을 받은 고당의 신녀처럼

婉孌之態 聞訓玆成 아름다운 몸매에 좋은 교훈 잘 자랐네.

嬪于君子 柔順顯名 군자의 짝이 되어 유순으로 이름 높고,

鴛鴦相對 鳳凰和鳴 부부금실 원앙 같고, 봉황새 짝과 같네.(其三)

所天早化 幽明殊途 부군께서 일찍 가셔 유명이 길이 달라

雙鸞忽背 兩劍永孤 짝 잃은 난새 되고, 쌍검이 갈라졌네.

篤於潔信 載史應圖 지조가 고결하니, 사책에 기록하여

惟德之行 居貞且都 부인 덕 행하며 곧게 산 일 남겼네.(其四)

愧桑中詠 愛栢舟詩 음시는 멀리하고 공강의 시 즐기시며

玄仁匪悅 白駒疾辭 가신 임 슬퍼하니, 세월만 빨리 가네.

奠殯已畢 卽還靈輴 장례식 마치어서 영구차도 돌아가니,

魂歸人逝 角咽笳悲 그 혼백 보내며 올린 주악 구슬프네.(其五)

河水之畔 斷山之邊 흐르는 강물 가와 잘라진 산자락의

夜臺何曉 荒隴幾年 묘소 언제 빛나며 봉분은 몇 해 갈까?

森森古樹 蒼蒼野煙 고목이 무성하고, 푸른 들 노을

泉扃俄闔 空積悽然 묘문 닫으려니, 설움 절로 거듭이네.(其六)[118]

이 작품의 지은이는 누구인지? 또 언제 지어진 것인지? 모두 알 수가 없다.

이 작품에 관하여 이가원(李家源)은 그의 『조선문학사(朝鮮文學史)』에서,

그 序辭가 騈儷體로 되어 艶麗하기 그지없으며, 또 銘詞는 四言·八句·四韻·六章으로 되어 있어 독특한 체제를 나타내었다.

라고 평하고 있다.[119]

....

118 夫緬覽唐書媽汭降帝女之濱博詳丘傳魯舘開王姬之筵豈非婦德昭昭譽名期於有後母儀穆穆餘慶集於無疆襲祉之稱其斯之謂也公主者我大興寶曆孝感金輪聖法大王之第四女也惟祖惟父王化所興盛烈戎功可得而論焉若乃乘時御辨明齊日月之照臨立拯握機仁均乾坤之覆載配重華而肖夏禹陶殷湯而韜周文自天祐之威如之吉公主稟靈氣於巫岳感神仙於洛川生於深宮幼聞婉嫕瓊姿稀遇曄似瓊樹之叢花瑞質絶倫溫如崑峰之片玉早受女師之敎克比思齊每慕曹家之風敦詩悅禮辨慧獨步雅性自然○○好仇嫁于君子標同車之容義叶家人之永貞柔恭且都履愼謙簫樓之上韻調雙鳳之聲鏡臺之中舞狀兩鸞之影動響環珮留倩情組紃繡藻至言琢磨潔節繼敬武於勝里低魯元於豪門琴瑟之和蒸蕙之馥誰謂夫聳先化無終助政之謨稚女又夭未延弄瓦之日公主出織室而灑淚望空閨而結愁六行孔備三從是亮學恭姜之信矢衛杞婦之哀悽惠于聖人聿懷闔德而長途未半隙駒疾馳逝水成川藏舟易動粵以大興五十六年夏六月(九日)壬辰終於外第春秋三十六謚曰貞孝公主其年冬十一月廿八日己卯陪葬於染谷之西原禮也 皇上罷朝興慟避寢弛懸喪事之儀命官備矣挽郞嗚咽遵阡陌而盤桓輭馬悲鳴顧郊野而低昻喩以鄂長榮越崇陵方之平陽恩加立曆荒山之曲松檟森以成行古河之隁泉堂邃而永翳惜千金於一別留尺石於萬齡乃勒銘曰(번역 부분 참조, 필자 주).

119 李家源, 『朝鮮文學史』, (太學社, 1995.) 쪽 170.

이는 곧 발해국의 뜻글문학
수준이 한(漢)나라나 당(唐)
나라를 모방하는 것이 아니
라 독창적인 방식의 문장
작법을 익히었음을 인식시
키는 것이라고 하겠다.

　특히 그들은 그들만이
사용하던 뜻글 글자 모양
의 특이한 문자도 있었던
것으로 보면, 그들의 문학
수준은 상당히 높았던 것

용머리상
석제 용두(石製 龍頭), 높이 37.0cm,
국립중앙박물관 소장. 출처 : 위키피디아

을 거듭 확인할 수가 있겠으나, 불행하게도 현재에는 그 구체
적인 증명이 될 자료들이 전하지 아니하고, 새로 발굴되지도
아니하여 안타깝기만 하다.

　우리는 이 작품을 통하여 발해국 문학의 수준이 우리 조상
님들의 민요집이었던 『시경』을 정효공주 같은 아녀자(兒女子)
들까지도 즐겨 음영하였을 정도이었음을 짐작할 수가 있다.
위에 인용한 명사(銘詞) 중에서 “괴상중영 애백주시(愧桑中詠
愛栢舟詩)”라고 한 것은 직역하면 “상중 읊기를 부끄러워하고,
백주시를 사랑하였다.”는 말인데. 여기서 “상중(桑中)”은 『시
경』「鄘風(용풍)」에 들어 있는 편명으로, 바람둥이 남자가 강

발해 석등(渤海石燈)
상경 용천부(上京龍泉府), 높이 6.3m, 중공 흑룡강성 영안현에 위치.

씨(姜氏)네 큰 애기와 익씨(弋氏)네 큰 애기와 용씨(庸氏)네 큰
애기를 뽕나무밭에서 만나는 내용을 노래한 음탕한 노래로 대
유(代喩)되는 작품의 이름이다. 정효공주는 어려서부터 품행
이 발라 정숙하였기 때문에 『시경』 공부를 하면서도 그 시의
내용이 음탕하기 때문에 "상중"장을 읽기 부끄러워하였다는

것이다. 또 "백주(柏舟)"는 『시경』 「용풍(鄘風)」에 들어 있는
편명으로, 과부가 된 여인이 친가 어머니에게서 재혼을 강요
당하자 죽을지언정 그렇게는 못하겠다는 굳은 자기의 지조를
황하(黃河)에 떠 있는 작은 배에 비유한 지조가(志操歌)이다.
여기서도 정효공주의 결백한 지조의식(志操意識)이 높았음을
알 만하다. 이 "백주(柏舟)"는 이 작품 이외에 송(宋)나라 성리
학자인 주희(朱熹)가 버림받은 아내의 작품으로 본 『시경』 「邶
風(패풍)」에 들어 있는 편명의 "백주(柏舟)"도 있다.

　발해국의 정효공주는 이와 같이 『시경』에 들어 있는 많은
작품들을 즐겨 외었다는 것을 헤아릴 수가 있다. 이를 다시 말
하면, 발해인들이 선진시대(先秦時代) 우리 문학 작품들을 보
편적으로 감상하며 즐기고 생활의 교훈으로 삼았음을 이해시
키어 주는 예라고 거듭 강조할 수가 있다.

　그만큼 발해인들의 높은 문학 수준은 이 비명병서(碑銘竝序)
첫머리에서 『상서(尙書)』의 「요전(堯典)」과 「순전(舜典)」 등을
인용하는 등 유가 윤리 규범(儒家倫理規範)을 중시하면서 다양
한 독서 생활을 하였다는 것도 또한 새롭게 확인이 되는 일이
다.[120]

----

120 청(淸)나라 당안(唐晏)이 지은 『발해국지(渤海國志)』가 있다고 하나, 필자는 아직
　　접하지 못하였다.

2. 2. 3. 서발(序跋)

현재 전하는 발해국 뜻글문학의 서발류(序跋類)의 글은 오직 정소(貞素)스님의 「哭日本國內供奉大德靈仙和尙詩序(곡 일본국 내공봉 대덕 영선화상 시서)」가 전할 뿐이다. 이제 그 일부를 소개하면 아래와 같다.

　　나를 깨우쳐준 분은 응공(應公)이다. 응공은 몸을 낮추어 배우고 스승을 따라 일본에 이르렀다. 어려서도 크게 되었으며, 스님이 되어서도 단연 우뚝하게 돋보이었다. 나도 또한 중이 되고자 책 상자를 등에 메고 종단에 와서 열심히 공부를 하였다. 3146(813, 元和 8)년 늦가을에 객사에서 만났다. 말 한 마디에 도가 통하고 마음으로써 도를 논하였다. 내가 대성하게 된 것은 제자가 옳아서가 아니다. 세월이 얼마 되지 아니하여서 일찍 형제가 위급하게 되어 도와주려 애를 쓰다가 결국 형제를 잃어버리게 되어 마음이 극히 아팠다. 이 영선(靈仙) 큰 스님은 나의 스승 응공스님의 사부이시다. 오묘한 불법을 먼저 중생들에게 드러내 보여주시었다. 3155(822, 長慶 2)년에 오대산(五臺山)의 주실(主室)이 되어 매번 육신이 풍병의 그릇이라고 꺼려하시며 참선 수도(參禪修道)에 힘쓰시었다. 3158(825, 장경 5)년에는 일본의 왕이 멀리서 많은 돈을 내려 주어 당(唐)나라의 서울 장안(長安)에 이르렀다. 어리석은 제자는 법문을 가지고 철륵사(鐵勤寺)로 옮겨 보내졌다. 영선대사는 설법을 마치고 사리 1만 개와 신편 경전 2부와 조칙 5통 등을 어리석은 제자에게 맡기시며 일본으로 가져가 국은에 보답하기를 청하시었다. 어리석은 제자는 즉시 승낙하였다. 한 번 승낙한 말을 어찌 만 리의 거친 파도를 두려워할 것인가? 마침내 끝없는 인연을 모아 원대한 목적을 이룰 수 있었다. 돌아오는 날에 또 황금 일백을 주시었다. 3161(828, 태화 2)년 4월 7일에 영경사(靈境寺)에 도착하여 영선(靈仙)대사를 찾았으나 이미 돌아가신 지 오래되었다. 나는 피눈물을 흘리며 흐느끼었고, 비통함은 하늘이 무너지는 듯하였다. 네 번이나 험한 바다를 건너고 죽음을 무릅쓰고 돌아왔다. 다섯 번 여행조차도 한 끼 밥 먹는 시간처럼 여겨지는 것은 응공과의 순수한 교분에서 나온 것이다. 나는 처음부터 믿고 끝까지 믿었다. 원하노니, 영혼이시여! 모든 것이 허무하오니, 천년을 두고 오열하며 흐르는 계곡의 물소리를 머물게 하고, 구름과 소나무로써 만 리 길 여행을 슬퍼하소서.

4월 보름에 머리를 돌려 서울을 바라볼 뿐입니다.[121]

---

121 "起余者謂之應公矣公仆而習之隨師至浮桑小而大之介立見乎緇林余亦身期降負笈來宗霸業元和八年窮秋之景逆旅相逢一言道合論之以心素至於周鹽小子非其可乎居諸未幾早尙鵠原鵠鵠之至足痛乃心此仙大師是我應公之師父也妙理先契示于元元長慶二年入室五臺每以身厭青瘀之器不將心聽白猿之啼長慶五年日本大王遠賜百金達至長安小子轉領金書送到鐵勤仙大師領金訖將一萬粒舍利新經兩部造勅五通等屬附小子請到日本答謝國恩小子便許一諾之言豈憚萬里重波得邃鍾无外緣期乎遠大臨廻之日又附百金以太和二年四月七日却到靈境寺求訪仙大師已來日久泣我之血崩我之痛便泛四重溟渤視死若歸連五同行李如食之頃者則應公之原交所致焉吾信始而復終願靈几兮表悉空留澗水鳴咽千秋之聲仍以雲松惆悵萬里之行. 四月莫落如首途望京之耳."

라고 한 글에서 발해인들의 뜻글문학 수준이 상당히 높았음을 이해할 수가 있다.

위에 인용한 글에서의 서울은 발해국(渤海國)의 서울을 이른다. 정소스님과 일본인 중 영선(靈仙)과는 법계(法系)로 보면, 조손(祖孫)의 사이가 된다.

이상에서 본 바와 같이 발해국의 시문학은 비교적 외교관계가 밀접하였던 일본과의 사이를 오가면서 주고받은 외교관들의 작품이 많았다. 그리고 현재 전하는 발해국의 이야기 문학 작품들은 지금의 차이나에 거주하는 한국계 차이나 학자들에 의하여 수집 정리된 구전문학 작품들이다.

이들 발해국 문학에 관한 연구는 앞으로 더욱 많은 관심을 가지고 묻혀 있는 귀한 자료들 발굴부터 힘을 써야 한다.

연꽃무늬 수막새
연화문원와당(蓮花文圓瓦當), 지름 16.9cm,
출처 : 국립중앙박물관

꼬리말

경주 천마총 장니 천마도(慶州 天馬塚 障泥 天馬圖)
국보 제207호, 가로 53.0cm, 세로 73.0cm, 소장품 번호 : 경주-002420-00000
출처 : 국립중앙박물관

꼬리말

　필자는 이 책의 앞부분에서는 고조선(古朝鮮) 이후 5국 시대 문학의 흐름을 살펴보았다.

　현재 전하는 우리나라 역사책 중에서 가장 오래된 한국사 책인 김부식(金富軾 : 3408 - 3484, 1075 - 1151)의 『삼국사기(三國史記)』에 근거한 건국 순으로 나라를 배열하여 신라·고구려·백제·가야·탐라국의 차례로 설명하였다.

　통일신라시대에는 고구려 옛 영토에 고구려 후손들이 세운 발해국을 포함한 남북조 시대 문학으로 살펴보았다.

　이제 이 책의 내용을 얼마나 정독하였는가를 확인하는 의미에서 몇 가지 연습 과제를 제시하는 것으로 이 책을 마무리하려 한다.

　① "5국 시대 국문학사"라는 학술 용어로서의 당위성을 말

하시오.

② "남북조시대 국문학사"를 구체적으로 설명하시오.

③ "온빈글쓰기[完全借字表記]"를 설명하시오.

④ "온빈글 노래"를 설명하시오.

⑤ 5국별 건국 사화(史話)를 설명하시오.

⑥ 황조가(黃鳥歌)의 주제를 말하여 보시오.

⑦ 거북과 토끼 이야기의 국적을 논하시오.

⑧ 마퉁 노래와 서동요를 설명하시오.

⑨ 가야문학을 요약하시오.

⑩ 탐라국의 이야기 문학을 설명하시오.

⑪ 탐라국 무가(巫歌)의 특징을 설명하시오.

⑫ 바람 노래[風謠]를 논하시오.

⑬ 통일신라 시대의 대표적 이야기 문학 작품을 요약하고 구
체적 감상을 하시오.

⑭ 발해국 대표적 뜻글문학 작품을 논의하시오.

⑮ 발해국의 이야기 문학에 관하여 논술하시오.

⑯ 『발해국지장편(渤海國志長編)』의 내용을 살펴보시오.

⑰ 발해국 문학의 연구 발전 방안을 논하시오.

⑱ 필자가 "한문"을 기피하고, "뜻글"로 통일하는 속뜻을 설
명하시오.

⑲ 현전 발해국 문학 자료 중 신라와의 교류 자료가 적은 이
유를 설명하시오.

[참고문헌]

강기준, 『다물, 그 역사와의 약속』, 다물, 1997.

姜吉云, 『鄕歌新解讀硏究』, 學文社, 1995.

고구려연구재단, 『고조선·단군·부여』, 고구려연구재단, 2004.

고려대학교, 『六堂 崔南善全集』, 玄岩社, 1974.

김용찬, 『교주 고장시조선주』, 보고사, 2005.

구자일, 『한국 고대역사 지리 연구』, 지문사, 1997.

權相老, 『朝鮮文學史』, 油印本, 1946.

─────, 역, 『三國遺事』, 學園出版公社, 1987.

─────, 『退耕全書』, 권 6-10, 梨花文化社, 1990.

權永彈, 『韓國漢文學史』, 대영문화기회, 1994.

권재선, 『간추린 국어학 발전사』, 우골탑, 1989.

금일권, 『한글의 신비[桓契神秘]』, 천부동 사람들, 2005.

기수연, 『後漢書東夷列傳硏究』, 白山資料院, 2005.

金蕙煥, 『隨筆文藝學』, 螢雪出版社, 1970.

金東旭, 『國文學史』, 日新社, 1984.

김득황 외, 『우리 민족 우리 역사』, 삶과꿈, 1999.

金秉模, 『韓國人의 발자취』, 정음사, 1985.

金三龍, 『동방의 등불 한국』, 행림출판, 1994.

김선풍 외, 『한국 민간문학 개설』, 국학자료원, 1992.

김성호, 『씨성으로 본 한일 민족의 기원』, 푸른숲, 2000.

김수업, 『배달문학의 길잡이』, 鮮一文化社, 1983.

─────, 『배달말꽃 갈래와 속살』, 지식산업사, 2002.

김시우, 『가락국 천오백 년 잠 깨다』, 가락국 사적개발 연구원, 1994.

金烈圭, 『韓國民俗과 文學研究』, 一潮閣, 1975.

金榮敦, 『濟州島研究』 5집, 濟州島研究會, 1988.

金完鎭, 『鄉歌解讀法研究』, 서울대출판부, 1980.

김용덕, 『한국의 풍속사』 I, 밀알, 1994.

김웅세, 『한국의 마음』, 동서문화, 1994.

김윤식 외, 『한국문학사』, 민음사, 1973.

金殷洙, 『符都誌』, 가나출판사, 1986.

김인환, 『한국 고대 시가론』, 고려대학교 출판부, 2007.

김정배 외, 『한국 고대의 국가 기원과 형성』, 고대출판부, 1987.

──, 『중국학계의 고구려사 인식』, 대륙연구소, 1991.

김종서, 『신화로 날조되어온 신시·단군 조선사 연구』, 한민족 역사 연구
　　　원, 2003.

──, 『중국을 지배해온 대제국 부여·고구려·백제사 연구』, 한국학연
　　　구원, 2005.

──, 『잃어버린 한국의 고유문화』, 한국학연구원, 2007.

金鐘雨, 『鄉歌文學研究』, 宣明文化社, 1974.

金俊榮, 『韓國古典文學史』, 금강출판사, 1971.

──, 『韓國古詩歌研究』, 螢雪出版社, 1991.

김태곤 외, 『한국의 신화』, 시인사, 1988.

김태식, 『풍납토성, 500년 백제를 깨우다』, 김영사, 2001.

김태준 외, 『우리 역사인물 전승』, 집문당, 1994.

金澤東, 『開化期文學論』, 螢雪出版社, 1982.

金學主, 『中國古代文學史』, 明文堂, 2003.

김한규, 『한중관계사』 I, 아르케, 1999.

金鉉龍, 『韓國古說話論』, 새문社, 1984.

김홍식 외, 『중국 산서성 고건축 기행』, 고즈원, 2006.

金興奎, 『韓國文學의 理解』, 民音社, 1986.

도수희, 『백제의 언어와 문학』, 주류성, 2004.

文璇奎, 『韓國漢文學史』, 正音社, 1961.

文定昌, 『廣開土大王勳績碑文論』, 柏文堂, 1977.

민족문학사연구소, 『새 민족문학사 강좌』, 창비, 2009.

박노준, 『신라가요의 연구』, 열화당, 1987.

朴魯春, 『資料國文學史』, 새글사, 1962.

─────, 『韓國文學雜考』, 시인사, 1987.

朴性鳳 외 역, 『三國遺事』, 瑞文化社, 1985.

朴晟義, 『韓國詩歌文學論과 史』, 예그린, 1978.

朴時仁, 『알타이 文化紀行』, 청노루, 1995.

발해사연구회, 『신편 발해국 지장편』 상중하, 신서원, 2008.

발해사 편집실, 『자주독립국 발해』, 천지출판, 2000.

부산·경남역사연구소, 『시민을 위한 가야사』, 집문당, 1996.

史書衍譯會, 『三國遺事』, 高麗文化社, 1946.

서대석, 『구비문학』, 해냄출판사, 1997.

서병국, 『발해 발해인』, 一念, 1990.

송기호, 『발해를 찾아서』, 솔, 1993.

宋芳松, 『한국 고대 음악사 연구』, 일지사, 1985.

辛鎬烈 역, 『三國史記』, 學園出版公社, 1987.

沈守根, 『韓國詩歌의 詩語리듬(Rhythm)硏究』, 大提閣, 1987.

안영길, 『조선후기 고전문학의 빛깔과 향기』, 지식과 교양, 2011.

安自山, 『朝鮮文學史』, 韓一書店, 1922.

안 천, 『만주는 우리 땅이다』, 인간사랑, 1990.

안호상, 『배달·동이겨레의 한 옛 역사』, 배달(檀)문화연구원, 1972.

─────, 『배달·동이는 동이겨레와 동아문화의 발상지』, 1979.

─────, 『단군과 화랑의 역사와 철학』, 사림원, 1979.

─────, 『겨레 역사 6천 년』, 기린원, 1992.

梁柱東, 『增訂 古歌硏究』, 一朝閣, 1965.

양태순, 『한국고전시가의 종합적 고찰』, 민속원, 2003.

梁太一, 『乇羅遺事』, 梁氏宗會總本部, 1987.

여운건·오재성, 『동북공정, 알아야 대응한다』, 한국 우리 民族史硏究會, 2006.

여증동, 『한국문학사』, 형설출판사, 1973.

─────, 『한국문학역사』, 형설출판사, 1983.

寧海朴氏大宗會, 『寧海朴氏世鑑』, 寧海朴氏大宗會, 1980.

오광길, 『알알문명』, 씨와 알, 1997.

吳昌翼, 『韓國隨筆文學硏究』, 敎音社, 1986.

오태환, 『유구한 역사의 흔적 단군의 뿌리』, 돌다리, 2000.

禹貞相 외, 『韓國佛敎史』, 進修堂, 1968.

柳正基, 『說文字典』, 農耕出版社, 1972.

柳鍾國, 『古詩歌樣式論』, 啓明文化社, 1990.

尹敬洙, 『韓國神話와 古典文學의 原型象徵性』, 太學社, 1997.

윤명철, 『바닷길은 문화의 고속도로였다』, 사계절, 2000.

尹營植, 『百濟에 의한 倭國統治 三百年史』, 하나출판사, 1987.

尹榮玉, 『新羅詩歌의 硏究』, 螢雪出版社, 1980.

─────, 『韓國古詩歌의 硏究』, 螢雪出版社, 1994.

尹徹重, 『韓國渡來神話硏究』, 白山, 1997.

李家源, 『三國遺事新譯』, 太學社, 1991.

─────, 『朝鮮文學史』, 太學社, 1995.

이덕일 외, 『고조선은 대륙의 지배자였다』, 역사의 아침, 2006.

李島相, 『韓民族의 國威水準』, 普文社, 1990.

李秉岐 외, 『國文學全史』, 新丘文化社, 1982.

李丙燾 역, 『三國遺事』, 東國文化社, 1956.

李丙疇 외, 『漢文學史』, 새문사, 1998.

이성수, 『뜻글에서 밝혀낸 우리 옛땅』, 白山出版社, 1995.

———,『밝다나라 임금(단군)의 땅』, 이령규, 1997.

이승헌,『한국인에게 고함』, 한문화, 2001.

李　信,『韓民族主體史』, 고려원, 1989.

李律坤,『百濟史의 秘密』, 上古史學會, 2006.

이은봉,『檀君神話研究』, 온누리, 1986.

이인택,『신화와 중국문학』, UUP, 2005.

이정복 외,『한국사의 흐름과 인식』, 삼보기획, 1997.

李鍾琦,『가락국의 영광』, 駕洛國史蹟開發研究院, 1987.

李鍾旭,『古朝鮮史研究』, 一潮閣, 1993.

———,『한국 고대사의 새로운 체계』, 소나무, 1999.

이진원,『한국 고대 음악사의 재조명』, 민속원, 2007.

이창식,『온달문학의 설화성과 역사성』, 박이정, 2000.

이혜순 외,『우리 한문학사의 새로운 조명』, 집문당, 1999.

이훈구,『만주와 조선인』, 성진문화사, 1987.

李喜秀,『土着化過程에서 본 韓國佛教』, 佛書普及社, 1971.

印權煥,『토끼傳・水宮歌研究』, 高麗大學校民族文化研究院, 2001.

林基中,『新羅歌謠와 記述物의 研究』, 二友出版社, 1981.

임길채,『일본 고대국가의 형성과 칠지도의 비밀』중, 범우사, 2002.

任東權,『韓國民謠集』, 東國文化社, 1961.

임승국・주관중,『다물의 역사와 미래』, 다물, 1997.

임재해,『민족신화와 건국 영웅들』, 천재교육, 1995.

임형택,『한국 문학사의 논리와 체계』, 창작과 비평사, 2002.

張德順,『說話文學概論』, 二友出版社, 1980.

張師勛,『最新國樂總論』, 世光音樂出版社, 1985.

전해종,『東亞史의 比較研究』, 一潮閣, 1987.

전호태,『중국 화상석과 고분 벽화연구』, 솔출판사, 2007.

鄭尙均,『韓國古代詩文學史』, 翰信文學社, 1984.

정용석,『고구려·백제·신라는 한반도에 없었다』, 東信出版社, 1996.

鄭寅普,『舊園鄭寅普全集』, 延世大出版部, 1983.

정재훈,『문화의 산길 들길』, 화산문화, 1996.

정종목,『역사스페셜』, 효형출판, 2000.

鄭周煥,『韓國近代隨筆文學史』, 新亞出版社, 1997.

정하영,『한국 민중의 문학』, 박이정, 1998.

제갈태일,『한사상의 뿌리를 찾아서』, 더불어책, 2004.

趙東一,『한국문학통사』 1-3, 지식산업사, 2005.

趙禮九,『시원지사』, 어진소리, 2002.

趙潤濟,『國文學史』, 東方文化社, 1949.

趙子庸,『三神民考』, 가나아트, 1995.

조희웅,『이야기문학 모꼬지』, 박이정, 1995.

지교헌,『한민족의 정신사적 기초』, 한국정신문화연구원, 1988.

지 승,『부도와 혼단 이야기』, 대원출판사, 1996.

池浚模,『三國遺事의 語文學的 研究』, 이회, 2005.

池炯律,『鄉歌正讀』, 지형률, 1996.

진경환,『古典의 打作』, 月印, 2000.

車柱環,『韓國의 道教思想』, 同和出版公社, 1984.

千敬化,『教養 한국문화사』, 良書院, 1993.

陳泰夏,『東方文字 뿌리』, 이화문화출판사, 1997.

車溶柱,『韓國漢文小說史』, 아세아문화사, 1989.

최규성,『이야기로 배우는 한국의 역사』, 고려원 미디어, 1993.

崔南善,『新訂三國遺事』, 三中堂, 1946.

崔三龍,『韓國初期小說의 道仙思想』, 螢雪出版社, 1982.

崔勝範,『韓國隨筆文學研究』, 正音社, 1980.

최운식,『韓國說話研究』, 集文堂, 1991.

崔載瑞,『文學原論』, 新潮社, 1963.

최준식, 『한국 종교 이야기』, 한울, 1995.

崔濬玉, 『국역 孤雲先生文集』, 孤雲文集編纂委員會, 1972.

崔珍源, 『國文學과 自然』, 成大出版部, 1977.

崔昌圭, 『새韓民族史』, 金烏出版社, 1974.

崔　虎, 『三國遺事』, 弘新文化社, 1991.

한국역사민속학회, 『역사민속학』, 이론과 실천, 1991.

韓相壽, 『韓國人의 神話』, 文音社, 1986.

許慶會, 『韓國氏族說話硏究』, 全南大學校出版部, 1990.

玄容駿, 『濟州島 巫俗과 그 周邊』, 集文堂, 2002.

현종호, 『국어고전시가사연구』, 보고사, 1996.

홍순석, 『한국고전문학의 이해』, 한국문화사, 1998.

黃壽永, 『韓國金石遺文』, 一志社, 1976.

황인덕, 『한국기록소화사론』, 태학사, 1999.

黃浿江, 『鄕歌麗謠硏究』, 二友出版社, 1985.

─────, 『韓國의 神話』, 檀國大學校出版部, 1988.

북한

류렬, 『조선말역사』, 사회과학원, 1990.

사회과학원, 『조선고대사』, 한마당, 1989.

언어문학연구실, 『조선문학통사』 상, 사회과학원, 1989.

정홍교·박종원, 『조선문학개관』, 사회과학출판사, 1986.

일본

藤田豊八, 『慧超往五天竺國傳箋釋』, 泉水東文書藏, 1922.

차이나

顧　正, 『文字學』, 甘肅教育出版社, 1992.

郭茂倩,『樂府詩集』, 里仁書局, 1984.

郭預衡,『中國古代文學史長編』(先秦卷), 北京師範學院出版社, 1992.

傅勤家,『中國道敎史』, 商務印書館, 1973.

謝路軍,『宗敎詞典』, 學苑出版社, 1999.

司馬光,『稽古錄』, 北京師範大學出版社, 1988.

徐柚子,『詞範』, 華東師範大學出版社, 1993.

安平秋·章培恒,『中國禁書大觀』, 上海文化出版社, 1990.

楊家駱,『正史全文標校讀本 舊唐書』, 鼎文書局, 1979.

楊昭全外,『中朝邊界史』, 吉林文史出版社, 1993.

楊保隆,『肅愼挹婁合考』, 中國社會科學出版社, 1989.

王元化,『道敎』3, 上海古籍出版社, 1992.

苑　利,『韓民族文化源流』, 學苑出版社, 2000.

王維堤,『衣飾的天地』, 商務印書館, 1991.

魏慶之,『詩人玉屑』, 臺灣商務印書館, 1980.

劉玉建,『中國古代龜卜文化』, 廣西師範大學出版社, 1993.

人民敎育出版社歷史室,『중국고대사』, 동북조선민족교육출판사, 1992.

林　幹,『匈奴史料彙編』, 中華書局, 1988.

張　毅,『往五天竺國傳箋釋』, 中華書局, 1994.

鄭判龍,『朝鮮-韓國文化與中國文化』, 中國社會科學院, 1995.

曹先擢,『漢字文化漫筆』, 語文出版社, 1992.

趙鐵寒,『渤海國志』, 文海出版社有限公司, 1977.

朱越利,『道敎問答』, 華夏出版社, 1993.

陳廣忠,『兩淮文化』, 遼寧敎育出版社, 1995.

叶舒審,『中國神話哲學』, 中國社會科學出版社, 1992.

惠煥章 외,『陝西歷史百謎』, 陝西旅遊出版社, 2001.

ㄴ

ㅂ

ㅅ

ㅇ

ㅎ

새로 읽는
한국고전문학사
● 중고편

초판 인쇄 2019년 6월 5일
초판 발행 2019년 6월 15일

지은이 | 최강현
발행자 | 김동구
디자인 | 이명숙 · 양철민
발행처 | 명문당(1923. 10. 1 창립)
주   소 | 서울시 종로구 윤보선길 61(안국동)
　　　　우체국 010579-01-000682
전   화 | 02)733-3039, 734-4798(영), 733-4748(편)
팩   스 | 02)734-9209
Homepage | www.myungmundang.net
E-mail | mmdbook1@hanmail.net
등   록 | 1977. 11. 19. 제1~148호

ISBN 979-11-90155-06-9 (04800)
ISBN 979-11-90155-05-2 (세트)
25,000원